KB119170

이병주 장편소설

정몽주

구름은 용을 따르는가

나남
nanam

이병주 李炳注 (1921~1992)

호는 나림(那林). 경남 하동에서 태어났다. 일본 메이지대 전문부 문예과와 와세다대 불문과 재학 중 학병으로 끌려갔다. 해방 후 진주농대와 해인대(현 경남대) 교수를 거쳐 〈국제신보〉 주필 겸 편집국장으로 활발한 언론활동을 했다. 5·16 때 필화사건으로 복역 중 출감한 그는 1965년 월간 〈세대〉에 감옥생활의 경험을 살린 〈소설·알렉산드리아〉를 발표, 문단에 신선한 충격을 던지며 등단하였다. 그 후 1977년 장편 〈낙엽〉과 〈망명의 늪〉으로 한국문학 작가상과 한국창작문학상을, 1984년 장편 〈비창〉으로 한국펜문학상을 수상하였다.

일제 강점기로부터 해방공간, 남북 이데올로기 대립, 정부 수립, 한국전쟁 등 파란만장한 한국 현대사를 온몸으로 겪은 그의 작가적 체험은 누구보다 우리 역사와 민족의 비극에 고뇌하게 했고, 이를 문학작품으로 승화시킨 원동력이 되었다. 대표작으로는 〈관부연락선〉, 〈지리산〉, 〈산하〉, 〈소설 남로당〉, 〈그해 5월〉, 〈정도전〉, 〈정몽주〉, 〈허균〉 등의 대하장편이 있으며, 1992년에 화려한 작가생활을 마무리하고 타계하였다.

나남창작선 118

정몽주
구름은 용을 따르는가

2014년 4월 15일 발행
2014년 4월 15일 1쇄

지은이_ 李炳注
발행자_ 趙相浩
발행처_ (주) 나남
주소_ 413-120 경기도 파주시 회동길 193
전화_ (031) 955-4601 (代)
FAX_ (031) 955-4555
등록_ 제 1-71호 (1979. 5. 12)
홈페이지_ http://www.nanam.net
전자우편_ post@nanam.net

ISBN_ 978-89-300-0618-7
ISBN_ 978-89-300-0572-2 (세트)

책값은 뒤표지에 있습니다.

이병주 장편소설

정몽주

구름은 용을 따르는가

나남
nanam

이병주 장편소설

정몽주

구름은 용을 따르는가

차 례

청운青雲의 서약誓約

화려한 등장이었다.

1360년, 공민왕 9년의 봄. 정몽주는 과거에 합격했다. 삼장三場에 걸쳐 장원壯元이었다. 그가 24세 되던 해의 일이다.

명문의 자제들을 제치고 경상도 시골에서 올라온 가난한 선비의 혜성 같은 등장이었으니 아연 개경 사람들의 비상한 관심을 모았다.

정몽주가 응시한 과거는 제술과製述科이다. 동당시東堂試라고도 불리는 이 과거는 최고의 등용문으로서 시험과목은 사서오경四書五經을 풀이하는 경의經義와, 스스로의 포부를 피력하는 부賦, 그리고 경국제민經國濟民하는 정책을 논하는 대책對策이었다. 정몽주의 답안은 시험의 답안이라기보다 일가一家를 이룬 대학자·대정치인의 당당한 논설이었다.

'경의'는 간명 평이한 논지이면서도 깊은 통찰력을 곁들인 것이었고, '부'는 고매한 포부를 광풍제월光風霽月의 문장으로 엮은 것이며, '대책'은 유교로써 나라의 근본으로 삼고 교학敎學의 지침으로 해야 한다는 내용이다. 시관試官들을 특히 놀라게 한 것은 '대책'이다. 불교가 휩쓸고 있었던 당시로 보아선 실로 대담무쌍한 발상이며 주장이었던 것이다.

이 과거에 아원亞元, 즉 2등을 차지한 자는 임박林樸이고, 3등을 차지한 자는 백군영白君瑛, 후일 신돈辛吨과 정면으로 대결하게 되는 이존오李存吾는 18등이다. 이존오는 정몽주보다 4세 아래였지만 과거동기라는 인연으로 돈독한 우의를 지키는데 서로 어긋남이 없었다.

이 과거의 지공거知貢擧는 정당문학政堂文學 김득배金得培이다. 지공거는 요즘의 말로는 고시위원장이다. 김득배는 심사를 마치고 동지공거同知貢擧, 고시부위원장 한방신韓邦信을 보고 다음과 같이 말했다고 전한다.

"이번 동당시에 두 가지의 큰 보람이 있었으니 하나는 정몽주와 같은 대재大才를 발굴한 것이고, 또 하나의 보람은 비록 18등이긴 하나 이존오와 같은 연소기예年少氣銳의 준재를 얻은 것이오, 이번처럼 흡족한 일은 일찍이 없었소."

"나도 그렇게 생각합니다마는 아원을 한 임박에 대해 안타까움이 없지 않소이다. 정몽주가 없었더라면 그가 장원을 차지했을 것이니 말이오."

한방신은 임박의 아버지와 친한 사이이다.

"한 공의 심정은 모르는 바 아니지만 비록 장원과 아원이라고 하나 정몽주와 임박과의 차이는 스승과 제자의 거리만큼 크오. 정몽주 장원 아래 임박이 아원하고 이존오가 18등 했다는 것은 행운일 것이오. 준재는 자기를 능가하는 대재가 있다는 것을 앎으로써 대성을 기할 수 있기 때문이오."

과방科榜이 붙은 다음 날 지공거 김득배는 친히 정몽주를 불렀다. 물론 관례에 따른 것이지만 김득배는 정몽주를 맞이하는데 약간의 흥분이 없지 않았다.

인사를 하고 좌정하길 기다려 김득배의 말이 있었다.

"과연 대인의 상相이로다. 한데 공의 자字는 뭣이라고 하는고."

"달가라고 하옵니다. 이를 달達, 가할 가可 자를 씁니다."

"달가라, 희귀한 자이로군."

김득배가 물었다.

"24세에 등과登科하면 과히 늦진 않지만, 능히 소년등과少年登科를 할 만한 자질인데 왜 지금에 와서야 응시하였는고."

"소생 19세 되던 해 부친상을 당했사옵니다. 그 후 3년 동안 여묘盧墓를 하였던 바 응시할 겨를이 없었사옵니다."

"3년 동안이나 여묘를 했다구? 요즘엔 흔하지 않는 일인데 어찌하여 그런 어려운 일을 했는고."

"효에 있어선 유가의 도를 따름이 지당하다고 생각하와 주자가례朱子家禮에 준한 것이옵니다."

"그 이유는 뭔가. 불가의 도리로서도 효를 다할 바 못할 것이 아닌데."

"불설에서의 효는 정情을 이를 뿐이고 예로서 갖추어진 것은 아니옵니다. 유가의 가르침으로써 효는 비로소 예를 갖추게 되는 것이 아닌가 하옵니다."

"그럴까? 나는 불설에도 갖추어진 예가 있다고 생각하는데?"

"그러나 불경은 호한浩翰하지만 〈예기〉禮記에 견줄 만한 예의 전거가 없사옵니다."

"듣고 보니 그렇군. 공의 학문이 그런 데까지 미치고 있으니 경탄할 만하구료. 여묘 3년이라니 지효至孝라고 할 수 있고. 재가 높으면 덕이 박하기 쉬운데 공은 재덕을 겸비한 사람이다. 뿐만 아니라 공의 뜻이 멀고 크다는 것을 나는 안다. 지志는 그만하면 부족할 것이 없는데, 조操가 어떨까 하는 것이 공에 대한 나의 관심이다. 지는 조와 합하여 지조志操가 되어야 하느니라."

"대감께서 조操를 가르쳐 주옵소서."

정몽주가 머리를 조아렸다.

"조는 의義로써 통관通貫한다는 것을 이름이라. 의로써 사물을 판단하고 의로써 언행을 규제하고 의로써 목적을 삼고 나아가면 그 지조는 금석과 같지 않겠는가."

"삼가 대감의 뜻을 평생토록 봉행하겠나이다."

"나는 달가를 그런 사람으로 믿겠다. 청운의 뜻은 무궁하고 무변제이지만 지조로써 일관하지 않으면 흐트러진 구슬처럼 되고 말지니라."

정몽주는 김득배의 이 말을 자기의 마음속에 깊이 새겼다.

김득배는 원래 명문의 아들이다. 공민왕이 강릉대군으로 있을 때 원나라까지 수행하여 숙위宿衛를 맡았고, 공민왕이 즉위하자 우부대언右部代言으로 측근에 있었다. 조일신 등의 모함으로 일시 파직되었으나 곧 찬성사贊成事, 서경윤西京尹, 상만호上萬戶 등으로 승진하여 지난해 홍건적紅巾賊의 침입이 있었을 땐 처음엔 패했으나, 끝내 그들을 무찔러 압록강 저쪽으로 내쫓은 대공을 세운 사람이다.

정몽주 등의 지공거가 되었을 땐 벼슬이 정당문학이었다. 문과출신이었지만 병술兵術 또한 능하여 이른바 출장입상出將入相의 대기大器이다. 그런 만큼 정몽주는 깊이 그 인물에 경도했던 것이다.

정몽주가 물었다.

"대감께옵선 이 시국에 무엇이 가장 중요하다고 생각하십니까."

"뭐니 뭐니 해도 홍건적의 소탕과 왜구의 섬멸이 긴급한 일이 아니겠는가"하고, "국론의 불일치가 걱정이다"하며 신구귀족의 갈등, 조정내의 세력 대립 등을 예거하며 한숨을 쉬었다.

"그러나"하고 김득배는 힘주어 말했다. "목은牧隱 같은 분이 왕의 측근에 있으니 조정내의 대립은 차분히 조절할 수 있을 것이지만 홍건적과 왜구가 골칫거리이다."

"그렇다면 소생도 졸병으로라도 종군하여 우선 왜적을 치는데 헌신 해야 하겠습니다."

그러자 김득배는 크게 웃으며 말을 이었다.

"나라를 위하는 길은 각기 다른 거여. 달가와 같은 대재는 앞으로 사 직의 동량이 되어야 하네. 동량이 될 목재를 서까래로 써서도 안 되는 것이며 황차 군불감 장작으로 사용할 수 있겠는가. 달가는 우선 자신을 키우고 지위를 높여야 하느니. 부재기위不在其位이면 불능이란 말이 있 지 않는가. 아무리 경륜이 풍부하고 능력이 월등해도 미관말직으로선 본령을 다할 수 없네. 위가 높아지면 문무 가릴 것 없이 정사와 군사를 지휘할 수 있는 것이니 달가가 마땅히 할 일은 자기의 때를 기다려야 하 는 거요. 그런데 명심해야 할 것은 문文의 마음으로 무武를 다스리고 무 의 마음으로 문을 다스리면, 출장입상出將入相의 명예가 나라의 광영이 될 것이며 본인의 광영이 될 것이니라."

이어 김득배는 배원조명排元助明의 정책에 언급했다.

"왕의 배원책은 목은牧隱으로부터 나온 것인즉 그 대본은 옳다고 본 다. 달가도 대세를 판단할 줄 아는 견식의 소유자이니 그 당부當否를 알 것으로 본다. 작은 일에 실수가 없도록, 출발에서 어긋남이 없도록 하게."

짧은 동안이었지만 김득배와의 회견에 정몽주는 깊은 감동을 받았 다. 정몽주는 김득배가 자기 앞에 흉금을 털어놓았다고 느낀 것이다. 그리고 그것은 사실이기도 했다.

김득배는 정몽주에게 자신의 희망을 걸었다. 정몽주는 마음속으로 김득배를 스승으로 모시기로 했다. 그리고 그 가르침대로 의義로써 일 생을 통관通貫하리라고 스스로 서약했다.

김득배의 집에서 나온 정몽주의 발걸음이 교외로 향하고 있었다. 늦은 봄날의 흥취가 산과 들에 넘쳐 있어 그냥 집으로 돌아갈 수 없었던 것이다.

실컷 걸었던 모양으로 어느덧 자하동紫霞洞 입구에 와 있었다. 자하동은 송악산 아래에 있는 그윽한 동부洞府이다. 맑은 물이 이끼가 낀 바위 위로 미끄러져 흐른다. 동중엔 칠로대七老臺, 십선대十仙臺가 있어 각기 유서를 가지고 시詩를 가졌다.

정몽주는 가끔 시름이 있을 때마다 이곳을 산책하며 명상에 잠겼다. 명상에 잠기다간 돌아가신 아버지를 생각하고 노쇠해가는 어머니를 생각하는 것이다. 진실로 난세에 생을 받았다는 것은 힘겨운 숙명이다. 정몽주는 자신의 일보다도 도탄에 헤매는 백성들에게 마음을 미쳤다. 내 비록 장원급제를 했다고 하나 백성을 편안하게 살릴 방도가 없으면 그것은 모두 허명虛名이고 허영이 아니겠는가.

이런 마음으로 칠로대 쪽으로 발을 옮기려고 했을 때 뒤에서 소리가 있었다.

"달가達可! 달가가 아닌가."

뒤돌아보았다. 조창규였다. 조창규는 권문세도가의 아들로서 금번 동당시에 응시하여 꼴찌에 가까운 성적으로 합격한 사람이다.

"우리 오늘 소풍을 왔다. 동기童妓들을 데리고 왔지. 우리 자리에 가서 한잔 하게나."

조창규가 정몽주를 끌었다. 반대할 이유가 없었다. 조창규가 이끄는 대로 정몽주는 그 자리에 갔다. 방초 위에 화문석 돗자리를 깔고 진수성찬을 사이에 두고 5, 6명의 청년과 5, 6명의 기생들이 앉아 있었다.

"이 사람이 이번 과거에 장원한 달가라는 사람이다."

조창규가 소개하자 건달들로 보이는 청년들이 각기 자기 이름을 대

며 수인사를 했다. 기생들은 그저 황홀하게 정몽주를 바라보고 있을 뿐
이다.

정몽주는 권하는 대로 사양하지 않고 대배大杯를 받아 마셨다. 주량
에 자신이 있었기 때문이기도 하거니와 건달들의 수작에 걸려들지 않
기 위해선 서슴없이 술을 마셔야만 했다.

그런데 이날의 술자리는 무의미한 것이 아니었다. 그 자리에서 정몽
주는 우현禹玹이란 친구를 알게 되었고, 희선喜仙이란 기생을 알게 되었
기 때문이다. 우현은 그날부터 정몽주를 그림자처럼 따라다니며 견마
지로犬馬之勞를 다하게 되고, 희선은 그날부터 변함없는 순정을 정몽주
에게 쏟게 되는 것이다.

과거에 장원으로 급제하긴 했으나 정몽주의 관도官途는 막연했다.
왜구와 홍건적의 침노가 심하여 나라는 극도로 혼란하고 조정의 기강
은 말이 아니었다.

홍건적은 원나라의 쇠락을 틈탄 반란군이다. 태주台州에선 방국진이
일어서고, 절강浙江에선 방사성이 천하를 노리게 되고, 직례直隸에서
일어난 한산동의 아들 한림아는 유복통 등에 추대되어 중국 북부 각지
를 유린하더니 이윽고 고려의 국경을 침노하게 되었다.

공민왕 9년엔 모거경毛居敬이 4만의 홍건적을 이끌고 결빙한 압록강
을 건너와서 파죽지세로 나라의 북부를 석권하고 평양서경을 점령했다.
이때 김득배 등이 관군을 이끌고 그들을 무찔러 평양을 회복하는 한편
추격하여 드디어 놈들을 압록강 저편으로 몰아냈다. 이 공로로 김득배
는 수충보절정원輸忠保節定遠공신이 되었다.

그런데 공민왕 10년 10월에 10만의 홍건적이 다시 침입했다. 자비령
의 방책이 무너졌다는 소식이 있자 개경은 혼란의 도가니가 되었다. 왕

과 왕비는 남쪽 상주로 난을 피했다. 이 해 12월 정세운鄭世雲을 총병관으로 하고, 안우安祐·이방실李芳實·김득배 등 제원수諸元帥가 힘을 합쳐 홍건적을 대파하여 개경을 수복하고 여적을 소탕함으로써 이듬해의 봄, 비로소 난을 평정하게 되었다.

정몽주가 예문관 검열檢閱로서 벼슬길에 오른 것은 공민왕 11년 3월이니 바로 이때의 일이다. 검열이란 임금의 뜻을 받들어 사명詞命을 짓는 직책으로서 정 9품의 벼슬이다.

나라에도 정몽주 개인에게도 봄이 찾아온 셈인데 뜻밖인 사건이 생겼다. 홍건적을 물리친 대공大功을 세운 정세운·안우·이방실·김득배 등 장군이 몰살된 사건이었다. 더욱이 김득배가 나라에 대죄를 얻어 참형을 받고 효수梟首되었다는 것은 정몽주로선 엄청난 충격이었다.

정몽주는 이 사건의 진상을 철저하게 파헤칠 결심을 했다. 사건의 중심에 김용金鏞이 있다는 사실을 알았다. 김용은 공민왕의 총신이었다. 그 당시 김용의 권세에 비견할 자가 없었다. 사건의 진상을 파헤친다는 것은 곧 김용의 비행을 폭로하는 것이 되는 것이니 관직에서 쫓겨날 위험은 물론이고 생명이 위태롭게 되는 지경이다.

김용의 비행을 캐는 데 결정적 역할을 한 것은 앞서 자하동에서 만난 우현이다. 정몽주로부터 얘기를 듣자 우현은 생명을 걸고 김용의 신변을 살피겠다고 했다. 우현은 자기의 말대로 김용을 미행하기도 하고 김용의 집에 드나드는 사람들을 살피기도 하여 김용의 비행을 샅샅이 파악했다. 그 결과를 듣고 정몽주가 의논한 상대는 이존오이다. 이존오는 주먹을 쥐고 부들부들 떨며 흥분했지만 정몽주의 거사를 달걀로 바위를 치는 격이 될 뿐이라며 단념하라고 했다.

김용은 원래 간사한 사람이다. 공민왕이 세자의 신분으로 원나라에 갔을 때 시종한 공으로 대호군大護軍이 되고 공민왕이 즉위했을 땐 수충분의輸忠奮義공신의 호를 받았다.

　세자를 모시고 원나라에 수행했을 때 있었던 일이다. 요동 객사에 머물러 있었을 무렵, 세자가 밤에 칙간을 가려고 하자 김용이 뛰어나가 앞서선 뜰 모퉁이의 함정에 빠졌다. 그리곤, "세자마마, 소인이 빠졌기에 다행이지 큰일 날 뻔했사옵니다"고 호들갑을 떨었다. 사실을 말하면 그 함정은 김용 자신이 그런 계교를 부릴 작정으로 몰래 미리 파놓았던 것이었다.

　수행원 가운데 다른 사람이 세자에게 과일이나 과자를 헌상하면 어느 틈에 썩은 것으로 바꾸어 놓아 세자와 그 수행원 사이를 이간시키는 일을 예사로 했다. 그렇게 하여 김용은 공민왕을 사로잡았다.

　수렵을 나가면 미리 꿩이나 토끼를 잡아 근처의 숲 속에 숨겨두곤 왕으로 하여금 그 방향으로 활을 쏘게 해선 백시백중百矢百中했다며 왕을 기쁘게 했다. 백시백중 하는 왕이 다른 신하와 사냥을 나가 한 마리도 잡지 못해 투덜대면 김용이, "사람을 얻으면 복이요得人爲福, 사람을 얻지 못하면 백사百事에 백실百失하는 것입니다"하고 자기가 모시고 있으면 만사가 형통한다는 뜻을 은근히 비치기도 했다.

　그러면서도 분외의 출세를 노려 조일신의 행궁 습격사건에 연좌되어 유배되기도 했는데 곧 거짓말을 꾸며대어 모면해선 벼슬을 복구했다. 공민왕 3년, 중국 절강의 반도叛徒 장사성張士誠을 치기 위해 원나라에서 고려에 원군을 청했다. 이때 김용이 파견되었다. 요령 좋게 굴다가 돌아와선 그 공로로 안성군安城君으로 피봉되었다.

　공민왕 11년의 홍건적난에 정세운・안우・이방실・김득배 등이 대공을 세우자 김용은 왕의 총애를 그들에게 빼앗길까 봐 위계僞計를 썼다. 김용이 안우에게 이르길, 정세운이 왕에게 안우가 반역을 모의했다고 참소했다. 그리고 당신이 정세운을 죽이지 않으면 당신이 먼저 죽게 될 것이라고 선동했다. 격분한 안우가 이방실과 김득배를 찾아가 김용의 말을 전하고 함께 정세운을 제거하자고 했다. 이방실과 김득배는 사실을 알아보고 난 연후에 하자고 권했으나 듣지 않고 안우는 그 길로 가서 정세운을 죽였다.

그러자 김용은 안우·이방실·김득배 등이 주장 정세운의 공을 시기하여 그를 죽이고 반역을 모의했다고 왕에게 고하여 그들 모두를 참형해서 효수한 것이다.

정몽주는 김용에 대한 탄핵은 일단 타일로 미루고, 자기가 스승으로 받든 김득배를 정중하게 장사지낼 수 있도록 해달라는 소를 임금에게 올렸다. 그 소가 간절하기로 공민왕은 정몽주의 청을 허락했다.

정몽주는 즉시 상주로 내려가 토막 난 김득배의 시신을 합쳐 경건하게 염하곤 공신의 위의威儀에 합당한 장례를 지냈다. 그 제문이 간절하기로 다음에 옮긴다.

— 오호嗚呼! 황천皇天!

이 분이 어떤 사람입니까. 들건대 착한 자에게 복을 주고 악한 자에겐 화를 주는 것이 하늘이라 하였고, 선한 자에겐 상을 주고 악한 자에겐 벌을 주는 게 사람의 도리라고 하였습니다. 천도天道와 인도人道는 각각 다르지만 이치는 한 가지라 하겠습니다. 옛날 사람의 말에 '하늘은 정한 대로 사람을 이기는 것이지만, 사람이 소망하는 바가 많으면 하늘을 이길 수도 있다天定勝人 人衆勝天'고 했는데 이것이 무슨 뜻이겠습니까.

홍건적이 침입했을 무렵 임금은 파천하고 국가의 운명은 가느다란 실에 매달려 있는 지경이었습니다. 이때 공께선 맨 먼저 대의大義를 부르짖으니 원근의 사람들이 호응하였거니와 몸소 만사지계萬死之計를 내어 삼한의 왕업王業을 회복한 것입니다.

지금 모든 사람이 여기서 먹고 여기서 잘 수 있는 것이 누구의 덕택이 겠습니까. 비록 죄가 있으면 공功으로써 덮어주어야만 옳은 일이고, 죄가 공보다 무거우면 반드시 그 죄를 승복케 한 연후에 처리함이 옳은 것입니다. 그런데 어쩌자고 전쟁터를 달린 말의 땀이 마르기도 전에, 승전의 노래가 끝나기도 전에 태산 같은 공功은 어떻게 하고 칼날의 피 가 되었사옵니까. 바로 이것이 내가 피눈물을 흘리며 하늘에 묻고자 하는 바입니다.

나는 압니다. 그 충혼忠魂과 장백壯魄이 천추만세에 걸쳐 구천九泉 하 에서 피눈물을 마시리라는 것을!

오호, 천명입니다. 어찌 하오리까, 어찌 하오리까!

정몽주의 이 제문은 낡지 않았다. '천정승인天定勝人', '인중승천人衆 勝天'의 사상은 운명의 필연과 인간의 당위當爲를 핵심으로 하는 현대사 상의 대문제와 직결되어 있는 것이며 아직도 석연한 해석이 가능하지 않다.

"雖有其罪 以功掩之可也 罪重於功 必使歸服其罪然後 討之可也"

(죄가 있을지라도 그 공으로써 덮어주는 것이 옳고, 죄가 공보다 무거우면 충분히 그 죄에 승복케 한 후에 처리함이 옳다) 라고 한 것은 위대한 사상이 며 위대한 문장이다.

일개 정 9품의 미관말직이 당대의 권신 김용의 존재를 의식하면서도 이처럼 갈파할 수 있었다는 것은 실로 당목앙시瞠目仰視할 일이다. 뜻있 는 고려인은 다시 한 번 놀랐다. 목은牧隱 이색李穡은 "해동에 의인이 났 다"고 했고, 정도전鄭道傳은 "나는 이미 그와 견줄 바 못 된다"고 했고, 이존오는 "비로소 나는 학學과 행行에 있어서 스승을 만났다"고 했다.

이성계李成桂도 무언가 의견이 있었겠지만 그것을 알 수 없는 것이 유감이다.

이색이 가지고 온, 김득배에 대한 정몽주의 제문을 거듭 읽고 공민왕이 물었다.

"김득배 등을 처단케 한 것은 분명 나의 잘못이었지?"

"상심하지 마옵소서. 지나간 일이옵니다. 앞으론 그런 일이 없도록 하면 될 것이옵니다."

이색의 말은 장중했다.

"이 제문은 바로 나에 대한 탄핵문 같구나. 일개 검열인 주제에 무엄하다고 생각하지 않는가."

공민왕의 감정은 이처럼 착잡했다. 이색의 대답이 있었다.

"정몽주는 진실을 피력했을 뿐입니다. 전하께서 무엄하다고 생각하신다면, 한번 그 사람을 불러 의중을 물어보는 것이 어떨까 하옵니다."

"그럼 내일 그 자를 내 앞에 데려오도록 하시오."

이렇게 하여 공민왕과 정몽주의 대면이 이루어졌다. 이색이 배석했다. 공민왕이 물었다.

"김득배가 억울하게 죽었다고 생각하는가."

"억울한 죽음이라고 생각합니다."

"왜 그런가."

"스승 난계 선생은 남을 시기할 인물이 아니오며 반역을 꾀할 인물도 아니옵니다."

"어째서 그렇게 말하는가."

"난계 선생께선 소신에게 지조를 가르치셨습니다. 지志엔 조操가 따라야 된다고 말씀하시고 '조'는 의義로써 통관되는 것이라고 가르치셨습니다. 그러한 어른이 어찌 스스로 지조를 지키지 않으셨겠습니까."

"그럼 공이 김득배, 아니 난계를 장례지낸 것은 지조를 지키기 위해 한 노릇인가."

"그러하옵니다. 소신은 난계 선생의 가르치심을 평생 동안 봉행하기로 서약했사옵니다."

"난계의 죽음이 억울하다면 그 책임은 김용에게 있지 않겠는가."

"소신은 책임 소재를 판단할 자리에 있지 않사옵니다."

"판단하라는 것이 아니고 심정을 말하라는 것이다."

"심정을 말한다고 하더라도 당자가 없는 곳에서 말하게 되면 참소와 같은 것으로 되옵기에 삼갈까 하옵니다."

"왕명이라도 말할 수 없겠는가?"

"공명한 자리를 베풀어 주옵소서. 소신껏 아뢰겠습니다."

"김득배의 죽음이 억울하다면 고^孤의 잘못도 있다 생각하겠지?"

"그런 생각은 추호도 없습니다. 국가의 만기^{萬機}를 보살피는 주상께선 신임하는 신하에게 맡은 바 사안을 맡기는 게 당연한 것이옵기 때문입니다."

"내게 잘못이 없다는 말인가?"

"소신에게 대한 물음으로선 너무나 막중하옵니다. 목은 선생께 하문하소서."

"아아, 나는 괴롭다."

공민왕은 신음하듯 했다.

이색과 정몽주는 고개를 떨구었다.

"난계는 내게도 스승이었다. 난계는 불세출의 충신이었다. 그런 충신을 잃다니 고에겐 덕이 없어."

이색은 다음과 같이 말했을 뿐이다.

"전하, 진정하옵소서. 다시는 그런 일이 없도록 하시면 될 것이옵
니다."

　막바로 말해 당시 공민왕에겐 힘이 없었다. 수백 명 사병을 거느린
김용의 위세 앞에선 어쩔 수가 없었다.
"주장을 죽일 수 있다면 궁궐도 범할 수 있는 놈들입니다. 무리들이
무슨 짓을 할지 모르니 빨리 처단해야 합니다. 구멍이 작을 때 방천을
막아야 합니다. 방천이 터지면 이미 때는 늦습니다."
　김용이 강박하는 것을 무력한 왕이 어떻게 거부하겠는가.
　이색도 정몽주도 그런 사정을 알고 있었다. 알고 있었기에 정몽주는
공민왕을 탓할 수 없었다.
"정 공은 담대하구나."
　공민왕이 뚜벅 한마디 했다.
"달가는 담대한 것이 아니라 의義에 순殉할 작정을 했나봅니다."
　이색이 말을 끼었다.
"정 공에겐 무서운 것이 없나?"
　공민왕이 물었다.
"왜 무서운 것이 없겠습니까."
　정몽주가 머리를 조아렸다.
"원나라가 자포자기로 덤벼들까 무섭고, 명나라가 우리의 약점을 노
려 무리한 짓을 할까보아 무섭고, 천재지변이 있어 백성들이 더욱 도탄
에 빠질까 하여 무섭습니다."
"김용은 무섭지 않은가?"
"결단코 무섭지 않습니다."
"김득배 같은 대인물도 쉽게 죽일 수 있었는데 정 공쯤 죽이는 건 여

반장如反掌한 것 아닌가. 그래도 무섭지 않은가. "

"소신은 의로써 죽는 것은 영생永生을 얻는 것으로 알고 있습니다. "

"그 말 장하다. 정 공과 같은 신하를 두었다는 것을 고는 행운으로 여긴다. "

공민왕은 원나라에서 얻은 보검 한 자루와 역시 원나라에서 구한 단계연端溪硯과 지필묵紙筆墨을 내렸다. 검은 무武에도 관심을 두어 국방을 엄하게 하라는 뜻이고, 지필묵과 벼루는 문신으로서의 최선을 다하라는 뜻으로서 정몽주는 감격했다.

정몽주가 퇴출한 후 공민왕은 이색을 향해 말했다.

"저 사람을 크게 등용해야 할 것이 아닌가. "

"신의 생각은 정 3품직에라도 등용하고 싶지만 주위의 시기심을 자극하면 거목이 되기 전에 벌레와 도끼가 덤빌까 두렵습니다. "

그해 11월 정몽주는 수찬修撰에 올랐다. 예문관의 벼슬인데 정 8품직이다. 9품직에서 8품직으로 오른 것이니 별반 대단한 것이 아닌 것 같으나 그렇지가 않다.

김득배의 장례와 김득배에 대한 제문이 세인의 이목을 끌었던 직후의 일이라서 정몽주의 진급은 갖가지의 의미를 가지고 있었다. 우선 그것은 정몽주의 행위를 조정에서 긍정했다는 증거의 뜻이 있었다. 한편 그것은 김용의 위신을 손상하는 결과도 되었다.

정몽주는 김용을 정식으로 탄핵할 준비를 진행시켰다. 그런데 그럴 필요가 없어졌다. 김용은 스스로 마각馬脚을 드러내어 자멸의 길을 걷게 되었다. 김용은 정몽주의 승진을 계기로 공민왕의 자기에게 대한 마음에 변화가 일고 있다는 것을 눈치챘다. 전비前非가 속속 탄로 날 위험을 느꼈다. 권세를 부리고 있다고는 하나 결정적인 죄과가 폭로되면 감당 못할 사태가 된다. 게다가 김용은 파렴치한 소행으로 많은 적이 있다는 것을 스스로 깨닫고 있었다.

김용은 화를 미연에 방지해야겠다고 작심했다. 그러려면 선수를 쳐야 한다. 김용은 공민왕을 없애버릴 계획을 세웠다. 그는 심복과 사병私兵을 단속하며 기회를 노렸다. 대궐로 치고 들어갈 순 없는 일이니 공민왕이 나들이하는 기회를 포착할 수밖에 없었다.

1363년, 공민왕 12년 2월. 왕은 복주福州에 행차했다. 복주란 지금의 상주이다. 복주에 갔다가 이듬해 윤 3월에 돌아와 흥왕사興王寺에 묵게 되었다. 김용은 물실호기勿失好機라고 생각했다. 사병을 풀어 흥왕사의 행궁을 습격했다.

그런데 김용의 사병들은 우정승 홍언백, 상장군 김장수 등을 죽이고, 환관宦官 안도치安都赤를 죽이곤 그것이 공민왕인 줄 잘못 알았다. 공민왕은 위기일발 난을 피했다.

급보를 받고 달려온 최영崔瑩이 김용의 사병들을 진살盡殺하다시피하고 김용을 사로잡았다. 곧 그에 대한 국문이 시작되었다. 그의 죄상은 어마어마했다. 그의 비행을 고하는 투서가 한 수레를 넘었다고도 한다.

김용은 밀성, 지금의 밀양으로 유배되었다가 곧 계림부로 옮겨져 이윽고 주살誅殺되었다. 이 소식을 전해들은 국인들은 너나 할 것 없이 기뻐했다.

이 사건으로 인해 정몽주의 이름은 한층 더 높이 선전되었다. 정몽주로서도 얻은 교훈이 있었다. 좋지 못한 과일은 이를 장대를 휘둘러 억지로 떨어뜨림으로써 나무를 상하게 할 것이 아니라 저절로 썩어 떨어지도록 기다리는 것도 지혜로운 일이라고 깨달은 것이다.

정몽주가 왕의 신임을 얻게 된 것은 당연하지만 공민왕에겐 한계가 있었다. 사람을 보는 총명은 가졌으되 그렇게 얻은 인재를 활용하는 수

완과 도량엔 결한 바가 있었던 것이다.

　공민왕 13년. 이 해는 정월부터 시끄러웠다.

　원元의 나하추納哈出가 동북면으로 침입하고, 덕흥군德興君을 받든, 반역자 최유崔儒는 1만 명의 병사를 거느리고 서북면으로 침입했다. 뿐만 아니라 원과 명이 다투는 틈바구니를 타고 여진족이 고개를 쳐들었다. 여진족의 삼선三善·삼개三介 등이 쳐들어와 화주 이북을 휩쓸었다.

　이 무렵 한방신韓邦信이 정몽주를 방문했다. 이때 정몽주는 낭장郎將 겸 합문지후閤門祗侯)의 벼슬에 있었다.

　"정 공의 도움을 청하러 왔다."

　한방신의 첫말이었다. 한방신은 정몽주가 등과한 과거의 동지공거同知貢擧였다. 즉, 고시 부위원장이다. 그런 만큼 그의 청을 거절할 수 없는 의리가 있었다.

　"제가 할 수 있는 일이면 무엇이건 하겠습니다."

　정몽주의 대답은 정중했다.

　"여진족이 화주 지방에 분탕을 치고 있다는 사실은 알고 있지요? 이번 나는 동북면 도지휘사로서 출전하게 되었소. 그런데 적은 이름난 무리들이오. 그 적을 치는 게 예사일일 수 없소. 정 공의 지략을 빌리고자 하는 거요. 내 종사관으로서 종군從軍해 주지 않겠소?"

　전지에 나가는 대장군이 데리고 가고 싶은 사람이 있을 땐 조정의 요로에 알리면 명령으로서 처리될 수 있는 것인데, 모처럼 찾아와 본인의 동의를 얻고자 하는 한방신의 태도에 정몽주는 범상치 않은 호의를 느꼈다.

　"장군의 뜻이 그러하시다면 기꺼이 종군하겠습니다."

　"고맙소." 한방신이 정몽주의 손을 잡았다.

군진에서의 종사관은 지금으로 말하면 참모장의 역할이다. 작전계획을 세우는 한편, 군기軍器와 군량을 정비하고 단속하는 일까지 맡아야 하는 것이다.

"그럼 내 조정에 그렇게 알리리다."

정몽주가 한방신의 종사관으로서 출전하게 되었다는 소식을 듣고 재빨리 찾아온 사람은 김구용金九容이었다.

김구용은 최영과 이성계에 비해 한방신이 미흡한 장기將器라며 걱정했다.

"그런 자의 종사관이 되어 자칫 달가의 경력에 오점이 찍힐까 싶어 심히 우려된다."

"명장名將의 후광을 받는 것도 나쁘지 않지만, 명장을 만들어 보는 것도 좋은 일 아닌가."

정몽주의 태도는 이렇게 여유작작했다.

정몽주로선 최초의 전쟁경험이다. 만에 하나라도 실수가 있어선 안되는 것이다. 그러나 문文에서 신중하듯 매사에 신중하면 과히 실수는 없으리란 자신은 있었다.

종사관의 위치로선 우선 사령관의 능력과 기량, 그리고 사고방식의 틀을 파악해야만 한다. 장군의 뜻을 받드는 것은 물론이고 옳은 의견으로 장군을 설득하는 것도 종사관의 역할이다. 옳은 의견이라고 해서 그냥 통하게 되진 않는 것은 평시에나 전시에나 다를 바가 없다. 설득에는 방법이 있어야 하고, 방법은 상대방의 성격에 따라야만 하는 것이다.

한방신은 처세에는 요령이 좋은 사람으로 알려졌지만 장군의 기량은 부족한 점이 있다는 것을 간파했다. 전지로 출발하기에 앞서 정몽주는 한방신과 몇 차례 자리를 같이 했는데 그 어느 자리에선가 한방신이 이런 말을 했다.

"군율을 엄하게 하여 일벌백계의 엄한 원칙하에 군졸들을 다스려야 할 것이오. 그래야만 명령에 복종하게 되고, 명령에 복종하게만 되면 승리는 우리에게 있을 것이 아니오."

정몽주는 지당한 말이라고 일단 생각했다. 그러나 지당한 것만 갖곤 전쟁에 이길 수 없다는 것을 그는 알고 있었다. 군율을 엄하게 하는 것은 군의 질서를 유지하기 위해서이지만 승전으로 이끌 수 있는 전력戰力은, 군율에서 나오는 것이 아니라 군의 화합된 힘에 비롯된다는 사실을 알고 있었으나 그런 말은 일체 생략하고 다만 이렇게 말했다.

"군율을 지키게 하기 위해선 엄부嚴父와 같은 태도와 자모慈母와 같은 정이 있어야 할 것으로 압니다."

"달가는 좋은 말을 했소. 엄부와 자모라 ⋯."

한방신은 고개를 끄덕였다.

정몽주는 상대방의 말은 되도록이면 많이 듣고 이편의 말은 극도로 절약하는 신중성을 가지고 한방신을 대했다.

정몽주가 한방신을 따라 동정의 길에 오른 것은 8월 초순의 일이다. 개경開京에서 화주和州까진 천 리 가까운 길이다. 준령이 있고 험소도 있었다. 가을 풍경이 펼쳐져 가끔 경색에 매혹되기도 했지만 전란에 휩쓸린 산하는 그를 상심케 했다. 다음은 그의 상심을 노래한 시이다.

聯鞍千里遠從軍 欲到咸州又送君

政是男兒腸斷處 秋風畫角不堪聞

(나란히 말을 타고 먼 천 리 길을 종군하여 와선 함주에 도착하자마자 다시 그대와 이별하게 되니 정말 사나이의 애를 끊는 곳이로다.

가을바람을 타고 들려오는 화각소리 차마 들을 수가 없구나.）

이렇게 정이 많은 사람이고 보면 군졸들에게 쓰는 마음을 짐작할 수가 있다. 그가 이끈 군졸들은 화주에 도착할 때까지 한 명의 낙오자도 없었다고 전한다.

화주에 도착하긴 했으나 산발적인 적의 출몰이 있었을 뿐이고 본격적인 전투는 없이 그래저래 한 해가 저물려고 할 즈음 삼선·삼개가 이끄는 여진군대가 들이닥쳐 일시 후퇴하지 않을 수 없었다.

정몽주는 각 방면으로 척후대를 파견하고 민간인의 제보를 모으는 등 정보수습에 노력을 경주했다. 적의 동태를 알지 않곤 효과적인 작전이 불가능한 것이다. 적이 선제공격을 감행할 경우도 생각해야만 했다. 한방신은 저돌적인 공격을 감행하려 했으나 정몽주는 신중을 기했다.

적은 화주성을 중심으로 13개 처에 주둔하고 있다는 사실을 파악했다. 둔소마다 7, 8백 명이 배치되어 있는 것이다. 적의 수는 도합 1만 내외였다. 그런데 이편의 전력은 5천이다. 5천으로써 1만 명을 상대한다는 것은 전법상 불가능하다.

한방신은 5천의 병력을 13개 대로 나누어 적 13개 대와 대응하자는 의견을 내었다. 그렇게 하면 7, 8백 명의 적에 3, 4백 명의 병력으로 대응하는 것으로 된다. 그런데 적은 만주의 벌에서 종횡무진으로 활약하던 정병이다. 이미 수적으로 열세인 병력으로 여진의 정병을 감당할 수 있겠는가.

생각은 이러했지만 정몽주는 한방신의 의견을 충분히 검토하는 척하고 이렇게 물었다.

"5백 명으로써 천 명의 적을 치라고 명령하면 모두들 그 명령이 무리하다고 생각하지 않겠습니까."

"일단 명령을 내리면 그만이지, 거기에 다른 생각이 있을 수 있소?"

한방신의 표정이 굳어 있었다.

"이왕이면 마음으로부터 납득할 수 있는 명령을 내려야지요."

정몽주가 설명했다. 예컨대, 10명의 적을 1백 명이 공격하라는 명령은 수월하게 실행된다. 반대로 1백 명의 적을 10명이 공격하라는 명령은 명령이니까 그렇게 움직여 보는 것뿐이지 소기의 목적을 달성할 수 없다.

"적의 세는 1만, 우리의 세는 5천인데 어떻게 하자는 거요. 원래 이 전쟁은 무리한 전쟁이 아니오. 진인사盡人事의 대천명待天命이지. 운수에 맡길 뿐이오."

"진인사해야지요. 그러려면 좀더 생각해보시는 게 어떻겠습니까."

한방신이 팔짱을 끼고 생각에 잠기는 듯 했으나 고개를 저었다.

"좋은 생각이 나질 않는군."

정몽주가 공순히 아뢨다.

"우리 군세를 13개로 나눠 13군데를 한꺼번에 칠 것이 아니라, 적이 취약한 곳 두세 군데를 골라 그곳을 집중적으로 치는 것이 어떻겠습니까."

"설혹 두세 군데를 쳐서 이겼다고 해도 다대수의 적은 그냥 남게 되는데 그것을 어떻게 감당하겠소. 아니, 두세 군데를 칠 때 적의 대군이 우리 배후를 습격하면 어떻게 할 것이오."

한방신의 의견이 막상 틀린 것은 아니었다. 정몽주는 좀더 구체적으로 설명을 시작했다. 1백 명 내지 2백 명의 병력을 적의 우측으로 양동陽動시켜 적의 주의를 그쪽으로 끌어놓고 주력부대를 돌연 발진하여 적의 좌단둔소左端屯所를 습격하자는 것이다.

"5천 명의 병력으로 7, 8백 명의 적을 치는 겁니다. 그렇게 해서 그들을 몰살시키면 적의 진영에 동요가 일 것은 확실합니다. 한 둔소屯所가 결정적 타격을 받으면 다른 둔소는 사기를 잃게 되어 전의戰意를 상실하게 될지도 모르는 일 아니겠습니까."

"그게 실패하면?"

"5천 명 군사가 7, 8백 명 있는 둔소를 함락시키지 못한다면, 아니 그럴 자신이 없으면 이번 전투는 하나마나 한 일이 아닙니까."

정몽주는 다음과 같이 덧붙였다.

"습격을 받은 둔소의 적병이 도망치면 다른 둔소의 적들은 우리에게 대항할 생각을 못합니다. 만일 그들이 반격한다면 우리는 재빨리 퇴각하면 될 것이 아닙니까. 질풍처럼 들이닥쳤다가 질풍처럼 후퇴하는 겁니다. 그러기 위해 군졸들에게 3일간의 휴식을 준 것이 아닙니까."

한방신이 겨우 납득한 모양으로, "그렇게 해보자"며 즉시 부장部將들을 불러 모았다.

작전회의가 시작되었다. 양동작전을 할 부대가 선발되었다. 적의 최좌단 둔소까지의 거리와 적의 각 둔소 사이의 거리를 추측하고 습격에 소요되는 시간과 전투방법, 부대의 배열과 순서 등에 관한 대략의 계획이 짜였다.

"행동을 개시하는 시각을 어떻게 정하면 좋겠소."

한방신이 정몽주를 돌아보았다.

"시각을 정하기 전에… 이성계 장군과 최영 장군에게 연락하여 합세 여부合勢與否를 타진함이 옳지 않겠습니까."

"내가 이 동북면 전투에선 도지휘사都指揮使요. 전투도 하기 전에 합세를 청한다는 것은 있을 수 없소."

한방신의 말에 노기가 있었다.

"싸움엔 필승을 기해야 합니다. 필승을 기하기 위해선 최 장군과 이

28

장군의 합세가 필요합니다."

정몽주가 한 말은 이것뿐이었으나 그의 가슴엔 다음과 같은 말이 남아 있었다.

'나라를 위해 전쟁을 하는 것이지, 어느 누구의 무공을 위해 전쟁하는 것은 아닙니다. 목적은 여진족의 격퇴에 있는 것인즉 필승을 기해야 합니다. 공功을 감減하는 경우가 있을지라도 두 장군의 합세를 기다려야 합니다.'

한방신은 정몽주의 말을 무시할 수가 없었다. 최·이 두 장군에게 합세를 요청하는 사자를 보냈다.

그날 밤 막사에서 단 둘이 되었을 때 한방신의 말이 있었다.

"종사관. 두 장군에게 합세를 요청할 작정이었다면 무엇 때문에 군의軍議를 열었소? 그렇게 하여 세목細目까지 계획을 세웠소?"

"그것은 다름이 아니옵니다. 최 장군과 이 장군이 합세해 왔을 때 우리 독력으로도 전투를 시작할 준비가 충분히 되어 있다는 것을 알리기 위해서입니다. 속수무책으로 합세를 바란 것이 아니라 필승을 기하기 위해 만전을 다할 작정으로 합세 요청을 했다는 우리의 진의를 두 장군에게 알리기 위해서 입니다. 그리고 또 하나는 두 장군의 합세가 이루어지지 않았을 땐 그냥 거행하기 위해서입니다."

"달가는 신중하군."

"어른의 뜻을 받들었을 뿐입니다."

정몽주의 이 말에 한방신이 마음을 푼 모양이다. 종자에게 주효酒肴를 가져오라고 이르고 자기의 정회情懷를 풀었다.

"달가, 이런 밤엔 시詩 한 수쯤 있을 수 있지 않겠소."

한방신이 술을 권했다.

"소관의 마음엔 전의戰意가 가득 찼기로 시심詩心이 발동할 여지가 없사옵니다" 하고 정몽주는 술잔을 바쳤다.

　그건 사실이었다. 정몽주는 전쟁수행에 마음을 사로잡혀 시를 생각할 겨를이 없었다. 다만 그의 낭중엔 학우 김구용金九容이 써 보낸 〈종군하는 한림달가翰林達可를 보내며〉란 시에 화답한 시 몇 수가 여낭旅囊 속에 있을 뿐이다. 그 가운데 하나는 다음과 같다.

　落葉正繽紛　思君不見君
　(낙엽정빈분 사군불견군)
　元戎深入塞　驕將遠分軍
　(원융심입새 교장원분군)
　山寨行逢雨　城樓起望雲
　(산채행봉우 성루기망운)
　干戈盈四海　何日是修文
　(간과영사해 하일시수문)
　(낙엽이 휘날린다. 휘날리는 낙엽을 보고 있으니 그대 생각이 나지만 볼 수는 없구나. 원수는 깊숙이 들어와 있고 교만한 장군은 병사를 나누어 먼 곳에까지 왔다. 산채로 가다가 비를 만났다. 성루에 서서 뭉게구름을 보니 마음이 착잡하기만 하다. 전쟁이 천하에 가득 차서 그칠 날이 없으니 언제 학문을 닦을 날이 있을까.)
　그런데 이 시를 한방신 앞에서 읊을 수는 없는 것이다.

　사자使者들이 돌아왔다.
　이성계 장군이 합세하겠다는 뜻을 밝혔다고 한다. 최영 장군도 같은 회신을 보냈다.
　이성계·최영·한방신 등 세 장군이 모인 자리에 이미 작성되어 있던 작전계획서가 제출되었다. 이성계는 그 계획서를 한참 들여다보고 있다가 한방신에게 물었다.

"이 계책은 누가 만든 거요."

정몽주가 만들었다는 말을 듣자 이성계는 그를 불렀다. 먼 빛으로 서로 본 적은 있었지만 면대하여 이야기를 나눈 것은 그때가 처음이었다.

"이 계책은 완벽하오. 양동작전의 병력을 천 명으로 증가하고, 공격할 둔소를 우·중·좌편으로 각각 세 군데로 책정하여 이 계책대로 진행합시다."

최영도 그 계획서에 감탄한 모양으로 즉시 이성계의 의견에 동의를 표했다.

그리곤 이튿날 미명未明. 최영의 군대는 우측, 이성계의 군대는 중앙, 한방신의 군대는 좌측을 맡아 일거에 돌격작전을 감행했다. 시각의 선택이 적절하고 행동이 신속했다. 기습을 받은 여진족의 군대는 패닉恐慌狀態에 빠졌다.

패닉 상태로 도망치는 적을 추격하는 것보다 신나는 일은 없다. 여진족 군대의 시체가 군데군데 뒹굴고 흰 눈이 붉은 피에 물들었다. 주인을 잃은 적병의 말이 무리를 지어 들판을 헤맸다.

1만여 명의 적병 가운데 불과 1, 2천 명이 추격을 모면했을 정도이다. 전투는 반나절에 끝났다. 많은 무기와 수백 필의 말을 노획했다. 이렇게 하여 화주 일대를 완전히 수복했다. 이편의 손실은 거의 없다고 해도 과언이 아니었다.

이성계는 "놈들은 다시 우리 땅을 노리지 못할 것이다"하고 흐뭇해했고, 최영은 "근래 이렇게 통쾌한 승전을 해본 적이 없다"고 했다. 그리고 최·이 두 장군은 이 승전의 공로는 오로지 한방신에게 있는 것이라고 치하해 마지않았다.

그날 밤 승전의 축하연에서 한방신이 정몽주의 손을 잡고, "달가는 학문에서도 달인이지만 군사軍師로서도 달인이오. 이번의 공은 내가 차지할 것이 아니라 달가가 차지해야 하오." 하며 울먹거렸다.

한방신은 이처럼 솔직한 사람이기도 했다. 하지만 역시 한방신의 공이 컸다는 것은 정몽주를 그의 종사관으로 발탁한 견식 때문이고, 정몽주의 건책을 수용할 줄 아는 도량이 있었기 때문이다. 정몽주는 김구용에게 대답했듯 한방신을 명장으로 만든 것이다.

그러나 한방신은 후일 아들 안安이 공민왕을 시해한 사건에 연좌되어 비극적인 최후를 맞이해야만 하는 것이다.

개선하여 종5품직인 전농시승典農寺丞, 정5품직인 통직랑通直郎 등 벼슬에 차례로 올랐으나 정몽주는 취임할 수 없었다. 어머니의 상을 당한 것이다.

여묘 3년 동안 많은 일이 있었다. 그 가운데의 큰 사건은 왜구倭寇의 창궐이다. 왜구는 남해안을 겁략하는 데 그치지 않고 개경 근처까지 침노하게 되었다. 또 하나 중요한 사건은 신돈辛旽의 등장이다. 왕비의 죽음을 슬퍼한 공민왕은 더욱 깊이 불도에 빠져들어 승僧 편조遍照를 사부로서 모시다가 이윽고 국정까지 그에게 맡기게 되었다. 편조는 국정을 맡는 동시 신돈이란 이름으로 행세하게 되는 것이다.

어머니의 죽음으로 인생의 무상을 보다 절실하게 느끼고, 국사가 되어가는 꼴을 보곤 사직社稷의 위태로움을 깨달으며 그 시기 정몽주의 심중에 어떤 상념이 오가고 있었는지는 알 바가 없다. 인생의 무상을 느끼면서도 불설佛說을 생각하고, 사직의 위태로움을 깨달곤 공맹孔孟의 가르침을 반추하는 시간을 보내지 않았을까 하고 추측하는 것은 그후의 그의 언행 때문이다.

탈상한 그 해, 즉 공민왕 16년 12월, 정몽주는 예조정랑禮曹正郎 겸 성균박사成均博士에 제배되었다. 예조정랑은 정 5품직인데 성균박사는 정 7품직이다. 정 5품직이 정 7품직을 겸한다는 것은 모순된 일 같지만 학관을 겸직하려면 정 7품직인 박사밖에 자리가 없었기 때문에 부득이 한 처사이다.

이때의 성균관 대사성大司成은 목은 이색이다. 이색은 당시 판개성부사判開城府事의 직에 있으면서 전쟁 때문에 휴관상태에 있었던 성균관을 복구하기 위해 대사성을 겸하게 되었다.

이색은 정몽주보다 9세 연장으로 일찍이 문명文名이 높이 나있던 대학자이다. 성균관 부흥을 계기로 이색과 정몽주의 교의는 그 친밀의 도를 더한다. 이때의 학관으로 정몽주 외에 김구용·정도전·이숭인·박상충·박의중 등 쟁쟁한 멤버가 있었다.

학관들 가운데서도 이색은 특히 정몽주에 대한 촉망이 컸다는 것을 여러 문헌을 통해 알 수가 있다. 이색은 "달가의 논리는 그 횡설수설이 이치에 맞지 않는 것이 없다. 가히 동방이학東邦理學의 시조라고 할 만하다"고까지 극찬한 일이 있다.

뒤에 정적政敵이 되지만 정도전도 정몽주의 학문에 대한 깊은 이해와 준절한 시문에 감복했다는 기록을 남기고 있다.

유교의 부흥을 위해 누구보다도 정열적인 정몽주였지만 승려들과도 많은 친교를 가졌다. 어디까지나 진리와 진실에 충실할 뿐 사심과 고집이 없는 그의 강설講說엔 강한 설득력이 있었다. 토론을 즐기되 어떤 반대 의견에도 성색을 변한 일이 없었다고도 한다.

정몽주는 공민왕 16년 12월부터 공민왕 21년 5월까지 중의대부中議大夫, 성균직강成均直講, 성균사성成均司成, 성균관 지제교知製教, 중정대부中正大夫 등 품계와 직급을 높여가며 5년 6개월 동안 성균관에 근무하

는데, 이 기간이 그의 생애에서 가장 평온하고 행복했던 것이 아닌가
한다.

원이 북방으로 밀려나고 명이 중국을 지배하게 되어 원의 연호 지원
至元을 폐하고 명의 연호 홍무洪武를 사용하게 되는 등 대륙과의 관계에
서 엄청난 변화가 있었고, 왜구의 집요한 침략으로 국내는 여전히 혼란
했다. 그러나 성균관에서의 생활은 일단 이러한 내우외환과 정쟁엔 초
연하게 학문의 세계에 침잠할 수 있었으니 다행이었다. 그렇다고 해서
정몽주의 신변이 평온한 것만은 물론 아니다.

유교를 숭상한다고 표방한 정몽주가 많은 승려들과 친교를 맺고 있
다는 것을 의아하게 여긴 성균관 학생들이 정몽주를 향해 이렇게 물은
적이 있다.

"불설佛說과 예교禮敎는 양립할 수 없다고 생각하는데, 선생님의 의향
은 어떠신지요."

공교롭게 그 자리에 있었던 이색이 정몽주가 어떤 답을 하는가 하고
귀를 기울였다. 이색 자신도 가끔 그런 물음을 받곤 난처한 적이 있었
기 때문이다.

정몽주는 제자들의 얼굴을 하나하나 둘러보고선 조용히 물었다.

"군자가 세상에 나서 할 일은 수신修身, 제가齊家, 치국治國 평천하平天
下가 아니겠는가."

"그러하옵니다."

"불설엔 수신은 있어도 제가와 치국이 없다. 그렇지 아니한가. 석가
모니는 광제인생廣濟人生하기 위해 집을 버리고 나라를 버렸다. 그런데
인자人子로서 모두 출가出家하고 거국去國한다면 세상이 어떻게 되겠는
가. 그러니 특출한 뜻의 소유자가 아닌 범인凡人에게 불설은 너무나 높
고 멀다. 그런 까닭에 나는 전적으로 불설에 귀의하지 못한다."

"그러시다면 선생님은 불설을 배척하셔야만 당연하지 않습니까."

"나는 불설에 귀의하지 못할망정 불설을 배척하진 않는다. 아니 불설에 빙자한 잡설과 미신을 배척할망정 부처님의 가르치심 자체는 배척할 수 없다."

"왜 그러십니까."

"우리가 바라는 평천하는 불설의 광제중생廣濟衆生의 이념으로 이루어질 수 있기 때문이다. 평천하의 이론으론 예교로선 부족하다. 예교는 삼강과 오륜을 밝혀 수신하고 제가하고 치국하는 이법理法을 가르칠 뿐이지 생로병사하는 인생의 허망함을 위무하는 이 법으론 되지 못한다. …"

정몽주의 말은 계속된다.

"따라서 예교는 미천한 중생의 심금을 울려 사해동포로서 화합하는 길을 닦지 못한다. 예교는 군자의 학문이지 서민의 학문은 아니다. 바꿔 말하면 예교는 분별하는 지견知見이다. 신분을 분별하고, 귀천을 분별하고, 상하를 분별한다. 적국과 우리나라를 분별한다. 충을 밝히고 효를 밝히고 신信을 밝힌다. 분별과 명명덕明明德으로 제가와 치국이 이룩되기 때문이다. 그런데 불설은 사해동포, 일체동근一切同根을 설하며, 분별보다는 화합을 염원으로 한다. 화합 없이 평천하가 이루어지겠는가. 내가 불설을 무턱대고 배척하지 않는 이유가 여기에 있다."

"그럼 어떻게 되는 겁니까."

"윤리로선 예교를 지키고, 운명 속에 있는 사람으로선 불설을 숭상하면 될 것이 아니냐."

"한 가지 길을 걸어야지 두 가지 길을 동시에 걸을 순 없는 것 아니겠습니까."

"인생은 그런 것이 아녀. 두 길을 걸어야 한다고 내가 말하진 않았어. 길을 넓히라고 말하고 있는 거다."

"요컨대 선생님은 예교만으론 모자란단 말씀입니까? 예교를 완수하는 것만으로도 사람의 능력을 넘어 있다고 우리들은 생각하고 있습니다."

"그렇게 생각하지 말고 이렇게 생각해 보라. 우리는 살아가는 데에 곡식도 먹어야 하고 채소도 먹어야 하고 고기도 먹어야 하고 때론 술도 마시고 약도 마신다. 마찬가지로 우리의 지혜는 예교로써 가꾸어야 하고, 불설로써 키워야 하고, 노장老莊의 학으로서도 살찌워야 한다. 다만 신하로서 행할 땐 충성을 다하고 어버이를 모실 땐 효성을 다하고 친구와 사귈 땐 신信을 다하되, 일체 중생을 대할 땐 연민의 정으로 보고 사생死生에선 영겁에 귀歸하는 심정을 지니면 되는 것이니라. 잡다한 음식이 우리의 체중에서 하나의 영양으로 소화되듯 유불선 삼도로 합쳐 하나의 지혜로 승화되느니라. 명심할 것은 스스로 자기가 갈 길을 좁혀들지 말고 대도를 활달하게 걸어야 한다. …"

제자들의 얼굴에 감동의 빛이 있었다. 그런데 그들보다 더욱 감동한 것은 이색이었다. '달가의 횡설수설에도 이치가 있다'고 한 이색의 감탄은 아마 이런 국면에 여러 번 접했기 때문에 비롯된 것이리라고 짐작할 수 있다.

이처럼 정몽주는 척불斥佛에서도 한도가 있었다. 그는 승속僧俗을 구별하고, 속인이 불설에 용훼하지 않는 반면 승려가 속사에 끼어드는 것을 거절하는 태도를 취했다. 더욱이 승려가 국사에 간섭하는 것은 옳지 못하다고 생각했다. 그가 신돈과 충돌하지 않은 것은 신돈이 권세를 쥐고 있었을 때 그는 성균관에 있었기 때문이다.

신돈의 횡포가 한창 심했을 때이다.

우정언右正言으로 승진된 이존오가 정몽주를 찾아왔다. 김구용이 동행이었다. 정몽주가 그의 승진을 축하했다. 우정언은 정 6품 벼슬이다. 이존오의 나이로 보아선 의례의 승진이라고 해도 좋았다.

"정언正言이면 그야말로 정언을 해야 하는데, 신돈의 전횡을 보고만 있어야 하니 답답해서 견딜 수가 없다."
이존오가 털어놓았다.

정몽주는 지난번 김용의 난을 상기하곤 다음과 같이 충고했다.

"서툴게 썩은 가지를 치려고 하다간 그 썩은 가지에 치어 이편의 몸을 상할 수도 있으니 잠자코 기다리고 있어 보오. 제 풀에 꺾일 날이 있을 걸세."

김구용도 정몽주와 같은 말을 하며 이존오를 진정시키려고 했다. 그러나 이존오의 각오는 굳었다.

"이 판국에 주상의 몽蒙을 틔우지 않으면 장차 어떤 일이 발생할는지 모르오. 내 한 몸 희생하더라도 주상의 몽을 틔워야겠소."
하며 신돈의 비행을 열거하기 시작했다.

신돈의 정계에의 등장은 공민왕의 간절한 청에 의한 것이었다. 구귀족을 대표하는 권문세도가와 이른바 신진귀족과의 사이에 빚어진 알력의 틈바구니를 타개하기 위해 공민왕은 이쪽에도 저쪽에도 속하지 않는 승려에게 전권을 위임한 것이었다.

공민왕의 그 고민은 충분히 이해할 수 있고, 왕비의 죽음으로 인한 비탄을 승려의 힘을 빌려 해소하고자 하는 심성엔 동정할 수도 있지만, 신돈은 그런 공민왕의 기대에 부응하기는커녕 온갖 미신과 해괴망측한 무술巫術까지 조정에 끌어들여 사욕을 채울 뿐 아니라 국가의 기강을 송두리째 문란케 했다.

"이대로 가면 우리가 망국지신이 되는 날이 내일 모레로 될 거요."

이존오는 정몽주에게 육박했다.

"달가가 만일 내 자리에 있으면 어떻게 할 거요?"

이엔 선뜻 대답하지 못하고 정몽주는 "약 반년만 기다려 봅시다. 그래도 신돈의 전횡이 꺾이지 않으면 나와 같이 공동연서해서 탄핵소를 올립시다"고 했다.

"달가의 의견은 신중하오. 반년만 참으시오. 그때 가서 나도 탄핵소에 연서하리다. 나뿐만 아니라 연서할 사람이 많을 것이오."

김구용이 의견을 끼었다.

"그건 안 되오. 주상의 몽을 틔우는 게 목적이니까 나 혼자의 탄핵소만으로도 족하오. 지금 주상은 신돈에게 빠지다시피 하고 있소. 연명으로 탄핵소를 내었다간 역모로 몰릴 염려가 없지 않소. 희생은 나 혼자만 감당하겠소. 내가 형들을 찾아온 것은 사후의 처리를 부탁하기 위해서였소."

권하는 술도 마다하고 이 말을 남기고 이존오는 총총히 떠나갔다.

아무래도 마음이 편하질 않았다. 며칠 후 정몽주는 혼자 밤중에 이존오를 찾아갔다. 하룻밤을 같이 지내며 말릴 작정이었다.

술상을 사이에 놓고 정몽주는 이렇게 시작했다.

"순경! 당랑螳螂의 도끼斧라는 말을 알지?"

순경이란 이존오의 자字이다. 이존오는 정몽주가 하고자 하는 말을 짐작했다. 묵묵히 앉아 있을 뿐이다. 정몽주가 말을 이었다.

"당랑의 도끼로 철벽을 무너뜨릴 수 있겠는가. 지금 신돈을 탄핵하는 것은 왕을 탄핵하는 것이나 다를 바가 없다. 신돈의 권력은 왕으로부터 나온 것이고, 그것이 또한 일부이긴 하지만 서민들의 환심을 사고 있지 않은가. 당분간 삼가는 것이 좋을 것 같아 이렇게 내가 찾아온 걸세. "

이존오는 정몽주의 얼굴을 똑바로 보며 뚜벅 입을 열었다.

"불의不義를 보고 잠자코 있는 것은 불용不勇이라고 한 것은 달가 형의
말이 아니었던가요. "

"불의를 보고 잠자코 있으란 말은 아니다. 시기를 기다려야 한다고
말하고 있는 것이다. 지금은 시기가 나빠. 왕은 신돈을 시켜 권문호족
과 자칫 붕당을 꾸미려는 유생儒生들을 눌러보자고 서둘고 있다. 그런
데 신돈이 실패할 것이 명약관화하다. 머잖아 신돈은 자기가 휘두르는
권력에 도취되어 못할 짓이 없는 날이 오게 될 것은 필지의 사실이다.
예컨대 지금의 신돈은 푸른 감이다. 그런데 신돈이란 감은 익기도 전에
썩을 조짐을 보이기 시작하고 있다. 그러나 그 조짐만으로는 왕을 납득
시킬 수가 없다. 왕은 신돈에게 심취되어 정신을 차리지 못하고 있는
판국이다. "

"그러니까 놈을 탄핵해야 된다는 것이 아니오. "

이존오의 말은 분연했다.

정몽주는 일일이 사실을 들어가며 설명했다. 왕비의 죽음으로 상처
받은 왕의 심정이 신돈을 통해 위안을 받고 있다는 것, 아무도 하지 못
한 전제개혁田制改革을 단행하는 신돈에게 찬사를 보내고 있다는 것, 사
리사욕에만 사로잡힌 권문세도가들을 누르는 신돈의 과감한 처사에 왕
이 쾌재를 부르고 있다는 것 등이다.

"그런데 신돈이 하는 짓은 하나같이 서툴다. 보람은 보지 못하고 원
성만 듣게 될 것이 뻔하다. 싫어도 왕은 신돈의 처사를 보게 될 것이고,
신돈에게 국사를 맡길 수 없다는 판단을 가질 것이다. 아무튼 지금은
안 된다. "

정몽주의 이 판단은 옳았다. 그 무렵까진 신돈의 행패가 아직 일반의

눈엔 뜨이지 않았고, 그의 호색好色이 난음亂淫으로까지 번지지 않았다. 공민왕과 신돈의 밀월시대는 당분간 계속될 것이었다.

요컨대 정몽주는 공민왕과 신돈의 밀월시대엔 탄핵이 주효될 수 없다고 보고 당분간 관망하자고 하고, 시기를 보아 성균관 학관學官들의 뜻을 합쳐 행동하는 것이 현명한 처사가 아닐까, 하고 설득했지만 이존오의 각오를 변경시킬 순 없었다.

이윽고 이존오의 탄핵소가 올라갔다. 신돈의 월권과 비행을 소상하게 열거하곤 요승妖僧의 농간으로 사직을 위태롭게 한다는 극론極論으로 매듭한 격렬한 내용이었다.

아나나 다를까 공민왕은 그것을 신돈에 대한 탄핵이 아니라 신돈을 빙자한 자기에 대한 탄핵이라고 보고 격노했다.

"신하로서 감히 어떻게 이런 소를 왕에게 올릴 수 있단 말인가. 이것은 항명이며 역모나 다를 바가 없다. 신돈의 처사는 내 명령에 의한 것이고 내 윤허를 받은 것이다. 그러할진대 신돈의 처사를 탄핵한다는 것은 곧 나를 탄핵한 것이나 다를 바가 없다."

공민왕은 이존오를 사죄死罪로써 다스리라고 엄명했다.

이존오의 생명은 단석旦夕에 있었다. 그를 구할 수 있는 사람은 이색을 두곤 달리 없었다. 정몽주는 학관들을 이끌고 이색을 찾아가서 이존오의 구명운동을 호소했다.

신돈의 뜻이 곧 공민왕의 뜻이고 공민왕의 뜻이 곧 신돈의 뜻처럼 되어 있는 상황에 신돈을 요승 취급한 이존오가 살아남을 수 없다는 생각이 들지 않은바 아니었지만 이색은 가만있을 수 없었다.

"언관의 언로言路를 막는 것은 나라로서의 도리가 아닙니다. …"

"이존오의 상소에 파격한 것이 있는 것은 사실이오나 사죄에 합당한 것은 아닙니다. …"

"언로는 가끔 지나칠 수가 있는데 그 지나친 것까지 용서하는 것이 언로를 틔우는 결과가 되는 것입니다. …"

공민왕에게 이러한 간절한 탄원을 하는 동시에, 몇몇 고승을 움직여 불설은 원래 자비로운 것이고 관인대도寬仁大度를 보이는 것이 불자이면서 정사政事를 행하는 자의 태도일 것이라고 신돈을 설득시키기도 하여 이색은 이존오를 일단 사지에서 구출했다.

그러나 이존오는 죄로부터 완전 모면될 수는 없었다. 그는 장사감무長沙監務로 좌천되어 귀양살이를 하게 되었다. 그로부터 얼마지 않아 공민왕의 총寵을 잃게 된 신돈이 반역을 기도하다가 사전에 탄로 나서 수원으로 유배된 다음 참형을 당하게 된다.

신돈이 죽은 후 이존오에게 볕들 날이 있을 것으로 예상되었지만 신돈이 죽은 그 해에 이존오는 병들어 죽었다. 창창한 앞날을 둔 30세의 나이였다.

이 해는 공민왕 20년, 서기 1371년. 정몽주는 중의대부中議大夫를 거쳐 중정대부中正大夫의 직에 올랐다.

이존오가 죽은 얼마 후 그를 추도하는 모임이 있었다. 모인 사람들은 정몽주를 비롯하여 박상충·김구용·윤소종·정도전·이경 등이다. 30세라는 젊은 나이로 죽은 이존오를 아끼는 말들이 오가는 도중 비분강개하는 감정이 고조되었다. 짧은 동안이나마 신돈 같은 요승에게 휘둘린 정사에 대한 한결같은 비분이었다.

정도전은 맹렬한 척불론을 전개했다. 앞으론 승려가 정사에 용훼할 수 없도록 제도적 방침을 세워야겠다고 역설하는가 하면, 김구용은 성균관을 보강 정제하여 예교로써 나라의 대본大本으로 하는 방책을 강구해야 한다는 주장을 내세웠다.

좌중에 반론하는 자는 하나도 없었다. 그러려면 선진 유학도들이 일치단결하여 예교를 현창顯彰함으로써 모범이 되어야 한다는 데 의견의 일치를 보고 사직을 혁신적으로 재건하는 데 신명을 바칠 것을 서약하기에 이르렀다.

이 서약은 당연히 조정의 부패를 어떻게 혁신하느냐에 관한 토론으로 번졌는데 대륙의 정세가 화제에 올랐다.

"명 태조明太祖 주원장朱元璋이 어떤 사람인지 아는 분이 있거든 얘기해 보라."

이경이 좌중을 둘러보았다. 이경은 소싯적부터 정몽주와 같은 동리에서 같이 자라며 같이 수학한 정몽주의 죽마지우이다.

"열심히 그 근원을 살펴보려고 하지만 아직 전거할 만한 것을 찾지 못했다."

정도전이 정몽주를 건너보았다. 정도전은 정몽주의 과거 2년 후배이다.

"주원장이 무진생이라고 들었다. 금년이 신해가 아닌가. 그러니 그의 나이는 44세가 될 걸세."

정몽주는 다음과 같이 말을 이었다.

"황하가 범람하여 흉년이 들었을 때 부모와 형제는 아사하고 그만이 황각사皇覺寺란 절에서 심부름꾼 노릇을 하며 살아남았다는 얘기가 있어. 홍건적이 한창 세위를 펴고 있을 때 협객俠客출신인 곽자흥郭子興의 부하가 되고, 곽자흥이 죽자 그 군사를 이어받아 차례로 경쟁자를 무찌르고 연경燕京을 함락하곤 원제元帝를 패주시켜 대명大明의 황제가 되었다. 내가 알고 있는 사실은 이런 정도다."

"절의 사동이 대명大明의 황제가 되다?"

김구용이 탄성을 올렸다.

"하늘이 간여하면 개천의 미꾸라지가 용이 될 수 있는 것이 아닌가.

그러나 저러나 소국小國에 태어난 것이 한이로다."

하는 정도전에 말에,

"종지가 대국에 태어났더라면 혹시 천자가 될 수 있었을지도 모르지."

하고 박상충이 웃었다. 그러나 명나라, 아니 주원장은 좌담거리로 끝날 존재는 아니다. 고려의 운명으로 되는 것이다.

만리^{萬里}의 객^客

명나라가 절실한 운명의 땅이 될 줄은 미처 몰랐던 것인데 정몽주는 공민왕 21년, 즉 1372년 명나라로 가게 되었다. 지밀직사사^{知密直司事} 홍사범^{洪師範}의 서장관으로 동행하게 된 것이다.

개경을 출발한 것은 3월이고 일행은 그를 합쳐 13명이었다. 명나라 수도 남경까진 8천 리의 길, 육로로 요동^{遼東}으로 가서 거기에서 배를 타고 산동성 등주^{登州}로 상륙하는 것이 당시의 노순^{路順}이다.

그러나 이에 앞서 당시 여명^{麗明}관계의 대강을 적어 놓을 필요가 있다.

공민왕 17년 정월, 주원장은 스스로 황제^{皇帝}로 일컫고 국호를 대명^{大明}이라고 하고 수도를 남경으로 정했다. 그 해 8월 연경^{燕京}을 함락시키고 원 순제^{順帝}를 북방으로 패주시켜 명은 건국의 기초를 튼튼히 했다.

이듬해 4월 명 태조 주원장은 길사^{俟斯}를 고려에 사신으로 보내 명의 건국을 전하여 왔다. 그 조서^{詔書}에는 "짐의 덕은 중국의 선철황^{先哲王}에 미치지 못하나 사이^{四夷}로 하여금 포용되게 할 것이므로 천하에 주지시키지 않을 수 없다…"는 문자가 들어 있었다.

그러자 곧 고려는 명나라에 친밀한 태도를 보이고 그해 5월 길사가 돌아간 직후 원의 연호 지정^{至正}을 폐했다.

이어 명 태조는 고려인으로서 붙들려 있던 165명을 돌려보내는 등 친절을 베풀었다. 고려 조정의 명에 대한 호감은 더욱 더해갔다. 공민왕 18년 8월엔 총부상서 성준득成准得 등을 명나라에 보내어 성절을 축하했다. 공민왕 19년 4월, 명 태조는 도사道士 서사호徐師昊를 파견하여 산천제山川祭를 지내게 하고, 충혜왕의 딸 장명공주를 돌려보내는 등 호의를 베풀더니 5월엔 또 길사를 보내어 인장과 비단 등을 선사하고 고려의 정사에 대한 간곡한 충언을 적은 조서까지 보냈다.

이 해 7월 공민왕은 명나라의 연호인 홍무洪武를 채택할 것을 선포했다. 그러나 내부에선 친명, 친원 양파의 항쟁이 그치질 않았다. 이 와중에서 단연 친명노선을 고수한 사람들은 성균관 대사성인 이색과 그를 따르는 정몽주·정도전·박상충·김구용 등이다.

이러한 상황 속에서 공민왕은 명 태조가 하夏나라를 평정한 사실을 축하하기 위해 이미 말한 바와 같이 홍사범을 정사로 정몽주를 서장관으로 하여 남경에 파견하게 된 것이다. 하나라는 원말에 명옥진明玉振이 촉蜀, 즉 사천성 성도를 근거로 하여 세운 나라인데 명옥진의 아들 명승明昇의 대에 이르러 명나라에 항복했다. 그런 까닭에 이번의 사절단을 하평촉사賀平蜀使라고도 한다.

개경에서 남경까지 장장 8천 리.

요동에서 발해를 건너 산동반도의 등주登州에 도착한 것은 3월 중순이다. 정몽주는 등주 단애산丹崖山에 올라 동쪽으로 조국이 있는 방향을 바라보며 새삼스럽게 사명감의 무거움을 느꼈다. 수년 후 다시 그 자리에 서서 다음과 같은 시를 얻게 되는 것이지만 그땐 벅찬 감회를 지녔을 뿐이다.

登州望遼野 邈矣天一涯 (등주망요야 묘의천일애)
溟渤限其間 地分夷與華 (명발한기간 지분이여화)
我來因舟楫 利涉還可誇 (아래인주집 이섭환가과)
昨日海北雪 今朝海南花 (작일해북설 금조해남화)
夫何氣候異 可驗道路賖 (부하기후이 가험도로사)
客懷易悽楚 世事喜蹉跎 (객회이처초 세사희차타)
(등주에서 요동의 들을 바라본다. 아득히 하늘가이다. 그 사이 발해의
바다가 있어 동이와 중화를 나누었구나. 그 바다를 배를 타고 지나오다
니 편안히 건너온 것이 자랑스럽다. 어제 바다 북쪽에선 눈이 내리고 오
늘 아침 바다 남쪽에서 꽃을 보누나. 어찌하여 기후가 이처럼 다를꼬.
길이 멀다는 것이 느껴진다. 나그네의 마음이 슬퍼지기 쉬운 것은 세상
일이 빗나가길 잘하는 때문일까 ….)

등주의 객관에서 며칠을 묵고 육로를 따라 내주, 청주, 제주, 양주
로 향했다. 양주는 양주팔경楊州八景이라고 하여 경승의 땅이다. 옛날
의 시에, "인생지합사양주人生只合死楊州"란 것이 있다. 경치가 좋은 양
주에선 죽어도 한이 없겠다는 뜻이다.

양주에선 선편이다. 소주를 거쳐 장강으로 나온다. 양자강이다. 양
자강은 광대한 바다를 닮았다. 정몽주의 가슴엔, 과연 대국이란 인상
이 심어진다.

강남의 풍경은 꿈과 같다. 일망무진의 옥야에 취록 사이로 백벽의 집
이 은현하는 것이 도원향桃源鄕 그대로이다.

진강, 상주, 무석을 거쳐 개경을 떠난 지 90여 일 만에 하늘의 일각
에 산을 보았다.

"자금산紫金山이다"하는 길잡이의 말이었다.

자금산 아래가 바로 남경이다. 춘색春色속에 고국을 떠났는데 남경

은 벌써 추색秋色에 물들기 시작하고 있었다.

홍사범, 정몽주 등 일행이 명나라 관원의 정중한 안내를 받고 여장을 푼 곳은 백하문白下門 밖의 객관이다. 백하문은 진회가 장강으로 합류하는 삼산三山의 수문이다. 절경으로 손꼽히는 이 근처에 객관을 지어 놓고 경외에서 온 빈객을 투숙시키는 것이다.

백하문은 왕어양王漁洋의 〈추류시〉秋柳詩로 더욱 유명하게 되는 곳이지만 그 시의 출현은 3백 년 후의 일이다.

주원장. 역사적으론 명 태조明太祖라고 하고 당시의 통칭은 홍무제洪武帝이다. 홍무제에겐 두 가지 면이 있었다고 전한다. 즉, 성성聖性과 마성魔性이다.

그는 사회의 최하층, 똑바로 말하면 거지의 신세에서 천하의 통치자가 된 경력의 소유자이다. 그런 만큼 서민의 고통을 누구보다도 잘 알고 있었고, 따라서 서민을 위해 선정善政을 하려고 애썼다. 이것을 두고 성성聖性이라고 한다. 가족 전체가 아사餓死할 지경이었던 그는 소년 시절부터 몸소 지옥을 겪었다. 그런 만큼 냉혹한 면이 있었다. 보통사람이 상상도 못할 짓을 예사로 해버리는 것이다. 이를테면 마성魔性의 사나이다.

그런데 이때 고려의 사절들 앞에 나타난 주원장, 즉 홍무제는 성성의 군주였다. 정사 홍사범, 서장관 정몽주를 친히 접견하고 촉蜀을 평정한 데 따른 축하의 말을 가납하곤 원로에서 온 사신들을 위로하는 간곡한 말을 아끼지 않았다.

명나라가 융성해지면 그 그늘아래 고려가 태평을 누릴 수 있을 것이며, 고려가 융성하면 그만큼 대명大明도 내실을 충전하게 되는 것이라며 앞으로의 친화와 협력을 다짐하는 것도 잊지 않았다.

정몽주 일행이 남경에 간 것은 하평촉사賀平蜀使로서의 뜻도 있었지만, 고려의 유학생을 허용해 달라는 부탁도 있었다. 홍무제는 신라시대 많은 유학생이 당나라에 유학한 사실을 상기하기까지 하며, 수의 다과多寡를 막론하고 우수한 학생을 많이 보내 중화를 배우도록 하라는 우악한 말이 있었다.

황각사에서 사동노릇을 했을 때 배웠고 원래 영리한 탓으로 홍무제의 시문은 범상한 범위를 넘어 있었다. 그에게 호학의 정신은 있었던 것이다. 유학생을 환영하겠다는 그의 말은 막상 외교적인 언사만은 아니다.

뿐만 아니라 홍무제는 앞으로의 국교에 있어서 고려로 보아선 대단히 유리한 지침까지 내렸다. 개경과 남경과의 거리는 장장 8천 리에 이르고 그 도중엔 험산험해險山險海가 있으니 빈번한 사행使行은 피차가 부담스럽다. 그러하니 성절이니 경사에 구애될 것 없이 3년에 한 번씩 사신을 보내도록 하면 족하다고 했다.

공물도 각별히 마음을 쓸 것이 없다고 했다. 정을 표하고 성의를 표시하면 그만인 것이니 토산물 얼마간을 가지고 오면 그만이란 것이다. 원元의 지배하에 있을 때 물자의 강징強徵에 얼마나 시달렸던가. 그런 고통을 생각하니 명 태조 홍무제의 이 말엔 정말 감읍感泣할 수밖에 없었다. 정몽주는 진심으로 감격했다.

홍무제를 알현하고 객관으로 돌아왔을 때 홍사범의 말이 있었다.

"오늘 우리는 참으로 고마운 말씀을 들었소. 유학생을 받아주겠다는 말씀도 그러하거니와 방물方物의 건은 진실로 뜻밖의 수확이오. 어떻소, 서장관. 우리가 얼마나 감사하는 마음을 가졌는가를 적어 하표賀表를 올렸으면 하는데…."

"당연한 말씀입니다. 소생도 마침 그런 생각을 하는 중입니다."

"그럼 당장 하표를 짓도록 하시오. 달가의 문장이면 능히 황제폐하를 감동케 할 수 있을 것이오. 해동海東에 달가와 같은 문인이 있다는 것을 알려주는 것도 보람 있는 일 아니겠소."

정몽주는 자기 방으로 돌아와 당장 하표를 지으려고 했지만 그날 밤엔 좌승상左丞相 호유용胡惟庸의 초청연이 있어 하표 작성을 내일로 미루기로 했다.

그 초청연에서 있었던 일이다.

진수성찬이 쌓이고 미희의 노래와 춤이 황홀할 지경이었지만 정몽주는 그 분위기에 융합될 수 없었다. 익숙하지 못한 주석에서의 위화감과 사절로서의 긴장감 탓도 있었지만 하표를 지어야 한다는 마음의 부담감이 그로 하여금 술맛을 잃게 한 것이다.

호쾌한 성품인 정몽주였지만 이국의 주석에 그런 부담감을 안고 있으려니 호쾌한 기분으로 될 수가 없었다. 그런 까닭에 무표정한 얼굴로 앉아 있었는데 옆자리에서 말이 건너왔다.

"고려에서 온 사신께선 술을 좋아하지 않으시는군요."

"아니 그렇진 않습니다만."

하고 정몽주는 말을 건넨 사람을 보았다. 관 아래 하얀 빈발이 보였다. 원임재상原任宰相 유기劉基라고 아까 소개받은 사람이다.

"객수客愁를 풀 겸 한잔 드시오."

유기가 자기 앞에 있는 잔을 들었다. 정몽주도 따라 들었다.

"무슨 걱정이 있으신 것 같은데 있으면 나에게 얘길 하시오. 미력이나마 도와드리겠소."

그 말이 하도 고마워서 정몽주가 미소를 띠고 대답했다.

"사실은 오늘 황제폐하를 배알하고 폐하로부터 우악한 말씀을 들었습니다. 감사하는 뜻으로 하표를 올릴까 하옵는데 그 문안을 생각하고 있는 중입니다."

"하표를 올리겠다구요?"

하는 유기의 얼굴에 일순 긴장의 빛이 스쳤다.

정몽주는 그의 다음 말을 기다렸다. 유기는 주의를 살피는 것 같더니 나직이 말했다.

"정몽주 서장관이라고 했지요? 백하문 객관에서 정 서장관을 찾으면 되겠지요?"

초청연은 2경쯤에 끝났다. 객관으로 돌아온 정몽주는 세수를 하고 책상 앞에 앉아 먹을 갈았다. 약간의 취기가 있을 뿐이어서 하표의 초草라도 잡아둘 작정이었다.

3경이 되었을 때이다. 객관의 사동이 정몽주가 묵고 있는 방 앞에 와서 손님이 찾아왔다고 알렸다. 아까의 일이 생각났다. 그러나 이미 노인인 원임재상 유기가 밤중에 자기를 찾아올 까닭은 없는 것이다. 그러나 혹시 하는 마음으로 바깥으로 나갔다. 자기 나이 또래의 장년이 초롱을 들고 뜰에 서 있다가 정중하게 허리를 굽혔다.

"대감님께서 저더러 고려에서 오신 정 서장관을 찾아보라고 하시기에 이렇게 왔습니다."

"이리로 들어오시오."

정몽주는 앞장서서 그 사람을 자기방으로 안내했다. 좌정하자 그 사람은,

"저의 이름은 이형李亨이라고 합니다. 유기 대감님의 시중을 들고 있습니다. 유기 대감은 황제폐하의 오래된 막료이고 대명大明을 이루는데 일등공신이옵니다. 원래는 원元의 진사進士입니다. 지금은 관직을 그만 두고 유유자적하고 계십니다. 오늘 밤엔 고려에서 오신 사신을 초청한 연회가 있다고 듣고 모처럼 납신 겁니다. 대감께선 고려에 관심을

가지고 계시죠. 좌중에서 우연히 정 서장관과 이웃하게 되었는데 퍽이나 대감의 마음에 드셨던가 봅니다. 제게 정 서장관의 힘이 되어 드리라고 하는 분부가 있었습니다."

정몽주는 이형이라는 사람의 말을 얼른 납득할 수가 없었다.

"힘이 되어 주시겠다는 말씀, 백번 감사합니다. 저희들이 이곳에 머물러 있는 동안 힘이 되어 주셨으면 좋겠습니다. 부탁드립니다."

애매하게 말하지 않을 수 없었다. 그러자 이형의 말이 있었다.

"서장관께선 황제폐하에 하표를 올리실 작정이라고 들었습니다만, 대감님께선 그 하표를 올리는 일을 걱정하시고 계십니다."

이형의 이 말에 정몽주는 비로소 납득이 갔다. 고려의 서장관이 대명의 황제에게 하표를 올릴 만한 문장력을 가지지 못했을 것이니 도와주라는 뜻으로 이형을 보낸 것이라고 추측한 것이다.

"대감님의 배려엔 진심으로 감사한다고 전해주십시오. 천학비재일망정 성심을 담을 문장은 지을 자신이 있습니다. 문장엔 상하가 있고 교졸巧拙이 있겠지만 성심誠心에 상하가 있고 교졸이 있겠습니까."

"그런 게 아니옵니다. 문장의 잘잘못을 염려한 것이 아니옵고 자칫 문자옥文字獄에 걸리지 않을까를 걱정하시고 계시는 겁니다."

"문자옥?"

정몽주는 웃었다. 문자옥은 고려에도 있었다. 이를테면 임금의 휘諱는 기忌해야 한다는 것, 써선 안 될 글자가 있다는 것, 이것을 어기면 중벌이 내린다.

"문자옥은 우리나라에도 있습니다. 소관은 현재 우리나라 성균관의 사성으로 있는 자입니다. 기忌해야 할 글자는 대강 짐작하고 있으니 휴녕하시지요."

그러자 이형도 따라 빙그레 웃었다.

"그만한 것으로써 우리 대감님이 모처럼 저를 이곳까지 보냈겠습니까?"

"그럼 어느 글자와 어떤 문장을 기휘해야 되는 겁니까. "

정몽주가 정중하게 물었다.

"우선 다음과 같은 사정은 알아두셔야 할 것 같습니다. "

홍무제는 소년시절 황각사의 중이었다. 그런 까닭에 독禿이란 글자와 광光이란 글자엔 특히 민감하다. '독'과 '광'은 머리를 깎은 중의 모양을 상기케 하기 때문이다. 그런 글자만 나타나면 홍무제는 자기의 과거를 비방한 것으로 느낀다. 항주杭州의 모 교수가 "광천지하光天之下 하늘은 성인聖人을 생生하여 세상을 위해 칙則을 만든다"라는 문장을 썼기 때문에 참형되었다.

"광光과 칙則, 두 자가 기휘에 걸린 겁니다. "

"광은 그렇다고 치고 칙은 왜 걸리는 겁니까. "

"고려인은 어떻게 읽는지 모르겠습니다만 우리는 칙則을 적賊과 같은 음으로 읽습니다. 황제께선 황각사에서 나오시어 한때 유적流賊의 무리에 섞인 일이 있습지요. "

정몽주의 입에서 저절로 한숨이 나왔다. 적賊과 같은 음의 글자를 사용했다고 해서 목이 떨어진다면 이건 범연한 일이 아닌 것이다.

정몽주의 생각을 짐작했다는 듯 애매한 웃음을 띠고 이형은 이런 얘기도 했다.

"덕안부의 훈도訓導가 하표에, 천하유도天下有道라고 적었다가 주살당했습니다. 도道란 글자가 도盜와 동음인 까닭이었지요. 그런 때문에 독·광·칙·도와 동음인 글자는 일체 쓰질 못하게 되어 있습니다. 이것뿐이면 그래도 다행이겠지만 어떤 글자가 어떻게 걸릴지 몰라 문인들은 모두 전전긍긍하는 형편이지요. "

"사실이 그와 같다면 조정에 문서를 제출하는 책임을 가진 지방의 교수와 훈도들은 어떻게 합니까."

"그들은 의견을 합쳐 조정에 표식表式을 내려달라고 진정서를 제출했다고 들었습니다."

표식이란 모범문례를 뜻한다. 망연자실한 정몽주를 보고 있더니 이형이 말을 보탰다.

"하표 같은 것을 올려 괜히 화를 자초하느니보다 예를 잃는 결과가 되더라도 하표를 올리지 않는 것이 좋을 것 같습니다. 다만 군이 하표를 써야겠다면 극히 문자를 절약하여 감사의 뜻만을 간단하게 적는 것이 현명한 처사가 아닐까 합니다."

그리곤 이형은 다음과 같은 말을 덧붙이길 잊지 않았다.

"현명하시고 영특하신 우리 황제폐하의 신금宸襟을 어지럽히지 않으시도록 하려는 유기 대감님의 뜻에 어긋나지 말도록 부탁드립니다."

이형의 말은 결코 과장된 것이 아니었다. 객관을 찾아온 문인 또는 관원들에게 넌지시 "대명에서 환영을 받는 글자가 어떤 것이겠느냐"고 떠본 결과 대부분의 대답이, 문자의 사용엔 극히 신중을 기해야 하는데 가능하다면 문장을 짓지 않는 것 이상의 현명이 없다는 것이었다.

정몽주는 이형을 통해 들은 얘기를 홍사범에게 알리고 그 무렵 유포되어 유명한 시 가운데서 하표의 문자를 줍기로 했다.

이튿날 밤 다시 찾아온 이형에게 정몽주가 물었다.

"당대의 시인 가운데서 누구를 최고로 칩니까."

"고계高啓라는 시인이 있습죠. 자는 계적季迪이라고 하고 호를 청구자靑邱子라고 하는데 당의 이하李賀와 이상은李商隱에 필적할 만한 시인입니다."

이형의 말엔 거침이 없었다.

"그분의 시를 읽어볼 수 없을까요."

"그가 자선한 시집을 내가 가지고 있습니다. 내일이라도 갖다 드리리다."

이형은 약속을 지켰다. 그가 가지고 온 것은 〈누강음고〉婁江吟藁란 제목의 시집이었다. 정몽주는 그 시집을 손에 들자마자 심취해 버렸다. 난세를 사는 시인의 정감이 칙칙하게 가슴을 치는 것이다.

고계가 스스로를 노래부른 〈청구자가〉青邱子歌에 있는 "不肯折腰爲五斗米 (불긍절요위오두미)", "不肯掉舌下七十城 (불긍도설하칠십성)"이란 대목에선 고계의 그런 경지가 부럽기조차 했다.

며칠 후 찾아온 이형이 정몽주에게 고계의 시를 읽고 느낀 감상을 물었다.

"당대唐代가 이두李杜로 인하여 찬란했듯이 대명은 청구자로 인하여 광휘를 더할 것을 알았소."

하고 정몽주가 고계의 나이를 알아보려고 이형에게 물었다.

"청구자는 병자생이니 금년 37세가 되는구먼요."

"아직 그 나이밖에 안되었어요?"

정몽주는 놀랐다. 자기는 정축생이니 자기보다 한 살 위였다.

"어디에 살고 계시는지 한번 뵙고 싶습니다."

"작년까진 이곳에서 사셨지요. 지금은 고향 소주에 돌아가 청구青邱에서 살고 있지요. 꼭 만나고 싶으면 그다지 어려운 일은 아닙니다."

남경에 있다면 몰라도 소주에 있다면 회견을 단념할 수밖에 없었다. 귀국 길에 소주를 지나가게 되어 있지만 사절단의 일원으로선 그런 자유행동이 용납될 까닭이 없는 것이다.

말이 난 김에 정몽주가 물었다.

"청구자의 시집에 있는 문자이면 하표에 써도 무방할까요?"

이형이 고개를 갸웃하고 생각하더니 대답했다.

"안심 못할 것 같은데요."

"왜 그렇습니까. 대명의 자랑이 될 만한 시인인데."

"청구자는 소주인蘇州人입니다. 소주는 장사성이 본거로 해서 최후까지 버틴 곳입니다. 황제께선 그곳 사람을 좋아하시질 않습니다. 청구자가 벼슬을 그만 두고 돌아간 이유 가운데의 하나가 소주인이라는 데 있습니다. 그런 까닭에 그가 쓴 문자라고 해서 안심할 순 없지요."

여리박빙如履薄氷이라는 말이 있다. 엷은 얼음을 밟듯 불안하다는 뜻이다. 정몽주는 여리박빙하는 기분으로 짤막한 하표를 지었다.

유학생의 파견을 허락하셨을 뿐만 아니라 방물에 관한 너그러운 처사가 망극할 만큼 고마운데, 3년에 한 번씩만 사행使行하라는 분부만은 거두어 주시면 좋겠다는 것은 우리는 중화의 문물을 배워야 하며 성덕의 거룩함에 흠뻑 젖고자 소원하기 때문입니다.

하는 내용의 짤막하고 극도로 수사를 절약한 것이었다.

하표를 올리기 전에 이형을 통해 일단 유기 원임재상에게 보였다. 유기는 "문장이 웅혼하면서도 자상해서 좋다"는 평을 붙여 무난할 것이라는 의견을 보내왔다.

그래도 홍사범은 밤잠을 제대로 잘 수 없을 정도로 불안했는데 이윽고 가납하셨다는 조정으로부터의 회신과 돌아가는 길에 편리를 주라는 홍무제의 말까지 있었다고 전해왔다.

내일 떠나기로 되어 있던 정몽주는 혼자 유기의 초청을 받았다. 홍사범에게 그 뜻을 전했더니,

"유기는 지금 현직에 있지 않지만 홍무제의 각별한 신임을 받고 있는 공신이니 그런 사람의 지우知友는 소중히 해야 한다."
면서 수월하게 허락해 주었다.

유기는 조촐한 술상을 내어놓고 정몽주에게 갖가지로 고려의 사정을 물었다. 특히 원나라의 일본 침공에 관해선 질문이 소상했다.

정몽주는 요령 있게 전후사정을 설명한 후에 원나라의 가렴주구 때문에 시달렸는데 "대명의 황제폐하께선 지나칠 만큼 너그럽게 조처해 주셔서 이런 감격이 없다"고 말했다.

그러자 유기는 "안심하기엔 너무 이른 것 같소. 폐하께선 감정의 동요가 극심하고 마음의 명암이 낮과 밤 같은지라 언제 어떻게 변할지 모르니 앞으로 성심을 다해야 할 것이오"하곤 덧붙였다.

"이번 하표에 3년마다 한 번씩 하라는 분부에 대하여 매년 사행하게 하옵소서 한 것은 썩 잘된 것이었소. 3년 동안 무소식이면 궁금한 생각이 들고, 궁금한 생각일 때 참소나 중상이 있으면 좋지 않은 일이 있을지 모르니까요."

다년간의 전란 속 막료로서 홍무제의 측근에 있으며 황제의 성격을 잘 알고 있는 유기의 말이었으니 정몽주는 마음에 새겨두기로 했다.

유기는 헤어질 때 정표라고 하여 〈주자대전〉朱子大全과 정명도程明道·정이천程頤天의 문집을 선사했다. 유기는 한눈에 정몽주의 사람됨을 알고 친밀감을 느낀 것이다.

정몽주 일행은 백하문의 추류秋柳가 시들기 시작할 무렵, 자금산에 감도는 추색秋色을 뒤로 하고 귀국의 길에 올랐다.

앞지른 이야기가 되겠지만, 정몽주를 그처럼 아껴주고 호의를 베풀어주던 유기劉基는 그로부터 4년 후에 죽는다. 그런데 그의 죽음이 공신功臣들과 고관들을 처참하게 숙청하는 동기가 되었다.

정몽주는 홍무제의 이러한 처사를 골고루 알 수는 없었다. 그러나 그가 사숙하던 고계의 죽음을 듣곤 충격을 받았다. 정몽주가 하평촉사를 갔던 해로부터 훨씬 후의 일이다. 이 사건의 전말을 알게 된 것은 정몽주가 두 번째 명나라에 갔을 때이다.

앞지른 얘기는 이 정도로 하고 본 궤도로 돌아간다.

양자강을 내려 정몽주 일행이 소상수로蘇常水路라고 불리는 운하에 들어섰다. 양자강의 물은 흐리고 탁한데 이곳의 물은 물 밑의 돌이 선명하게 보일 만큼 맑다. 맑을 뿐만 아니라 거울처럼 고요하다. 노를 저을 때마다 약간의 파문이 일 뿐이다.

강폭이 좁아 강 언덕에 피어있는 가을꽃을 감상할 수도 있고 일대의 풍경을 마음 편하게 구경할 수도 있었는데 어느 모롱이를 돌았을 무렵 정몽주의 시야에 조그마한 배를 젓고 가는 미인이 들어섰다. 청명한 하늘 아래 맑고 푸른 물 위를 미인은 경묘하게 노를 저어 나가는 폼은 정녕 한 폭의 그림이었다. 여자가 배를 저어가는 것은 고려에선 볼 수 없는 풍경이다. 황차 미인이 배를 젓는 데 있어서랴! 시심이 동하지 않을 수 없다.

정몽주는 행리行李 속에 항상 휴대하고 다니는 지필묵 꾸러미를 풀어 서첩을 꺼내곤 먹집에 붓을 담갔다. 이윽고 움직이기 시작한 붓끝에서 다음과 같은 시구가 나타났다.

美人輕漾木蘭舟 背插花枝照碧流
(미인경양목란주 배삽화지조벽류)
北楫南檣多少客 一時腸斷忽回頭
(북집남장다소객 일시장단홀회두)

홍사범이 넌지시 정몽주의 붓 가는 곳을 바라보고 있더니 뚜벅 한마디 했다.

"달가는 역시 연정軟情의 사람이군."

"그럴 수밖엔 없지 않습니까. 강상江上에 미인을 점했으니 정서가 애틋하지 않습니까."

"아무튼 달가에겐 못 당해."

"전 이 강상의 풍경을 당하지 못하겠습니다."

큰 사명을 다했다는 것, 그것도 성공적인 수확이 있었고 보니 고국으로 돌아가는 기분이 한결 가벼워진 탓도 있었다. 수행하는 아랫사람들이 옆에 있는데도 홍 정사와 서장관 사이에 이런 농담이 오갈 수 있었던 것이다.

남경으로 갈 땐 사명감의 압박 탓으로 응결된 채 있었던 시심이 하루하루 고국이 가까워짐에 따라 용출湧出하기 시작했다. 이형으로부터 선물 받은 고계의 시집 때문의 자극도 있었다.

운명이 폭풍처럼 닥친다는 말이 있다.

정몽주 일행에게 닥친 운명은 비유比喩로서의 폭풍이 아니라 현실 그대로의 폭풍이었다.

여시如矢의 귀심歸心을 담고 정몽주 일행을 태운 배는 등주를 출발하여 발해渤海를 건너기 시작했다. 첫날의 날씨는 청명했다. 창창한 바다는 잔잔해 맑고 푸른 하늘과 조응照應하여 정몽주의 시심을 돋우기도 했다.

이틀째는 약간 바람이 일었으나 다행하게도 순풍이었다. 순풍을 타면 항정航程을 2, 3일 단축할 수 있는 것이다. 모두들 무난한 항행을 기대할 수 있었다.

그런데 사흘째 저녁나절 순풍이 돌연 역풍으로 바뀌었다. 3면에 대륙을 두른 발해에선 가끔 이러한 이상현상이 생긴다는 것이 선부船夫들의 얘기여서 대수롭지 않게 여겼던 것인데, 밤이 되자 폭풍이 일어 거센 파도 속에 배가 나뭇잎처럼 동요했다. 산더미 같은 파도의 정상으로 몰려 올랐다가 천길 나락으로 떨어지고 하는 통에 배안의 사람들은 사색死色이 되었다.

게다가 줄기찬 비까지 섞였다. 넘쳐 들어온 물이 배안을 홍건하게 했다.

"물을 퍼내라!"고 선부들은 소리소리 질렀지만, 사절들은 자기들의 자세를 안정시킬 수 없는 데다 기술이 없고 보니 점점 불어나는 물을 감당할 수가 없게 되었다.

노도怒濤 속의 일엽편주一葉片舟! 배는 이미 방향을 잃고 끝간 데 모르는 대해에 밀려나왔다. 배안에 물이 불어 가만두어도 가라앉을 판인데 줄기찬 비를 섞은 폭풍 속이고 보니 만의 하나의 가망도 없어졌다. 나무아미타불 관세음보살을 읊을 여유조차 잃고 모두들 죽음을 앞둔 공포에 질렸다.

"침착하라! 침착하기만 하면 사지에서도 솟아날 구멍이 있다."

정몽주는 당황하는 일행을 진정시키려고 했으나 아무런 보람도 없었다. 정몽주 자신도 마지막 각오를 했다.

30수년을 살아온 스스로의 생애가 꿈만 같았다. 어머니가 돌아가시고 안 계시는 것이 그나마 위안이 되었다.

'아아, 이윽고 창해滄海의 일속一粟이 되는구나!'

정몽주는 행리를 묶은 밧줄을 끌러 좌현의 노櫓 구멍을 찾아 밧줄을 그 구멍에 꽁꽁 매고 나머지 부분으로 자기의 몸을 동여매었다. 나무로 된 배는 뜨기 마련이니 배와 더불어 떠 있기라도 해야겠다는 졸지의 지혜였다.

그리곤 주변의 사람들에게도 그렇게 하길 권했다. 그러나 아무도 그의 말을 귀담아 듣지 않았다. 귀담아 들을 마음의 여유를 이미 상실했기 때문인지 모른다. 배가 뒤집혀지면 죽는다는 생각 이외의 생각을 해볼 수 없었던 것이다.

꿈인지 생시인지 분간할 수 없는 의식상태에서 헤매다가 따가운 햇볕을 받고 부시시 눈을 떴다. 순간 역하는 기분이더니 입으로 코로 짠물이 펑펑 쏟아져 나왔다. 그때서야 숨을 쉴 수 있었다. 차츰 의식이 맑아졌다.

맑은 의식으로 돌아가자 정몽주는 놀랐다. 뒤엎어진 배 위에 얹혀있는 스스로를 발견한 것이다. 자기의 몸뚱아리가 밧줄에 묶여 노 구멍에 매달린 채 반듯이 누워 있었다. 바다는 잔잔했다. 일망무진 아무것도 보이지 않고 사위에 수평선만 아득했다.

홍사범을 비롯한 일행들 생각이 났다. 모두들 어디로 사라졌을까. 생각하나마나 수중의 시신이 되었을 것이 확실하다.

그런데 나는 어떻게 살아남은 것일까. 밧줄을 노 구멍에 끼워묶고 몸뚱아리를 동여맨 기억이 났다. 그 사소한 동작이 자기를 살린 것이다. 자기 말을 듣지 않은 일행들이 원망스럽기조차 했다.

그러나 곧 정몽주는 자기가 정녕 살아났다고 할 수 없다는 사실을 깨달았다. 생명이 조금 연장되었을 뿐이다. 어디로 보나 수평선뿐인 망망대해에 표류하고 있을 뿐이니 살았다곤 할 수 없는 것이 아닌가.

몸과 마음이 아울러 지쳐 꼼짝도 할 수 없었다. 간헐적으로 구역질이 날 땐 토하고 또 토하는 것이 유일한 행동이었다. 이윽고 검붉은 담즙까지 토해내고 보니 허기가 엄습했다. 죽을 위험은 바다에만 있는 것이 아니고 아사에도 있을 것이었다.

옆어진 배를 어떻게 할 수가 없다. 뱃등의 능각稜角에 기대 운명에 맡기고 표류할 뿐이다. 밤이 왔다. 햇볕이 있을 동안엔 그래도 견딜 수가 있었는데 밤의 한기는 견디기 어려웠다. 아무리 견디기 어려워도 달리 선택할 방도가 없고 보면 끝내 견딜 수밖에 없다. 정몽주는 동사凍死의 위험까지 예상하지 않을 수 없었다.

다시 날이 밝았다. 바람 한 점 없는 것이 고맙기 짝이 없었다. 허기증은 극도에 달했다. 허기증이 극도에 달하고 보니 예상하지 못했던 사태가 나타났다. 허기증이 고통으로부터 일종의 황홀감으로 변해가는 것이다. 이로써 정몽주는 아사엔 고통이 없다는 것을 깨달았다. 기력이 없어진다는 것은 고통을 느끼는 힘이 없어진다는 뜻이며 고통을 고통으로 느끼지 못하게 된다는 얘기이기도 하다.

위에 하늘이 있고 아래에 바다가 있는데 그 사이에서 서서히 기력을 잃고 이윽고 햇빛에 바래 마지막에는 말라죽는다면 그것도 특출한 죽음의 방식이 아닐까 하는 상념도 들었다.

그러나 한편 강인한 의지도 있었다. 그 폭풍우가 나를 죽이지 못했다면 하늘은 끝내 나를 죽이지 않으리란 신념이 있었다. 그러니 마지막 순간까지 버텨야 하는 것이다.

또 밤이 오고 다시 하루가 시작되었다. 기력은 잃었어도 시력은 초롱초롱하고 의식 또한 날카로웠다.

정몽주는 아침노을이 걷힐 무렵 남서쪽으로 주먹크기만 한 반점을 발견했다. 그때부터 정몽주는 그것으로부터 눈을 뗄 수가 없었는데 정오 가까웠을 무렵에야 그것이 섬이라는 것을 알았다.

'이제야 살았다' 싶었으나 곧 불안이 뒤따랐다.

뒤엎어진 채 표류하는 배가 그 섬에 도착할 수 있을 요행을 바랄 수 있을 것인가 하는 불안이다. 요행 아니면 배가 그 섬에 닿길 바랄 수가 없었다. 노 구멍에 묶여 있는 정몽주로선 배를 그 섬으로 몰고 갈 수 있는 수단이 없었던 것이다. 설혹 노 구멍에 묶여 있지 않았다고 해도 엎어진 배를 어떻게 조종할 수 있을 것인가.

하늘에 맡기기로 했다. 하늘이 돌보면 그 섬에 표착할 것이고, 그렇지 않으면 죽음의 표류가 계속될 뿐이다. 정몽주는 그렇게 생각하고 눈을 감아 버렸다. 배가 방향을 달리하게 된다면 그때의 충격으로 심장이 멎을 것 같아서이다.

눈을 감고 몇 각을 참았을까. 눈을 떴다. 해가 서쪽으로 기울고 있었다. 섬 쪽으로 눈을 돌렸다. 이게 웬일일까. 섬은 바로 코앞에 있었고 배는 파도에 밀려 좁은 백사장에 기어오르고 있었다.

혼신의 용기를 다해 몸뚱아리를 동여맨 밧줄을 끌렀다. 백사장에 뛰어내렸다. 태양의 열기를 받은 백사장이 등에 따사로웠다. 한참을 누워 있다가 정신을 차려 노 구멍에 찔러 맨 밧줄을 근처의 나무에 매었다. 언제 그 배가 소용될지 몰라서이다.

심한 기갈증을 느껴 두리번거리며 샘물을 찾았다. 샘물은 쉽게 찾아낼 수 없었으나 움푹 파인 바위 속에 고인 물이 있었다. 바닥엔 나뭇잎이 쌓여 탁한 빛으로 되어 있었지만 개의할 것 없었다. 양손으로 그 물을 떠올렸다. 마시기에 앞서 방준芳樽한 향기가 코를 찔렀다. 그것은 물이 아니고 술이었다.

물이건 술이건 아랑곳없이 실컷 마셨다. 취기가 전신을 돌았다. 술에 취해 몽롱한 의식 속에서도 어떻게 바위틈에 술이 고여 있을까 하고 생각했다. 설마 사람이 그곳에 술을 담아둘 까닭은 없을 것이 아닌가. 그 바위를 덮고 있는 나무를 살펴보았다. 호두를 닮은 열매를 맺은 느티나무 비슷한 나무인데 그 열매와 잎이 빗물과 어울려 발효해서 만든 술일 것이란 추측을 할 수 있었다.

정몽주는 중국 고담에 흔하게 나오는 '만년석상천연수萬年石上天然水'란 애기를 상기했다. 만년석상의 천연수를 마시면 신선이 될 수 있다는 애기가 아니었던가. 지친 몸이 술에 취하고 보니 스스로 눈이 잠겼다. 신선은 싫다. 사람으로 살기를 원한다는 간절한 마음이 몽롱해진 의식 속에 스며들었다.

추위에 잠이 깨었다. 파도소리가 들릴 뿐 섬은 깊은 침묵 속에 있었다. 하늘에 찬란한 성두星斗가 반짝거렸다. 무슨 생각을 하기에 앞서 어한禦寒을 해야 했다. 먹을 것이 있어야 했다. 그러나 기진맥진한 데다 캄캄한 밤이었고 보니 어떻게 해볼 도리가 없었다. 목이 타는 듯 갈증이 심했으나 아까의 바위틈을 찾아낼 자신이 없었다.

백사장의 모래는 온기를 잃은 지 이미 오래이다. 몸을 움직여 난暖을 취하려고 했으나 우선 몸을 움직일 수가 없었다. 바위처럼 몸을 웅크리고 심내心內에서 온기를 만들어낼 수밖엔 달리 도리가 없었다. 그런데 심내에서 어떻게 온기를 만들어낼까.

정몽주는 젊었을 때 읽은 적이 있는 〈신령비법〉神靈秘法이란 책의 내용을 기억 속에 되살려 보려고 애썼다. 그러나 체력이 쇠하면 기억력과 사고력도 함께 감퇴하는 것인가 보았다. 꼭 한 가지 대목만이 기억 속에 되살아났다.

'심술心術, 즉 영술靈術이다.'

심술이 영술로 통한다는 말이다. 그러니까 심술을 다할 수밖에 없는데 하다가, 문득 무엇이건 상충相衝을 계속하면 열이 난다는 생각이 떠올랐다. 정몽주는 두 손을 합쳐 비벼댔다. 손바닥에 열기가 돌아났다. 신체 한 부분에라도 열기가 있으면 이윽고 사체四體로 통하는 법이다.

열심히 손바닥을 비비곤 숨이 가쁘면 쉬고 하는 동작을 되풀이하자 전신에 생기가 돋아나는 느낌이었다.

그렇게 하여 섬에서 하룻밤을 새우고 날이 밝자 적당한 조약돌을 찾아들고 양지바른 쪽에 있는 바위를 찾았다. 동시에 마른 나뭇잎을 가늘게 가루로 내어 그 근처에 깔고 조약돌로 바위를 마찰하기 시작했다. 그렇게 하길 반각半刻 만에 불을 얻었다.

"불을 얻었을 때 비로소 나는 살았다는 환희를 느꼈다."

훗날 제자들이 조난 상황을 물었을 때 정몽주가 한 말이다.

불을 얻어 모닥불을 피워놓고 정몽주는 먹이와 물을 찾길 겸해 섬을 한 바퀴 돌았다. 섬 둘레는 약 10리, 북쪽은 절벽으로 되어 있고 남쪽은 너그러운 경사인데 잡목이 울창했다. 무인無人의 섬일 뿐 아니라 동물이라곤 구경할 수 없었다.

'숲이 있으면 물이 있겠지!'

정몽주는 열심히 물을 찾았다. 이윽고 풀밭 사이로 실가닥처럼 흐르는 물을 발견했다. 조금 흙을 파서 북을 돋우었더니 우물이 고였다.

"나는 확실히 살았다고 하늘을 향해 손뼉을 쳤다."

제자들에게 한 정몽주의 술회의 일단이다.

얼마 되지 않아 머루와 다래를 닮은 나무 열매를 발견하고, 부드러운 풀을 발견하고 도라지와 더덕을 닮은 풀뿌리를 찾을 수 있었다. 이렇게 하여 로빈슨 크루소를 앞서길 3백 년 전에 동양의 로빈슨 크루소가 탄생한 것이다.

불을 얻고 물을 얻었다. 머루와 다래와 풀뿌리로 요기도 했다. 나무를 꺾고 마른 풀을 모아 밤서리를 피할 만한 움막을 만들 수도 있었다.

다음에 정몽주가 한 일은 북쪽 바위 끝에 옷을 찢어 나뭇가지에 끼어 만든 깃발을 세우고, 백사장에 모닥불을 피워 연기를 끊어지지 않게 하는 일이었다. 정몽주는 낮이면 깃발을 꽂은 바위 위에 앉아 사방의 수평선을 둘러보며 시간을 보냈다. 근처를 지나가는 배 그림자를 찾기 위해서이다.

훗날 제자들이 그에게 물은 적이 있다.

"절해의 무인도에서 선생님이 생각하신 것은 무엇입니까."

"인생무상人生無常을 생각했을 뿐이다."

정몽주는 이렇게 말했을 뿐 설명을 보태지 않았다고 한다.

"혹시 그때 지은 시는 없으십니까."

"시는 마음의 여유에서 나온다. 각박한 정황에 시심이 동할 까닭이 없다. 바로 말해 생과 사의 어우름 길엔 시가 없느니라."

정몽주는 꼬박 10일간을 이 무인도에서 지냈다. 그 10일 동안 그의 심상에 거래된 상념이 무엇이었을까는 그의 친지와 제자가 아니라도 궁금하기 한량이 없다.

정몽주는 자기의 조난遭難에 관한 얘기를 기록으로서 남기지 않았다. 설혹 기록한 것이 있을지 모르지만 산일되어 지금에 와선 찾을 길이 없다. 그런데 나는 그가 그런 기록을 남기지 않았을 것으로 추측한다. 12인의 동행이 몰살하고 혼자 살아남았다는 사실이 큰 부담이었을 것이니 그렇게 추측하는 것이다.

무인도 표착 11일 만에 정몽주는 남쪽 수평선 근처에 한 척의 배를 발견했다. 처음에는 겨자 알만 했던 것이 순식간에 커져 돛대가 보이고 배 모양이 보였다. 순풍을 타고 그 배는 빠른 속도로 달려오고 있었다.

무인도의 연기를 발견하고 뱃머리를 그리로 돌렸을 것이다. 이윽고 바위 위의 깃발을 본 모양이었다. 배가 가까워졌을 때 정몽주가 고함을 질렀다.

"차처재인此處在人!"

여기에 사람이 있다고 한어漢語로 외친 것이다.

다음에는 그 배를 향해 배를 정박시킬 곳을 손짓으로 가리켰다. 연기가 나고 있는 곳으로 오라는 시늉이었다.

뱃머리를 그리로 돌리는 것을 확인하고 정몽주는 바위에서 뛰어내려 해변으로 달렸다. 정몽주가 모닥불을 피워둔 곳에 갔을 거의 동시에 그 배도 도착했다. 몇 사람이 뛰어내려 정몽주에게로 다가왔다. 이마에 누런 띠를 두른 괴이하게 생긴 사람들이었다. 해적海賊이란 느낌이 들었다.

그 가운데 하나가 물었다.

"여기서 뭣하느냐."

정몽주는 해난을 당한 사정을 짤막하게 설명했다.

"어느 곳의 사람인가."

"나는 고려인이다."

하고 사절단의 일원임을 밝히고, 육지까지 데려다 주면 고맙겠다고 했다.

"가진 것이 없느냐."

"아무것도 없다."

하고 정몽주가 뒤집힌 배를 가리켰더니,

"그렇다면 당신을 육지까지 데려다 주어도 우리에겐 아무런 이득도 없을 것이 아닌가."

하고 그가 상을 찌푸렸다.

"우리가 피차 살아 있으면 은혜를 받고 갚고 할 기회는 얼마든지 있지 않겠는가. 육지에 가서 내가 관서官署에 보고하면 고려의 사신을 살렸다고 해서 포상이 있을 수도 있다."

고 정몽주가 말하자 그 가운데 나이가 든 사람이,

"우리가 여기서 만난 이상 사람을 이곳에다 두고 그냥 떠날 순 없는 일이 아닌가. 저 배를 얻은 것을 횡재라고 생각하고, 저 사람을 육지에 데려다 주자."

고 했다. 그리곤 저 배를 우리가 가져도 좋으냐고 물었다. 좋고 나쁘고 따질 것도 없었다.

"저 배는 당신들 마음대로 하시오."

정몽주의 말에 그들은 배에 남아 있는 장정들까지 불러내어 뒤집힌 배를 원상으로 돌렸다.

뒤집힌 채 너무 오래 두었기 때문에 선저船底가 말라서 끌고 갈 수 있는 상태로 선저를 바닷물에 적시기 위해 하루를 더 그곳에 머물러야 했다.

그들은 짐작한 대로 해적이었다. 그 섬에서 머물고 있는 동안 3척의 배가 모여들었다. 그들의 말을 귓전으로 들은 바에 의하면 황해는 물론이고 남해 일대 유구琉球까지를 무대로 하여 노략질을 일삼는 사나운 패거리였다.

술까지 곁들여 식량이 풍부하고 갖가지 재물이 선창에 쌓인 것으로 짐작할 수가 있었다. 정몽주에겐 모두들 친절히 대했다. 술은 물론이고 맛진 음식을 아낌없이 나누어 주기도 했다.

서로의 마음이 통했을 무렵 정몽주는 이곳이 대강 어디쯤 되느냐고 물었다. 그 무인도의 이름은 허산도許山島이며, 2백 리쯤 남쪽으로 가면 주산열도舟山列島가 있다고 했다.

"여기서 가장 가까운 육지가 어디냐."

항주가 가장 가깝지만 자기들은 그곳엔 갈 수 없는 사정이어서 명주明州 근처에 내려줄 작정이란 대답이 있었다.

항주는 이름난 곳이어서 가보진 못했어도 알고는 있지만 명주란 곳은 전혀 알지 못한다. 그자들의 말에 의하면 명주는 항주에서 남쪽으로

2백여 리 떨어져 있다고 했다.

"명주엔 현치소縣治所가 있으니 치소로 찾아가면 될 게 아니냐."

그들은 태평한 소리를 늘어놓았다.

허산도를 떠난 지 사흘 후에 정몽주를 태운 배는 어느 산 밑에 도착했다. 그리곤 거기에서 정몽주를 내려주며, 저 산 밑에 남쪽으로 나 있는 길이 있으니 그 길을 따라가면 명주 시가가 있을 것이라 하고, 비단 한 필과 건병乾餠 한 포를 주는 호의를 베풀었다.

정몽주는 "고려국인 정몽주, 고려 성균관 사성"이란 서명을 한 다음, "이분들은 임자년 해난시 정몽주를 구명한 은인들이니 고려인이면 마땅히 그 은공에 대해 보답하는 바 있어야 할 것"이란 뜻을 쓴 서장을 남겨놓았다.

그들의 말대로 산 밑으로 보일 듯 말 듯한 소로가 나 있긴 했으나 거리는 멀었다. 한나절을 걷고서야 겨우 들길로 나섰는데 명주에 도착했을 때는 벌써 해가 저물어 있었다.

비단 한 필이 생명의 줄이었다. 간신히 변두리 객사에 찾아들었다. 정몽주는 한어漢語에 능했지만 명주지방의 말은 그가 익힌 북방 한어와는 딴판이어서 사소한 일도 필문필답의 방편을 쓸 수밖에 없었는데 객사의 주인이 얼마간의 문자를 해득할 수 있었던 것은 다행이었다.

정몽주는 주인에게 비단을 내보이며 날이 밝으면 이것을 팔아서 숙박비를 지불하겠다고 하고, 차수茶水를 얻어 건병으로 요기를 하곤 잠자리에 들었다. 나무 바닥에 이불도 없이 목침을 베고 누웠으나 오랜만에 천장 있는 방에 몸을 뉘게 되니 살아 있다는 사실에 대한 반가움이 벅찼다. 그런데다 명주의 기후는 온화했다.

정몽주는 실로 오랜만에 고국의 산하를 꿈속에서 만날 수 있었다.

아침이 되었다. 객사 주인이 노인을 데리고 정몽주를 찾아왔다. 노인은 옷소매에서 지필묵을 꺼내더니 다음과 같은 뜻을 썼다.

"객사주인은 문자를 다소 해독하기는 하나, 객인이 하고자 하는 말을 전부 알아듣지 못하므로 나를 청한 것이오. 당신이 하고자 하는 바를 써 보시오."

정몽주는 고려국의 사신인 자기의 신분을 밝히고 해난海難을 당한 사정부터 이곳에 온 사정을 소상하게 기록하고, 명주의 현령을 만나고 싶으니 알선의 노勞를 다해달라고 부탁했다.

노인은 "당신이야말로 천행지인天幸之人이라"고 위로와 치하의 말을 써주고는 아침식사가 끝나거든 곧 현령을 찾아가자고 쾌히 승낙했다.

노인으로부터 상세한 사정을 알게 된 객사 주인은 "귀객貴客을 소홀히 모셨다"고 사과하고 아침식사를 같이하자며 자기 방으로 정몽주를 초대했다.

식사를 하면서도 정몽주와 노인 사이에 필문과 필답이 계속되었다. 노인은 정몽주의 문장력에 탄복을 금하지 못하더니 식사가 끝나자, 현령을 만나러 가는데 의복이 너무 초라하다며 자기 집에 들러 옷을 바꿔 입으라고 권했다.

자신이 보아도 의복이 너무 남루했다. 그 꼴로는 우선 거리를 걸어갈 수가 없을 것 같았다. 노인의 호의를 받기로 하고 그 집으로 갔다. 노인은 자기가 나들이할 때 입는 옷이라며 정몽주에게 제공했다. 옷을 갈아입히고 나더니 노인은 정몽주를 바라보고 "대인지풍大人之風이 여실하다"며 흡족해했다.

관아로 향해가며 노인의 말이 있었다. 남방말에 북방말을 애써 섞으며 하는 것이어서 정몽주는 그 말뜻을 대강 이해할 수 있었다. 명주현령은 한석韓晳이라고 하는데, 향시鄕試·본시本試에 장원한 사람으로 아직 30세를 넘기지 않았는데도 현령으로 발탁된 사람이란 것이었다.

영리한 사람은 영리한 사람을 단번에 알아준다. 명주현령 한석은 몇 마디 말을 건네지 않았는데도 정몽주의 인품을 간파했다. 그는 원래 복주 출신이었으나 대과에 장원할 만한 사람이니 북방의 말에 통해 있었다. 한석은 북방어로,

"귀하께서 해난을 당하신 것은 재난임엔 틀림없으나 나로 보아선 다시없는 빈객을 모실 수 있는 계기가 되었으니 요행이로소이다."

하고 부하들을 불러 모아 정몽주를 소개하고 명령을 내렸다.

"정 공이 명주에 머무는 동안엔 매사에 불평이 없도록 정성을 다하라."

그러자 동석했던 노인이 현령에게 "정 공이 명주에 머무는 동안 저의 집에 모셨으면 한다"며 허락하길 청했다.

"정 공이 원하신다면….."

현령 한석이 정몽주를 보았다.

"호의에 감사할 뿐입니다."

정몽주가 대답하자 한석이 노인에게 말했다.

"제반 비용은 내가 대줄 터이니 정 공을 모시도록 하시오."

정몽주는, 자기의 생사를 고국에선 모를 것이니 궁금하게 여길 것이고, 황제의 서찰을 해중에 잃었으니 다시 그것을 받아야 할 것인즉 가능한 한 빨리 조정에 알려달라고 현령에게 간청했다.

"여부가 있습니까. 당장 귀지貴地에 따르도록 선처하겠소. 황제께옵서 하명이 있을 때까지 명주에서 편히 쉬도록 하시오. 이곳 명주도 경승이 적지 않은 좋은 고장입니다. 명주에 정을 붙이도록 하소서."

현령을 하직하고 돌아오는 길에 노인이 비로소 자기 소개를 했다.

"내 이름은 등관鄧寬이라고 하오. 뜻을 학문과 관도官途에 두었지만 현시縣試조차도 붙지 못하고 이처럼 나이를 먹어 버렸소. 다행히도 얼

마간의 세전지지世傳之地가 있어 호학好學하고 살 만큼 되어 있소이다."

정몽주는 그의 호의에 어떻게 말할 바를 몰랐다.

등관은 정몽주를 자기 집에 이틀 밤을 재우곤 사흘째 되던 날,

"동문 밖에 내가 가지고 있는 조그마하고 보잘 것 없는 별장이 있소. 오랫동안 쓰지 않던 집인데 정 공을 모시기 위해 고칠 곳을 고치고 청소하라고 일렀더니 정 공을 모실 수 있게 차비가 되었다고 하오. 지금 그리로 가 봅시다. 마음에 드시면 이곳에 머무는 동안 그곳을 쓰시도록 하시오. 정 공의 시중을 들도록 하인부부도 대기시켰습니다."
하고 정몽주를 데리고 나섰다.

흑와백벽黑瓦白壁의 집들이 가지런히 즐비한 거리의 한가운데를 청류의 운하가 가로질러 있고 곳곳에 반월교가 걸려 있는데, 원근에 그다지 높지 않은 산들이 둘러싸고 있었다. 현령 한석이 말한 대로 명주는 경승의 고장이라고 할 만했다.

걸으면서 정몽주가 물었다.

"명주의 호수戶數는 얼마나 됩니까."

"치소가 있는 이곳의 호수는 2천 호 남짓 합니다만, 인근의 마을을 합치면 실히 8천 호는 될 것입니다."

"그럼 꽤 큰 현입니다, 그려."

"큰 현일 뿐 아니라 풍요한 현이기도 합니다. 얼마 전까진 난리에 시달렸지만 우리 한인漢人의 황제가 들어선 이래 백성들이 살림이 일취월장으로 불어가고 있습니다. 정 공의 고장은 어떠하옵니까."

등관의 그 질문에 정몽주의 말이 막혔다. 고려 전국을 다 돌아보듯 했지만 명주처럼 깔끔하고 온화하고 풍요한 고을이 있을 것 같지 않아서였다.

강남별곡 江南別曲

임자년이 저물어 가고 있었다. 그러나 강남의 경치는 겨울의 빛깔로 변하지 않았다. 고려의 늦은 가을 기후가 이곳에선 겨울의 기후이다.

그런데 명주현령 한석이 정몽주가 명주에 도착하자마자 중서성中書省에 통첩을 했다는데 명나라 조정으로부턴 전혀 반응이 없었다. 그리고 벌써 해가 바뀌려 하고 있었다. 정몽주는 초조한 마음을 금할 수 없었다.

해난을 당했다는 소식은 벌써 들어갔을 것이니 고국에선 오죽이나 궁금할 것인가. 더욱이 가족들의 심뇌가 어떠할까. 자기가 살아 있다는 사실만은 명나라의 조정에 알렸으니 무슨 조처야 취했겠지만 그 조처가 어떠한 것이었는지조차 확인할 수 없으니 답답한 노릇이었다.

그렇다고 해서 아득바득 독촉할 수도 없었다. 원래 정몽주의 성격이 그러하지도 않았다. 남이 보기엔 태평한 얼굴로 산책도 하고, 해난 때 잃은 시고詩藁를 기억나는 대로 정리도 하며 무료한 시간을 보내고 있을 뿐이다.

정몽주의 무료를 달래준 것은 특히 고계高啓의 시였다. 고계의 시를 좋아한다고 듣고 등관 노인이 소주蘇州까지 사람을 보내 구해온 시집을 읽고 있는데 그 가운데서 정몽주는 〈조선아가〉朝鮮兒歌란 제목의 시를 발견했다.

髮綠初剪齊雙眉 芳筵夜出對歌舞
(발록초전제쌍미 방연야출대가무)

木綿裘軟銅鐶垂 輕身回轉細喉囀
(목면구연동환수 경신회전세후전)

蕩月搖花醉中見 夷語何須問譯人
(탕월요화취중견 이어하수문역인)

深情知訴離鄕愁 曲終拳足拜客前
(심정지소이향수 곡종권족배객전)

鳥鳴井樹蠟燈然 共訝玄菟隔雲海
(조명정수납등연 공아현도격운해)

兒今到此是何緣 主人爲言曾遠使
(아금도차시하연 주인위언증원사)

萬里好風三日至 鹿走荒宮亂寇過
(만리호풍삼일지 녹주황궁난구과)

鷄鳴廢館行人次 四月王城麥熟稀
(계명폐관행인차 사월왕성맥숙희)

兒行道路雨啼飢 黃金擲買傾裝得
(아행도로양제기 황금척매경장득)

白飯分餐趁舶歸 我憶東藩內臣日
(백반분찬진박귀 아억동번내신일)

納女椒房被褘翟 敎坊此曲亦應傳
(납녀초방피휘적 교방차곡역응전)

特奉宸遊樂朝夕 中國年來亂未鋤
(특봉신유락조석 중국연래난미서)

頓令貢使入朝無 儲皇尙說居靈武
(돈령공사입조무 저황상설거영무)

丞相方謀卜許都 金水河邊幾株柳
(승상방모복허도 금수하변기주류)

依舊春風無恙否 小臣撫事憶昇平
(의구춘풍무양부 소신무사억승평)
尊前淚瀉多於酒 (준전누사다어주)

(아아, 조선의 소녀! 녹색 머리칼을 양미 위에 가지런히 자르고 즐거운 밤의 연석에 나타나 둘이서 짝이 되어 노래 부르며 춤을 춘다. 부드러운 목면의 옷엔 구리쇠 고리가 달렸는데 가볍게 몸을 돌리며 가냘픈 목소리로 노래 부르는 모습은 취한 눈으로 보니 움직이는 달과 같고 흔들리는 꽃과 같구나.

외국의 말이라고 해서 통역에게 물을 필요도 없다. 깊은 정이 스며있어 고향을 떠난 슬픔을 호소하는 노래라는 것을 그냥 짐작할 수가 있다. 한 곡이 끝나면 발을 굽혀 손님 앞에 절한다. 우물가에서 새가 울고 촛불이 타고 있는 밤. '현도', 즉 조선이라고 하면 구름과 바다 저편에 있는 아득한 나라인데 저 아이들은 무슨 인연으로 이곳에 왔을까 하고 모두들 의아스러워 한다.

그때 주인의 말은 이러했다. 기왕 그 나라에 사신으로 간 적이 있는데 순풍을 타고 3일 만에 도착해보니 황폐한 궁전 안엔 사슴이 달리고 있었고, 반란군이 지난 뒤라 여행자는 닭이 우는 폐옥에 묵어야 할 형편이었다. 4월인데도 왕도王都 가까운 들엔 익은 보리가 드물었는데 아이 둘이 길을 걸으며 배고파 울고 있었다. 동정한 나머지 돈을 주어 흰쌀밥을 구해 나눠 먹고 배편을 얻어 아이들을 데리고 돌아왔다. 이 얘기를 듣고 나는 생각했다. 그녀들의 나라가 동방의 번藩으로서 우리나라에 신속臣屬해 있었던 때를. 그 나라의 여성이 황후〔奇王后〕가 되어 꿩이 그려진 옷을 입고 계셨다. 그런 까닭에 궁중의 전속가무단專屬歌舞團에 이 조선의 노래가 전하여져 그 나라 출신의 황후에게 조석으로 위안을 드렸으리라.

그런데 중국엔 수년 이래 전란이 평정되지 않아 공물을 바치는 외국 사신들의 발걸음이 끊어지고, 황태자는 영무〔太原〕에 계신다고 하는데 승상은 허창으로 도읍을 옮길 작정이라고 들린다.

금수강변의 몇 그루 수양버들이여! 의구한 춘풍에 지금도 변함없이 한들거리고 있는지 말단의 신하인 나는 이것저것 생각하며 태평한 날을 그리워하는 나머지 술통 앞에서 흘리는 눈물이 통 안에 든 술보다 많을 지경이다.)

이 시 앞에 "여余 주검교周檢校의 댁에서 술을 마시다. 좌중 두 고려아高麗兒의 가무가 있었다"는 주註가 달려 있었다.

정몽주는 감동을 얻었다기보다 충격을 받았다.

그날 밤 찾아온 등관에게 정몽주는 자기가 받은 충격을 말했다.

"이 시는 대강 언제쯤 지은 것이겠습니까?"

"지정至正 23년쯤의 것이 아닐까 하는데요. 그렇다면 고계가 28세 되던 해가 되겠지요."

"어떻게 그런 짐작을 하십니까?"

"주검교의 집에서 술을 마셨다고 되어 있거든요. 주검교는 원조元朝에 벼슬한 사람이 아니고 장사성張士誠의 부하입니다. 장사성은 일찍이 귀국과 교제가 있지 않았습니까?"

"있었지요."

정몽주는 장사성이 사신을 보내왔다고 하여 개경이 떠들썩했던 때를 회고했다.

장사성이 처음 사신을 보낸 것은 무술년, 즉 공민왕 7년이다. 그 이듬해도 장사성이 사신을 보내왔다고 들었고, 그 이듬해, 또 그 이듬해에도 장사성이 사신을 보냈다.

이 동안 정몽주는 상중喪中에 있었고, 탈상한 후엔 과거에 응시한 직후이어서 장사성이 사신을 보낸 이유를 소상하게 모른다. 다만 장사성이 원나라에 대항하여 중원을 장악하기 위해 고려의 힘을 빌리고자 했다는 사실만을 알 뿐이다.

그러나 저러나 10여 년 전, 고려는 혼란의 도가니였다. 홍건적이 들어와 개경을 겁략하고, 한때 서울을 백악白岳에 옮기지 않을 수 없게까지 되었다. 왜구와 홍건적이 복배에서 침노하는 바람에 왕성王城은 그야말로 폐허와 다를 바가 없었다. 고계의 시에 일렀듯 사슴이 황폐한 궁성 안을 달리고 있는 상황이었던 것이다.

감상에 젖은 정몽주는 주검교가 데리고 온 조선의 소녀들이 지금 어떻게 지내고 있을까 하는 생각에 잠겼다. 황량한 들길을 배고파 울면서 가는 두 소녀의 모습이 선히 눈앞에 보이는 것 같았다.

"등 대인."

"무슨 일이온지."

등관이 정몽주를 응시했다.

"장사성의 사신으로 주검교가 우리나라에 왔다면 불과 10여 년 전의 일입니다. 그때 그 소녀들이 15, 6세였다면 지금 25, 6세일 것 아니겠습니까. 혹시 고계 선생을 통하면 그들의 소식을 알 수 있는 방도가 있지 않을까요?"

등관이 소리를 내어 웃었다.

"정 공, 요즘의 10년 전은 기왕의 1백 년 전과 맞먹습니다. 고계의 그 시가 식자들 사이에 퍼진 것은 5, 6년 전의 일이니 고계가 주검교의 집에서 술을 마신 것은 7, 8년 전의 일이라고 보아야 합니다. 그런데 지금 천하가 변했소이다. 한때 오왕吳王을 칭하고 소주蘇州에 군림하던 장사성은 홍무제의 태양 아래 아침 이슬 녹듯 사라졌소이다. 그렇다면 그의 시신侍臣이던 주검교의 운명도 알아볼 만하지 않습니까."

"그렇다면 주검교와 친히 지낸 고계 선생의 신변도 무사하지 못할 것 아닙니까."

"문명文名이 높은 불세출不世出의 시인을 홍무제께서 경경하게 취급하기야 하겠습니까. "

이렇게 말하면서도 등관은 자신이 없었는지

"난세를 살기란 힘드는 노릇이지요. "

하고 한숨을 쉬었다. 그리곤 화제를 바꾸어

"정 공의 얼굴이 날로 수척해지는 것 같아 걱정입니다. 일이 도처 유청산인데 대인大人이 어찌 고산故山에만 연연하십니까. 아마 조정엔 지금 시끄러운 일이 있는가 봅니다. 마음을 편하게 가지고 기다리시오. 내 당신을 위해 가인佳人을 마련해 드리리다. "

등관이 정몽주의 마음을 달래기 위해 밤새워 술을 권했다.

임자년이 가고 계축의 새해가 돌아왔을 때 등관이 젊은 여자 하나를 데리고 왔다. 지난 해 그믐에 가인을 마련해 드리겠다는 약속을 지킨 것이다.

"이 아가씨의 이름은 초련楚蓮이오. 10년 전 흉년이 들었을 때 강북에서 많은 사람들이 이곳으로 흘러들었지요. 그 유랑민의 딸이오. 부모는 일찍이 죽고 고아가 된 것을 내 먼 친척이 양녀로 하여 키웠는데 이제 기루妓樓로 보내겠다는 말을 들었기에 내가 데리고 왔소이다. 천성이 영리하여 시문을 읽을 줄 알고 용모도 그다지 추한 편이 아니니 곁에 두고 먹을 가는 일쯤은 시켜도 될 것입니다. "

등관의 말은 이러하였지만 초련의 용모는 그다지 추한 편이 아닐 정도가 아니라 연꽃의 초초함을 방불케 하는 아름다운 기품에 넘쳐 있었다.

"나를 기다리느라고 초췌해 있을 고국의 처자를 생각할진대 내 어찌 이런 호사를 누리리까. "

하고 정몽주는 고사하였지만 등관은,

"장부가 아녀자와 더불어 심뇌를 나누려고 하다간 세상의 대사를

어찌 치른단 말이오. 뿐만 아니라 초련은 불쌍한 고아요. 어버이의
마음으로 대하고 몸종으로서 옆에 두는 것이 어째서 부당하다는 말씀
인가요."
하곤 돌아가 버렸다.

　등관의 말은 거짓이 아니었다. 초련은 총명하여 정몽주의 학문상의
말상대가 될 뿐 아니라 고려인이 분간하기 어려운 한자의 고저와 평측
平仄을 생득적으로 익히고 있어서 시작詩作에 많은 도움이 되기도 했다.

　그러나 정몽주는 초련을 가역家役을 맡은 노인부부가 거처하는 곳으
로 보내고 동침은 허락하지 않았다.

　그러는 사이 한 달이 지났다. 하루는 부엌일을 맡은 노파가 정몽주가
거처하는 방 앞에 와서 이런 말을 아뢰었다.

　"초련 아가씨가 떠나려고 하는데 어떻게 해야 되겠습니까."

　"무슨 까닭으로 떠나려고 하는가."

　"어르신께서 동침을 허락하시지 않는 것은 자기를 싫어하기 때문으
로 알고 떠나려는 것이 아닌가 하옵니다."

　초련이 온 후 정몽주의 나날은 흡족했다. 생기를 도로 찾았다고 할
만큼 쾌활하기도 했다. 그런데 그 초련이 떠난다고 하니 눈앞이 캄캄해
질 지경이었다.

　"그 때문에 떠나겠다고 하면 도리가 없지."
하는 것은 사대부가 응당 해야 할 말이고

　"네가 하자는 대로 할 것이니 이곳을 떠나지 마라."
는 말은 육신과 정애를 가진 사나이의 호소일 것이었다.

　정몽주는 이 두 가지 답 가운데 하나를 택일해야 하는 궁지에 몰렸다.
생각다 못해 붓을 들었다. 붓끝에서 다음과 같은 글이 적혔다.

必有逢蝶楚蓮喜 必有逢寂夢周悲

(필유봉접초련희 필유봉적몽주비)

莫論喜悲人生事 他人笑時或人淚

(막론희비인생사 타인소시혹인루)

春風可作枯木花 秋風不作靑春華

(춘풍가작고목화 추풍부작청춘화)

哀哉明州文杏館 萬里孤客唯長歎

(애재명주문행관 만리고객유장탄)

(초련은 반드시 나비를 만나게 되어 기쁠 것이고 몽주는 반드시 적막을
만나게 되어 슬플 것이다. 그러나 인생사에 희비를 논한들 무슨 소용일
까. 남이 웃을 때 어떤 사람은 눈물을 흘리어 할 때도 있는 것이다. 봄바
람은 마른 나무에 꽃을 피울 수도 있겠으나 가을바람은 청춘의 화려함을
만들지 못한다. 슬프도다, 명주의 문행관이여! 그곳에 기거하는 만리의
외로운 나그네는 다만 장탄식을 할 뿐이다.)

다듬지 못한 말들을 시랄 수도 없었지만 정몽주는 자기의 직정直情을
그냥 토로한 채로 노파에게 이 글을 초련에게 전하라고 했다.

그날 밤 달이 밝았다. 강남이라도 조춘의 밤바람은 쌀쌀하다.

쌀쌀한 밤바람을 무릅쓰고 정몽주는 창을 열어젖히고 책상 앞에 단
좌하여 달을 바라보고 있었다.

이때 사뿐한 포혜布鞋의 소리가 나는 듯하더니 초련의 모습이 나타났
다. 그때의 반가움이란! 정몽주는 자기도 모르게 일어서서 초련을 방
으로 맞아들였다.

"한야寒夜에 개창開窓은 무슨 까닭이옵니까."

초련이 나직이 물었다. 달빛에 초련의 하얀 이빨이 금강석처럼 빛

났다.

"달을 보고 있는 중이다."

정몽주는 초련을 가까이에 앉혔다.

"춥지 않소이까?"

"고려의 추위에 익숙하였거늘 강남의 추위는 춥지도 않다."

"그러나 감기 드시면 아니 되옵니다."

하고 일어서서 초련이 창을 닫고 등화를 켜려고 했다.

"불을 안 켜는 것이 좋을 것이니라. 장지에 월명이 있지 않느냐."

"그처럼 달이 좋으십니까?"

"좋구 말구. 인생 백세를 살아 줄곧 달을 바라본다고 치고도 만월을 볼 수 있는 것은 1천2백 회. 흐린 날씨, 바쁜 일들 때문에 보지 못하는 경우가 있을 것이니 기껏 6백 회. 그것도 백세를 산다고 치고 하는 말이다. 정명을 60세로 치면 만월을 실지로 볼 수 있는 기회는 백 회 미만이니라. 그런데 어찌 달을 아끼지 않을쏜가."

"소녀는 달이 싫소이다."

"왜 그런가."

"천애의 고독이 달빛으로 하여 더욱 처량하기 때문입니다."

"그러나 그건 달 탓은 아니겠지."

부질없는 말이 오가는 것은 벅찬 마음 때문일 것이었다.

"이곳을 떠난다고 들었는데 꼭 그럴 작정인가?"

"어른의 글을 받자와 마음을 고쳐먹었습니다."

"고마우이, 초련아."

"소녀가 철이 덜든 탓으로 망동이 있을 뻔했으니 용서하소서."

"용서가 뭔가."

정몽주는 초련을 와락 끌어안았다. 그때 그의 나이 37세. 혈기방장이라곤 못할지라도 혈기익장血氣益壯이었다. 아직 몸속에 피가 끓고 있었다. 그러나 그는 안았던 팔을 풀고 타이르듯 말했다.

"초련이 들어라. 우리는 같은 운명에 처했다. 너도 가족을 잃고 나도 가족을 잃었다. 그러한 우리가 강남에서 만났다. 이 인연을 나는 지극히 소중하게 하려고 한다. 그래서 나는 초련을 딸처럼 귀히 여길 작정이다. 너는 나를 어버이를 만났다고 쳐라. 남녀간 운우雲雨의 정은 순간의 기쁨이며 그 순간이 지나면 허무만 남는다. 그렇게 맺은 정은 헤어지면 그만이다. 그리고 그럴 상대는 얼마든지 쉽게 구할 수가 있다.

그러나 부녀父女로서의 사랑은 백골白骨이 되어서도 끝나질 않으며 쉽게 구할 수가 없느니라. 우리는 정情만을 맺을 것이 아니라 윤倫까질 합쳐 맺자꾸나. 우리들이 이별한다고 해도 나는 딸을 강남에 두고 왔다고 기릴 것이며 너는 어버이가 고려에 있다고 기리면 될 것이 아니겠는가. 훗날 인연이 있어 다시 만나면 나는 너의 지아비를 나의 서壻로서 대접할 것이니라. 우리 어버이와 딸로서 서로 위로하고 도우며 살아가자."

이 말에 초련은 정몽주의 무릎에 뺨을 비벼대며 울었다.

그 후로는 초련이 보채는 일이 없었다. 아버지를 모시는 딸의 정성을 다했다.

어느덧 명주의 춘색이 2월에 접어들었다. 운하의 양안兩岸에 수양버들이 푸르름을 더해갔다.

그러한 하루 정몽주는 초련을 데리고 산책하다가 방초를 깔고 앉아서 한 수를 지었다. 제목은 〈강남류〉江南柳.

江南柳江南柳 春風裊裊黃金絲
(강남류강남류 춘풍요뇨황금사)

江南柳色年年好 江南行客歸何時
(강남류색년년호 강남행객귀하시)
蒼海茫茫萬丈波 家山遠在天之涯
(창해망망만장파 가산원재천지애)
天涯之人日夜望 歸舟坐對洛花
(천애지인일야망 귀주좌대낙화)
空長歎空長歎 但識相思苦
(공장탄공장탄 단식상사고)
肯識此間行路難 人生莫作遠游客
(긍식차간행로난 인생막작원류객)
少年兩鬢如雪白 (소년양빈여설백)

(강남의 수양버들이여, 강남의 수양버들이여! 봄바람에 하늘거리는 모
습이 황금의 실과 같다. 강남의 수양버들 빛은 해마다 좋기만 한데 강남
의 나그네는 언제 돌아갈까. 창해는 망망하여 만장의 파도가 일고 고향
의 산은 아득히 하늘 끝에 있으니 그 하늘 끝의 사람들을 밤낮으로 바라
본다. 돌아갈 배를 기다리며 앉아 지는 꽃을 대하니 헛된 탄식만 있을 뿐
이다. 알 수 있는 것은 서로 생각하는 괴로움이고 인생의 행로가 어렵다
는 사실이다. 진실로 사람은, 원로로 가는 나그네는 되지 말지니라. 아
직 소년일밖에 없는 나의 귀밑머리가 눈처럼 희게 되었다.)

초련은 이 시를 읽고는 한참을 생각하더니 입을 열었다.
"그처럼 고향이 그리우신가요?"
"그립다."
"그리움이 그토록 괴로우신가요?"
"괴롭다."
"고향이 이 강남에 비해 더욱 아름다운가요?"
"산수의 모습은 아름답지만 마을은 아름답지 못하다. 가는 곳마다가

황폐한 들이고 쓰러져가는 집들이다. "

"그래도 고향이 좋나요?"

"고향은 호불호好不好의 일이 아니고 생득生得의 정이니라. "

"귀국하시게 되면 어른께서 소녀를 데리고 가 주사이다. "

정몽주는 대답을 못했다.

"우리나라는 가난하다. 모처럼 너를 데리고 가도 호의호식 시킬 수가 없구나. "

"호의호식은 바라질 않아요. 옆에 모시고만 있으면. "

"데리고 가지 못할 이유는 그것만이 아니다. 황제의 허락을 받아야한다. 이렇게 먹여 살려 준 것만도 고마운데 어찌 너처럼 예쁜 아가씨를 데리고 가겠다고 할 수 있겠는가. "

"마음이 없어 하고 싶지 않으신 것이지 못할 일은 아니라고 소녀는 생각하옵니다. 어른께선 너무나 무정하셔. "

초련이 이처럼 보챌 수가 있고, 끝내 아버지란 말을 쓰지 않는 것으로 보아 부녀의 사이로 지내고자 한 정몽주의 의도는 어느새 운우의 정으로 흐려져 버린 것이 아닌가 하는 의심을 갖게 되지만, 짐작으로만 속단하는 건 외람된 노릇이 아닐까 하여 삼간다.

설혹 37세의 장년이 외로운 처지에서 미희를 육체적으로 사랑하게 되었대서 욕될 것이 아니란 생각도 들지만. 허균許筠의 말을 빌리면, 성애性愛는 하늘이 시키는 노릇인 것이다.

이 시를 읽고 누구보다도 칭찬해마지 않은 사람은 등관이다. 등관은 이 시를 병풍으로 만들어 가보로 삼겠다고 했다.

영榮과 욕辱

　고려사신 정몽주를 남경으로 보내라는 홍무제의 특명이 내린 것은 계축년 2월이다. 명주현령 한석이 중서성中書省에 정몽주에 관한 사실을 보고한 지 5개월 만이었다.

　명주를 떠날 때 등관을 비롯한, 그동안에 사귀었던 사람들로부터의 따뜻한 전송이 있었다. 현령 한석은 적지 않은 노자를 마련해 주었고, 정몽주 일상의 시종을 든 미희 초련은 특히 이별을 슬퍼했다. 등관의 주선으로 정몽주와 기거를 같이 한 초련은 흉년에 명주로 오게 된 가난한 집의 딸이었으나 재색이 뛰어난 20세의 아가씨였다.

　숙소 문행관을 떠나는 아침 초련은 쪽지 한 장을 정몽주의 도포 소매에 넣으며 눈물을 지었는데 그 쪽지엔 다음과 같은 절구絶句가 적혀 있었다.

　斂容送君別　一斂無開時 (염용송군별 일렴무개시)
　只應待相見　還將笑解眉 (지응대상견 환장소해미)
　(얼굴을 가다듬고 그대를 보내옵니다. 일단 가다듬어진 얼굴을 풀릴 때가 없겠지요. 언젠가 서로 만날 날을 기다려 그때 찌푸린 미간을 열고 웃음을 띠울까 하옵니다.)

이에 대해 정몽주는 붓을 들어 즉석에서 다음과 같이 썼다.

蓮名堪百萬 石性重千金 (연명감백만 석성중천금)
不解無情物 那得似人心 (불해무정물 나득사인심)
(연이란 이름은 '憐'과 '戀'으로 통해 백만 냥의 가치가 있다. 그리고 돌
의 본질은 천금보다 무겁다. 그러나 무정한 석연이 어찌 나의 연정보다
견고할손가 ….)

초련의 성이 석石 씨였던 모양이다.

명주와의 이별은 흡사 향관을 떠나는 감정이었으나 그런 감상에 오
래 젖어 있을 순 없었다. 도중에 항주의 풍물을 보아도 별반 감흥이 없
었다. 긴장해 있었기 때문이다.

남경에 도착했다. 백하문 객사로 안내되었는데 뜻밖에도 거기엔 고
국에서 온 사신들이 묵고 있었다. 찬성사贊成事 강인유姜仁裕를 비롯하
여 금서・성원유・임완 등이다. 인사를 나누고 그들이 오게 된 사유를
물었다.

작년 5월 명의 조정에서 손 내시를 고려로 보냈는데, 그 손 내시가
개경에서 자살한 사건이 있었다. 이 사실을 알고 홍무제가 진노하여,
손 내시는 자살한 것이 아니고 너희들이 죽인 것이라고 힐난하기에 그
전후사를 소상하게 알려 오해를 풀려고 왔다는 것이다.

정몽주는 또한 장자온・오계남 등이 제주도의 반란을 진압하는 데
명나라의 도움을 빌리러 작년에 명나라를 다녀갔다는 사실도 알았다.
제주도의 반란은 아직 진압되지 않았으며, 왜구의 침범은 날로 심해간
다고 들었다.

정몽주는 해난 당시 홍사범의 익사와 함께 망실된 자문咨文 2통의 재

발급을 받기 위해 중서성을 상대로 교섭을 시작했다.

일단 발급된 자문은 이유 여하를 막론하고 재발급하지 않는다는 쌀쌀한 거절을 받고 도리가 없어 전직 재상 유기를 찾아가 간원했다. 그 결과 유학생의 내왕을 허락한다는 자문만은 겨우 재발급받았으나, 아악雅樂에 쓰일 악기의 구득에 관한 자문은 초본이 없어졌다는 이유로 재발급받지 못했다. 그러나 그건 그다지 중요한 일이 아니라서 강인유 등과 함께 귀국하기로 했다.

강인유는 지난해 12월 남경에 도착하자 봉천문에서 홍무제의 선유를 받았다 하고 그 내용을 정몽주에게 다음과 같이 전했다.

… 내가 귀방으로 보낸 노원사老院使 연달마실리延達麻失里와 두 내시가 돌아오질 않아 살펴본 결과 손 내시가 죽었다고 하지 않는가. 혹자는 병사했다고 하고 혹자는 자살했다고 하지 않는가. 그런데 이제야 진상을 알았다. 짐의 사신이 너희들의 왕경에 가자 너희 국왕은 갑사甲士를 시켜 그들을 감시하고 거리나 방리坊里에 나가지 못하도록 했다는 것이다. 짐의 사신이 그 까닭을 물었으나 박재상이란 자가 내시에 일격을 가하고 독약을 먹여 죽이고, 시체를 나무 위에 걸어 스스로 목매어 죽었다고 보고해 왔다. … 손 내시는 너희 나라에서 도망쳐 온 사람이 아니고 원조元朝의 유신이다. 그런 사람을 의심할 까닭이 어디에 있는가.

… 또 듣건대 장사에 빙자하여 많은 정탐꾼을 보냈다고 하더구나. 우리나라를 정탐해서 어쩌자는 것인가. 나는 일찍이 창업도중에 인재가 모자라 너희 나라에 강직하고 문자 있는 자 2, 3백 명을 보내주면 우리 성대육부省臺六部의 각아各衙에 위부시켜 이료吏僚로 채용하겠다고까지 요청했는데 그 청은 회피하고 장사치를 가장한 정탐꾼을 보낸다는

것은 어찌된 일인가.

… 나는 원래 농가 출신으로 24세에 홍군에 들어 3년 동안 군마를 이끌고 각처의 성곽을 약취해선 드디어 대원大元을 북방으로 구축하고 중원의 주主가 된 사람이다. 어찌 너희 나라 같은 것을 상대하고 싸우겠는가. … 내가 만일 너희 나라를 정벌할 생각이 있으면 당당하게 진군하여, 5년으로 안 되면 10년을 걸려서라도 정복하겠다. 돌아가서 너희들 국왕에게 말하라!

이렇게 전하고 강인유는 씁쓸한 표정으로 덧붙였다.

"홍무제의 성깔이 보통 아님을 나는 보았소. 자칫 잘못하면 원으로부터 있은 수모 이상 가는 수모가 있을 것 같소."

정몽주는 암연한 얼굴로 듣고만 있었다.

정몽주가 개경으로 돌아온 것은 7월 13일이고, 공민왕을 알현한 것은 다음 날이다. 정몽주의 복명이 있자 어명을 내렸다.

"경들의 해난 소식은 장자온으로부터 들었다. 실로 고생이 많았구나. 돌아가 당분간 쉬도록 하라."

대궐에서 퇴출한 즉시 정몽주는 홍사범을 비롯하여 같이 해난을 당한 일행의 가족들을 차례대로 찾아 위문했다. 그리곤 일체의 환영연 같은 것은 고사하고 백일을 기하여 근신생활을 시작했다.

동료와 친구, 그리고 학생들이 위문차 찾아와선 해난의 상세를 알려고 했지만 되도록이면 말을 절약하고 그 화제를 피했다. 자기가 살아온 것이 무슨 자랑처럼 들릴까 해서다. 보다도 그 일행들이 죽은 게 자기가 저지른 죄처럼 느껴지기도 해서이다.

이 무렵 지리산의 지거사知居寺 주기 각경대사覺冏大師가 개경으로 왔던 참에 정몽주를 방문했다. 각경대사와 정몽주는 각별히 친숙한 사이이다. 무사히 살아온 것을 기뻐하고 각경대사가 물었다.

"듣건대 포은은 거번 해난 때 인생무상을 느꼈다고 하는데 둔세출가遁世出家할 의사는 없는지요."

이에 대해 정몽주는 정중하게 말했다.

"사람이란 한 번은 죽어야 하는 것, 죽음으로써 결연하게 둔세할 수 있는데 무슨 까닭으로 둔세를 서두를 필요가 있겠소. 내가 깨달은 것은 인생이 무상하니 세사世事를 그만두자는 것이 아니고, 인생이 무상하니 생명의 보전을 감사하게 여기고 생명이 지탱되는 동안 인사와 세사를 정성을 다하여 보살펴야겠다는 것이었소."

"승려가 된다는 것은 인사와 세사를 저버리는 것이 아니고 중생을 위해 정진하겠다고 발심하는 것이 아니겠소."

"염불을 통한 보시도 중요하겠지만 정사政事를 통해 백성들의 육신을 편하게 해주는 것도 그에 못지않은 보시라고 생각하오."

"포은의 말씀은 새겨들을 만하오. 성불의 길엔 갖가지가 있으니까요."

"그런데 대사께 한 가지 부탁이 있소."

"무엇이오. 말해보시오."

"이번 해난사고를 당한 홍정사를 비롯한 열둘의 망령에게 회향回向의 기도를 올려달라는 것입니다."

이렇게 포은의 머리에선 순난殉難한 동지들에 대한 애석함이 떠나지 않는 것이다.

"고마우신 말씀이오."

각경대사는 공민왕이 무상가를 부르며 밤늦도록 환락을 다한다는 얘기를 하고 나선, "무상도 갖가지라. 어느 무상은 환락으로 통하고, 어느 무상은 둔세출가로 통하고, 포은의 무상은 정사政事로 통하고"하며 웃었다.

정몽주의 말이 있었다.

"같은 밤인데 청야淸夜와 탁야濁夜가 있지 않소."

정몽주가 나라를 비운 동안 많은 일들이 있었다. 그 으뜸가는 일은 왜구의 창궐이었다.

지난 해 3월엔 순천·장흥·당진·도강 등지가 유린되었고, 6월엔 강릉·영덕·덕원 등지가 유린당했고, 안변·함주 등지에선 수십 명의 부녀자가 납치되고 수만 석의 창미倉米가 탈취 당했다.

9월에는 양광도 일대가 왜구의 습격을 받았다. 10월에는 왜선 27척이 양천으로 들이닥쳐 3일 동안 분탕을 쳤다.

몇몇 장수들은 부하를 독전하여 왜구를 막아내기도 했지만 대부분의 경우 왜구가 나타났다고만 하면 수비하는 책임자들 자신이 도피해 버리는 것이 상례처럼 되어버렸다.

이렇게 하여 나날이 국토는 황폐화하고 민생은 도탄에 빠져있는 지경인데, 공민왕은 영전影殿의 수리에 착수하여 그 결과가 마음에 안 든다고 3번씩이나 중수를 명했다. 이윽고 영전의 종루 하나를 만드는 데 황금 650냥, 백은 8백 냥을 낭비했다.

어느 날 밤 김구용金九容이 찾아와 관제官制를 대폭 개혁했다는 얘기 끝에 고금에 없는 '자제위'子弟衛를 만들었다고 했다.

"자제위가 뭔가?"

"달가 형이 없는 작년 10월에 만든 것인데 연소한 미동美童들을 모은 곳이오. 한마디로 말해 미동후궁美童後宮이지요. 왕께서 여색女色엔 그다지 마음에 없다는 걸 달가도 알지 않소. 여색으로 채우지 못하는 것을 남색으로서 충족하려는 것이지요."

공민왕의 취미를 모르는 바 아니었으니 새삼스럽게 놀라진 않았다. 그러나 정몽주는 "너무나 공공연하지 않는가" 하고 상을 찌푸렸다. 이 사실을 정인지鄭麟趾가 소찬所撰한 〈고려사〉高麗使는 이렇게 적는다.

공민왕 22년 10월 1일, 자제위를 두어 연소하고 미모인 자를 골라 이에 속하게 하고, 대언代言 김홍경으로 하여금 관장케 하다. 이에 홍윤·한안·권진·홍관·노선 등이 왕의 총애를 받고 항상 침실에 시侍하다. 왕은 원래 여성을 좋아하지 않고, 여자를 어御하지 못하여 공주의 생시에도 접근하지 않았는데 공주가 죽고 난 뒤엔 제비諸妃를 별중에 모셔놓은 채 근접하질 않았다.
… 왕은 사자嗣子가 없음을 걱정하여 홍윤·한안 등으로 하여금 제비와 통하게 하여 아들을 얻어선 자기의 사자로 삼으려 했다. 정비·혜비·신비는 사거死拒하여 명령에 따르지 않았으나 익비만은 드디어 능욕을 당하다. …

이 대목을 〈고려사〉에서 그대로 인용한 것은 조선의 공신 정인지가 날조捏造한 것이란 설이 있어 나의 의견을 섞지 않으려고 한 때문이다.
아무튼 '자제위'가 마련된 것만은 사실이다. 정몽주와 김구용은 서로 입 밖으로 내진 않았지만 사직의 암담한 앞날을 이런 사실에 보고 침울한 기분으로 되었다.
"한땐 명군明君이었는데…" 한 것은 정몽주이고, "서書와 화畵에 뛰어난 재질을 가진 분이 어떻게…" 한 것은 김구용이다. 흐려버린 말꼬리에 그들의 한탄이 있었다.
백일의 자신생활自愼生活이 끝나자 정몽주는 성균관에 나갔다. 그 자리에서 정몽주는 홍무제의 성격과 명 조정의 분위기를 학생들에게 알리고 장차 명나라와의 교의를 돈독하게 해야 한다고 역설했다.

동시에 유기의 심복 이형을 통해서 알게 된 홍무제의 기문忌文·기자忌字의 성벽을 설명하고, 앞으로 고려가 보낼 제반 문장의 작성엔 세심한 조심이 있어야 할 것이라고 학생들에게 가르치고, 고계高啓라는 시인이 명나라에 존재한다는 것을 알리며 고계의 시집을 공개하기도 했다.

유기로부터 선사받은 〈주자대전〉朱子大全과 〈이정문집〉二程文集을 바다 속에 잃은 것은 천만 유감이지만 다음 사행할 기회가 있으면 기필코 구득해 오겠다고 하여 학생들을 감격시키기도 했다.

동좌하고 있던 이색이 "달가를 잃었으면 어떻게 할 뻔했던고. 달가의 생명을 부지케한 하늘에 감사한다"는 뜻의 시를 읊어 "성균관은 달가의 생환으로 인해 소생하게 되었다"며 기뻐해마지 않았다.

학생들과의 인사가 끝난 후 단둘이 되었을 때 정몽주가 이색에게 가만히 아뢨다.

"나라는 앞으로 어떻게 되는 것입니까?"

"나도 그게 걱정이오. 왜구의 침범이 하도 극심하니 조정을 개혁할 엄두도 나지 않고, 조정이 문란하니 왜구에 대비하는 일관된 정책을 쓸 수도 없고. 게다가 아직 북원北元을 두둔하고 따라야 한다는 권문세족의 움직임이 있고, 불찰佛刹은 불찰대로 자기들을 업신여기는 경향이 있다며 불평이고, 상上은 현실과 몽환을 분간하지 못하시는 것 같고. 그러나 이런 일들은 몇 사람의 힘만으로 바로잡을 수 없을 것이니 각기 신하된 도리를 다하고 천운을 기다릴 수밖엔 없는 일이 아니겠소."

이색의 말은 이러했다.

정몽주는 부탁이 있다고 말했다.

"저를 경상도 안렴사安廉使로 내보내도록 주선하여 주십시오. 지방을 잘 다스리는 본보기로 하여 나라의 중흥에 기여할까 합니다."

정몽주는 겸하여 고향의 산수 속에 놀며 고왕금래古往今來를 생각하고자 했던 것이다.

정몽주가 경상도 안렴사로 부임하게 된 것은 공민왕 23년 2월이다.

떠나기 며칠 앞서 이성계의 초청이 있었다. 이성계는 토왜원수討倭元帥로서 화령부윤和寧府尹을 겸해 있다가 얼마 전 개경에 돌아와 있었다.

이성계는 정몽주를 높이 평가하고 있었다. 학식이나 지모에서나 담력까지 당대엔 그를 따를 자가 없다고 극찬하기까지 했다. 더욱이 정몽주의 신의와 지조에 대해선 존경의 마음을 아끼지 않았다. 그런 까닭에 특히 정몽주를 위해 송별연을 베풀었다는 것은 앞날을 기하는 바 있어 정몽주의 환심을 사기 위한 수단이라기보다는 마음에서 우러나온 친밀감의 표시였을 것이다.

조준, 정도전, 윤소종尹紹宗 등 쟁쟁한 인물들이 자리를 같이했는데, 이성계는 정몽주를 상좌에 모셔놓고 존대의 말을 썼다. 이성계는 주로 정몽주가 중국에서 견문한 것에 대해 많이 물었다.

정몽주는 주원장, 즉 홍무제의 사람됨과 그 막료들에 관해 자기가 느낀 바를 얘기하고 명나라의 일익번창日益繁昌하는 상황을 구체적으로 예시하고 친명정책의 불가피성을 역설했다. 그러면서 홍무제의 성격으로 보아 자칫 잘못하면 감당 못할 강압을 당할지 모르니 각별한 조심이 필요할 것이란 말도 잊지 않았다.

화제가 왜구의 침범으로 옮겼을 때 정몽주는 이성계에게 말했다.

"경상도는 왜와 가장 가까운 지역이니 왜구의 화를 입기 쉬울 것입니다. 이 점에 관해 대원수의 하교가 있으시길 바랍니다."

"배하의 수령·군관·이속·백성들을 단속하여 군율을 엄하게 하고 대응할밖에 달리 도리가 있겠소이까. 정 공이면 심모원려로써 능히 보람 있는 대책을 마련할 수 있을 것이니 기대해 보겠소."

그리고 이성계는 정몽주에게 물었다.

"정 공은 사직의 앞날을 어떻게 생각하고 계시오."

"사직의 앞날은 혁혁한 군공을 가지신 대원수에게 달렸다고 생각합니다."

그러자 이성계는, "고마운 말이오. 그러나 용장 아래엔 약졸이 없다는 말이 있듯이 위로 명군明君을 모셔야 하는 것인데…" 하는 의미심장한 말을 하고 정몽주의 얼굴을 똑바로 보았다.

"하지만 월왕 구천이 범려가 없었으면 존재할 수 있었겠습니까."

"정 공은 범려가 될 수 있을지 모르나 나는 범려가 될 순 없소이다."

이성계가 빙그레 웃었다. 그 웃음과 그 말에 정몽주는 이성계의 마음을 읽었다.

연회는 3경까지 이르렀는데 손님이 다 가고난 뒤까지 이성계는 정몽주를 붙들어 두었다. 손님들이 파한 뒤 이성계는 정몽주의 손을 잡았다.

"나는 정 공을 잊지 않을 것이오. 정 공도 나를 잊지 않길 바라오. 나는 정 공이 기필코 대성할 인물로 믿고 있소"라고 하더니 이성계는 정몽주의 대답을 막듯이, "밤이 너무 늦었소. 조심하여 돌아가시오" 하고 자기가 먼저 일어섰다.

"작폐가 많았사외다"는 인사를 하고 정몽주가 중문을 나서는데 문 앞에 짐을 잔뜩 지운 나귀 한 마리가 있었다. 그런데 이성계의 종자가 그 나귀를 끌고 정몽주의 뒤를 따라왔다. 해괴하게 여겨 정몽주는 수행한 우현을 시켜 그 나귀가 어디로 가는 것이며 무슨 짐을 싣고 있느냐고 물어보게 했다.

"대장군께서 나으리 댁에 갖다드리라고 분부했다고 합니다."

짐작건대 보화일 것이었다. 이것 난처하게 되었구나 하는 생각이 뇌리를 스쳤다. 그러나 장상長上이 후배에게 주는 것을 거절하는 것은 상대방을 모욕하는 것처럼 될 우려가 있었다.

"이걸 어떻게 해야 옳지?"

정몽주가 우현에게 물었다.

"이건 선물이지, 뇌물이 아닙니다."

우현의 대답이었다.

문득 생각이 떠올랐다. 정몽주는 그 나귀를 남문 앞에 있는 기생 희선의 집으로 인도하라고 우현에게 일렀다. 희선은 정몽주가 과거에 장원한 이래 친숙해진 기생이다.

희선이 마침 집에 있었다. 짐을 그 집에 풀어놓게 하고 나귀와 종자를 돌려보내곤 정몽주는 희선의 방으로 들어갔다. 희선은 반가워 어쩔 줄 모르다가 풀어놓은 짐이 황금과 백은白銀임을 알자 깜짝 놀라 물었다.

"이 재물을 어떻게 하시려는 겁니까."

"자네에게 주겠다."

"이렇게 많이요? 이런 많은 재물을 받을 이유가 없어요."

"이유는 내게 있다. 희선이 나를 위해 쓴 마음에 비유하면 이런 것쯤은 아무것도 아니다."

"아니 되오이다. 너무 지나치십니다."

"아니다. 너의 주변에 곤궁한 사람들이 얼마나 많은가. 너의 정이 가는 대로 나눠주어 모두 부자가 되게 하라. 그러면 내 마음도 기쁘지 않겠는가. 오랜만인데 한잔 술이나마 대접이 있어야 하지 않겠는가."

술을 청하곤 우현을 불러들였다.

술상을 사이에 두고 세 사람은 회고담으로 꽃을 피우다가 첫닭 우는 소리를 듣고서야 자리에서 일어선 정몽주가 말했다.

"나는 며칠 후 경상도로 떠난다. 1, 2년 동안 만나지 못할 것 같다. 몸 성히 있거라."

조춘早春이었다.

개경에서 경상도 상주까진 5백 리.

길을 재촉할 필요는 없었다. 연도沿道의 민생을 관찰하기도 하고 세 정世情의 소리를 듣기도 하면서 천천히 마상馬上의 여행을 계속했다. 그 런데 정몽주의 눈엔 완연히 펼쳐지기 시작한 춘색이 곤색困色으로 보였 다. 작년에 본 중국 강남의 춘색이 뇌리에 남아 있었기 때문이다.

명주에서 남경까지의 천 리 길. 거기에 펼쳐진 춘색은 황홀할 만큼 아름다웠다. 풍요한 들, 만만한 강물, 덩실한 집들, 연록색으로 운하 를 치장한 수양버들의 아취. 그 풍경에 비하면 지금 정몽주가 그 속에 있는 풍경은 너무나 황량하다.

상주를 십여 리의 상거에 둔 낙원역에서 안렴사의 행자를 정돈하기 위해 휴식을 취하고 있을 때 정몽주가 우현을 돌아보고 말했다. 우현은 정몽주가 등과한 이래 그늘처럼 그를 따라다니는 심복이다.

"자넨 상주에 가서 무엇을 하겠는가."

"달가 공의 심부름이나 할 뿐이지요."

"아니다. 심부름할 사람은 자네 말고도 있을 것인즉, 자네는 관官으 로 인해 억울한 꼴을 당한 사람들을 샅샅이 살펴 그 이름과 사실 내용을 적어두도록 해라."

"분부에 따르긴 하겠습니다만 안렴사가 할 일은 막중할 것인데 그런 일부터 처리하려다간 괜히 평지에 풍파를 일으키는 꼴이 되어 오히려 난처하게 되지 않겠습니까."

우현의 말엔 일리가 있었다. 기왕의 일에 사로잡히면 당면한 문제가 소홀히 될 염려가 있는 것이다.

"자네의 걱정도 당연하다. 그 걱정까지 알고 시키는 일이다. 억울한 일들을 전부 처리하려는 것이 아니라 그런 일을 통해 민생의 전반을 알아보려는 것이다. 나는 이곳에 얼마 있지 못할 것이 아닌가 싶으다. 그런 까닭에 한 가지 일만이라도 처리해서 뒤에 오는 사람을 위해 선례先例를 만들어 둘까 한다. 원민寃民을 없애는 것, 이것이 정사가 아니겠느냐."

자기의 심정을 털어놓고 비로소 치정治政의 방침을 밝혔다. 정몽주는 무슨 일이건 우현에겐 숨기지 않았다. 자기의 감정마저도. 그리고 우현의 의견을 묻기도 하고 그 의견을 존중하기도 했다.

상주에 도착한 정몽주는 일단 객사에 머물러 경상도 일대의 수령·방백을 모을 작정을 했다. 정몽주가 머문 객관은 30년 전 안축이 이 고을의 영令이 되어 와서 "곤어가정困於苛政 민물유산民物流散 이항소연里巷蕭然한데. … 다만 객사완구客舍完具 윤언환언輪焉奐焉하더라"고 쓴 바로 그 객사이다.

정몽주는 우선 민정을 살피기에 바빴다. 영주로 가선 선영에 성묘를 겸해 일을 보고 대구·밀양·기장·부산 등지를 두루 돌고 안동으로 와서 며칠을 쉬곤 다시 발정하여 창녕·창원·진주까지 발을 뻗쳤다.

가는 곳마다 곤한 민생이었다. 그 민생고를 덜기 위해선 세금과 부역을 감해야 하는데 나라의 재정이 핍박되어 있고 보니 그것이 용이하질 않았다. 하는 수 없이 권문세가의 세금을 높이고 서민의 세를 탕감하는 비상수단을 쓸 수밖에 없었다.

그런데 이 방침을 관내에 주지시키기에 앞서 서울로부터 급보가 날아들었다. 공민왕이 시해弑害되었다는 것이다. 이 급보를 정몽주는 안동에서 받았다. 시해사건은 9월 22일에 발생했는데 정몽주가 보고 받은 것은 9월 27일이었다. 정몽주는 그날로 안동을 출발하여 주야겸행으로 개경을 향해 달렸다. 어쩌면 이 사건을 계기로 고려가 망할지 모른다는 불안감이 없지 않았다. 마음이 바빴다.

정몽주가 개경에 도착한 것은 10월 3일이다. 닷새 동안에 5백 리를 뛴 셈이다. 이에 앞서 10월 1일에 상喪을 대묘大廟에 고한 바 되어 있었다.

시해사건의 경위는 〈고려사 홍윤전洪倫傳〉에 소상하다.

공민왕은 미모의 소년들을 모아 자제위를 두었다. 홍윤·한안·권진·홍관·노선 등이다. 이들은 항상 금중禁中에 있었다. 왕은 이들이 비妃들과 교합하여 아들을 낳으면 자기의 사자嗣子로 할 요량을 했다. 그런데 어느 날 환자宦者 최만생崔萬生이 측간에 있는 왕에게 고했다. '익비께서 임신하여 이미 5개월이 된 것 같습니다.' 왕이 물었다. '상대자가 누구냐.' 민생이 '익비께서 말하길 홍윤이라고 합니다' 라고 대답했다. '그럼 내일 창릉昌陵에 가게 돼 있는데 홍윤을 데리고 가서 술을 먹여 죽이고 비밀이 탄로 나지 않게 해야겠다. 이 계교를 알았으니 너도 살아남지 못할 것이다.' 만생은 겁을 먹고 홍윤·한안·권진·홍관·노선 등에게 이 사실을 알렸다. 그들은 자기들이 당하기 전에 왕을 죽여 버리자고 의견을 모았다. 그리하여 밤 3경에 대취한 왕에게 덤벼들어 최만생은 칼로 찌르고 나머지는 왕에게 난타를 가하여 이윽고 왕을 죽이고 말았다. …

이것이 어느 정도의 사실을 적은 기록인지 알 수 없으나 공민왕이 시해된 것만은 사실이다.

〈고려사〉는 다음과 같이 적는다.

9월 22일. 환자 최만생, 행신幸臣 홍윤 등 왕을 시해하다. 재위 23년, 수壽는 사십유오四十有五. 의재, 또는 익당이라고 호號하고 서화書畵에 능하다. 성性은 본시 엄중하고 동용動容은 예禮에 어긋나지 않았으나 만년에 이르러 시포기극猜暴忌克 황혹荒惑함이 심했다. …

참담한 최후라고 아니할 수 없다.

정몽주가 개경에 도착한 하루 전에 공민왕의 후사문제는 결정되어 있었다. 후사문제를 결정하는 당시 개경에 없었다는 것은 정몽주로 보아 다행이었다고 할 수 있다. 이 문제가 장차 후환을 남기게 되었기 때문이다. 그러나 이건 너무 앞서는 얘기가 된다.

공민왕이 죽은 4일 후 후사문제가 대두되었다. 대후, 즉 추숙왕비 홍 씨와 시중侍中 경복흥은 종친 가운데서 후사를 선정해야 한다고 주장했다. 한편 수시중守侍中=부수상격 이인임은 강녕군江寧君 우禑를 후사로 해야 한다고 주장했다. 이인임이 이렇게 주장한 근거는 공민왕이 생전에 우를 자기의 후사로서 점지하고 있었다는 사실에 있었다. 이에 맞선 경복흥 등은 우가 공민왕의 아들이 아니고 신돈의 아들이 아닐까 하는 막연한 의혹에 근거를 둔 것이었다.

이와 같은 의견의 불일치로 좀처럼 결정이 나질 않았는데 이색이 이인임의 편을 들자 백관百官이 따르게 되었다. 결국 우가 공민왕을 이어 고려 제33대 왕이 되었다. 당시 우왕은 10세의 소년이었다.

우왕이 즉위한 지 얼마지 않아 정몽주는 우사의대부 예문관직제학右

司議大夫 藝文館直提學과 춘추관수찬春秋館修撰에 임명되고 곧이어 성균관 成均館 대사성大司成이 되었다.

그러나 이런 벼슬인데도 마음이 편하지 않았던 것은 현신 경복흥을 물리치고 시중이 된 이인임이 전권을 휘두를 뿐만 아니라 공민왕의 친명정책을 버리고 친원정책을 쓰기 시작한 때문이다.

공교롭게도 이 무렵 김의라는 자가 명나라의 사신 임밀과 채빈이 귀국하는 도중 채빈을 살해하고 임밀을 붙들어 북원北元으로 도망간 사건이 있었다.

정인지가 찬한 〈고려사〉엔 이인임이 공민왕 시해사건에 관해 명제明帝의 추궁을 받을까 겁내어 채빈의 입을 막으려고 호송관 김의를 시켜 채빈을 죽이게 한 것이라고 되어 있다. 이와 같은 사실여부를 판단할 방도는 없으나 명나라 사신이 귀국하는 도중 고려인에 의해 살해된 것만은 사실이다.

명나라의 보복을 두려워한 나머지 이인임이 친원정책으로 전환했다는 것은 이 사건이 있기 전엔 이인임의 대명大明태도가 극단하게 반대적이 아니었다는 사실로써 알 수가 있다.

아무튼 정몽주는 "명나라를 저버리고 원과 친하려 하는 것은 강强을 배반하고 약弱을 향하며 순順을 버리고 역逆을 좇아 장차 국가를 불측의 화禍 속에 빠뜨리게 하려는 비계非計라"고 하며 박상충·정도전·김구용 등의 의견을 합쳐 맹렬하게 이인임 일파의 정책을 공격했다.

이인임은 정몽주를 비롯한 반대파들을 파직시키고 귀양을 보내는 비상수단을 썼다. 이때 정몽주는 언양彦陽으로 유배되고, 정도전은 전라도 회진으로 유배되었다.

정론正論을 주장했는데도 벌을 받게 되었다는 사실이 원통한 것은 아니다. 나라가 누란의 위기에 있다는 사실이 절박했다.

언양의 유배지에 있는 정몽주에게 들려오는 소식은 하나같이 불길한 흉보여서 하루도 마음이 편할 날이 없었다.

이인임은 빈번하게 북원北元에 사신을 보내 원과의 구의를 회복했을 뿐 아니라 원과 일련탁생一蓮托生할 약속을 맺었다고 했다. 원은 사신을 보내어 우왕을 책봉하는 절차를 취하고 명이 요동에 둔 관부官府인 정료위定遼衛를 협공하자는 제의까지 해왔다고 하는데 이에 응하는 것은 스스로 묘혈을 파는 결과가 될 것이었다.

명 황제 주원장의 성격과 행적을 누구보다도 잘 아는 정몽주는 만일 이인임이 취하고 있는 친원책이 알려지기만 하면 명나라가 취할 태도를 명약관화하게 예상할 수가 있었다. 그런데 유배당한 상황으로선 속수무책으로 수수방관할 수밖에 없었으니 정몽주의 심사가 어떠했겠는가.

그 심사를 짐작할 수 있는 정몽주의 시가 남아 있다. 언양의 유배지에서 우왕 2년 9월 9일, 당송팔대가唐宋八大家의 하나인 유종원柳宗元의 운韻에 차次하여 지은 시이다.

客心今日轉凄然 臨水登山瘴海邊
(객심금일전처연 임수등산장해변)
腹裏有書還誤國 囊中無藥可延年
(복리유서환오국 낭중무약가연년)
龍愁歲暮藏深壑 鶴喜秋天上碧天
(용수세모장심학 학희추천상벽천)
手折黃花聊一醉 美人如玉隔雲煙
(수절황화료일취 미인여옥격운연)
(오늘따라 나그네의 심사가 처량하구나. 독기가 서린 듯한 바닷가 물길을 따라 산에 올랐다. 몸 속에 있는 지식이 되레 나라를 그르친 것 같은데 목숨을 늘려 과오를 씻으려고 해도 낭중엔 약이 없다. 용은 닥쳐올 세

모를 걱정하여 깊은 골에 숨어 있고 청명한 가을을 기뻐하는 학은 푸른 하늘로 오른다. 황금색 국화꽃을 꺾어 한번 취해볼 마음이 없지 않지만 임금은 구름 저편에 있는 옥처럼 멀다.)

임금의 뜻으로 미인美人이라고 쓰는 것은 굴원屈原의 초사楚辭가 머릿속에 있기 때문이리라. 그러나 12세 임금을 정몽주는 어떻게 생각했을까. 구름 저편에 있다는 표현은 의지하기는커녕 믿을 수도 없다는 절망에 가까운 심정을 나타낸 것이 아닐까 한다.

절대군왕제絕對君王制의 세상이었다고 하지만 정몽주 같은 달인達人이 유치한 임금, 또는 암우暗愚한 임금을 받드는 심정이 어떠하였을까. 황차 나라는 토붕와해土崩瓦解할지 모르는 위기에 놓여 있는 것이다. 이러한 위기를 이인임인들 느끼지 못했을 까닭이 없다. 미움은 미움이고 나라 일은 나라 일이다.

이인임은 정몽주의 힘을 빌려야만 할 난국에 부딪쳤다.

친원책의 졸렬함이 위기의 도를 더하고 있을 즈음 왜구의 창궐이 더더욱 심해졌다. 이인임은 우왕 1년 나흥유羅興儒를 일본에 보내어 왜구의 침범을 단속해 달라고 청했다. 그때의 일본 정부는 무로마치室町 막부이다. 당시의 실력자 아시카가足利義滿는 나흥유를 정탐꾼으로 몰아 옥에 가두어버렸다. 마침 일본에 머물고 있던 고려승 양유良柔의 주선으로 풀려나긴 했지만 나흥유는 아무런 성과도 없이 돌아오고 말았다.

그해 5월 왜적의 두목 후지하라藤原經光가 부하를 거느리고 투항해 왔다. 조정은 이들을 순천·연기 등지에 머무르게 하고 양식을 급여하는 등 편리를 보아주었는데 이윽고 이들이 침략의 거점을 만들기 위해 위장투항한 놈들이란 것을 알았다. 전라도의 원수元帥 김선치가 이들을 유살誘殺하려고 하다가 사전에 그 계교가 누설되어 후지하라는 부하를 이끌고 도망치고 말았는데 그 가운데 3인을 잡아 죽였다.

이에 대한 보복으로 왜적은 사정없이 사람을 살육하고 재물을 약탈하는 방식이 전일과는 비교가 안 될 만큼 악랄해졌다. 그 때문에 전라도와 경기도·충청도의 해안일대는 가히 쑥밭이 되었다.

우왕 2년에 이르러선 공주·부여가 겁략 당하고 창원·진해·기장·울산 등지가 유린되었다. 우왕 3년에 들어선 강화도를 침범하여 전선을 불사르고 양민을 닥치는 대로 죽이고 재물을 탈취하는 등 서울 자체가 소연하게 되어 조정에선 천도론遷都論까지 나오게 되었다. 조정에선 안길상을 일본에 파견하여 유화책을 쓰려고 했지만 안길상은 일본에 도착한 지 얼마 안 되어 병사하고 말았다.

조정에선 누구를 일본에 보내느냐 하는 논의가 일었다. 모두들 정몽주가 가장 적격인 인물이라고 천거했다. 그때 조정의 실세를 차지했던 사람들은 대부분 이인임의 당인黨人이었으므로 그중엔 이인임 일당을 비난 공격한 적이 있는 정몽주를 분풀이 삼아 위험한 사행에 보내버리자는 속셈을 가진 자도 없지 않았다.

그때 정몽주는 귀양에서 풀려 개경에 있었다. 정몽주에게로 조신 몇이 가서 사신으로 일본에 갈 의향이 없느냐고 물었다. 그들의 속셈을 모르는 바 아닌 정몽주는 심중 분격을 느꼈으나 일체 내색하지 않고 생각해 보겠노라고 답하고 그들을 돌려보냈다.

그때 자리를 같이했던 친구 이경이 정몽주에게 충고를 했다.

"달가, 일본에 가는 사행使行은 단호히 거절하게. 놈들이 자넬 귀양을 보낸 게 언제인가. 자넨 이미 명나라에 사신으로 가서 사경을 넘지 않았는가. 일본으로 가는 뱃길은 명나라로 가는 뱃길보다 험하다."

"나라는 놈들의 나라만이 아니지 않는가. 왜구의 창궐을 보고만 있을 수 없는 일이 아닌가."

일단 각오를 했으면서도 정몽주는 이인임에게 편지를 써서 우현으로 하여금 직접 전하게 했다. 그 편지의 내용은, 친원의 부당함을 지적하고 친명의 태도를 시중으로서 분명히 한다면 자기는 기꺼이 소청을 수리하겠으나 그러지 못한다면 칭병^{稱病}하여 고사할 수밖에 없다고 했다. 사실 칭병하면 왕명도 고사할 수 있는 것이다.

이 편지를 전한 그날 밤, 이인임이 미복을 하고 정몽주의 집을 방문하여 친원·친명, 어느 편도 분명히 할 수 없는 딱한 사정을 말하고, 그러나 정료위를 협공하자는 원나라의 제의는 물리쳤노라고 하며, 앞으로 북원을 박절하게 끊진 못할망정 친명의 방향으로 적극 노력하겠다는 의사를 피력했다.

지금은 무직으로 있는 사람의 집에 나는 새도 떨어뜨리는 권세를 가진, 이른바 일인지하一人之下 만인지상萬人之上의 이인임이 친히 찾아왔다는 것은 성의의 발로라고 생각하지 않을 수 없었다. 정몽주는 이인임의 소청을 그 자리에서 받아들였다.

이 사실이 알려지자 맨 처음 달려온 것은 김구용이었다.

"달가형은 물러서 탈이오. 어찌 이인임 같은 교활한 인간의 말에 그처럼 쉽게 넘어간단 말이오. 왜구의 문제가 긴박하긴 하지만 이인임을 물리치고 조정을 개혁하고 나서 해결할 일이 아니겠소. 왜구의 문제까질 싸잡아 이인임을 퇴진시키는 이유로 해야 할 것이 아니오."

"이인임의 퇴진보다 급한 것이 민생이다. 민생을 도탄에 빠뜨린 것은 가정苛政 때문이기도 하지만 그보다 왜구가 가장 큰 원인이다. 이러한 판국에 사원私怨을 들먹일 필요가 있겠는가. 그리고 내가 보건대 이인임의 퇴진은 시간문제이다. 언양에서 돌아온 얼마 후 최영 장군을 만났더니 이인임으로선 안 되겠으니 기회를 보아 앞장서서 탄핵을 하겠다고 하더라. 친원책에 있어선 이인임과 통하고 있는 최영 장군이 하는 말씀이니 사태의 추이를 대강 알 만하지 않는가. 뿐만 아니라 이인임의 친원책이 오래 지탱할 수가 없고 그 친원책 때문에 그의 실각이 불가피하게 될 것이 뻔하다. 내가 일본으로 가는 것은 백성을 위해서 가는 것이지 이인임 때문이 아니다.”

“그러나 달가형이 가면 사태를 조금쯤은 호전시킬 수 있을지 모르지만 근본이 해결될 것 같진 않소. 왜인의 그 간사함을 이미 알고 있는 것 아니오. 왜구는 왜인 일부의 짓이겠지만 바탕엔 일본 정사와 밀접한 관계가 있을 것 같소. 관이 승인하지 않는 일을 어찌 그처럼 대담하게 할 수가 있겠소.”

정몽주의 사행에 불만을 품은 것은 김구용만이 아니다. 정도전을 비롯한 이른바 유학파들은 이인임 일파의 실각만이 나라를 구하는 방법의 일단이라고 생각하고 있었던 만큼 결과적으로 이인임의 처지를 돕게 될 정몽주의 일본 사행을 좋게 생각하지 않았다.

그러나 안렴사로서 왜구의 침해를 너무나 잘 알고 그로 인한 민생의 궁박을 몸소 체험하다시피 한 정몽주는 왜구에 대한 대책은 한시가 급하다고 판단하고 동지들의 불만에도 불구하고 단연 일본 사행을 결심하였던 것이다.

우왕 3년, 홍무 10년, 서기 1377년 9월 정몽주는 부산포에서 배를 탔다. 현해탄은 고래로 뱃길이 험하다. 고려병과 몽골병 십수만이 이 뱃길에서 수장水葬된 슬픈 과거마저 있는 것이다.

당시 이론의 큐슈九州 지방을 관할하던 지방관, 즉 탐제探題는 이마카와今川了俊란 무장武將이었다. 이마카와는 정몽주가 사신으로 온다는 것을 미리 통고받고 정몽주가 불세출의 문장가이며 그 이름이 원나라, 명나라에까지도 높이 나 있는 대인물이란 것을 알고 있었다.

그런 까닭에 정몽주를 맞이하는 데 신중을 기하고 그 접대가 융숭했다. 정몽주는 시종 온화한 표정으로 이마카와를 대했다. 왜구문제로 일본에 간 고려 역대의 사신들은 대개 항의조抗議調로 말을 시작했는데 정몽주는 그러질 않았다. 항의가 목적이 아니라 설득하여 유화宥和하는 것이 목적이라고 스스로 다짐한 바 있었다.

정몽주는 바다를 격하고 있다곤 하나 고려와 일본은 순치脣齒의 관계에 있다는 지리적 사정을 설명하고 선린善隣의 보람을 역사적으로 풀이하고 나서,

"선린은 피차의 복이며 악린惡隣은 피차의 화인데 어찌 복을 물리치고 화를 자초할 수 있겠소."

하고 정중하게 타일렀다. 그리고 이렇게도 말했다.

"이웃에 적을 두고 어찌 가정이 평안할 수가 있겠소. 이웃에 원수를 두고 나라가 어찌 태평할 수 있겠소. 적일 수 없는 사람을 적이라고 하고 원수일 수 없는 사람을 원수로 한다는 것은 사물을 정당하게 이해할 줄 안다면 터무니없을 뿐만 아니라 허황된 자멸행위라는 것을 곧 알 수 있지 않겠소."

정몽주는 왜구라는 말을 쓰지 않고 침범이란 말도 쓰지 않았다. 대신 상고행위商賈行爲, 즉 교역交易이란 표현을 썼다.

"귀국의 사람들은 성이 급한 것 같습니다. 순순히 사고팔고 하자고 하면 우리 편에서 응하지 않을 리 없는데 단기短氣를 일으켜 팔기 싫다는 물건을 억지로 가지고 가려고 하니까요. 그러니까 서로 감정이 상해 뜻하지 않는 충돌을 일으키기 마련입니다. 그 때문에 귀국 국민도 적잖은 손해를 보았을 것이오."

정몽주의 말은 계속된다.

"… 귀국의 손해도 적잖을 것이지만 우리의 손해는 이루 형언할 수 없소이다. 곳에 따라선 전지田地가 황무하여 봄에 씨 뿌리는 사람이 없

게 되고, 난리를 겪고 나면 횡사한 어버이를 찾아 우는 젖먹이의 울음소리가 처량하고, 아들을 잃은 노부모의 통곡소리가 애절하옵니다. 피차 조금씩 양보하여 사고팔고, 주고받고, 불만이 있으면 그 불만이 풀릴 때까지 기다리고 성의를 다하여 의논하고 하면 참화를 면할 수 있는 것을 무슨 까닭으로 서로의 생명을 희생해가며 이런 짓들입니까.

소탐대실小貪大失이란 이런 경우를 두고 쓰는 말이 아니겠습니까. 귀국의 백성이 이익을 탐하는 것은 결코 무리한 일이 아닙니다. 이익을 탐하는 것은 우리 백성도 마찬가지니까요. 그러나 이편의 생명, 상대방의 생명을 해쳐가면서까지 이익을 탐한다는 것은 이익이라고 하는 뜻으로 보아서도 이치에 맞지 않습니다. 자고로 우리 백성이 자기의 본의로써 귀국을 괴롭힌 적은 없습니다. 한때 원나라의 강압에 이기지 못해 이 근해近海까지 온 것은 사실이지만 그것은 우리의 본의가 아니란 사실은 귀국도 너무 잘 알고 있지 않습니까.

우리가 넉넉하게 가지고 있는 것을 귀국이 정당한 절차를 밟아 요구한다면 우리는 서슴없이 제공할 것입니다. 귀국 역시 넉넉하게 가지고 있는 물자이면 우리가 정당한 절차를 밟아 정당한 값을 치러 요구하면 공급하지 않겠습니까. 그러니 우리 상의해서 교역交易의 법도를 세웁시다. 일방적으로 강요해서 충돌하는 일이 없도록 하기 위해 법도를 세워 사고팔고, 주고받고 하도록 하십시다. 그렇게 하여 유무상통有無相通하고 상부상조하는 좋은 이웃이 되도록 합시다.

전쟁은 원래 무익한 것입니다. 그런데다 무익한 전쟁을 하게 된다면 무익에 무익을 더해 화禍가 되는 것입니다. 귀하께서도 춘추전국시대에 관한 사서史書를 읽으셨겠지요. 그런 결과가 어떻게 되었습니까. 싸움에 영일寧日이 없는 채 죽고 말았지 않았습니까. 백성을 도탄의 구렁텅이로 몰아넣은 대죄를 역사에 기록해둔 채 허무하게 망하고 말았지 않습니까.

그때의 승자도 따지고 보면 패자가 아닙니까. '승패'란 머리를 한번 돌리는 순간 공空이 되었지 않습니까. 바로 공이 아니었습니까. 우리는 그런 명명백백한 사실史實을 읽어서 알고, 들어서 알고, 현재 눈으로 보면서 알고 있는 바인데 다시 그런 우열愚劣을 배우려고 하는 것입니까. 이利를 탐하되 대리大利를 갖도록 합시다. 화和를 이루는 것이 대리의 대도大道입니다."

어느덧 정몽주는 웅변이 되어 있었다.

이마카와今川 탐제探題를 비롯한 막료들은 정몽주의 말을 듣고 숙연해졌다. 분격과 항의의 빛이 조금도 없고, 그렇다고 해서 영합하려는 비굴함도 없이 담담하게 말을 엮어나가는 태도에 감복했을 뿐만 아니라, 어려운 문사文辭, 가시 돋친 말 한마디 없이 사태의 핵심을 찌르는 치밀한 말솜씨는 단순한 언변술로 되는 것이 아니라 양국의 관계를 우려하는 진심에서 우러난 것 일 거라고 감득했다.

정몽주가 왜구를 상행위의 일종으로 보았다는 것은 탁견卓見이다. 보통의 관찰력과 사고력으로써 될 일이 아니다. 살육을 일삼고 약탈을 자행하는 행동은 분명히 강도행위이다. 그런데 그 강도행위의 바탕을 파고들면 결국 물욕이 있다. 그 물욕은 상행위로써 충족시킬 수가 있다. 정몽주는 은근히 강도행위와 같은 비상수단을 쓰지 말고 상행위로써 대처하자고 한 것이다.

이편에 압도적인 무력이 없는 이상 강도행위를 막는 방법은 상대방을 타일러 상행위로 전환시키는 도리밖에 없다. 이렇게 생각하고 정몽주는 다음과 같은 말도 했다.

"이웃끼리 서로 유무상통한다는 것은 당연한 일입니다. 우리에게 없는 것, 부족한 것이 귀국엔 풍족하게 있을 경우도 있고, 반대일 경우도 있을 것인즉 피차가 품목을 정하고 요량하여 상도의 법도를 세우면 피차가 희희낙락 우의를 돈독하게 할 수도 있지 않겠습니까. 우리나라 풍습엔 외상이란 것이 있습니다. 물건은 필요한데 돈이 없을 경우 값을 다음 달, 또는 명년에 치르기로 하고 줄 수도 있다는 얘깁니다. 이런 관행을 활용하기만 하면 무슨 까닭으로 위험한 해로를 왕래하여 피차의 격분을 사는 짓을 할 필요가 있다는 것입니까. …"

이렇게 하면서도 정몽주는 치자治者의 도리이니, 인정仁政의 본질이니 하는 성현을 말을 일체 인용하지 않았다. 원래 물욕으로 빚은 강탈 행위이고 보면 물物과 물物의 상관관계로서 따질 일이지 우원하고 고상한 이론이 통하지 않는다는 것을 정몽주의 인정의 기미機微에 통달한 견식은 너무나 잘 알고 있었던 것이다.

제1회의 회견이 끝났을 때 이마카와가 측근들에게 '내 오늘 성현에 버금가는 인물 중의 인물을 만났다'고 경탄했다는 것이 일본 측의 기록에 남아 있다.

그날부터 정몽주의 숙사에 손님이 끊어질 날이 없었다. 이마카와의 정몽주에 대한 환대가 극진했기 때문만이 아니다. 그의 문명文名을 사모하는 문인들, 특히 지식 있는 승려들이 각처에서 모여든 것이다. 그들은 정몽주의 시문을 원했다.

그는 즉석에서 써주어 그들을 기쁘게 했다. 지금까지도 그 친필을 보물로서 보관하고 있는 절이 있다고 한다.

승려들은 매일처럼 정몽주를 견여肩輿에 태우고 각지의 명승으로 안내했다. 보기에 따라선 꿈같은 나날이었으나 그의 마음이 편할 리는 없었다.

이마카와는 왜구의 폐단을 없애기 위해 최선을 다하겠다고 약속했으나 약속을 그대로 믿을 수 없었던 것은 이마카와의 말이 부실했기 때문이 아니라 고려를 겁략하는 도적의 무리 대부분이 그의 제어制御 밑에 들어 있지 않았기 때문이다.

해적의 무리는 대부분 후미진 해안의 만곡부에 근거를 두고 있고 모두가 법망을 피해 다니는 이른바 무법자였으므로 사실상 제어하기가 곤란한 실정이었다. 게다가 아시카가 막부의 위세가 사양길로 접어들어 위령불행威令不行의 상태에 있다는 것을 정몽주는 알아차렸다. 그런 만큼 그의 마음은 무거웠다.

그러나 그는 그런 내색을 하지 않고 일본의 산수를 즐기며 수없는 시편을 남겼다. 그 가운데의 하나가 다음의 시이다. 제목은 〈유관음사〉 遊觀音寺.

野寺春風長綠苔 來遊終日不知回
(야사춘풍장록태 내유종일부지회)
園中無數梅花樹 盡是居僧手自栽
(원중무수매화수 진시거승수자재)
(야사의 봄바람에 푸른 이끼가 돋아났다. 이곳을 찾은 손님은 종일토록 돌아갈 줄을 모른다. 뜰 안엔 무수한 매화나무가 있는데 듣자니 그 모두를 이 절 스님이 손수 가꾼 것이라고 하더라.)

관음사가 퍽이나 마음에 들었던 모양이다. 정몽주는 재차 이곳을 찾아 〈재유시사〉再遊是寺란 시를 지었다.

溪流遶石綠徘回 策杖沿溪入谷來
(계류요석록배회 책장연계입곡래)
古寺閉門僧不見 落花如雪覆池臺
(고사폐문승불현 낙화여설복지대)

(시냇물은 돌을 안고 푸른빛으로 배회하는데 그 시내를 따라 지팡이를 짚고 골을 찾아들었다. 옛부터 스님은 문을 닫고 나타나지 않는다는데 낙화가 눈처럼 연못가의 누대를 덮었다.)

이미 말한 바대로 왜구를 근절하진 못했으나 정몽주의 일본 사행은 정몽주의 인품과 학식만으로, 즉 그 존재 자체로서 대성공이었다. 일본인이 정몽주를 통해 고려인의 품위를 알았고 고려가 지닌 문화의 심도를 알았다.

이숭인은 "달가의 학식은 고금으로 통하여 넓고, 기상은 순후하면서 방정하고, 말은 온화하면서 달변이다. 일찍 오월제노吳越齊魯의 땅을 역유歷遊하여 사마천司馬遷의 기풍이 있었으니 사신으로서 의 사명을 다하는 것쯤이야 문제도 안 된다"고 했고, 정도전 또한 이렇게 말한다.

"달가 형의 학문은 날로 장진하고 시도 또한 그러하다. 그가 사신으로 일본에 갔을 때엔 거센 파도의 험난한 지경을 건너 만 리의 외국에 있었지만 그 안색을 정제하고 언변을 닦아서 나라의 위신을 세우고 타국인으로 하여금 우리를 존재하도록 했다. … "

정몽주는, 각 방면으로 알아본 결과 왜구를 근절한다는 것은 이마카와의 힘, 즉 아시카가 막부의 힘으로선 불가능하다는 결론을 얻었다. 앞서 이마카와가 설명한 대로 적도들의 대부분은 이른바 법외인法外人의 파락호破落戶=일본말로 '고로츠키'들인 것이다.

그 때문에 정몽주는 유식한 승려들과 낭인浪人들과도 넓게 교제하여 왜구의 방자함을 조금이라도 덜게 하기 위해 은근히 계몽활동을 펴기도 했다. 아무튼 정몽주는 1년 가까운 세월 일본에 체류하는 동안 일본의 조야朝野에 깊은 감동을 주었다.

정몽주가 일본을 떠나게 된 것은 우왕 4년 7월 초였는데 이에 앞서 이마카와 탐제의 초청연이 있었다. 이 자리에서 이마카와는 이런 말을 했다.

"내 생각은 정 선생을 교토京都로 모셔 정이대장군征夷大將軍과 친히 알현토록 할 작정이었으나 지금 교토의 사정이 편안하지 못합니다. 여기서 교토까지는 천 리 길. 천 리 길을 가시어 장군을 만나보아도 별 무성과할 것이고 정 선생의 의도는 내가 다 알았은즉 앞으로 최선을 다할 요량으로 교토행을 단념하게 한 것입니다. 깊은 해량이 있으시 길 빕니다."

이마카와는 정몽주의 제안을 모두 선처하겠노라고 했다. 정몽주의 제안이란 붙들려간 동포들을 석방해 달라는 것이었다.

이렇게 하여 윤명尹明·안우세安遇世를 비롯한 수백 명의 동포가 귀국하게 되었다. 이들을 데리고 온 사람은 일본의 승려 홍장로洪長老이다. 홍장로는 선승으로서 고명한 스님이다. 정몽주가 일본에서 머무는 동안 특히 간담상조肝膽相照하는 사이가 되었던 모양으로 〈증일본홍장로〉贈日本洪長老란 시가 남아 있다. 격조가 높은 시이다.

白雪何事出靑山 只爲蒼生久旱乾
(백운하사출청산 지위창생구한건)
一杖往來應有意 傍人莫作等閑看
(일장왕래응유의 방인막작등한간)
(백운이 무슨 일로 청산을 나왔을까. 오랜 가뭄에 시달린 백성을 위해서이다. 홍장로가 산에서 나온 까닭이 정히 이러하다. 그러니 막대 짚고 오가는 덴 응당 뜻이 있을 것이니 곁에서 등한하게 보아서는 안 될 것이다.)

정몽주의 그에 대한 존경을 알 수 있다. 정몽주는 일본에서 많은 시를 썼거니와 그가 일본에서 견문한 바와 생각한 바를 적은 〈봉사시작奉使詩作 12수〉는 그 구구절절이 주옥이다. 이 시를 통해 당시 사신의 애환哀歡이 어떠했던가를 알 수가 있다. 산 설고 물 선 곳에 살게 되었기 때문만이 아니다. 인정이 다른 곳에서 살아야 하기 때문만도 아니다. 왕래엔 생명을 걸어야 하고 사행의 결과를 예측할 수 없었기 때문에 주야로 고달팠던 것이다.

정몽주가 일본에서 돌아온 것은 우왕 4년, 1378년 7월이다. 이때 그의 나이는 42세. 정순대부正順大夫 우산기상시右散騎常侍 보문각제학지제교寶文閣提學知製敎에 제배되었다. 정3품직이다.

그런데 정몽주가 놀란 것은 선왕先王 이래 취해오던 친명반원책을 버리고 조정이 다시 친원으로 돌아서고 있었다는 사실이다. 조정은 명나라의 연호 홍무洪武를 버리고 북원北元의 연호 선광宣光을 쓰고 있었다.

정몽주는 이성계, 이색을 중심으로 동지들과 뜻을 합쳐 조정에 압력을 넣어 자기가 일본에서 돌아온 지 3개월 만에 연호를 다시 홍무로 돌렸다. 이것은 일견 작은 문제 같지만 결코 그렇지가 않다. 고려의 명운에 관계되는 중대사인 것이다.

왜구는 여전히 날뛰고 있었다. 전국이 거의 매일 왜구의 침노로 영일이 없을 정도이다. 큐슈 탐제 이마카와今川는 정몽주와 약속대로 왜구를 단속하기에 총력을 기울인 것이 사실이었지만 그에겐 법외法外의 해적들을 다스릴 힘이 실제로 없었던 것이다.

'해난을 무릅쓰고 일본까지 가서 1년 가까운 동안 내가 힘쓴 것이 무엇이었던고.'

정몽주는 하늘을 보고 통탄했다. 친원파가 준동하는 조정, 게다가 왜구의 창궐, 사직의 앞날은 정말 암담하다.

이때 정도전은 원元에 보내는 진정서에 서명을 거부했다는 죄로 전라도 회진현會津縣에 유배된 이후 유배는 풀렸지만 개경엔 돌아오지 못하고 있었다.

남달리 정도전을 아끼는 정몽주는 심복 우현을 시켜 정도전의 행방을 찾아 정중한 위로의 편지를 보냈다. 그 편지의 내용엔 사직의 양상이 암담할 땐 되레 시골에서 자기 자신을 달래는 것이 편할지 모른다는 사연이 있었다. 나서서 힘을 다해 보람을 볼 수 없을 바에야 차라리 몸을 산속에 숨겨 방관하느니만 못하리라는 그의 심정의 토로였던 것이다.

이듬해에 정몽주의 벼슬은 봉익대부奉翊大夫로서 진현관제학으로 벼슬이 올랐다. 그러나 조금도 기쁘지 않았다. 나라는 점점 구렁텅이로 들어가는 것만 같았다. 그런데 조론朝論은 일치되지 못했다.

친원·친명으로 분열되고, 권문세족과 신진파의 대립이 격화되었다. 신진파 가운데서도 분열의 조짐이 있었다. 나라를 이런 꼴로 버려둘 순 없다는 우국의 충정에선 한가지였지만 왕을 중심으로 하여 개혁해야 한다는 사상에 은근한 반발이 생겨나고 있었다.

이 무렵 정몽주는 조준의 초청을 받았다. 조준은 이성계와 친교가 있는 사람이다. 술이 거나하게 취했을 때 조준의 말이 있었다.

"가지가 마르고 잎이 썩는다고 해서 걱정한들 무슨 소용이 있겠소. 이미 뿌리가 썩어 들어가고 있는데 말이오."

정몽주는 대답하지 않았다. 그러나 조준의 말이 마음 한구석에 깊이 새겨졌다.

그러나 정몽주에겐 정사靜思할 겨를이 없었다. 우왕 6년 판도판서版圖判書의 벼슬이 제수되기가 바쁘게 조전원수助戰元帥로서 이성계를 받들고 전라도 운봉雲峯으로 나갔다. 그곳에서 침노하는 왜적의 대군을 치기 위해서다. 뒤에 '운봉대첩'이라고 하여 이성계의 명성을 드높이게 된 전공의 태반은 정몽주가 차지해야 한다. 이 사실을 누구보다도 잘 아는 사람이 이성계이다.

이성계는 정몽주가 명장의 소질을 가졌다면서 이렇게 한탄했다.

"달가의 몸이 하나인 것이 한이로구료. 달가는 조정에도 꼭 있어야 할 사람이고 전야戰野에도 꼭 있어야 할 사람이니까 말이오…."

이에 대해 정몽주는 "다만 원수님의 보익輔翼일 뿐입니다" 라고 했다.

그러자 이성계는 "제갈공명 없이 유비가 있었겠소"하고 의미심장한 웃음을 머금었다.

하지만 이때까지만 해도 정몽주는 이성계의 복중服中을 깨닫지 못했다. 이성계 스스로도 아직 자기의 야심을 굳히지 못했을 때이니 당연하다.

그런데 전주객관全州客館에 들러 술을 대작하며 앞으로의 국사를 논하는 마당에서 이성계는, "거두절미하고 뿌리가 썩고 있소. 뿌리를 갱신하지 않곤 사직을 바로 세울 수가 없소" 라는 말에 정몽주는 기왕 조준이 했던 말을 상기했다.

뚜렷하게 말할 수는 없으나 뭔가 이상한 기류가 주변을 맴돌고 있다는 것을 느꼈다. 이때의 느낌이 전주 망경대望景臺에 올랐을 때 읊은 다음의 시 바닥에 깔렸다.

千仞岡頭石徑橫 登臨使我不勝情
(천인강두석경횡 등림사아부승정)
靑山隱約扶餘國 黃葉繽紛百濟城
(청산은약부여국 황엽빈분백제성)
九月高風愁客子 百年豪氣誤書生
(구월고풍수객자 백년호기오서생)

114

天涯日沒浮雲合 惆悵無由望玉京
(천애일몰부운합 추창무유망옥경)
(천인 언덕 위에 돌길이 뻗어 있다. 그 길을 오르고 있으니 정다움을 이기지 못할 기분이다. 청산에 가려 부여땅은 보일락 말락 하고 백제성은 황엽에 덮여 있다. 아아, 구월의 맑은 바람에 나그네의 수심은 짙고 백년의 호기가 서생의 마음을 어지럽힌다. 하늘가에 해가 저물고 뜬 구름이 모여든다. 서글프도다, 까닭 없이 하늘을 바라본다.)

성당盛唐의 대 시인에게도 손색이 없을 이 시의 격조 속에 정몽주의 깊은 우수憂愁가 있는 것이다.

운봉대첩의 공으로 이 해 11월 정몽주는 밀직제학상의회의도감사密直提學商議會議都監使 보문각제학寶文閣提學 상호군上護軍이란 벼슬을 받았다. 고려의 벼슬 명칭은 이렇게 길다. 나라가 망하는 판에 번문욕례繁文縟禮만 창성했던 것이다. 그런데 '상호군'은 문관에게 주는 벼슬로선 의례적인 벼슬이다.

좌불온석坐不溫席이란 말이 있다. 앉긴 하되 자리가 따뜻해질 겨를이 없다는 뜻이다. 정몽주의 경우가 꼭 그러하다.

우왕 8년 4월 정몽주는 권중화 등과 더불어 진공사進貢使로서 명나라로 떠났다. 요동에 이르자 도사都司가 차인差人을 보내 이들의 입경을 허가하지 않았다. 이유인즉 세공정액歲貢定額에 미달했다는 것이다. 무위로 돌아올 수밖에 없었다.

그런데 이 해 11월 정몽주는 다시 명나라로 가야만 했다. 이번엔 청시사請諡使란 명목이다. 죽은 공민왕의 시호를 받고 왕위계승의 승락을 받는 동시에 신정新正을 축하하기 위한 사신이었다. 이 때의 동반자는 판도판서 조반趙胖이다.

그들이 가지고 간 진정표陳情表의 내용은 이러하다.

신우臣禑 나이 어리고 고독하며 어리석기 짝이 없소이다. 고려는 산간에 있어 땅은 좁고, 일본과 계속 싸우는 때문에 재정은 바닥이 나고, 사대事大의 충忠을 다하려고 하나 마음대로 되질 않습니다. 원컨대 선왕의 정성을 기억하시옵고 고신孤臣의 외로운 처지를 불쌍하게 여기시와 너그럽게 가르치시고 왕래를 틔워주시면 만세의 신첩이 되어 받들겠나이다 ….

청시표請諡表의 요지는,

선왕 전顓이 홍무 7년에 돌아가신 이래 수차 시諡를 청했습니다만, 아직 허락이 없사와 9년 동안을 슬퍼 지난 후 다시 천총天聰을 어지럽히게 되었사옵니다. 복망컨대 폐하께옵서 특히 휼전恤典을 베풀어 주시옵소서….

승습표承襲表의 요지는,

복념伏念컨대 신臣은 10세에 선신先臣을 잃고 대영무의對影無依, 세월의 빠름을 슬퍼할 뿐이옵니다. 폐하께옵서 회유의 길로서 만국봉건萬國封建의 권權을 올리시와 미신微臣으로 하여금 아버지의 뒤를 잇게 하여 주시면 신 삼가 황령皇齡의 만년을 축하하여 자손에 이르기까지 후복候服을 백세에 수修하겠나이다 ….

지금에 와서는 비굴한 문자로 보이지만 당시에는 사생死生이 결단되는 문제였던 것이다.

이러한 문서를 가지고 갔는데도 정몽주 일행은 거절당했다. 우왕 9년 정월 9일에 있었던 일이다. 거절의 칙략勅略은 이러하다.

삼한三韓의 추장酋長이 부하에게 시해된 이래 몇 번이나 와서 공물을 정상과 같이 하겠다고 했는데 약속을 지키지 못했다. 짐朕이 서書에 적힌 것을 보건대 그 땅의 사람은 은혜를 모르고 즐겨 화를 일으킨다고 한다. 그런 자들을 신하로 한들 무슨 이익이 있을 것인가. 수년의 물건을 하나로 합쳐 가지고 오면서도 칙勅대로 했다고 한다. 도대체 성의가 없는 자들이다. 요동을 지키는 장군들은 우리 국토를 굳게 지켜 종전대로 그들을 입경시키지 말고 돌려보내라….

이 얼마나 모욕인가. 그러나 소국의 백성은 한숨도 제대로 쉴 수가 없다. 판도판서 조반은 울분을 참지 못하겠다는 듯 꽉 쥔 주먹을 무릎 위에 놓고 와들와들 떨고 있었다.

"비非는 우리에게 있소. 무력無力이 곧 비이오. 갑시다."

정몽주는 타이르듯 조반을 일으켜 세워 귀국길에 올랐다. 이 사행使行엔 그의 시가 한 수도 없다.

돌아오니 또 일이 기다리고 있었다. 동북면 조전원수東北面 助戰元帥로 나가란 것이다. 이때 동북면 도지휘사都指揮使는 이성계이다. 이성계의 계청에 따라 정몽주가 조전원수로 발탁되었음이 명백하다. 어찌했던 나라의 일이라면 그는 몸을 아끼지 않았다. 이번의 난은 호발도胡拔都가 일으킨 것이다. 이성계는 호발도를 단주端州에서 격파했다.

이때 정몽주는 자기의 심회를 다음과 같이 읊었다.

久客嗟吾道 經年尙未休 (구객차오도 경년상미휴)

春風遼佐路 秋雨海東頭 (춘풍요좌로 추우해동두)
(오랜 나그네 생활로 슬픈 내 길은 한 해가 지났는데도 그치질 않는다. 봄
바람이 불 때엔 요동길에 있었는데 가을 비 내리는 이젠 해동 끝에 있다.)

그러면서도 그의 마음은 나라 전체의 명운을 두고 항상 우울했던 것
이다.

동북면 출정 때 이성계와 정몽주 사이엔 상당히 심각한 얘기가 오갔
다. 그 무렵에도 이성계는 혁명을 할 뚜렷한 의사는 갖고 있지도 않았
고 따라서 그런 말은 없었으나 조정이 돌아가는 꼴, 특히 우왕의 행장
에 대해선 결연한 불만을 표명했다. 백성이 도탄에서 헤매고 장병이 정
야征夜에 백골을 바랄 지경인데, 나라의 '뿌리'인 조정이 저런 모양이어
선 어떻게 하느냐는 것이 이성계의 푸념이었다.

아닌 게 아니라 우왕의 행실은 눈에 넘을 정도이다. 어려선 비교적
차분한 성격이었는데, 자람에 따라 주색酒色에 빠져 그 방자함이 방약
무인傍若無人이었다. 〈고려사〉高麗史의 마지막 부분은 우왕의 방자한 행
동에 관한 기록으로써 가득 차 있다.

왕, 창기를 이끌고 거리를 횡행하여 닥치는 대로 사람을 치고 즐긴다. /
왕, 이인임의 제택에서 자다. 이인임의 노비에 봉가이란 딸이 있었는
데 이것과 간통하곤 후궁에 넣었다. / 왕, 말을 타고 거리를 달리다.
피하는 자를 쫓아가서 철퇴를 휘둘러 죽이다.

뿐만 아니라 부왕인 공민왕의 비인 정비전을 침범하길 예사로 하고,
느닷없이 대신들 집에 나타나선 얼굴이 반반한 여자만 보면 덮어놓고
희롱했다는 기록도 있다.

이성계는 이런 사실을 두고 '뿌리가 썩었다'하는 것이다. 사직을 지
킨다는 것이 곧 임금을 받든다는 것으로 되었던 당시 정몽주뿐만이 아
니라 충신들의 가슴이 얼마나 아팠겠는가.

명나라의 태도가 어떠하건 그 비위를 거스른 채 가만있을 순 없다.
게다가 홍무제가 노하여 고려에 출병할 것이란 풍문이 있었고, 세공이
약속과 같지 않다 하여 고려에서 보낸 사신 김유金庾와 이장용李子庸을
법사法司에 내려 장류杖流한 사건이 있었다.

그러나 성절聖節이 다가오고 있었다. 홍무제의 생일에 축하사신을
보내지 않을 순 없는 일이었다. 조정에선 진평중陳平仲을 보내려고 했
는데 그는 겁을 먹고 칭병하여 드러눕고 다른 사람들은 모두 회피했다.
수시중守侍中 임견미林堅味가 정몽주를 천거했다. 임견미의 속셈이야 어
떻건 명나라에 갈만한 사람은 정몽주를 두곤 따로 없었다.

우왕 10년 7월 정몽주는 요동으로 떠났다. 이때의 서장관이 정도전
이다. 그들은 말 5천 필을 끌고 갔다. 그런데 금은이 부족했다. 말 한
필을 금 3백 냥으로 치고, 은으로 50냥으로 쳐서 입경 허락을 받고 남
경으로 가게 되었다.

밤낮으로 길을 달려 성절의 기일에 맞추어 남경에 도착한 정몽주가
표문表文을 바치자 알현한 자리에서 홍무제는 날짜를 헤아려 보더니
말했다.

"모두들 회피하여 날짜가 급박하니 공을 보낸 모양이다. 공은 평촉平
蜀을 축하하러 온 사람이 아니냐."

"예, 그러하옵니다."
하고 해난 당한 사정까지 합쳐 아뢨더니, 홍무제는 흡족한 표정으로 특
별히 위로하는 말과 함께 예부에 융숭하게 정몽주 일행을 대접하라고

일렀다.

초행으로부터 12년 만에 남경으로 간 정몽주는 감개무량한 바가 있었다. 명주의 등관鄧寬과 초련楚蓮을 만나보고 싶었다. 다행히 당시의 명주 현령, 지금은 문하성 평리로 있는 한석韓晳을 만났다. 한석은, 등관은 수년 전에 별세하고 초련의 소식은 알지 못한다고 했다. 내 인생의 일부가 감쪽같이 사라졌다는 비탄이 남았다.

돌아오는 도중 소주에 들린 차에 정몽주는 애경하던 시인 고계高啓의 소식을 물었다. 듣지 않은 것만 못한 슬픈 이야기를 들었다. 고계는 홍무 7년, 그러니까 10년 전에 사형 당했다는 것이다.

정몽주가 명나라에서 돌아온 것은 우왕 11년 4월이다. 돌아오자마자 동지공거同知貢擧가 되어 과거에서 우홍명禹洪命 등 33명을 합격시켰다.

그리고 얼마 후 정몽주는 명나라에 갔다 온 보고를 겸하여 자기 집에 최영·윤환·이인임·홍영통·조민수·이성림·이색 등을 청하여 잔치를 벌였다. 이 가운덴 친원파도 있고 친명파도 있고 정몽주의 정적政敵도 있었다.

정몽주는 그러나 이러한 파벌을 초월해서 모두들의 신뢰를 받고 있었다. 누구도 정몽주의 나라에 대한 충성을 의심하지 않았고 특히 그 외교 수완엔 모두들 탄복하고 있었다.

정몽주가 명나라에서 문견한 것을 대강 망라하여 설명한 후 시인 고계에 관한 이야기를 할 참이었는데 돌연 바깥이 시끄럽더니 종자가 뛰어 들어왔다. 왕이 행차했다는 것이다.

가끔 대신들의 집에 왕이 돌연 나타났다는 얘기를 듣고 있었지만 우왕이 자기 집을 찾아온 일은 정몽주로선 처음 있는 일이었다. 정몽주는 의관을 정제하고 문 밖에서 기다렸다. 이윽고 우왕이 나타나 연회장으

로 들어서선 시립하고 있는 대신들을 앉으라고 하고는 최영의 술잔을
받았다.

그때의 상황을 〈고려사〉는 이렇게 기록하고 있다.

왕이 말하길, '나는 술을 얻어 마시러 온 것이 아니고 여기에 부왕父王
의 노상老相들이 모여 있다고 들었기 때문에 왔다.'

그리고 또 말하길, '나무는 줄繩에 따르면 곧고, 임금은 간언諫言에 따
르면 명明이라고 했는데, 경들은 왜 내게 이해利害를 논해 간언하지 않
는가. 술을 마시는 것만이 능사가 아니지 않는가.'

최영이 받아 말했다. '전하의 그 말씀 나라의 복이로소이다. 어저께 제
가 올린 상소가 있을 것이옵니다. 그대로 거행하소서.'

그러자 왕이 말했다. '꿈에 경과 더불어 싸움터에 나가 승리를 거두었
는데 내가 타고 있는 말을 보니 그게 노새더라. 이게 무슨 징조이지?'

윤환, 이인임, 홍영통, 조민수, 이성림, 이색 등이 말하길,
'옛날 원나라의 세조가 노새를 꿈꾸면 길상吉祥이라고 하여 궁전 앞뜰
에 노새를 매어놓고 꿈꾸려 하였는데도 되지 않았다고 합니다. 그런데
전하께서 노새 꿈을 꾸었다고 하니 반드시 좋은 일이 있겠습니다. 태
평성대를 이룰 것 같습니다. 그러나 신들은 이미 늙어 그 성대를 보지
못할 것이옵니다.'

왕은 크게 기뻐하여 통음하고 최영에게 활을 주고, 이색에겐 잔을 권
하며, '사부師傅께선 아직도 여악女樂을 좋아하십니까?' 하곤 좌중의
기생들을 휩쓸어 데리고 궁으로 돌아갔다.

이때 정몽주가 생각한 것이 무엇이었을까. 충성에 대한 개념이 어떠
했을까.

정묘연추 丁卯年秋

    8월 기망旣望의 달이 중천에 교교하다. 우왕 13년 ─

    최영의 초청연에서 돌아온 정몽주는 편복으로 갈아입고 서재에 단좌하여 심복 우현을 불렀다. 정몽주와 우현은 20수년래 형영形影과 같은 사이이다. 우현은 정몽주를 받드는 것만으로 삶의 보람을 느끼고 있는 사람이다.

    우현이 들어서자 정몽주는 앉으라고 이르고 시복에게 술상을 차려오라고 일렀다. 우현이 말했다.

    "연석에서 이미 술을 하셨을 것인데 과음은 삼가는 게 어떨지요."

    "취하도록 마시지 않았네. 그럴 마음이 나지도 않았고. 그런데 저 8월 기망의 달을 앞으로 몇 번이나 볼 수 있겠는가. 내 나이 벌써 51세가 아닌가. 보다도 오늘밤 우 공과 더불어 저 달빛 아래서 내 심회를 털어놓고 싶네."

    정몽주의 말은 침울하기 짝이 없었다.

    이윽고 술상이 들어왔다. 정몽주는 우현에게 잔을 권하며 이렇게 시작했다.

    "장부가 국사를 도모하여 나라에 닥치고 있는 화란을 자기 힘으론 도저히 피하게 할 수 없다고 판단했을 땐 어떻게 하는 것이 좋을꼬."

"나라에 닥친 화란이 어찌 어제 오늘의 일입니까. 그런데도 대감께선 그때그때 잘 처리하시지 않았습니까."

"잘 처리하다니… 한 가지도 보람이 없었지 않았는가. 거의 1년 걸려 일본에 가서 애를 썼는데도 왜구는 그냥 창궐한 대로이고…."

"보람이 없었다고 말할 수 없지요. 그러나 보람이 있고 없고를 따지기 앞서 성력을 다한 것으로써 족하지 않습니까. 천하지사天下之事는 일인지력一人之力으로서 처리할 순 없는 일입니다."

"그건 나도 알고 있네. 그런데 오늘밤 연회석에서 이런 말이 있었으니라. 누구라고 이름을 밝히진 않겠다. 그 말이 내 심장에 못을 박았다. 무슨 말인고 하니, 정몽주의 덕으로 호복胡服을 명복明服으로 갈아입긴 했지만 마음은 호복을 입었을 때보다 더 불편하다는 것이었다. 그 말이 정당하다는 생각이 들어. 명나라가 우리에게 요구하는 것이 지나쳐. 말 5천 필을 보내라는 요구는 과중해. 거년 홍무제가 내게 한 말은 빈 말空言이었다. 그러니까 정몽주는 빈 말을 얻어온 대신 우리는 고려마 5천 필을 내게 되었다고 빈정거릴 만하지 않은가."

"주석에서의 객담이지, 어디 그것이 진담이라고 할 수 있습니까. 잘못이 있다면 조정과 홍무제에게 있는 것이지, 어찌 대감에게 잘못이 있다고 하겠습니까."

"아니다. 사태가 이렇게 되고 보니 호복을 입었을 때보다 지금이 더욱 불안한 것이 사실이고, 그야말로 빈 말空言을 가지고 온 대신 고려마 5천 필을 주어야 한다는 것이 사실이 아닌가."

"그런데 그것이 어찌 대감의 잘못이란 겁니까. 누가 사신으로 갔어도 사정은 매양 한가지 아니었겠습니까."

"우 공의 말이 옳을는지 모르지. 그러나 정몽주, 이 사람이 사신으로 갔는데도 이 모양이란 사실이 중대한 걸세. 그래서 나는 이제 결심했네. 나는 내일 모든 관직에서 사임하겠다. 내가 있어 보았자 화란을 복된 방향으로 돌이킬 수 있기는커녕, 그 화란을 피하게 할 수도, 덜 수도 없을 바에야 자리를 지키고 있다는 것이 무의미한 일이 아니겠는가."

"저도 대감께서 번거로운 직책을 벗어버리는 것은 환영합니다만 어디 일이 그렇게 되겠습니까. 조정에서 놓아 주지 않는 것을 억지로 벗어나려고 하면 엉뚱한 오해를 살 것 같아 그것이 두렵습니다."

"오해를 두려워하여 결단을 내릴 수 없다는 그런 시기는 아니다. 명나라가 과중한 요구를 해오는 이 기회를 타서 친원정책으로 선회할 조짐이 확실하다."

"그렇게 되면 … ."

"나라는 망한다. 이건 명약관화한 일이다."

"그런데도 대감께선 그만두겠다는 것입니까."

"내 힘으론 어떻게 할 수 없지 않는가. 명나라에 대해 악화되는 감정을 현재의 시점에 서서 내가 어떻게 하겠는가. 10년 앞을 내다보는 말로서 오늘 발등에 떨어진 불을 어떻게 끌 수 있겠는가."

"뜻을 같이하는 사람들을 모아 친원즉망국親元卽亡國이란 의견을 밀고 나가야지요. 우선 이 원수李元帥＝成桂를 전면에 내세워 배수의 진을 치면 어떻겠습니까."

"우 공은 몰라서 그런 말을 하는 건가? 이성계 원수도 체관하고 있어. 명나라의 태도가 결정적으로 비우호적인데 이 원수인들 이 판국에 어떻게 하겠는가. 그러니까 나는 사직표를 올릴 수밖에 없다. 망조亡兆인 줄 알면서 친원책에 추종하는 것은 나의 본의가 아니고, 그렇다고 그것을 막을 대책이 없는데 아득바득할 수도 없구 … ."

대꾸할 말도 없이 우현이 묵연히 앉아 있는데 정몽주는 나직이 읊었다.

"丁卯之秋 八月旣望 (정묘지추 팔월기망)

鄭子與禹公 酌酒松嶽下 (정자여우공 작주송악하)

月淸兮世濁 風凉兮心鬱 (월청혜세탁 풍량혜심울)

失路亂麻中 虛視天一方 (실로난마중 허시천일방) …."

이튿날 정몽주는 조정에 사직을 청했다. 그리고 그 다음날 해직되었다. 해직과 동시 영원군永原君으로 봉封함을 받았다. 다음은 해직소의 한 대목이다.

보람 없이 국록을 축내는 것은 신臣의 본의가 아니옵니다. …

청명한 가을 날씨이다. 정몽주는 우현과 말을 나란히 하고 들길을 걸으며 혼잣말을 했다.

"짐을 벗으니 홀가분한 기분이로구나. 가을의 경색이 아름답기도 하다."

관직에서 물러난 지 며칠 후의 일이다.

그는 둔촌遁村을 만나러 여주로 찾아가는 길이었다. 한일월閑日月을 맞이하고 보니 둔촌 생각이 난 것이다.

둔촌은 아명을 이원령李元齡이라고 했다. 이당李唐의 셋째 아들인데 문장과 지조로 일찍이 이름이 나 있는 인물이다. 신돈辛旽과는 사이가 나빴다. 신돈의 방자함을 신랄하게 비판한 때문이다. 신돈이 그를 해치려고 하자 아버지를 업고 도망해 버렸다. 신돈이 주살된 이후 돌아와 이름을 집集이라고 고쳤다. 자字는 호중浩中이다.

벼슬은 봉순대부奉順大夫 판전교시사判典校寺事에까지 이르렀으나 관리로서 행세할 뜻은 가지고 있지 않았다. 이윽고 여주 천녕川寧에 은거하여 농사를 지으며 독서에 힘썼다. 이집은 정몽주보다 10세 연장이다.[*] 그런데도 서로의 경애가 돈독하여 그 노소동락老少同樂하는 것이 그림과 같다는 것이 김구용의 평이다.

이집은 마을 앞 동산에서 정몽주를 기다리고 있었다. 정몽주는 말에서 내려 공손히 인사했다.

"선생님이 여기까지 나오시다니 웬일이신지요."

"달가가 올 줄 알았지요."

하고 이집이 웃음을 머금었다. 이상한 일이었다.

"어떻게 알았습니까."

"입시만리立視萬里 좌시천리坐視千里할 순 없을망정 달가가 온다는 천문天文쯤을 모를 리 있겠소."

이집은 정몽주의 등 뒤에 서 있는 우현에게 눈을 껌벅거렸다. 그때사 정몽주는 알아차렸다. 우현이 사전에 연락한 것이었다.

"자넨 시키지 않은 일을 했군."

"시키지 않아도 일을 잘했다고 해야 할 거요. 우 공은 달가가 허행할까 싶어 미리 알려온 것이오."

하고 이집이 웃고는,

"청명하고 온화한 날씨이니 방안에 들어갈 것도 없구먼."

하며 대추나무 밑 평상 위에 깔아놓은 돗자리로 정몽주를 안내했다. 돗자리 위에서 다시 예를 주고받곤 이집이 먼저 입을 열었다.

"관직에서 벗어났다고요? 백번 잘한 일이오. 그러나 그게 어디 며칠

---

[*] 이집(李集)의 생몰년에 대해 〈세계인명 대사전〉과 〈국어대사전〉에는 '1314~87'로 기록되어 있으나, 이집의 행장 또는 신도비문에는 1327년, 즉 충숙왕(忠肅王) 14년 정묘(丁卯)에 출생하여 61세인 우왕(禑王) 13년(1387) 정묘에 사망한 것으로 기록되어 있다.

가겠소. 나라의 사정으로나 달가의 성미로 보아서나 … ."

"그래서 둔촌 선생님의 가르침을 받으러 온 것이 아니오니까."

정몽주는 영영 촌리村里에 묻혀 살려면 어떻게 하는 것이 좋을지 가르쳐 달라고 했다.

"나처럼 재주 없는 사람이면 버티는 게 상책이겠지만 달가와 같은 인재이고 보면 어찌 그렇게 되겠소. 우선 술부터 한잔 듭시다."

권하는 술을 한잔 들어 마시고 정몽주는 주위를 둘러보며 말했다.

"선생님의 현명함을 새삼스럽게 알 수 있을 것 같습니다."

"달가, 내가 이렇게 사는 건 나의 현명함 때문이 아니고, 연명 도잠淵明 陶潛잠 선생의 가르침 때문이오."

"가르침이 있다고 해서 모두가 그것을 배울 수 있습니까. 현명함이 있어야지요."

"이건 현명이 아니고 고집이라오. 좋게 말하면 우직愚直, 나쁘게 말하면 노둔魯鈍."

"우직도 좋고 노둔도 좋습니다. 저도 일찍 〈귀거래사歸去來辭〉를 읽었지만 우마독경牛馬讀經처럼 되었다는 것이 한恨입니다."

"그러나 달가, 한탄할 것 없소이다. 사람이란 각기 재처소처在處所處이고 행지소행行之所行이지요. 달가 같은 사람이 있으니 나 같은 사람이 여주의 시골에서 안분安分할 수가 있는 것 아니오. 잠깐 쉬는 것은 좋지만 달가는 각오해야 할 거요. 이 난마 같은 정국을 누가 끌고 갈 것이오. 두고 보시오. 조정에서 곧 부를 거요. 그땐 또 거절하지 못할 것이오."

"지금은 그렇게 되어 있진 않습니다."

정몽주는 조정의 풍향風向을 소상하게 설명하고 덧붙였다.

"친원일변도親元一邊倒가 되어 있는 조정에선 우리처럼 친명親明을 고집하는 자들은 방해가 될 테니까 당분간 나를 부르진 않을 것입니다."

"그렇다면 더더욱 큰일이 아니오."

이집이 한탄하고 물었다.

"이미 은거한 몸이지만, 도대체 사직의 앞날이 어떻게 될 것이라고 보시오."

고려, 그 무렵의 상황을 대강 정리하면 다음과 같다.

우왕 초년엔 유학파儒學派와 비유학파非儒學派 사이의 대립과 갈등이 심했다. 유학파는 친명親明이고, 비유학파는 친원親元이다. 그런데 이윽고 비유학파가 정권을 잡았다.

정권을 잡자 비유학파 사이에 갈등이 생겼다. 하나는 이인임을 수령으로 하는 파이고, 하나는 지윤池奫을 수령으로 하는 파이다. 처음엔 지윤이 이인임과 결탁했는데 점차 그 사이가 벌어졌다. 지윤은 따로 당을 만들어 이인임파를 거세하고 정권을 독차지하려고 꾀했다. 이인임 일파는 지윤과 그 일파 20여 명을 죽여 버렸다. 이렇게 하여 이인임 전성시대를 맞이했다. 중외의 요직은 이들이 모두 차지했다. 그 가운데서도 임견미, 염흥방 등의 전횡이 가장 심했다. 정몽주가 사직소를 내고 해임된 것도 이 무렵에 있었던 일이다.

"이인임 · 임견미 · 염흥방 일당을 숙청하고, 최영 장군과 이성계 장군이 서로 결속하고 우리와 같이 친명정책을 지지하는 사람들이 합심 협력할 수만 있으면 나라가 살아남을 길이 트이겠으나 그것이 무망하면 … ."

정몽주는 말을 마저 하지 못했다.

"달가가 말 못한 부분을 나는 알고 있소이다. 이인임 일당을 없애는 데는 최 장군은 동조하지 않을 것이오. 그런데 친원과 친명에 있어서 과연 그 두 분이 합심할 수 있겠소이까."

"지금의 상황으로선 어림이 없습니다. 왕과 최영 장군은 친원의 방향으로 일치되어 있습니다. 그 매듭을 풀지 않고는 두 분의 화합은 불가능할 것입니다."

"목은이 사이에 들면 어떻겠소. 목은은 최영 장군 이상으로 왕의 신임을 받고 있지 않소이까."

"아시다시피 목은은 모를 내지 않으려고 애쓰시는 어른입니다. 그러니 왕의 비위를 거스르고까지 친명을 주장하진 못합니다. 더욱이 요즘 명나라가 과중한 요구를 해오는 판이니…. 그런데 무엇을 믿고 그러는진 몰라도 최영 장군과 임금은 명나라와 일전을 불사하겠다는 태도마저 보이니 딱하단 말입니다."

"아아, 전쟁만은 없었으면. 난리통엔 도연명인들 살아남을 수 있겠소. 국화꽃을 캐어들고 남산을 볼 겨를이나 있겠소."
하고 이집은 대배大杯를 정몽주 앞에 내밀었다.

"술이 있는 동안엔 술이나 마십시다."

"초연한 선생님에게 세진世塵을 몰고 와 추색한채秋色閒彩를 번거로이 한 것이 죄스럽습니다."

술이 얼근하게 되었을 때 이집이 자리를 털고 일어섰다.

"좌취무흥坐醉無興이니 근처를 소요逍遙나 하시지요. 소상팔경瀟湘八景의 경승은 없지만 여주의 산천에도 정 붙일 만한 곳은 있으니. 더욱이 추경낙일秋景落日은 어디에서라도 볼 만한 것이 아니오."

이집이 이끄는 대로 뒷산의 소림疏林 속을 거닐었다.

"홀연히 천재天才가 지상의 한구석에서 나타난다는 것은 어떤 이유일까요."

이집은 형이상학적인 문제까지 꺼냈다.

"천재의 의미가 무엇일까요."

문제를 제기한 것은 정몽주였다.

이에 이집의 해답은, "슬픔을 모르고 지나가는 사람들에게 슬픔을 가르치기 위해 천재는 있는 것 같소이다"라고 했다.

"이백이 없었더라면 어찌 천지간의 인간의 슬픔을 그처럼 활연하게 알게 했겠소. 두자미가 없었더라면 범백凡白의 일상에 깔린 인생의 슬픔을 그처럼 명료하게 그려보였을 것이겠소. 백거이가 없었더라면 어찌 인생의 행로난行路難이 부재산不在山 부재수不在水란 사실을 알았겠소. 정히 인생의 살기 어려움은 지재인생거래간祗在人生去來間이 아니오. 그런 만큼 나는 달가의 깊은 수심을 아오이다. 염리세속厭離世俗할 수 없는 달가의 마음이 오직 백성들에게 있다는 것을 나는 알지요."

"둔촌 선생께선 저를 너무 지나치게 치고 있는 것 같소이다. 저의 슬픔은 오직 둔촌 선생을 닮지 못하는 데 있을 뿐입니다. 둔촌 선생뿐만이 아니라 호학好學하고 진실된 벗들과 더불어 논학論學하며 나날을 향기 있게 보낼 수가 없다는 저의 답답한 사정에 있을 뿐입니다. 제가 언젠가 둔촌 선생에게 답한 시가 있지 않았습니까."

"달가가 보낸 시부詩賦가 어디 하나둘이었소. 그런데 나는 달가가 내게 보낸 시는 죄다 외고 있지요. 예컨대 …."

하고 이집이 그 가운데 한수를 읊어 보였다.

瀟灑行狀似野翁 新詩如錦滿囊中
(소쇄행장사야옹 신시여금만낭중)
漢江可以濯吾足 何日言歸與子同
(한강가이탁오족 하일언귀여자동)
(소쇄한 행장이 마치 중노인中老人 같지만 비단 같은 새 시가 주머니에 가득 찼구나. 한강은 우리들 발을 씻을 만한데 어느 날에 우리 같이 갈

수 있을까.)

"졸작 중의 졸작을 잘도 외고 계십니다."
정몽주가 웃었다.
"아니오, 한강을 두고 발을 씻을 만하다는 대목이 내 마음에 들었지요."
이집이 또 한 수 읊겠다는 것을 얼른 제지하고 정몽주는,
"선생께서 제게 보낸 시를 읊겠습니다."

病客唯知守一區 世間榮辱等雲浮
(병객유지수일구 세간영욕등운부)
晚來江海風波惡 何處深灣繫釣舟
(만래강해풍파악 하처심만계조주)
(병든 몸은 오직 한 군데를 지킬 줄 알 뿐이니 세간의 영욕은 뜬 구름과
같지만 저물녘에 강상의 풍파가 심하니 어느 곳 깊은 만에 낚싯배를 매
어야 할까.)

"그런데 아직 저는 배 맬 곳을 찾지 못했습니다."
정몽주는 자조의 웃음을 띠었다.
이처럼 정몽주와 이집은 만나기만 하면 마냥 기쁜 것이다.
그날 밤, 낮부터 술 마시고 소요하고 밤에 또 술을 마시며 늦도록 시화
詩話를 즐기다가 자리에 들었는데도 정몽주는 잠을 이룰 수가 없었다.
이집도 마찬가지였다. 전전반측轉轉反側 하는 정몽주의 낌새를 알아
차리고 말을 건넸다.
"잠이 오질 않는가 보오?"
"예, 잠이 오질 않습니다. 확실히 저도 늙었는가 합니다."
"불을 켤까요?"

"아닙니다. 불까지 켤 건 없습니다."

불을 켜지 않아도 방안은 아슴푸레 밝았다. 스무날께의 달이 동창을 물들이고 있었다.

"이대로 누워서 얘기나 하지요. 달가, 무슨 근심이 있는 것 아니오."

"근심이야 매양 있는 것 아닙니까."

"나라 일이 지겨워서 그렇소?"

"지겹지 않을 바도 아닙니다. 그러나 ⋯."

"그러나 뭔가요."

"제 예감으로 끝났으면 좋으련만."

정몽주는 한숨을 쉬었다.

"새삼스럽게 또 무슨 한숨이오."

이집이 정몽주 쪽으로 돌아누웠다.

"아무래도 이성계 원수의 동태가 이상합니다. 이 원수의 동태라고 하기보다 그 둘레 사람들의 동태라고 해야 될지 모르겠습니다만 ⋯."

"동태가 어떤가요."

"꼭 꼬집어 말할 만한 것은 없습니다. 그저 느낌일 뿐입니다."

"조정을 뒤엎어 버릴 그런 조짐이 보이오?"

이집이 정몽주의 심중 정곡을 찔렀다.

"욕언경난명欲言竟難名입니다."

정몽주는 고계의 시 한 구절을 인용하고,

"조정을 뒤엎는 정도가 아니라 왕씨조王氏朝를 뒤엎을 음모가 진행되고 있는 것이 아닌가 하는 느낌이 들어 가슴이 오싹할 때가 있습니다."

"구체적인 조짐이 보였소?"

"그런 게 보였다면 되레 마음이 개운하겠습니다."

"그런데 어떻게 달가는 그런 느낌을 가졌지요?"

132

"얼마 전의 일입니다. 조준이 저를 청하지 않았겠습니까. 그런데 별다른 말이란 없고 뿌리가 썩은 나무는 얼른 베어내는 것이 좋지 않겠느냐는 수수께끼 비슷한 말을 할 뿐이었어요."

"이런 판국이니 그런 말이야 예사로 나올 수 있는 것 아니오?"

"그러니까 뒤숭숭하다는 겁니다. 그런데 얼마 후 하륜河崙이 찾아왔습니다. 그리곤 무슨 말인가 할 듯 말 듯 하다가 금년 벼농사 얘기만 하고 돌아갔습니다."

"하륜이 벼농사 얘기를?"

이집이 낮게 웃었다.

"바로 엊그저께는 정도전이 왔습니다. 어떻게 지내느냐고 물었더니 최영 장군에 대한 불평만 잔뜩 늘어놓고 돌아가 버렸습니다."

침묵이 흘렀다. 침묵 사이를 귀뚜라미 소리가 누볐다.

"정도전의 불평은 어떤 것이던가요?"

"최영 장군이 이인임 일파의 방자한 행동을 묵인하는 것이 괘씸하다는 것입니다."

"같은 친원파끼리니까 도리가 없겠지요. 최영이 이인임을 두둔하는 것은⋯."

"결국 최영 장군이 나라를 망치고 말 거란 극론까지 했습니다. 공功은 공이고 과過는 과라는 거지요. 최영 장군의 사직을 위한 공은 이인임을 두둔함으로써 탕감될 거라는 막말까지 했습니다."

"정도전의 입살에 걸리면 최영도 견디어내지 못하겠지요."

"정도전의 말에도 일리는 있습니다. 임금의 방자한 소행을 막지 못하는 것도 원로로서의 최영 장군의 책임이라는 겁니다. 사실 그렇기도 하지 않습니까?"

"임금에 대해선 고약한 소문만 들려오더구먼요. 임금이 그대로라면,

사실이지 충신들이 설 자리를 찾지 못할 것이오."

"사실이 그렇습니다. 제가 모든 직책에서 벗어나려고 한 것도 따지고 보면 임금 때문입니다. 나무판자는 먹줄로써 바르게 되고 임금은 충간忠諫으로써 바르게 된다는 그럴듯한 말을 해놓고는 ···."

정몽주는 말꼬리를 흐렸다.

충신 정몽주로서도 임금의 소행을 변명할 정과 명분을 가지고 있지 못했던 것이다.

〈고려사〉에 산재된 우왕의 방자함을 대강 모아도 다음과 같다.

― 을축 5월

왕王, 호곶壺串으로 돌아오다. 길가는 사람의 말을 탈취하여 기생妓生을 태우다. 이후 이것이 버릇으로 되었다.

왕, 화원에서 여러 기생들과 노래 부르며 즐기다. 물총水銃을 만들어 기생들에게 쏘니 모두들 물에 빠진 몰골이었다. 기생들 모두가 웃었는데 한 기생만이 웃지 않았다. 임금은 그 기생을 때리라고 명했다.

왕은 누樓를 경기도 장단군에 있는 호곶에 짓고 사치를 극하다.

― 을축 6월

이달 왕은 여러 기생을 이끌고 동교에서 놀다. 노래 부르고 춤추는데 왕은 마상馬上에서 춤을 추었다.

왕이 호곶에서 화원으로 돌아와 처용희處容戲를 즐기다. 사복부정司僕副正 변벌개邊伐介가 왕에게 말하길, '매일 행인의 말을 뺏어 기생을 태우는데 사람들의 원망이 많습니다. 원컨대 여러 섬의 목마牧馬를 가지고 와서 놀이에 이용하는 것이 어떨지요.' 왕은 그 말이 옳다고 하여 섬 말 30필을 가지고 오라고 하다.

왕, 이인임의 집에 가는 도중 행인의 말을 뺏어 이인임의 처를 이에 태우고 다야점의 별장에 가서 기생들과 더불어 음락淫樂을 함부로 하다.

— 을축 7월

좌사의대부左司議大夫 이지李至 등이 상소하여 왕의 방자한 놀이를 간諫하다. 왕은 지신사知申事 염정수廉廷秀를 불러 그 간한 내용을 알고 크게 노하여, '이들은 내가 습마習馬하는 것을 원하지 않는구나. 불충 무궤한 놈들이다. 이들에게 중벌을 내려 간諫하는 놈들을 없애버려라'. 그리고는 그들의 이름을 일일이 적고, 장차 이놈들로 하여금 왜구를 막도록 해야겠다고 말하다.

왕, 기생들을 데리고 귀법사 천川에 가서 목욕하고 전 개성윤開城尹 오충좌吳忠佐의 집에 가다. 충좌의 처는 원래 단양대군 유의 노비였던 여자이다. 딸이 셋이었다. 딸 하나를 왕에게 바쳤다. 그 후론 가끔 왕이 그의 집에 들르다.

— 병인 정월

왕, 이인임의 집으로 가다. 이인임의 처가 큰 잔을 왕에게 드리다. 왕이 잔을 비우고 말하다. '나는 한편으론 당신의 손자이오. 또 한편으로 당신의 비서婢婿이오. 이렇게 대음對飮해도 예를 잃지 않을까.'

왕, 숙녕옹주에게 주옥을 주려고 보원고 별감 황보黃補를 불러 주옥이 얼마나 있느냐고 물은즉 없다고 대답하자 황보를 순군에게 넘겨 체포토록 하다.

전공판서 권주의 집을 수리하여 숙녕옹주의 궁宮으로 하다. 이때부터 이곳이 왕의 거처가 되다. 자후양부의 백관이 일을 계啓할 땐 이곳으로 오게 되다. 숙녕옹주에 대한 왕의 총애는 후궁에 으뜸이다.

— 병인 2월

왕의 총을 잃은 숙비叔妃가 홀로 화원에 있었다. 시종하는 자에게 탄금彈琴을 시키고 있었을 때 왕이 행차하다. 탄금을 멈추다. 그러자 왕은,

'내가 오자 탄금을 그만 두는 것은 무슨 까닭이냐?'며 탄금자를 죽이려하다.

숙비, 왕의 허리를 안고 호소하길, '나는 지금 총을 잃어 무료한데 그녀를 죽이면 나는 어찌하란 말이냐'고 호소하다. 왕은 숙비의 면상을 주먹으로 구타하다. 이에 편승하여 숙녕옹주는 숙비와 그 어미를 참소하다. 왕은 크게 노하여 숙비를 그 아비 최천검의 집으로 돌려보내고 최천검과 그 처를 하옥하곤 재산을 적몰하다.

— 병인 3월

왕이 출유出遊할 적 행인을 붙들어 발가벗기곤 말에 매어 달리게 하니 온몸이 피투성이가 되다.

이달 숙비와 그 아비 최천검을 전주에 귀양보내고 그 어미와 아이들과 시녀 4명을 목 졸라 죽이다. 며칠 후 왕이 가서 그 시체를 보고 수레 위에 얹어 더 썩게 하라고 이르다. 썩는 내음이 거리에 넘치다.

— 병인 4월

왕, 의비毅妃와 화원에서 놀다. 사치를 극하다. 노래 부르고 춤추길 새벽까지 이어지다.

왕, 호곳에서 노닐다. 행인의 말을 탈취하여 기생들을 태우다.

왕, 기생 세류지細柳枝의 집으로 가다.

— 병인 8월

숙녕옹주에게 가봉加封하여 헌비憲妃로 하다. 우시중右侍中 이성림李成林, 백관을 이끌고 헌비궁에 가서 축하드리다.

— 병인 12월

왕, 기생 연쌍비鷰雙飛로 하여금 활을 갖게 하고 같이 말을 타고 거리를 활보하다.

— 정묘 2월

왕, 동강의 이인임 별장으로부터 기생들을 거느리고, 각角을 불며 기생 연쌍비와 나란히 말을 타고 입경入京할 즈음 행인의 갓을 빼앗아 이를 과녁으로 하여 달리며 활을 쏘다.

왕, 연쌍비를 데리고 다야점으로 갈 매일의 행사처럼 하다. 연쌍비의 의관은 왕의 의관과 조금도 다를 바가 없었다.

―정묘 4월

왕, 친히 기생들을 점검하다.

―정묘 8월

왕, 동강에 이르러 수중에서 마교馬交하다. …

이러한 구체적 얘기가 정몽주와 이집 사이에 오갔을까만, 그들의 흉중에 거래하고 있던 생각은 비슷했을 것이다.

"임금의 위신을 돌이키는 것이 급선무일 것 같소."

이집이 말하자 정몽주는,

"그건 서산西山의 해를 붙들어 동쪽으로 돌리는 것보다도 지난한 일입니다. 백성들은 왕에 관한 말만 들어도 치를 떠는 형편입니다."

하고 또 한숨을 쉬었다.

"그렇다면 타개할 길이 없지 않소."

이집도 한숨을 쉬었다.

"그러니까 충忠이 소중한 것이 아닌가 합니다."

하고 정몽주는 일어나 앉아 말을 이었다.

"명군明君에 충신忠臣이면 당연하지 않습니까. 현부모賢父母에 효자가 당연하듯이. 우군愚君에 대한 충성이야말로 진충眞忠이 아닐까 합니다. 우군은 한때입니다. 우군에 대한 충이 명군을 낳을 소지가 되지 않겠습니까. 못된 부모라고 해서 버릴 수 없다는 것이 그대로 충에 통하는 것이 아닐까 합니다. 만대萬代로 일관된 충이 결국은 백성들을 위한 요체要諦가 아닐까도 합니다. 사실을 말하면 둔촌 선생으로부터 이에 관한 몽蒙을 틔우기 위해 제가 온 것입니다."

"우군愚君에 대한 충성이 곧 진충이라. 공부자孔夫子의 말씀에 그런 것이 있었던가요?"

"공부자의 말씀엔 구구한 주석註釋이 없습니다. 충과 효에 관한 뚜렷한 지표밖엔 … ."

"그러나 달가!"

"말씀하십시오."

"공부자의 말씀엔 우군에 대한 충忠을 권장한 대목은 없을 것 같소."

"그럼 부인한 대목은 있습니까."

"있지요."

이집도 일어나 앉았다.

"어디에 있습니까."

정몽주의 물음은 긴장해 있었다.

"공부자께선 술이부작述而不作한 어른이 아니오."

이집의 말도 긴장해 있었다.

"그렇습니다."

"공자님은 못다 하신 충의 풀이를 〈춘추〉春秋에서 하셨소."

"그렇습니다. 그렇군요."

정몽주는 손뼉을 치고 싶은 기분이었다.

"그런데 제가 어찌 〈춘추〉를 실념失念했는지 모르겠습니다."

정몽주의 말에 이집이 넌지시 말했다.

"달가는 정사의 중심에 너무 밀착해 있었소. 거리를 두고 볼 줄을 몰랐지요. 그게 〈춘추〉를 실념한 이유요. 그런데 나는 정사를 먼 곳에서 바라보는 위치에 있소이다. 보다도 나는 항상 〈춘추〉의 관점에서 정사를 보지요. 그러니까 다를 수밖에. 임금을 코앞에 모시고 충을 생각하는 사람과 〈춘추〉라고 하는 천 년의 거리를 두고 충을 생각하는 사람과는 다르지요. 기어오르면서 생각하는 송악이, 멀리서 바라보며 생각하는 송악과 다르듯이 말이지요."

"과연 그렇습니다."

첫닭이 울었다.

"결국 관야토론貫夜討論이 되었구료. 옛날 생각이 나는군."

이집이 일어섰다.

"어딜 가시렵니까."

"칙간에도 가야 하겠지만 겸하여 닭죽을 끓여 해장을 해야 하지 않겠소. 옛날처럼 말이오."

"좋습니다."

정몽주는 빙그레 웃었다.

비록 50세를 넘어 초로에 접어들었지만 청춘의 정열이 아직 남아 있구나, 하는 자각은 반가운 것이다.

이웃 마을의 친척을 찾아보고 오겠다며 어제 헤어진 우현이 돌아오길 기다려 정몽주는 둔촌과 작별했다.

"또 언제 만날 수 있을는지요."

둔촌의 쓸쓸한 표정을 보고 정몽주는 말했다.

"춥기 전에 송도로 한번 오십시오. 많은 제자들이 반길 것입니다."

"글쎄, 가을이 깊어지면 기침이 심하오. 금년엔 어떨는지…."

둔촌의 그 말을 듣고서야 정몽주는 어제 너무 과음케 한 것이 아닌가 하는 뉘우침을 가졌다. 둔촌은 병이 잦은 편이었다. 그래서 정몽주는 마지막으로, 몸조심 하라는 말을 남겼다.

이에 대해 둔촌은, "달가는 마음 조심을 하시오" 하며 웃었다.

얼마 가지 않아 정몽주는 자기의 마음이 어제보다 무거워져 있는 것을 느꼈다. 동시에 둔촌과의 작별만이 그의 마음을 무겁게 한 것이 아니란 것을 알았다. 원인은 충忠의 문제를 놓고 둔촌과 한 토론에 있었다.

'우군에 대한 충성이야말로 진충眞忠이다.'

이렇게 의견을 세웠을 때 둔촌은 공부자가 언급한 '충'을 두고 술이부작述而不作을 내세운 공자가 '충'에 대한 진의眞義를 〈춘추〉에서 밝혔다는 의견을 말했다.

정몽주는 둔촌의 그 말에 적이 감동했다. 공자는 〈논어〉에선 충忠을 인륜의 최고로 치고 있으면서도 〈춘추〉에선 은근히 혁명을 긍정하고 있는 것이다.

천심을 새롭게〔革〕함은 운명을 새롭게〔革〕함이란 함축이 기록의 행간行間에 스며들어 있지 않았던가. 천심이란 곧 민심이란 사상은 〈춘추〉의 전편에 차 있지 않았던가. 보다도 〈춘추〉는 민심을 천심이라고 보는 사관史觀을 바탕으로 쓰인 역사인 것이다.

생각이 이에 이르자 정몽주의 가슴이 격렬한 고동을 시작했다. 그 격렬한 고동을 진정시키기 위해서라도 말이 있어야만 했다.

"우 공."

정몽주는 뒤따라오는 우현을 불렀다. 우현은 언제나 보행할 땐 세 발자국쯤 떨어져 정몽주의 뒤를 걸었고 기승騎乘할 때엔 육보六步 뒤에 처졌다. 부름을 받고 우현이 정몽주 뒤에 바싹 따랐다.

"무슨 분부이십니까."

"우 공도 〈춘추〉를 읽었지?"

"예, 도능독徒能讀이었습니다만 …."

140

우현의 말은 겸손했다.

그러나 정몽주는 우현의 호학하는 버릇과 그의 심독深讀을 안다. 그러기에 말 상대가 되는 것이다.

"우 공은 〈춘추〉에서 무슨 의미를 읽었지?"

"영고성쇠榮枯盛衰는 섭리라는 의미를 읽었습니다."

"그것 말곤?"

"천망天網은 회회恢恢하여 소이불루疏而不漏하다는 것을 읽었습니다."

"지리멸렬한 듯한 사실의 나열에 그런 섭리를 읽었다니 대견하군."

정몽주가 다시 물었다.

"공자가 '충'을 〈춘추〉에선 어떻게 밝혔던가."

"천의天意에 대한 순종으로 밝혔다고 봅니다."

"천의라면 누구라도 순종해야 할 것이 아닌가."

"〈춘추〉에 암시된 천의는 그런 것이 아닌 줄 압니다."

"그럼 뭔가."

"사람이 발견하고 또는 선택해야 하는 천의라고 생각합니다. 혹자에게 천의가, 타자에게는 천의가 아닐 수도 있다는 것입니다. 그러니까 〈춘추〉에 나타난 '충'은 선택함으로써 비로소 성립되는 윤倫입니다. '효'는 자연 그대로의 윤倫이지만, '충'은 인간이 스스로 만들어낸 윤으로 되는 것이 아니옵니까? 그런 까닭에 '효'는 사람의 본성에 즉卽해서 강한 것이지만, '충'은 사람의 의지에 즉해서 강한 것이 아닌가 합니다."

"우 공의 이로理路는 정연하구나. '의지에 즉한 윤'이란 의견은 당당한 갈파喝破이다. 그런데 내 생각을 한번 들어보게. 천의는 곧 민의가 아니겠는가."

"정히 그러하옵니다."

"'충'이 천의에 대한 순종이라면, 곧 민의에 대한 순종이 아니겠는가."

"그러하옵니다."

"그렇다면 민심을 떠난 군주에 대한 '충'은 어떻게 되는 것일까."

"제 소견으로선 군주는 곧 천의의 소산인즉 민의, 또는 민심을 떠나선 있을 수 없는 존재라고 봅니다."

"실지로 민심이 떠나간 군주가 있다고 하면 어떻게 될 것인가."

"개개의 현상을 놓곤 군주를 논할 수 없는 것으로 아옵니다. 정녕 민심을 등진 군주가 있다면 그렇지 않은 군주를 대망할밖엔 없지 않겠습니까. 그러기 전에 충성된 신하라면 민심을 등진 군주가 되지 않도록 도리를 다해야지요."

"나는 오늘 우 공으로부터 좋은 것을 배웠다."

"황공한 말씀을."

"아니다. 나의 진실일세."

정몽주는 자기의 생각을 파고들었다. 군주에 대한 충성은 곧 나라에 대한 충성이다. 비록 군주에게 결함이 있다고 하더라도 불충할 수 없는 것은 나라의 기강을 위해서이다. 나라의 기강을 무너뜨리면 천하의 대륜大倫이 파괴된다. 대륜의 파괴를 막기 위해선 백성을 위하는 의지가 공고해야 한다. …

민심을 잃은 군주에게 어떻게 대해야 하는가. 민심을 잃은 군주를 추방하는 것까진 좋다고 하자. 정당한 계승자가 있다고 하면 문제는 해소된다. 그 군주에게 명군을 기대해 볼 수 있고 그것이 안 되면 다음 계승자에게 다시 명군을 기대할 수가 있다. 대륜은 그냥 엄존하니까 ….

그런데 만일 찬탈자가 등장하면 어떻게 될 것인가. 그 찬탈자가 불세출의 명군이라면 긍정할 수 있을까? 안 될 말이다. 대륜을 파괴하고까지 찬탈을 꾀하는 야심에 백성들을 진정 사랑하는 정이 있을 까닭이 없다. 찬탈자는 적을 만든다. 찬탈의 과정에 수없이 부도덕한 일, 잔인한 일, 수단과 방법을 가리지 않는 행동을 자행한다. 그래놓고 보면 자기가 한 노릇에 자기가 겁을 먹게 된다. 명나라의 홍무제가 그렇지 않은가. …

실지의 적은 10명인데 제 발에 저린 찬탈자는 열 배, 스무 배 아니 만 배되는 적을 가상假想하게 된다. 홍무제는 이미 수만의 가상 적을 가차없이 죽였다. 결단코 위험성이 없는 시인과 그 친구들까지 죽이지 않았는가. 앞으로 그 피의 숙청이 어디까지 계속될지 모른다는 얘기가 아니던가. …

현명한 축에 든다는 홍무제의 경우가 이러할진대, 진실로 이 나라 백성을 위해선 찬탈자의 등장을 막아야 한다. 그런데 지금 찬탈을 음모하고 있는 자가 누구일까? 그는 누구일까?

"앗, 대감님!" 하는 소리에 정몽주는 정신을 차렸다.

말이 낭떠러지 위를 가고 있었는데, 정몽주의 몸이 기우뚱했다. 낙마 직전이었던 것이다.

"말에서 내리시지요."

우현의 권유에 따라 말에서 내린 정몽주는 낭떠러지를 지난 곳의 풀밭에 주저앉았다. 식은땀을 닦았다.

옆에 와서 앉은 우현이, "공자님의 〈춘추〉 때문에 낙마하실 뻔했습니다"하고 웃으며 다음과 같이 말을 보탰다.

"〈춘추〉에 사로잡히면 정사가 안 된다고 한 사람이 있습니다. 〈춘추〉는 어디까지나 인식의 하나의 방편일 뿐이지 준승準繩은 아닙니다."

"그렇다."

하고 정몽주는 이렇게 중얼거렸다.

"고금동古今同이라고 하지만 고불금今古不今 금불고今不古이지. 은감불

원殷鑑不遠이라고 하지만 은감당저殷鑑當宁는 아니니까. 아아, 목이 마르다. 주호酒壺를 가지고 오게."

정몽주는 둔촌이 마련해 준 술과 도시락을 가지고 오게 하여 우현과 더불어 조촐한 야연野宴을 벌였다.

그 옆에 가을꽃이 청초하게 피어 있었다. 명주의 초련의 모습이 뇌리를 스쳤다.

난마亂麻의 정국政局

　개경의 날씨는 청담晴曇에 있는 것이 아니라 임금의 거동에 있다. 임금이 외출하지 않는 날은 좋은 날이고, 임금이 외출했다 하면 악일惡日이다. 그런데 호일好日은 적고 악일은 많았다.

　이러한 추세로선 얼마 지탱할 수 없다는 것을 알 것인데도 왕은 조금도 개전改悛의 흔적을 보이지 않았다. 정몽주는 따끔한 충간忠諫을 올릴까 하는 생각을 하다가도 그만두었다. 왕의 음일경조淫佚輕躁의 병은 이미 고황膏肓에 들어 치유 불능이라고 생각했기 때문이다.

　그렇다면 망하는 날을 기다리고만 있어야 할 것인가. 정몽주는 서재에서 칩거하는 날을 보내고 있었다. 친지들과도 발을 끊었다. 피차 아무것도 아닌 일로 누累를 끼쳐선 안 되는 것이다.

　그러한 가운데서도 유일하게 드나드는 친구가 있었다. 소년시절부터 동문수학한 이경李京이란 친구이다. 이 친구는 세전世傳의 재산 얼마로 호구糊口하고 있으면서도 일체 벼슬엔 관심이 없었다. 그저 호학호주好學好酒하는 버릇만은 지니고 있는 것이다. 그래 스스로 호하길 양호당兩好堂이라고 했다.

　어느 때인가 정몽주가, "이왕이면 호녀好女를 하나 더하여 삼호당三好堂이라고 하면 어떠냐?"고 농을 한 적이 있다.

그때 이경의 대답은 이랬다.

"호학호주는 내 마음대로지만, 호녀는 내 마음대로 안 되지 않는가. 나는 내 마음대로 되지 않는 것은 좋아하지 않는다. 필부匹夫엔 일녀一女면 족하니라."

정몽주는 그의 말이 마음에 들었다. 분수를 지키며 산다는 것은 쉬운 일 같아도 실상은 어려운 일이다. 세상 사람들이 모두 이경과 같다면야 오죽이나 좋을까. 정몽주는 마음대로 되는 일보다 안 되는 일이 더 많은 자기의 처지를 개탄해 보는 것이지만 이미 때는 늦었다.

정묘년도 11월에 들어선 어느 날이다. 이경이 자기집에서 빚었다며 국화주 한 항아리를 들고 정몽주를 찾아왔다. 국화주는 방준芳樽하기 이를 데 없었다.

"주방순酒芳醇 우정심友情深이니 오늘은 부러울 것이 없구나."
하고 만족해하는데 이경이 자기의 성품답지 않게 심각한 표정을 하고 이런 말을 했다.

"들으니 하정사賀正使로 명나라에 갔던 장방평·이구·이종덕이 요동에서 퇴짜를 맞고 돌아왔다더군."

문하평리門下評理 이구와 이경은 3종간이란 사실을 상기하곤 정몽주가 물었다.

"요동부에서 퇴짜 맞는 일이 어디 한두 번이었던가. 그런데 그걸 자네가 심각하게 생각할 건 뭔가?"

"아닐세. 아무래도 하정사론 정몽주를 보내야겠다는 말이 나돌고 있다고 들었다. 모처럼 좋은 친구가 한일월을 즐기게 되었다고 해서 반가워했는데 자네가 또 명나라로 간다면 어떻게 되겠나. 우선 내 사정이 딱하게 된다, 이 말씀이다."

듣고 보니 정몽주도 상을 찌푸리지 않을 수 없었다. 명나라는 필시 고려 조정의 반명감정反明感情을 모를 까닭이 없다. 그런 때문에 입국을 거절한 것이 아닌가. 그러나 고려로선 몇 번을 거절당하더라도 하정사를 보내지 않을 수 없는 처지이다. 정몽주는 자기가 지명될 것이라고 예측하지 않을 수 없었다. 자기가 가도 거절당할 것은 명확한 일이다. 거절당하기 위해 수천 리 길을 간다는 것은 정말 내키지 않는 일이다.

곧 겨울이 닥쳐온다. 겨울의 요동길이 얼마나 춥고 험난한가는 수차례의 경험으로서 뼈저리게 알고 있는 바이다. 그 험난한 길이라도 보람이 있다면 또 모를까, 문전축객당하는 걸인의 몰골로 되돌아서야 할 것을 상상하면 미리 가슴이 죄어들었다.

"가고 싶지 않지?"

이경이 물었다.

정몽주는 대답하지 않았다. 아무리 허물없는 사이기로서니 함부로 대답할 성질의 것이 아니다.

"달가, 앓아눕게. 칭병은 허물이 아닐세. 우리 나이에 병 없는 사람 있겠나. 조정에서 말이 오기 전에 누워 버리게. 이구의 말을 들으니 달가가 가도 별수 없을 것 같더라."

"거절당한 이유가 뭐라고 하던가?"

묻지 않아도 짐작되었지만 정몽주는 생각을 가다듬기 위한 방편으로 물었다.

"고려의 대신들은 경박하고 속임수를 잘 쓰기 때문에 신용할 수가 없다는 것이고, 통빙通聘 이래 범백凡百의 대소사에서 그 약속한 바를 그대로 지킨 일이 없고, 성의를 보인 적이 없다는 것이었다고 하더라."

"항상 두고 쓰는 문자이다."

"그러나 이번엔 사정이 특수한 것 같네. 이번엔 사신을 퇴한 것만으로 끝나진 않을 것이란 얘기이지. 명 황제가 금후론 고려국 사신을 절대로 입국시키지 말라고 요동도사에게 명을 내렸다는 거여."

"그런 명령이야 전에도 있었다."

대범하게 말하긴 했으나 정몽주는 이번 사태는 종전과 다르다는 막연한 느낌을 가졌다. 이번 명령은 명백한 국교 거부였기 때문이다.

"아무튼 칭병을 하고라도 원행은 삼가라."

이경은 이 말을 남기고 빈 항아리를 안고 돌아갔다.

바로 이 무렵 좌시중左侍中 반익순潘益淳과 영삼사사領三司事 최영과의 사이에 다음과 같은 말이 오가고 있었다.

"공은 선왕께서 신임이 극진했고 삼한三韓이 모두 공에게 촉망하는 바 크오. 나라가 이처럼 위태로우매 공의 진력을 빌 뿐이오"한 것은 반익순.

"임견미·염흥방 등이 이利를 탐하고 적악積惡하여 화패禍敗를 촉진하고 있는 판인데 노부老夫의 힘으로 어떻게 하겠소"하고 탄식한 것은 최영이다.

반익순이 "요동에서 도망쳐온 사람의 말인데 명나라 황제가 우리에게 처녀와 수재秀才와 환자宦者를 각각 1천 명, 소와 말을 각각 1천 필을 요구해 올 것이다"고 하고는 어떻게 해야겠느냐고 물었다.

최영은 "도리가 없지요. 군대를 일으켜 그들과 대적하여 싸울 뿐이오"하고 일어서서 대궐로 들어갔다.

왕을 만나 대책을 강구해야겠다고 마음먹은 것이다.

당시의 사정을 〈고려사〉는 다음과 같이 기록한다.

정묘년 11월
장방평·이구·이종덕 요동까지 가서 입국하지 못하고 돌아오다. 장방평 등이 요동의 첨수참甛水站에 이르자 도사사都司使 왕성王成이 성지

148

聖旨를 녹하여 이들에게 보이는데 요지는 다음과 같았다.

'금후 고려사신이 올 경우엔 1백 리 상거에서 정지시켜 돌려보내도록 하고 결코 입경을 허락해선 안 된다. 그 나라 집정執政의 신臣들은 경박휼사의 도徒로서 믿을 수가 없다. 왕래를 허락하고 난 후 지금까지 범백凡百의 기약이 있었지만 과過가 아니면 미급未及이었다. 아직껏 성의를 보인 적이 없다. 따라서 국교를 단절할밖에 없다. 앞으로의 왕래를 금한다. 만일 기어 들어오기를 원할 땐 칙사勅使의 녹錄을 제시하고 돌려보내라.'

이런 까닭으로 장방평 일행은 돌아오다. 이때 이성림이 이구에게 이르길, 공은 대신으로서 사행하여 겁을 먹고 요에 들어가지 못하고 돌아왔다. 녹록하기가 형편없는 사람 아닌가. 괜히 국비를 축낸 것뿐이 아닌가. 이구는 숙시熟視할 뿐 말이 없다.

사정이 이렇게 되자 왕은 기로耆老들을 모아 회의를 하다. 한양산성을 수축하기도 하여 우인열·홍징 등을 한양에 보내 중흥산성의 형세를 보게 하고 전함의 수리도 아울러 논하다.

서북의 변에 대비하기 위하여 각도에 원수를 가정加定하여 초군抄軍을 분견하는데 매호에 군 1명씩을 내게 하고 관리로 하여금 군량을 내게 하고 중외 양반의 전지田地를 감하여 군수전軍須田으로 보하게 하다. …

명나라와 일전을 불사하겠다는 것이다.

결국 정몽주는 명나라의 사행을 수락할밖에 없었는데 그가 출발할 당시의 사정은 이와 같았다.

명나라를 상대로 일전 불사하겠다는 고려의 태도를 명 황제가 알았을 때 어떻게 나올까. 개경엔 명나라가 파견한 간첩도 있고 명나라에 내응하는 본국인도 적지 않게 있다. 이런 사정이 명나라에 통해져 있지 않을 까닭이 없는 것이다. 자칫 잘못하면 입국거절을 당할 정도가 아니라 죄인으로 붙들릴 위험마저 없지 않았다.

무거운 마음으로 출발일을 기다리고 있는데 정도전이 밤중에 정몽주를 찾아왔다. 정도전은 개구일언開口一言, "달가 형, 조정에선 명나라와 싸울 요량으로 있는 모양인데 가당이나 한 일입니까" 하고 흥분했다.

"요량이 있지 않겠소."

정몽주의 말은 조용했다.

"요량은 무슨 요량이란 말이오. 뭘 믿고 싸우겠다는 거요. 무엇으로 싸우겠다는 거요. 병정들 말 들어보시오. 진짜 싸움이 터지면 다 도망가겠다는 겁니다. 왜놈 해적들도 감당 못하는 주제에 대명大明과 싸움을 걸겠다니 정신 나간 짓이 아니고 뭡니까. 빨리 무슨 결판을 내야지, 원."

"종지宗之, 빨리 결판을 내다니 그것 무슨 소리오."

정몽주의 이 말에 정도전이 당황하는 빛을 숨기지 못했다.

"그저 답답해서 해보는 소리 아닙니까."

"종지, 종지답지도 않게 그게 뭐요. 종지의 험이 그거요. 격정을 참아야 하는 거여."

"저도 그걸 잘 알고 있습니다. 알고 있으면서도…."

하고 정도전이 화제를 바꿨다.

"요즘 듣자니 달가 형은 〈춘추〉를 읽고 계신다면서요?"

"소인한거小人閑居에 위불선爲不善이란 말이 있지 않소. 위불선의 방패로서 읽고 있을 뿐이오."

"〈춘추〉에서 최근 얻으신 것이 뭡니까."

"새삼스럽게 고불금古不今 금불고今不古를 알았을 뿐이오."

이 말에 정도전이 잠깐 생각하는 듯하더니 "이번 사행에 저를 끼어주시지 않구"하는 불만스러운 소릴 했다.

"필경 무위의 사행일 것인데 도로徒勞를 좋아하지 않는 종지가 뜻밖인 말을 하는군."

"저도 이번의 사행이 무위로 끝날 것이란 짐작은 하고 있습니다."

"그런데 왜?"

"달가 형을 모시고 〈춘추〉를 복습하는 것도 좋을 것 같아서요."

"〈춘추〉엔 나보다 종지가 더 밝을 걸세."

"그럴 리야 없지요. 저도 회진현에 있을 때 줄곧 〈춘추〉만 읽고 있었습니다만, 공자가 왜 〈춘추〉를 만드는 데 성력을 다했는지 짐작이 가질 않았습니다. 우자우행愚者愚行하고 광자광행狂者狂行하고 현자현행賢者賢行했다고 하지만, 어른의 말대로 서자逝者는 여유수如流水 아닙니까. 그런 뜻에서 달가 형의 고불금, 금불고는 명언입니다."

"말을 돌리지 말고 바로 하오. 왜 종지가 이번 사행에 나와 같이 가길 원했소?"

"이유는 두 가집니다. 하나는 달가 형을 모시고 사직社稷의 명운에 대해 긴 시간에 걸쳐 의논하고 싶었고, 다른 하나는 이런 판국에선 나라를 떠나있는 것이 좋을까 해서지요."

"궁금하군. 왜 나라를 떠나있고 싶소."

"이건 제 짐작입니다만 연말에서 연초에 걸쳐 조정에서 회오리가 일 듯합니다. 자기들끼리 한바탕 하겠지요. 그런 싸움은 멀찌감치서 구경하는 것이 좋을 듯합니다. 가까이 있으면 핏방울이 튕기거나 먼지를 쓰거나 하게 될지 모르니까요."

"확실한 조짐이라도 있소?"

"조반趙胖이 일을 꾸미려고 하고 있습니다."

"전 판도판서 조반 말이오?"

"그렇습니다. 밀직부사도 지냈지요."

"그 사람이 무슨 일로?"

"조반이 성이 날 만큼도 되었지요. 조반이라고 하면 전직 대관이 아닙니까. 그런데 염흥방의 가노家奴에 이광李光이란 놈이 있는데 이놈이 조반의 땅을 강탈했습니다."

"염의 종이 대관의 땅을 강탈했다구?"

"염흥방의 위세가 종놈에게까지 미치니 그런 거지요. 조반이 이번 기회에 결판을 내겠다는 겁니다."

정몽주는 조반을 서장관으로 동반하고 명나라에 사행한 적을 상기했다. 괄괄한 성격이어서 능욕을 참지 못할 것이었다.

"잘 다녀오십시오. 달가 형이 돌아오게 될 땐 세상이 아마 변해 있을 겁니다."

정도전이 의미심장하게 미소를 띠었다.

12월 24일 정몽주는 개경을 떠났다.

하늘은 찌푸린 회색이고 바람결은 싸늘했다. 그런 탓도 있었겠지만 백수십 명으로 구성된 사행단使行團을 보는 사람들의 눈길은 싸늘하다. 정몽주는 그렇게 느꼈다.

이성림이 이구를 향해 국비를 남용하고도 명나라에 입경조차 못했다니 될 말이냐고 한 것은 그야말로 말도 되지 않는 얘기지만, 한번 사행使行을 일으키면 막대한 비용이 든다. 상대방에게 갖다 바치는 공물은 논외로 치더라도 수행원들 각자의 체면을 세우기 위해서라도 적잖은 비용이 드는 것이다.

이를테면 이번 사행 전원을 2백 명으로 치면 그 비용은 2천 호 백성의 공세貢稅 1년분을 상회한다. 정몽주는 이런 계산에 능한 사람이다.

그는 문재文才·시재詩才만 가진 것이 아니라 나라 전체를 요리하는 산재算才까지 갖추고 있는 것이다.

이때, 우현은 정몽주를 수행하고 있었다. 요즘으로 말하면 개인비서이다. 우현을 보고 정몽주가 말했다.

"수만금으로 무위無爲를 사러 가는구나."

우현의 대답은 서슴이 없었다.

"대감, 무위치수만금無爲値數萬金이라고 하옵시오."

"그렇다, 우 공! 수만금을 주어도 사지 못할 무위라는 것도 있는 것이니까."

이런 말동무가 있고 보면 만 리가 지겨울 것이 없다. 남경南京에 초행했을 때 그를 데리고 가지 않은 것이 얼마나 다행인지 모른다. 그 후로 정몽주는 원행에 우현을 동반하지 않았다.

정몽주가 외국으로 떠날 때마다 우현은 눈물을 흘리며 동행을 원했다. 그것을 거절하며 정몽주가 한 말은, "어떤 일이 있어도 편신片身은 남아 있어야 하지 않겠느냐"란 것이었다.

정몽주는 우현을 자기의 분신이라고 생각하고 있었던 것이다.

그런데 이번 사행엔 웬일일까. 정몽주는 무위의 사행이란 걸 알고 있었던 것이다. 의주에 도착하여 내일 압록강을 건너게 되어 있을 때 정몽주는 우현을 불러 술을 나누었다.

"우 공, 이 술이 우리나라에서의 마지막 술이라고 치면 기분이 어떤가."

"마지막은 마지막에 가서야 있는 일이지 미리 마지막이란 것이 있을 리 없습니다."

우현의 말에 정몽주는 놀랐다. 그 말의 정情은 알지만 뜻을 알 수가 없어 정몽주가 고쳐 물었다.

"마지막을 예견할 수도 있지 않는가."

"예견은 예견일 뿐입니다. 되도록이면 그런 말씀은 삼가시는 게 좋을 것 같습니다."

"우 공의 마음을 몰라서 하는 얘긴 아닐세. 나는 압록강을 건널 때마다 이 강의 이름을 귀불귀천歸不歸川이라고 마음에 새겼지. 돌아올 수 있을 것이란 바람과, 자신은 물론 있었지만 돌아올 수 없지 않을까 하는 마음 또한 지울 수가 없었지."

"그 심정 잘 알겠습니다."

"우 공. 척약재惕若齋를 자네도 좋아했지?"

"물론입니다."

"나는 언제나 척약재를 생각하지. 압록강을 건널 때는 더욱 그 친구를 생각하게 돼. 나이는 나보다 한 살 아래인데도 식견은 나보다 십년지장十年之長이다. 그 친구 이 강을 건넌 지 어언 5년, 이윽고 불귀의 객이 되었다. 요동에서 노수虜囚가 되어 금릉으로 압송되어 운남에서 죽지 않았던가. 그 죄가 무엇이었던가. 나라를 사랑하는 죄밖엔 없었으리라. 나는 이번 사행을 결심할 때 척약재를 따를 마음을 가졌지."

"무슨 그런 말씀을…."

"아니다. 척약재가 간 길을 내가 왜 가지 못하겠는가. 십수 년 전의 일이로구나. 양자강 북쪽에 있는 북고산 다경루多景樓에 같이 오른 적이 있었느니라. 그 후 나 홀로 그곳에 갔었지. 그때 나는 이런 시를 지었다."

정몽주는 나직이 읊었다.

先生豪氣蓋南州 憶昔同登多景樓
(선생호기개남주 억석동등다경루)
今日重遊不見君 蜀江何處獨魂遊

(금일중유불견군 촉강하처독혼유)

(당신의 호기는 능히 남주를 덮을 만하였다. 옛날같이 다경루에 오른 추억이 생각난다. 오늘 다시 이곳에 왔는데 자네를 볼 수가 없구나. 자네의 그 외로운 혼이 촉강 어디에서 헤매고 있는지.)

정몽주의 기분이 침체해 있음을 안 우현이 파적破寂을 겸해 말을 돌렸다.

"그런데 대감, 압록강을 수차례 넘나드시면서 압록강에 관한 시는 왜 지으시지 않았습니까?"

이 말에 정몽주는 선뜻 정신을 차렸다. 그리고 우현을 쏘아보며 말했다.

"절처絶處는 불능시不能詩란 것을 모르나? 어머니 죽음은 시가 될 수가 없고, 아버지 죽음도 또한 그러하다. 압록강은 우리 국토의 절처이다. 애상哀傷의 절처이며 원한의 절처이다. 어찌 내가 압록강을 시제詩題에 올릴 수 있겠는가."

"그렇겠습니다."

우현이 조아렸다.

사실 정몽주는 압록강을 시제로 하지 않았다. 〈한총랑의 압록강 시에 차한다〉는 것이 있지만 그것은 한총랑의 시에 대한 심회를 읊은 것이지 압록강을 읊은 것은 아니다.

북풍이 세차게 불었다. 의주 객관의 창살이 산산이 흔들렸다.

내일의 여로旅路가 얼마나 험난할지 미루어 알 수가 있었다.

"우 공, 돌아가서 자게."

정몽주는 자기의 휴낭携囊을 가리키며 말했다.

"저기서 은 50냥쯤 꺼내가지고 마부들에게 술을 사서 먹여라. 처자

를 두고 이역만리를 떠나는 그들의 심사가 오죽하겠는가. 하물며 이 땅
에서의 마지막 밤이 아니냐."

정몽주의 수심에 서린 목소리가 우현의 가슴을 쳤다.

요동의 도사사都司使 왕성王成은 정몽주를 대하길 사부師傅를 대하듯
정중했다. 그러나 황명皇命이 지엄하여 입경만은 허락할 수 없다며 자
기가 무슨 죄를 지은 것처럼 황송해마지 않았다. 그리곤 주효를 객관에
까지 날라 와서 정사 정몽주는 물론이고 수행원 전원의 노고를 위로하
는 성의를 보였다.

"대명과 고려는 순치脣齒의 사이인데 이런 불편한 관계가 오래 지속
되어서야 되겠습니까. 우리도 계속 노력하고자 합니다만 귀국에서도
성의를 보여야 할 것입니다."

거번 고려에서 보낸 마필馬匹이 너무나 빈약해서 요동위에서 적잖은
물의가 있었다는 것을 항의조가 아니라 근심하는 빛으로 말했다.

정몽주는 거듭되는 왜구의 겁략, 서북에서의 여진족의 침노 등을 예
들어 나라의 피폐가 정말 말할 수 없을 정도라는 것을 설명하고, 다음
과 같이 부탁했다.

"그런 가운데서도 성력誠力을 다할 것이니, 왕 도사께서 우리의 사정
을 소상하게 황상에게 알려 노여움이 풀리도록 힘써 주시오."

"내 어찌 소홀히 하리까. 벌써 5년 전의 일이 되었습니다. 내가 복주
위復州衛의 지휘指揮로 있을 때 선생으로부터 받은 시詩가 있었습죠. 선
생님, 그런 일이 있었다는 것을 기억하시겠지요."

"기억하고 있습니다."

정몽주는 그때의 지휘가 바로 눈앞에 있는 왕 도사란 것을 깨달은 것
은 그 말을 들은 그 순간이었다. 복주위는 요동위의 하급기관이다. 하

급기관의 지휘가 5년 후에 요동의 도사로 영전했으리라곤 꿈에도 상상할 수 없는 일이기에 깜박 실념한 것이었다.

그러나 무리도 아닌 것이 지휘시절의 왕성은 구레나룻을 기르지 않았을뿐더러 이름도 '성成'이 아니고 '익지益之'라고 했던 것이다.

"왕년往年의 청년장군이 미수美鬚의 노장老將이 되어 있으니 자칫 못 알아 뵐 뻔했소이다. 그 졸시拙詩를 아직 기억하고 계신다니 망외望外의 영광입니다."

"천만의 말씀을. 나는 무변이어서 잘 분간할 수 없었습니다만, 학자인 장인이 그 시를 읽고 여간 감동하지 않았습니다."

이야기가 이렇게 풀리게 되자 서로 허심탄회하게 심정을 토로할 수 있었다. 왕 도사는 심지어 이런 말까지 했다.

"선생께서 하정사로 오신다는 것을 두 달 전에만 알았더라도 금禁을 풀도록 백방으로 주선했을 것인데 유감천만입니다."

"그건 안 되지요. 나라고 해서 되고 나 아니면 안 된다는 그런 일이 있어선 안 됩니다. 고려국의 사신이면 동등하게 취급해야지요."

"점잖으신 말씀이십니다."

이런 정담이 오가긴 했으나 결국 정몽주의 사행은 무위로 끝나고 말았다. 5년 전 왕 도사가 지휘시절 정몽주로부터 받았다는 시는 다음과 같다.

諸公逢聖世 豪氣上金臺 (제공봉성세 호기상금대)
早己紆宸眷 于斯展將材 (조이우신권 우사전장재)
城修百雉峻 陣布六花開 (성수백치준 진포육화개)
待見功成日 洋洋奏凱廻 (대견공성일 양양주개회)
(성세를 만난 여러분은 호기 등등하게 금대에 올랐는데

일찍부터 황상의 총애를 받아 이제 장재를 펴게 되었도다.

성을 쌓아 백치나 높이 솟았고 육화로 벌려 진을 쳤으니

공명을 이루는 그날을 기다려 양양한 개가를 부르며 돌아오리라.)

정몽주 일행이 요동에 머물고 있을 동안 정도전의 말대로 개경에선 소동이 일어나고 있었다.

정몽주가 떠난 며칠 후 전 밀직부사密直副使 조반趙胖이 염흥방의 가노 家奴 이광李光을 백주白州에서 베어 죽였는데 그 사연은 이렇다.

이광이 조반의 전지를 강탈했다. 조반은 염흥방에게로 가서 사정을 말하고 선처를 빌었다. 염흥방이 이광을 불러 빼앗은 전지를 돌려주도록 했다. 이로써 전지는 조반에게로 돌아왔는데 이광이 다시 그 전지를 강탈했을 뿐 아니라 조반을 모욕하기까지 했다.

그래도 조반은 꾹 참고 이광의 선처를 빌었다. 그런데도 이광은 포악한 짓을 함부로 했다. 분을 참지 못한 조반은 부하 수십 기數十騎로 하여금 이광의 집을 포위하곤 이광을 베어 죽이고, 그 집에 불을 질렀다. 그리고는 조반이 염흥방에게 이 사실을 고하려고 경京을 향해 달렸다.

이 소식을 들은 염흥방이 대노하여 조반이 반역했다고 무언誣言하여 순군巡軍을 시켜 조반의 모母와 처를 체포하는 한편, 군사 4백 기를 백주에 보내어 조반을 붙들어 오도록 했다. 그러나 조반은 이미 서울로 들어가고 그 자리엔 없었다.

정묘년 섣달그믐께는 이 사건으로 하여 개경이 소연했다.

이런 소동을 안은 채 무진년이 밝았다. 정초부터 염흥방이 서둘기 시작했다. 왕명을 받아내어 조반을 체포하기로 했다. 염흥방의 부하 정자교가 조반을 붙들어 순군옥에 가두었다.

염홍방은 이때 순군상만호巡軍上萬戶의 자리에 있었다. 염홍방은 도만호都萬戶 왕복해, 부만호副萬戶 도길부·이광보, 위관委官 윤진·강희백과 대간臺諫, 전법典法 등과 더불어 조반을 심문했다. 심한 고문이 수반되었다.

그러나 조반은 끝내 굴복하지 않았다.

"6, 7명의 탐람한 재상들이 종들을 사방에 풀어선 남의 전민田民을 빼앗고 백성들에게 가학했다. 이들이야말로 대적들이다. 내가 이광을 죽인 것은 간적을 쳐서 나라를 돕기 위해서며, 민원의 근원을 없애기 위해서다. 그런데 어째서 모반이라고 하느냐."

염홍방이 조반을 굴복시키기 위해 극심 참혹한 고문을 가했지만 조반은 염홍방에게 서슴없이 욕설을 퍼붓고 덤볐다.

"이놈, 너는 국적이다. 나는 국적을 치려고 했다. 그리고 너는 나완 상송相訟하는 처지에 있지 않는가. 그런 놈이 감히 나를 국문할 수 있는가."

분이 극도에 이른 염홍방이 호통을 쳤다.

"저놈의 입을 난타하여 주둥아리를 못 놀리게 하라."

그러나 도만호 왕복해는 조는 척하며 염의 명령을 듣지 않았고, 여타의 사람들은 어쩔 줄을 몰랐다.

그러자 좌사의左司議 김약채가 "그것만은 안 된다"고 하여 국문을 끝내게 했다.

"조반을 살려야 한다"는 여론이 비등했다. 동시에 "비非는 염홍방에게 있다"고 했다. 평소엔 꿀 먹은 벙어리 같은 백성들도 일이 이쯤 되면 거침없이 말을 토한다.

염홍방·임견미의 체제로서 발라놓은 것 같은 조정도 동요하기 시작했다. 원로 중신들의 음연한 압력을 느끼지 않을 수 없었다.

염흥방 등의 손아귀에서 놀고 있던 왕도 이윽고 위기를 깨달았다. 5일, 왕은 최영의 사제로 찾아갔다. 조반의 사건을 의논하기 위해서이다. 좌우의 사람들을 피하게 하고 단둘이 장시간 의논한 결과 결론을 얻었다.

　이날 염흥방이 조반을 국문하기 위해 순군부에 나갔는데 옥관獄官과 대간臺諫이 나타나지 않아 국문할 수가 없었다. 왕과 최영이 밀의密議한 결과가 일단 그렇게 반영된 것이다.

　7일, 왕이 영을 내렸다. 조반과 그의 모처母妻를 석방하라고 하고 의약품과 의복을 하사했다. 또 영을 내렸다.

　"재상들은 이미 부자가 되어 있으니 그 반록頒祿을 정지한다. 그 몫을 대오隊伍의 양식 없는 자들에게 나눠줘라."

　그리고 염흥방의 하옥을 명했다. 이 소식을 들은 사람들은 모두 기뻐하고 "우리 임금 현명하다"는 찬사를 아끼지 않았다.

　이렇게 하여 궁정 쿠데타는 착착 진행되었다.

　8일, 왕은 최영과 이성계로 하여금 군사를 이끌고 궁중에 숙위宿衛시키는 동시에 영삼사사領三司事 임견미, 찬성사贊成事 도길부를 하옥하라는 명령을 내렸다.

　하옥령을 가지고 왕의 사자가 임견미의 집으로 갔을 때 임견미는 그 명령을 거부하고 이렇게 말했다.

　"반록頒祿은 고제古制이다. 까닭 없이 이를 폐지한다는 것은 군주의 도리에 어긋나는 것이다. 옛부터 군주의 비非는 신하가 고치기로 되어 있다."

　난을 일으킬 작정을 하고 부하를 시켜 그의 당인들에게 알리려고 했다. 그러나 철갑으로 무장한 군인들이 길을 막고 있었다. 부하가 돌아와 임견미에게 그런 사정을 알렸다.

"갑기甲騎가 길에 가득할 뿐 아니라 저 산위에도 있습니다."

임견미의 집은 남산의 북쪽에 있었다. 남산을 쳐다보니 갑자기 열을 이루고 있었다.

"아아, 광평군廣平君=이인임이 나를 망쳤다."

낙담한 임견미는 탄식하고 오랏줄을 받았다.

임견미·염흥방 등은 최영이 청직淸直하고 중병重兵을 가지고 있으므로 언제 우리를 불리하게 할지 모르니 없애 버리자고 했는데도 이인임이 끝내 그러지 못하게 말렸다. 임견미는 이 사실을 탄식한 것이다.

하옥은 했는데도 순군에선 염흥방 등의 죄를 다스리지 못했다. 왕은 크게 노하여 왕안덕을 도만호, 이거인을 상만호, 이방원을 부만호로 임명하여 이들에게 국문을 명했다. 이방원李芳遠은 이성계의 아들이다.

왕복해는 하옥되지 않고 자기의 병사를 거느리고 최영과 더불어 숙위宿衛하고 있었다. 그 까닭은 왕복해는 사성자賜姓子이기 때문이다. 그는 원래 반潘 씨였는데 왕이 특별히 왕씨성을 내린 것이다.

그런데 왕복해는 딴 뜻을 품고 있었다. 밤중에 궁성을 순찰한다는 명목으로 수십 기를 이끌고 최영의 군진으로 쳐들어갔다. 최영은 갑옷을 입은 채 호상胡床에 걸터앉아 편패를 휘두르면서도 눈썹 하나 까딱하지 않았다. 최영이 그 자리에서 왕복해를 체포했다. 그리곤 짤막하게 한마디 했다.

"이놈, 너는 이제부턴 왕복해가 아니고 반복해다."

10일, 우시중 이성림, 대사헌 염정수, 지밀직 김영진과 반복해·임치 등을 하옥했다.

11일, 염흥방·임견미·도길부·염정수·반복해·김영진·임치 등을 주살誅殺하고, 그 족당인 김용휘·이존성·임제미·홍징·임헌·박인귀·반덕해·이희번·정각·이송·반익순·신권·신봉생·이미생

·홍상연·김만홍 등을 참형斬刑에 처했다. 모두 요긴한 직책을 가졌던 대관들이다.

이윽고 이들의 가산을 적몰하는 동시에 각도에 찰방을 파견하여 이들에게 빼앗긴 전지를 주인에게 돌려주게 했다.

〈고려사〉는 이들의 행장을 다음과 같이 적는다.

권간친당權姦親黨 양부兩府에 포열布列하여 중외의 요직을 골고루 차지하고 병권자자秉權自恣 매관매직을 일삼고, 사람의 전지를 빼앗길 농산낙야籠山絡野, 사람의 노비를 빼앗길 천백군千百群. 뿐만 아니라 주현진역州縣津驛 능침관고陵寢官庫의 땅까지 약취하다. 배주背州의 예隷도부逃賦의 민民이 이들에게 귀부歸附하길 장마당과 같다. …

최영 및 이성계는 그들의 소위를 분하게 여겨 동심 협력, 왕을 이끌어 이들을 제거하도다. 국인國人들 크게 기뻐하여 도로에서 가무歌舞하다. …

이와 같은 숙청을 모두들 환영했지만 하나의 예외가 있었다. 이존성李存性에 관한 처사이다.

이존성은 이인임의 종손인데 처음엔 이인임의 방자함을 닮았으나 후에 곧 회개하여 명관의 표본처럼 되었다. 그가 서경西京=평양의 윤尹으로 있을 때 그 치적은 전국 제일이었다. 하옥한 후 살펴보았더니 이존성의 집엔 단 한 섬의 저축도 없었다. 백성들이 그를 사모하길 어버이처럼 섬긴다는 것과 그의 청렴함을 들어 옥관이 이 사람의 죄만은 면해주자고 했다.

그런데 최영이 그의 처형을 결정했다.

"이자는 염흥방의 세를 빌려 대사헌이 되어선 한마디의 직언도 없었다.”

이 소식은 사람들을 슬프게 했다.

최영의 의중엔 이인임을 살릴 마음이 있었다. 이인임을 살리기 위해 선 이존성의 희생이 필요하다는 것이 최영의 계산이었다.

새 조정의 구성이 발표되었다. 오늘의 말로 하면 개각발표이다.

최영 — 문하시중門下侍中=수상

이성계 — 수문하시중守門下侍中=부수상

이색 — 판삼사사判三司事

우현보 — 문하찬성사門下贊成事—

윤진·안종원·문달한 — 문하평리門下評理

송광미·안소·성석린 — 정당문학政堂文學

왕흥 — 지문하사知門下事

인원보 — 판밀직사사判密直司事

모두들 그럴듯한 인사라고 평이 좋았다. 정몽주는 이 인사가 있었을 때 삼사우사三司右使에 제배되었다.

(정 씨 문중에서 만든 연보에 의하면 삼사좌사로 되어 있는데, 삼사우사가 맞을 것 같다. 그 이유는 참형을 받은 이존성이 삼사우사로 있었는데 이 직위 가 그때 공위로 되어 있었기 때문이다.)

'삼사우사'의 직은 나라 전체의 전곡錢穀을 총괄하는 역할이다. 정2 품직이며 지금으로 말하면 경제기획원 장관에 재무부장관, 한국은행 총재를 합친 것과 같은 매우 중요한 직책이다.

새 조정이 구성됨으로써 숙청작업은 박차를 가했다. 서성군瑞城君 염국보廉國寶를 비롯한 50여 인이 임견미·염흥방의 족당이라고 하여 참형을 받았다. 때를 같이하여 전민변정도감田民辨正都監을 설치하여 임견미 등에 땅을 빼앗긴 전민들을 조사하고, 안무사를 전국 각도에 보내 임견미 등의 가신과 악노惡奴를 체포하여 이들을 주살하고 그들의 가산을 적몰했다.

이런 과정에 적잖은 일들이 있었다. 예컨대 이성림의 당인으로서 서규라는 자가 이천에 있다고 듣고 안집과 이안생이 그를 잡으러 갔다. 서규는 도망쳐 버리고 서규의 아내가 집을 지키고 있었다. 서규의 아내는 아름다웠다. 이안생이 그 여자를 꾀어 정을 통했다. 이안생에게 빠져 버린 여자는 서규를 구슬려 집으로 데리고 왔다. 이안생이 서규를 잡아 죽였다. 뒤에 이 사건이 탄로 나서 이안생은 주살되고 서규의 아내는 노비로 떨어졌다.

숙청작업에서 난관은 이인임의 처리문제였다. 이인임은 오랜 시일 정권을 잡고 있었기 때문에 아첨하는 무리들이 그 둘레에 모여들었다. 이인임은 이들의 말을 듣고 충량한 사람들을 모함하고 무고한 사람들을 많이 죽였다. 마땅히 사죄에 해당되는 자이다.

그런데 최영은 기왕 이인임의 도움을 받은 적이 비일비재했다. 임견미와 염흥방이 최영을 모함하여 죽이려던 것을 만류한 것도 이인임이었다.

"이인임은 모謀를 다하여 사대事大에 힘쓰고 나라를 진정한 바 있습니다. 그 공은 능히 그의 과過를 덮을 만하니 그의 여생을 보전해 줄 만합니다."

최영은 왕에게 진언했다. 윤허가 내렸다.

"경이 알아서 하라."

최영은 이인임을 경산부에 안치하고, 그의 동생인 전 문하평리 이인

164

민을 계림부에 배류했다. 그러자 사람들은, 이인임은 임견미 · 염흥왕
의 괴수인데 어찌 그런 대적을 용서할 수 있는가 하며 탄식했다는 것
이다.

　정변이 일단락되었을 무렵 정몽주가 요동에서 돌아왔다.
　수창궁으로 복명하러 가자 왕은 작취昨醉가 미성인 듯한 얼굴로 자초
지종의 보고를 듣고 나더니, "경이 갔는데도 입경을 허락하지 않더라,
이 말이지" 하곤 크게 하품을 섞어 말을 보냈다.
　"도리가 없지 뭐. 물러가서 쉬시오."
　정몽주가 다음에 찾은 것은 판삼사사 이색이었다. 이색은 원로 수고
가 많았다고 하고, 말을 이었다.
　"달가는 삼사우사에 임명되었으니 객고가 풀리거든 출사하시오. "
　할 말이 많았지만 관부官府에선 사담을 할 수 없었다.
　"오늘밤에라도 찾아가 뵙고자 하는데 어찌하오리까. "
　"당분간 날 찾을 생각은 마시오. 같이 일하게 되었지 않소. 짬을 보
아 달가의 여행담을 듣도록 하십시다. 그런데, 둔촌이 돌아가신 것을
아시오?"
　"예, 의주에 도착하자마자 들었습니다. 애통망극한 일이옵니다. "
　"좀더 살아계셔야 할 분이었는데 … ."
하곤 이색이 손으로 눈시울을 눌렀다.
　둔촌과 이색은 각별한 사이다. 그런 친구가 세상을 떴으니 이색의 마
음이 어떠하랴 싶어, 자기의 슬픔도 곁들여 정몽주는 목이 멜 듯했다.
　"작년에 여강에서 뱃놀이 하곤 신륵사에서 하룻밤을 같이 잔 것이 마
지막이었구료. 그럴 줄 알았더라면 제만장하고 금년 중추에도 찾아갔
을 것을 … 영원한 회한으로 남게 되었으니…."

이색이 정색으로 돌아와, "달가는 곧바로 최영 장군을 찾아주시오. 이 장군도 찾아뵙고요" 하곤 퇴출을 암시했다.

시중 최영은 정몽주의 복명을 듣고 나자, "아무리 대국이기로서니 그럴 수가 있소. 원나라는 우리에게 국경을 닫은 적이 없는데…" 하고 이번 사행의 좌절을 아쉬워했다.

"그러나 대사에 이르진 않을 것이니 명나라를 두고 과히 마음을 쓰진 마십시오."

이렇게 정몽주가 말하자 최영은 매섭게 눈빛을 쏘았다.

"공은 직접 모욕을 당하고도 명나라를 원망할 생각을 갖지 않소?"

"사사로운 감정이 어디 문제가 되겠습니까. 제가 받은 모욕은 나라가 받은 모욕입니다. 언젠가는 설욕할 날이 있어야지요. 그러나 설욕엔 방법이 있어야 하지 않겠습니까. 우린, 나라는 작으나 도량은 그들 이상으로 키워야 할 줄 압니다."

"빈자의 도량은 부자의 오만을 도울 뿐이지요."

그런 것을 모르는 정몽주가 아니다. 그래서 이렇게 말했다.

"부자의 오만은 돕지 않아도 원래 심한 것입니다. 모름지기 대외책은 자강지책自强之策이 보람을 본 다음에야 기도해 볼 일이 아니겠습니까."

"달가의 생각은 잘 알겠소. 충분히 여고旅苦를 풀고 난 후에 출사하도록 하시오."

이성계는 관부에 나와 있지 않고 사제私第에 있다는 것이어서 정몽주는 그리로 돌았다.

이성계의 사제엔 언제 가보아도 많은 사람들이 들끓고 있었다. 무신으로서의 직계부하가 많고 문신으로서의 보좌역도 많고, 그 밖에 책사를 자부하는 자들이 그 둘레엔 많다. 이성계에겐 사람들을 끄는 독특한 매력이 있는 것이다.

166

최영 장군이 지나치게 청직하다고 하면 이성계에겐 융통성이 있다고
나 할까. 최영은 전리품 같은 것이 있으면 꼬박꼬박 국고에 갖다 바치
는데 이성계는 그러질 않았다. 자기가 간수하고 있다가 적당하게 부하
들에게 나눠주기도 하고, 친한 친구들에게 선심을 쓰기도 하여 그로써
화목을 도모하기도 하였다.

정몽주가 찾아왔다고 듣자 이성계는 중문에까지 나와 맞이했다. 그
것을 황송해 하는 정몽주에게 이성계는 "원로를 다녀온 나라의 사신을
방안에 앉아서 맞이할 수가 있겠소" 하고 방에 들어가선 정몽주에게 상
좌를 권하기까지 했다.

그러나 그것은 조정에서의 서열로 보아 과례라고 할 수 있으므로 굳
이 사양하고 하좌에 앉아 이번 사행에 관한 전말을 설명했다.

듣고 나더니 이성계는 한신韓信이 모욕당한 고사를 들먹이며 인고忍
苦할밖에 없다는 뜻을 섞어 정몽주를 위로했다. 그리곤 마침 집안에
있는 아들들을 죄다 불러 모아 정몽주에게 예의를 다하도록 일렀다.

그 가운데 금범 순군巡軍의 부만호副萬戶가 된 이방원이 있었다. 이방
원은 20대 초의 청년으로 기백이 미우眉宇에 넘쳐 전신이 야심의 덩어
리처럼 느껴졌다. 정몽주는 이방원에게 각별히 쏠리는 관심을 자기로
서도 이상하게 여겼다.

이방원은 인사에 이어 이인임을 두둔한 최영 시중의 태도에 불만을
터뜨렸다. 그러자 이성계가 "시중에 대한 그 말버릇이 뭐냐. 앞으로 삼
가라"고 하고 이방원을 물린 뒤 정몽주에게 이렇게 말했다.

"아무래도 저놈은 경망해서 탈이오. 기회 있을 때마다 달가가 저놈
의 행실을 고쳐주도록 바라오."

"아직 젊지 않습니까. 경망하다기보다 혈기의 소칩니다. 대인은 스
스로 크는 것이지 남의 도움을 필요로 하지 않는 것입니다."

정몽주의 말을 이랬으나 이성계의 찌푸린 이맛살은 풀어지지 않았다.

"아무래도 저놈이 걱정이오."

이성계가 중얼거렸다.

허망虛妄의 군상群像

　명나라로부터 청천의 벽력같은 소식이 전해왔다.

　철령鐵嶺 이북은 원나라의 판도이니 원元을 이어받은 명나라가 당연히 영유領有해야 한다는 것이고, 철령에 철령위鐵嶺衛를 세우겠다는 것이다.

　이 소식은 조정은 물론이고 일반 국민들을 당혹하게 했다. 시중 최영은 이대로 두었다간 무슨 화를 당할지 모르니 단연 정료위定遼衛를 쳐서 나라의 결단을 보여야 한다고 주장했다. 그러나 대부분의 대신들은 명나라와 싸우는 것을 회피하고 대화를 통해 철령위를 세우지 못하게 하도록 하자는 의견이었다.

　이런 소동이 있은 가운데서도 왕의 음행과 도락은 조금도 수그러지지 않았다. 안숙로安叔老의 딸을 현비賢妃로 하고, 기생 소매향을 화순옹주, 기생 연쌍비를 명순옹주에 봉했다. 이것은 2월에 있은 일인데 3월에 가선 왕은 최영의 딸을 탐하여 비로 삼으려 했다.

　처음에 최영은 자기의 딸은 비루하므로 지존의 배필이 될 수 없다고 하고 만일 왕께서 끝까지 고집한다면 신은 머리를 깎고 입산하겠다고까지 하며 거절했다. 그러나 정승가 · 안소 등이 중간에 서서 왕의 뜻을 관철하고야 말았다. 그리하여 최영의 딸을 영비寧妃에 봉하고 영혜부寧

169

惠府를 세웠다. 같은 무렵 신아의 딸을 정비正妃로 하고 왕흥의 딸을 선비善妃로 했다.

이렇게 하여 이근비李謹妃를 비롯하여 8비 3옹주八妃三翁主를 거느리게 되었다. 이들 제전諸殿에 바쳐야 하는 물량은 엄청났다. 예컨대 포목만도 한 달에 3천 9백 필을 필요로 했다. 모든 창고는 바닥이 났다. 3년 치의 공물을 미리 받았는데도 모자라 증세해야 할 사정이었다.

삼사우사로서 나라의 재정을 맡은 정몽주는 실로 어처구니가 없었다. 직속상관인 판삼사사 이색을 찾아가서 진언했다.

"이대로 가다간 재정적으로 사직은 파탄하고 말겠으니 무슨 방책을 강구해야 합니다."

"어떤 방책이라야 하겠소."

이색이 침통한 빛을 감추지 않고 물었다.

"재정상태를 사실대로 고하고 각전各殿의 경비를 절감하도록 재정 규모를 짜야 하겠습니다."

"그러려면 우선 최영 시중과 의논해야 되지 않겠소."

"그 의논을 목은 선생께서 해주시기 바랍니다."

"내가 하지요."

이색이 단호하게 말했다.

그런데 뜻밖인 옥사獄事가 벌어졌다. 첨서밀직 하륜, 밀직부사 박가흥, 밀직 이숭인 등이 이인임의 인척이라고 하여 처벌해야 한다는 고발이 있었던 것이다.

장본張本 이인임을 경산에 안치해 놓고 그 인척이라고 해서 이상의 3인들을 처벌한다는 것은 말도 안 된다고 정몽주는 정면으로 반대했지만 대세를 꺾을 순 없었다. 하륜은 양주로, 박가흥은 순천으로, 이숭인은 통주로 장류杖流되고 말았다. 장류란 곤장을 맞고 귀양 간다는 것을 뜻한다.

뿐만 아니라 공산부원군 이자송을 죽인 사건이 발생했다. 최영이 왕에게 권하여 요遼를 치려고 하자 이자송이 사제로 최영을 찾아가 공료攻遼의 불가함을 역설했다. 그러자 최영은 임견미의 일당이었다는 핑계를 붙여 이자송에게 곤장 107대를 가해 전라도 내상으로 귀양 보내려다가 이윽고 그를 죽이고 말았다.

그리고 순군을 시켜 임견미·반익순·염흥방·도길부의 처들을 고문하고 약탈하여 옥사시키고, 이성림·반복해·이존성·김영진·임치·신권·손중홍 등의 처들을 임진강에 처넣게 했다. 그뿐 아니라 피주자被誅者들의 자손을 모아 죽이고, 강보에 싸인 아이들은 강에 던져 죽었다. 관련자의 처나 딸로서 관비가 된 자는 30여 인이다. 이성림의 동서라고 해서 원주목사 서신이 참형을 당하고, 왕이 반복해의 말을 타는 것을 좋지 못하다고 말했대서 판도판서 송빈도 죽음을 당했다.

이러한 상황을 보고만 있을 수 없었던 정몽주는 수문하시중 이성계를 찾아가서 건의했다.

"지금 행해지고 있는 난맥상을 시정, 또는 견제할 수 있는 분은 오직 이 원수뿐이옵니다."

"나도 바로 그것을 걱정하고 있는 바이오. 그러나 내가 직접 나설 순 없으니 나의 뜻이라고 해서 사람을 시켜 최영 시중에게 달가가 말하고자 하는 바를 전하겠소."

이성계는 조민수曹敏修를 최영에게로 보내 다음과 같이 말하게 했다.

"죄괴罪魁들은 이미 멸족되고 흉도들도 이미 제거되었소. 지금부턴 형살刑殺을 그만두고 덕음德音을 펴도록 합시다."

그러나 형살은 여전히 계속되었다. 연안부사 유극서, 환관 김실이 참형을 당했다. 유극서는 임견미의 문객이었던 적이 있었다는 것이고,

김실은 이존성과 가까운 사이였다는 것이다.

　최영이 백관을 모은 자리에서 물었다.

　"명나라가 철령 이북을 차지하려고 하는데 철령 이북을 명나라에 바쳐야 하는가, 그러지 않아야 하는가?"

　백관들은 입을 모아 철령 이북을 명나라에 바치는 것은 불가하다고 했다.

　"그럼" 하고 최영이 목청을 돋우었다.

　"명나라가 그들의 소청을 강행하려 할 땐 어떻게 할 것인가."

　"그런 일이 없도록 우리의 성력을 피력하여 말려야 할 것으로 압니다."

　이색이 제청하고 정몽주는 이에 동의를 표했다.

　"그래도 안 되면?"

　최영의 소리가 날카로웠다.

　"우리가 성의를 다하여 앙청하면 명의 황제도 생각을 바꿀 수 있을지 모릅니다. 국교를 단절하겠다느니 어쩌겠다느니 해도 우리 군주께옵서 신양이 있다고 하자 명 황제는 의국醫局이 진장珍藏한 바 양약을 보내주시지 않았습니까. 그런 점을 보아서라도 마지막 수단을 취하지 않는 것이 현명할까 합니다."

　정몽주의 이 같은 말이 있자 최영은,

　"상대방의 호의만을 믿고 안연하게 앉아 있을 것이 아니라 대비만은 해두어야 할 것이 아닌가. 유비무환이 아니겠는가."

　이때 이성계가 조용히 말했다.

　"유비有備가 유환有患일 수도 있습니다. 우리의 유비가 상대방을 자극하여 환란을 유발할 수가 있다는 것입니다."

　백관의 대부분이 이 말에 동조하는 것 같았다.

결국 명 황제에게 주정표를 내게 하고, 그 사문辭文의 필자로서 권근權近이 지명되었다. 권근의 사문은 철령에 관한 역사를 간략하게 적어 고려의 소속임을 명백히 하고 황제의 선처를 바란다는 간절한 명문이다.

권근이 초한 주정표를 가지고 박의중이 명나라로 떠난 것은 2월이었는데 3월에 들어 서북면 도안무사 최원지로부터 보고가 들어왔다.

요동도사가 지휘 두 사람으로 하여금 병사 1천여 명을 이끌고 강계에 도착하여 철령위를 세우고자 하는데, 명 황제는 철령위의 진무鎭撫 등을 미리 임명하고, 요동과 철령 사이에 70역참驛站을 가설하고 매 역참에 백 호씩을 배치했다는 것이다.

이 소식을 듣고 왕은 울면서 내가 진작 요를 치자고 했는데도 군신들이 내 말을 듣지 않더니 결국 이런 꼴이 되었다고 하고, 팔도에 징병령을 내리고 신하들에겐 대원大元의 관복을 입으라고 명령했다.

이때 성중엔 친원의 감정이 높아져 편발 원복하는 자가 많았다. 곧 명나라의 사신이 온다는 소리가 있었다. 사헌부에서 편발 원복을 금했다.

명나라의 후군도독後軍都督 왕득명王得明이 와서 철령위 설립을 선고했다. 왕은 칭병하여 나가지 않고 판삼사사 이색이 그를 마중하여 철령위 설립을 반대한다는 뜻을 아뢨다. 왕득명은 이번 처사는 황제의 처분에 의한 것이니 자기가 전담할 바 아니라고 했다.

최영이 대노하여 요동군의 방문榜文을 가지고 오는 놈은 모조리 죽이라고 명령했다.

이런 때인데도 왕의 방자한 버릇은 그대로였다. 명사 왕득명이 왔다는 사실을 적은 대목에 바로 잇따라 〈고려사〉는 다음과 같이 기록하고 있다.

왕, 놀이를 위해 기생들을 점고하다. 기생 하나가 지각을 했다. 왕은 노하여 그 기생을 베어 죽이다. 다시 정비전定妃殿으로 갔다가 여리閭里에 유행하고, 밤에 화원으로 가서 호가胡歌를 부르며 연락宴樂하다.

다음도 이 무렵의 기록이다.

왕, 이윽고 서해도西海道에 가다.
영비최영의 딸와 최영이 이를 따르다. 문하찬성사 우현보禹玄寶로 하여금 경성을 유수留守케 하고 오부五部의 정부丁夫를 발하다. 서해주의 백사정白沙亭에 사냥한다는 핑계로 사실은 요를 공격하기 위함이니라. 왕은 세자 창昌 및 정비·근비 이하의 제비를 한양산성에 옮기다.
전라·경상 2도는 왜구의 소굴이 되어 있고, 동서북면은 명나라의 할지요구割地要求 때문에 수색이 깊고, 경기·교주·양광의 3도는 수성修城에 곤욕하고, 서해·평양의 2도는 서렵西獵을 받들어야 하는 데다 징병을 당해야 하니 팔도는 소연, 민은 농업을 잃고 중앙과 지방의 원성은 이인임·임견미·염흥방 때보다도 심하다.

개경은 텅 비었다. 텅 빈 개경을 지키는 자는 유수 우현보이다.
판삼사사 이색과 정몽주도 개경에 남았다. 그러한 어느 날 이색이 정몽주를 찾아왔다. 정몽주 사랑채 앞에 두 그루 복숭아나무가 있었는데 그 꽃이 한창이었다. 이색은 그 두 그루 복사꽃을 넋을 잃고 바라보고 있더니 뚜벅 이런 말을 했다.
"주인이 없어도 꽃은 피겠지만 주인 없이 핀 꽃은 뜻을 잃는다."
정몽주는 선뜻 이색의 감회를 읽었다.
"뜻이래야 기껏 허명한 것일진대 주인이 없다고 하여 무슨 아픔이겠습니까?"

정몽주의 말에 이색은 무색한 듯 가만있더니 이런 말을 했다.

"달가, 텅 빈 거리를 나 혼자 말을 타고 지나오는데 어떤 노파가 날 보고 손짓을 하곤, 모처럼 술을 담아 맛있게 익혀 놓았는데 마실 사람이 없어 술이 곧 초가 될 것 같으니, 한잔 하고 가심이 어떻겠느냐고 말하더란 말이오. 그러나 혼자 그 집에 들기기 쑥스러워 그냥 지나쳤는데… 왠지 아쉬운 느낌이 들어. 어때 달가, 같이 그 집에 가보지 않으려오?"

"좋습니다. 모시겠습니다. 그러나 혹시 무슨 일이 있을지 모르니 종자를 하나 데리고 갑시다."

노파의 집은 남산 어귀에 있었는데 기어들고 기어날 오두막집이었지만 안에 들어가니 청소가 철저하게 되어 있어 가히 귀빈을 모실 만했다. 이색이 그 집을 둘러보며 중얼거렸다.

"고루대각도 나인(懶人)이 살면 발붙일 곳이 없고, 소옥도 근인(勤人)이 살면 이처럼 깨끗할 수가 있구나."

그리고 노파의 출자(出自)를 알아보려고 했다. 노파는 사각 송반에 봄나물 무친 것 한 접시와 건어 찐 것 한 보시기를 안주로 놓고 노랑 청주 한 항아리를 가져와 얌전히 잔에 따라놓곤 부엌으로 돌아가며, "왕사는 묻지 마시오"라는 한마디를 남겼다.

술맛은 일품이고 안주맛도 담백한 것이 어떤 가효(佳肴)보다도 좋았다. 그리고 보니 이미 60을 넘긴 듯한 노파의 풍자엔 범할 수 없는 의연함이 엿보이기도 했다. 필경 범상한 출자가 아님을 짐작케 했으나 '왕사를 묻지 말라'고 하는 데야 도리가 없었다.

이색과 정몽주는 작금의 시국을 논하며 술을 마셨다.

"철령 이북을 앉아서 빼앗기는 것도 망국이오. 그렇다고 해서 명나라와 더불어 싸우는 것도 망국일밖에 없으니 진퇴양난이란 바로 이것을 두고 하는 말이 아니오."

이색은 이렇게 말했는데, 정몽주는 말에 힘을 주었다.

"철령 이북을 할지하는 것은 일시적인 것이니 시기를 기다려 회복할 수 있지만, 대명과 싸운다는 것은 결정적인 망국이 될 것이니 어떻게 하건 말려야 합니다."

그리고부터 최영과 이성계의 인물론으로 번졌다.

"왕실을 중히 여기는 점에선 최영 장군이 으뜸이고, 나라 전체를 보는 안목에선 이 장군이 으뜸이니 쉽사리 좌담우담하기가 힘듭니다."

"어떤 일이 있어도 친원당親元黨의 편이 될 순 없지요. 단연 나라를 친명의 방향으로 이끌어야 합니다. 최영 장군과 적대할 수 없은즉 최 장군의 마음을 돌려야 합니다. 그 역할을 목은 선생이 하셔야 합니다."

"그런데 그게 벌써 늦었소. 세자와 제비를 한양산성으로 옮기고, 왕과 더불어 서경으로 갔다는 것은 벌써 대명과 결판을 내겠다는 각오가 섰다는 증거가 아니오."

"각오는 그렇겠지만 결행은 그렇게 못할 것입니다. 공료攻遼를 실행하려면 아무래도 이성계 장군의 동의가 있어야 할 것인데 이성계 장군이 동의할 까닭이 없으니까요."

"이 장군이 반대한다고 해서 될까?"

"이 장군은 공료의 불가함을 철저하게 알고 있습니다."

"왕명으로 우기면 도리가 없을 거요."

"왕이 이 장군 의사를 무시하고까지 그런 명령을 내리겠습니까?"

"왕은 최영 장군의 말이라면 콩을 팥이라고 해도 믿고 있으니까. 최영 장군의 공료의 결심은 이 장군의 반대 의사보다 굳었으면 굳었지 약하진 않을 거요."

176

"명과 싸워 이길 자신이 있다고 최영 장군은 과연 생각하고 있을까요?"

"승산이 없고서야 어떻게 시작하겠소. 나름대로 승산이 있겠지요."

"나름대로의 승산을 갖고 되는 겁니까, 어디."

정몽주가 한탄했다.

그러자 부엌에서 말소리가 있었다. 노파의 목소리였다.

"쇤네가 한마디 여쭙지요. 최영 장군은 기필 명나라와 싸울 것입니다. 그건 명나라에게 이기기 위해서가 아니라, 다른 목적이 있습니다. 그 수수께끼를 풀어 보시면 대답이 나올 것입니다."

무슨 말인가를 납득하지 못해 두 사람이 어리벙벙하고 있는데 부엌에서 또 말이 있었다.

"이성계 장군은 왕명이 떨어지기만 하면 출진할 것입니다. 그런데 그건 명나라를 치기 위해서가 아니고 다른 목적으로 출전합니다. 이 수수께끼도 한번 풀어보시면 이 나라의 앞날에 대한 대답이 나올 것입니다."

"무슨 말인지 모르겠소. 노파가 아는 게 있으면 속 시원하게 말을 하시오."

이색이 말했다.

"쇤네는 수수께끼를 말했을 뿐입니다. 그 이상 드릴 말씀은 없습니다."

노파는 다시 말하려고 하지 않았다. 어느덧 항아리가 비었다.

"술이 모자라오. 한 항아리만 더 주시오."

"손님에게 드릴 술은 그것으로 바닥이 났습니다. 죄송합니다."

정몽주는 은 한 냥을 송반 위에 얹어 놓고 이색을 재촉했다.

"부족은 저의 집에 가서 채우도록 하시지요."

정몽주가 이색을 데리고 집으로 돌아오니 마침 우현이 와 있었다. 복사꽃 밑에 평상을 내어 주안상을 차리게 하고 정몽주는 대강의 지점을 가리키며 노파에 관한 것을 물었다.

"그렇다면 그 노파는 신돈의 당인으로 몰려 참형을 받은 권실의 부인일 것입니다. 남편의 죽음과 동시에 관비가 되었다가 60세에 해면된 것이지요. 원래 현철한 부인이라고 해서 평판이 높았다고 합니다. 술을 팔아 근근이 호구한다고 들었는데 오늘 만나셨구먼요. 그런데 이상합니다. 고관대작은 일체 상대하지 않는다고 들었는데 목은 선생을 청했다니까요."

"이 옷차림이니까 누항의 노옹으로 알았겠지"하며 웃곤 이색은 "아까 그 노파가 한 말을 그저 들어둘 것 같진 않으니 한번 수수께끼를 풀어봅시다" 하고 들은 대로의 얘기를 우현에게 전했다.

정몽주도 생각하고 이색도 생각하고 우현도 생각했다. 정몽주는 수수께끼를 풀었다고 하기보다 노파의 얘기를 계기로 사태의 윤곽 같은 것을 대강 잡긴 했지만 입 밖에 내기가 거북해서 술잔만 켰다. 이색도 비슷한 생각인 것 같았다.

우현이 입을 열었다.

"일개 노파의 얘기에 구애될 건 없지만 그렇게 풀이할 수 있다면 일은 사뭇 중대합니다."

"어째서 그렇다는 건가."

이색이 물었다.

"최영 장군이 이성계 장군을 죽이거나 실각시키기 위해 공료전攻遼戰을 시작한다고 되니까 말입니다. 본격적인 전투가 되면 고려군의 승산은 백에 하나도 없는 것 아닙니까. 이 장군은 전사하든지, 포로가 되든지 할 것 아닙니까."

우현의 말에 이색이 분연했다.

"그렇게 되면 나라가 온전할 것 같은가?"

178

"이 장군 하나만 희생시키고 백배사죄하면 어떻게 될 것이라고 믿고 있는 거겠죠."

"미련한 사람들 같으니… ."

이색이 흥분했다.

"미련하다뇨. 영리한 사람이 아니면 생각지도 못할 책모입니다. 그러나 노파의 짐작을 그처럼 심각하게 생각진 마십시오."

우현을 바라보고 정몽주는 빙그레 웃었다. 자기의 짐작과 우현의 짐작이 꼭 같았기 때문이다.

이색이 또 물었다.

"이 장군의 속셈은 그럼 뭔가."

"이거야말로 큰일 날 사단입니다. 공료의 군사를 이끌고 조정을 친다는 얘기가 되겠지요."

"설마."

이색이 손을 흔들었다.

"우 공, 그런 말은 입 밖에도 내지 말게."

정몽주도 그 이상의 말을 하지 못하게 했다.

"그러니까 그 노파의 말에 구애하시지 말라고 하지 않았습니까."
하고 우현이 서재 있는 곳으로 가 버렸다.

"도화만발桃花滿發인데도 부생시심不生詩心이군."

이색이 일어섰다.

갑자기 심란해진 모양이었다. 만에 하나라도 노파가 말한 것 같은 사태가 발생한다면 나라는 끝나는 것이다. 말은 하지 않았지만 정몽주도 동감이었다.

밤이 되었다. 대문을 잠그고 우현이 정몽주가 누워 있는 방으로 들어왔다. 친한 사이지만 여간 긴요한 일이 없어선 우현이 정몽주의 침소에까지 들어오는 일은 없었다.

정몽주는 얼른 일어나 앉았다.

"대감, 우리도 병정을 길러야 하겠습니다."

우현이 무겁게 입을 떼었다.

"병정을?"

정몽주는 우현이 말하고자 하는 바를 너무나 잘 안다. 우현이 병정을 길러야겠다고 제안한 것은 이번이 세 번째이다.

우현의 의견에 의하면, 아니 우현의 의견이 아니라도 당시 고려의 대관으로서 사병私兵을 갖고 있지 않는 사람은 거의 없었다. 물론 사병이라고 하지 않고 가노家奴라고 불렀지만, 이인임·임견미·염흥방 같은 자들은 한때 50명으로부터 백여 명까지 가노를 거느리고 있었다. 평시엔 전민佃民들로부터 소작료를 거둬 올리는 일을 하고 때론 무술을 단련하여 필요에 따라 병정 노릇을 하는 것이다.

가노 몇을 거느리고 있느냐는 것이 위세의 증거가 되기도 하고 호신의 수단이 되기도 하는 것인데 요즘처럼 세상이 난맥亂脈할 때엔 정몽주 같은 처지로선 필요불가결한 존재라고 할 수 있었다.

정몽주는 온건파에 속한다고 할 수 있었지만 친원파에 대해선 친명파로서 너무나 뚜렷한 존재이고, 비유학파에 대해선 유학파의 수령, 권문세가에 대해선 신진세력의 대표적 인물이고, 이방원을 중심으로 한 야심파에 대해선 거북하기 짝이 없는 양심파인 것이다.

그러니 시류의 변동에 따라 언제 어디서 흉인兇刃이 날아들지 몰랐다. 우현은 구체적으로 사유를 말하지 않았지만 정몽주의 생명이 위태로울 경우가 있을 것이라고 예견하고 오늘밤에 사병을 가꾸는 사항을 결정하려 했다.

그런 까닭에 긴 설명을 할 필요도 없이 '병정을 기르자'고만 하고 정몽주의 대답을 기다리고 있는 것이다.

"생업을 잃은 사람이 많으니 실업자를 몇 구해주는 뜻으로도 나쁠 것은 없겠지. 그러나 우 공, 내 봉록이 얼만지 알고 있지? 3백 석이다. 그나마 시절이 어긋나면 전량을 다 받지 못한다. 그 3백 석으로 병정 몇을 기르겠나."

"능직陵職, 궁직宮職 등 정8품급의 봉록이 4석에서 8석까집니다. 하나에 10석식을 내면 2백 석으로 20명의 병정을 기를 수 있습니다. 제전지에서 백 석 가까운 수입이 있으니 반을 제공하여 5명의 병정을 먹일 수 있습니다. 아쉬운 대로 25명의 사병이면 위급할 때의 필요를 메울 수가 있습니다."

정몽주는 한참을 잠잠하고 있다가,

"우 공, 아무래도 나는 그런 것을 가지고 싶지 않다. 내 생명은 내 운명에 맡기고 싶다. 순천자順天者는 복이요, 역천자逆天者는 화라는 말이 있지 않는가."

"병정을 기르는 것은 하나의 시류時流인데 그것을 두고 역천逆天이라고 할 수가 있겠습니까."

우현은 이번에만은 자기의 제의를 관철할 요량으로 단단히 벼르고 있었던 것 같다.

정몽주가 조용히 말했다.

"우 공, 내 얘기를 듣게나. 내겐 사병이 있어야만 지킬 수 있는 재물이 없다. 또한 사병을 시켜야만 가지고 올 수 있는 그런 것도 나는 가지고 있지 않다. 사병을 거느림으로써 과시할 위세라는 것도 없다. 그러고 보면 내게 사병이란 어쩌다 당할지 모르는 불의의 습격에 대비하는 것 아니겠는가. 그런데 그 불의의 습격이란 것이 조정에서 오는 것이라면 대비고 뭐고 없다. 항거할 수 없는 일 아닌가. 만일 그 불의의 습격이 전혀 뜻밖인 곳에서 오는 것이라면 이것 역시 어쩔 수가 없는 것이네. 지키는 사람 백이, 노리고 덤비는 자 하나를 감당하지 못한다. 일이 이렇게 될 바에야 무슨 까닭으로 사병을 길러 번거로움을 사겠는가."

우현은 묵묵히 듣고 있었다. 이로정연한 정몽주의 말엔 반박할 틈서리가 없었던 것이다.

"그런 것보다도…" 하고 정몽주가 소리를 낮추었다.

"아까, 권실의 부인이 수수께끼를 걸어온 그 얘기 말이다. 우 공의 짐작은 어떤가."

"저는 최영 장군에게도 저의가 있고, 이성계 장군에게도 저의가 있다고 생각합니다. 최 장군은 지금 왕을 자기의 겨드랑이에 끼고 팔도에 호령하는 위세이고 보면 이 장군의 눈치가 보이지 않을 까닭이 없고, 이 장군 또한 최영 장군의 위세와 전단이 날로 높아가고 있으니 마음이 편할 리 없겠지요."

"그러나 강직하리만큼 고지식한 최영 장군이 그런 생각을 하리라곤…."

정몽주는 말꼬리를 흐렸다.

"그건 그런 게 아닙니다. 최 장군은 원래가 친원하자는 어른이 아닙니까. 명나라가 무리한 요구를 해 와서 국인들이 반명감정에 휩싸인 이 기회를 이용하려고 하는 과정에서 그런 저의가 생기게 된 것입니다. 일단 그 저의가 생겼다 하면 가는 데까지 가게 되는 거지요. 이 장군의 경우는 아직 그런 저의를 가지고 있지 않을지 모르지요. 그러나 막연한 느낌은 가지게 되었을 겁니다. …"

우현에게 말을 시킨 것은 정몽주 자신의 짐작을 확인해 보기 위해서이다. 정몽주도 각오한 바 있었다.

　새벽에 이색의 집을 찾아갔다.

　"이렇게 되나 저렇게 되나 사직의 멸망은 너무나 명확합니다. 목은 선생께서 서경에 가시어 최영 장군의 공료攻遼계획을 막아야 합니다."

　"최영 장군이 요를 공격하겠다고 선언한 것도 아닌데, 미리 이래라 저래라 하는 것은 우습지 않겠소."

　"그렇긴 하지만 선포하고 난 뒤에는 이미 늦습니다. 미연에 불을 꺼야죠."

　"내가 가도 별 수 없을 것 같소. 늙은 서생이 수모를 당할 뿐이겠지."

　이색이 탄식했다.

　"선생께서 내키시지 않는다면 저라도 가겠습니다. 판삼사사의 명령으로 왔다고 하면 명분은 서지 않겠습니까."

　"명분을 세우는 거야 어려울 것 없겠지만 …."

　출장의 이유를 한양산성으로 옮긴 세자와 제비諸妃들에게 보낼 양곡의 수량을 책정하기 위한 것이라고 하라고 했다.

　정몽주가 평양에 도착하기 전에 대사는 결정되었다. 당시의 기록을 〈고려사〉에 찾으면 다음과 같이 되어 있다.

　무진년 4월 1일 —

　왕, 봉주鳳州에 이르다. 왕은 홀로 최영과 더불어 공료攻遼의 책策을 세웠으나 발설하지 않다가 이날, 최영과 이성계를 불러 말하길,

　"과인은 요동을 공격하려 한다. 경 등은 힘을 다해 과인의 뜻을 받들도록 하라."

"출사出師는 불가합니다."

이성계는 불가不可의 이유 네 가지를 들었다.

이소역대以小逆大가 첫째의 불가이고, 하월夏月의 출병이 둘째의 불가이고, 거국원정하면 왜구가 허를 찌를 것이니 셋째의 불가이고, 바야흐로 서우暑雨가 시작되면 활의 아교가 녹고 대군에 역질이 생기니 이것이 넷째의 불가이다.

왕은 이성계의 의견이 타당하다는 듯 고개를 끄덕였다. 어전을 퇴출한 후 이성계는 최영에게 일렀다.

"왕이 하문하시거든 사불가론四不可論을 되풀이 하십시오."

최영이 그렇게 하겠다고 했다. 그런데 최영은 밤에 왕을 찾았다.

"원컨대 일체 다른 의견엔 귀를 기울이지 말고 공료의 책을 관철하옵소서."

이튿날 왕은 다시 이성계를 불렀다.

"일은 이미 결정되었다. 중지할 수가 없다."

왕의 말에 이성계는 태연하게 반대 의사를 진술했다.

"기필 대계大計를 이루시길 원하신다면 어가를 서경에서 머물게 하고 가을을 기다려 출사하심이 가할 것입니다. 그땐 곡식이 익어 대군은 배불리 먹을 수 있을 것이니 원기왕성할 수 있을 것입니다. 그런데 지금은 때가 아니옵니다. 요동의 일성一城을 공략한다고 해도 장마가 들면 군을 전진시킬 수 없게 되어 대군은 지쳐 화를 빨리 자초할 뿐입니다."

그러자 왕은 화를 내어 말했다.

"경은 이자송의 예를 모르겠는가."

이자송은 최영의 공료계획에 반대하다가 비명에 죽은 사람이다.

이성계의 말은 여전히 태연했다.

"자송은 죽어도 그 미명은 역사에 남을 것이외다. 신 등은 지금 살아 있다지만 무모한 계책計으로써 나라를 그르치는 꼴이 되지 않을까 두렵습니다."

그래도 왕은 계획을 변경하지 않고 3일 평양에 옮겨 앉아 각도의 병을 징집하고, 압록강에 부교浮橋를 만들게 하고 승병을 모집하기도 했다.

그런데 어느 각도에서 보나 왕과 최영의 공료계획은 무모한 것이다. 정몽주는 우현의 짐작을 긍정하는 마음으로 되지 않을 수 없었다. 이성계의 군대를 요동의 벌에 방황하게 하여 이윽고 자멸케 하려는 계책이 아니라고 한다면 전혀 의미가 없는 것이다.

명나라의 군사는 수십 년 동안의 전투에 승리하여 원을 북쪽으로 쫓고 천하를 평정한 군대가 아닌가. 그런 군대가 고려군에 지고 퇴각할 까닭이 없다. 홍무제의 성격을 보아서도 고려의 요양공격을 호락호락 받아넘길 그런 위인이 아니다.

어리석은 왕의 생각은 모르되 백전에서 단련된 장군 최영이 공료의 계획을 가능하리라고 믿고 있을 까닭이 없다. 북원北元과의 연합을 상상해 볼 수 있지만 북원의 병력이란 패잔병의 집단에 불과하다.

그렇다고 해서 공료의 계획을 이성계의 세력을 거세하기 위한 수단이라고만 보는 것도 황당한 상상이 아닐 수 없었다. 최영의 충성심은 일점 의심할 바가 없었고, 그의 용병술은 백전백승한 실적으로 빛나고 있다. 그런 최영이 정적을 거세하기 위해서라고 하지만 대군까지 움직여 사직의 근본을 뒤흔드는 무모한 짓을 범할 리가 없다.

정몽주는 제대로 밤잠을 자지 못할 정도로 고민했다. 어떤 수단을 써서라도 공료의 계획 자체를 백지화해야만 하는 것이다.

4월 12일 ─
대대적인 군부의 인사명령이 있었다.

팔도도통사八道都統使 — 최영

좌군도통사左軍都統使 — 조민수

서경도원수西京都元帥 — 심덕부, 부원수副元帥 — 이무

양광도 도원수 — 왕안덕, 부원수 — 이승원

경상도 상원수 — 박위

전라도 부원수 — 최운해

계림원수鷄林元帥 — 경의, 왕빈지

우군도통사右軍都統使 — 이성계

안주도 도원수 — 정지

상원수 — 지용기, 부원수 — 황보림

동북면 부원수 — 이빈

강원도 부원수 — 구성로

조전원수 — 윤호, 배극렴, 박영충, 이화, 이두란, 김상,
　　　　　 윤사덕, 경보

팔도 도통사의 조전원수 — 이원계, 이을진, 김천장

좌우군 합하여 38,830명의 병정과 11,634명의 군속.

말 21,000필.

　이렇게 요동을 공격할 준비를 하는 사이에도 왕의 음락淫樂은 쉬질
않았다. 기생들을 데리고 대동강에서 희락하는데 17일 출사 예정이던
좌우도통사는 왕이 숙취宿醉하여 배사식拜辭式을 거행하지 못하게 되었
으므로 출발을 하루 연기해야만 했다.

　연기된 날짜를 기화로 해서 정몽주는 이성계를 만날 수 있었다.

　"듣건대 이 원수께선 이번 전쟁을 사불가라고 하여 반대하셨다는데
그래도 출정하실 겁니까."

186

하는 정몽주의 물음에 "왕명이니 어떻게 할 수 없지 않겠소" 하며 쓰게 웃었다.

"그러나 이 원수님, 장將과 졸卒은 명령을 받드는 데 있어서 다른 데가 있지 않겠습니까. 아니 있어야 하지 않겠습니까. 필패하리란 확신이 있으면 그 뜻을 관철하여 상이 사직에 대해 실수가 없도록 하는 것이 충성된 도리가 아니겠습니까."

"달가, 이번의 사정은 다르오. 왕의 일존一尊만이라면 나도 나의 뜻을 관철하겠소. 그런데 왕의 뜻에 최영 시중의 뜻이 보태져 있소. 달가가 무위로 끝날 줄 알면서도 사행하는 거나, 내가 필패를 각오하고 출사하는 거나 별반 사정이 다를 것이 없소이다."

"그러나 수만의 생령이 생명을 버려야 하지 않습니까. 저의 사행과는 성질이 다릅니다."

"달가, 걱정해 주어서 고맙소. 그러나 전투엔 여러 가지 방식이 있는 것이오. 이번 전투엔 되도록이면 사상자 하나도 내지 않도록 전술을 다해볼 작정이오."

"그런데 이 원수님, 최영 시중은 무엇을 근거로 이번 싸움에 이길 수 있다고 생각하시는지요."

"글쎄 말이오. 바로 아까도 최영 시중께서 이런 말을 전해왔소. 요동 이성泥城에서 최근 탈출한 사람이 있는데 그 사람의 말에 의하면 요동의 병사들이 호적胡賊을 치기 위해 출동하고 요동성은 비어 있으니 치기가 매우 쉬울 것이라 하더라고 최 시중은 기쁜 소식인 양 말하고 있습니다. 그 말을 듣고 나는 어이가 없었소. 공성空城을 점령했대서 그것이 이긴 것으로 되겠소? 성 하나 차지했다고 해서 사정이 달라지겠소이까? 무서운 반격을 각오해야 할 것인데 요동성이 비었다고 좋아하고 있으니, 결례된 말일는지 모르지만 최 시중이 요즘 노망이 든 게 아닌가

하오.”

　최영이 노망이 들었다는 풀이가 최영의 행동을 설명하는 데 가장 요긴한 것일지 몰랐다.　머리를 깎고 입산하겠다고까지 하며 버티다가, 자기의 딸을 왕의 비로 만들고 나선 눈에 보이게 최영의 행동이 헝클어지게 된 것이다.　그것도 그럴 것이 왕은 한시반시 최영의 곁을 떠나려 하지 않았다.

　최영은 “신은 서경에 머물러 전투를 지휘할 것이니 왕께서 개경으로 돌아가시라”고 말했다.

　왕은 “선왕^{공민왕}이 시해된 것은 경이 남쪽으로 가서 서울을 비웠을 때가 아닌가.　나는 경을 떠나선 있지 못한다”고 응석을 부렸다.

　최영으로선 답답하기 짝이 없었을 것이었다.　노신과 같이 있는 동안이나마 근신하는 빛이 있어야 하는데 전혀 그런 조심이 없고,　말이 자기를 놀라게 했대서 말을 죽이고,　기분에 들지 않는 자가 길가에 있다고 해서 죽이고,　기생 점고에 한발 늦었다고 기생을 베는 등 음락과 살육은 최영이 옆에 있는 동안에도 계속되었다.

　정몽주는 이 원수의 막사를 하직하고 대동강변을 걸었다.　17일 밤의 달이 하늘에 교교했다.

　왕의 방자함까지 곁들어 최영에 대한 평은 극도로 나빴다.　이성계의 명성과 위망이 올라가고 최영의 신망이 반대로 저하한다는 것은 나라를 위해 결코 바람직스럽지 못하다.

　많은 장군들이 병립하여 때론 화목하고 때론 상호 견제하는 것이 가장 바람직스러운 것이다.　그런 점이 또한 정몽주의 걱정거리였다.　요컨대 어느 장군 하나가 비대해지는 것은 위험하다.　정중부·최충헌의 사례가 있다.

정몽주의 이런 견식을 높이 평가하고 이색은 "사직의 장래를 능히 달가에게 맡길 만하지"라고 했던 것이다.

이런 사실을 정몽주는 충분히 의식하고 최영이 친원책을 쓴다고 동지들의 비방이 심했을 때라도 동지들을 타일러 최영의 위신이 이성계나, 그 밖의 장군들에 비해 몰락하지 않도록 마음을 썼던 것이다. 최영·이성계가 양립하는 동안 고려는 안태安泰하다. 대외적으로나 대내적으로 그러하다. 그런데 바야흐로 그 세력의 균형이 파괴되려고 하고 있었다. 최영은 왕을 업고 시중의 벼슬에다가 팔도도통사를 겸하고 있지만 민심을 차지한 비중에선 이성계에게 견줄 바가 못 되었다.

4월 18일 ―

좌우의 군이 평양을 출발했다.

그런데 정몽주가 본 일부의 군인은 출정에 따른 비장감, 또는 긴장감이 전혀 없고 일종의 유산기분遊山氣分에 들떠 있는 듯했다. 특히 이성계 직계의 군인 사이엔 그런 경향이 심했다.

이와는 반대로 좌군도통사 조민수 휘하의 군대는 출정하는 군대라고 하기보다 도살장에 끌려가는 소 무리보다도 처량했다. 그런 까닭에 당연히 도망병이 속출했다. 도망병은 붙들리는 대로 참형을 당하는데 그런 혹심한 처벌도 도망병을 방지하는 방편이 되진 못했다.

정몽주는 이성계 휘하의 군대와 조민수 휘하의 군대가 보여준 이와 같은 대조를 어떻게 풀이해야 할까 하고 마음을 썼다. 그러나 쉽사리 그 해답을 구할 수가 없었다.

뒤에야 안 일이지만 이성계는 부하들에게 "나는 절대로 너희들을 개죽음시키지 않겠다. 아니 이번 전쟁에선 너희들을 위지危地에 보내지 않겠다. 나를 믿으면 산다. 최후의 순간까지 나를 믿고 일사불란하라"

는 뜻을 약간의 암시와 함께 주지시켜 놓았던 것이고, 조민수의 군대엔 그런 것이 없었다.

바꿔 말하면 이성계의 군대는 사령관과 더불어 승리를 향해 행진하고 있었고, 조민수 휘하의 군대는 명나라의 정병에게 자기들의 목숨을 바치러 가는 사死의 행진이었다.

아무튼 정몽주는 이성계의 군대에 회군回軍의 가능을 읽었다. 명나라와 전투하게 되는 상황도 화원禍源이 되려니와 회군의 경우에 발생하는 화 또한 만만치 않을 것이었다.

정몽주는 우현을 시켜 이색과 개성에 남아 있는 대관들을 평양에 초치하여 회군의 불가피성을 논의하고 그 대책을 세우고자 했다.

안소·정승가·송광미·인원보·안주·정회계 등이 모였는데 정몽주의 말을 심각하게 받아들인 사람은 이색 혼자뿐이고, 모두들은 그럴 리가 없다면서 진지한 회의가 성립되지 못했다.

정몽주는 왜 회군할 가능성이 큰가, 하는 문제부터 검토하자고 하고 성루聲淚가 함께 떨어지는 호소를 했다.

"틀림없이 이 장군으로부터 회군의 필요를 역설한 제안이 올 것이니 그땐 두말 하지 않고 그 제안을 허락하도록 최영 장군에게 미리 일러 놓아야 한다."

문하찬성사 송광미 같은 사람은 "장군이 일단 출사했으면 그만이지 상명이 없는데도 회군한다는 것은 말도 안 되는 일이며, 회군에 대해선 마땅히 군율로써 처단하면 그만이지 미리 그런 얘기를 할 필요가 있느냐"고 발언자 정몽주에게 심약한 인간이란 모욕적인 언사까지 썼다.

전선의 장군이 회군명령을 내려달라고 조정에 청해왔을 땐 만부득이한 경우가 아니겠는가. 그때 순순히 회군명령을 내려주면 사태는 그것으로서 끝나지만, 회군의 승인을 받지 못하고 전선의 장군이 회군을 단행한다면 어떻게 되겠는가. 전선의 장군은 자기행동의 정당성을 위해서도 조정에 맞서지 않겠는가. 그럴 경우 전선의 장군이 통솔하는 3만여 군대가 조정에 맞서는 세력이 되지 않겠는가.

"내가 걱정하는 바는 바로 그 점인데 여러분은 왜 심각하게 생각하지도 않으려 하는가."

정몽주는 격정을 참고 이렇게도 호소했지만, 모두들은 여전히 냉랭한 반응이었다.

이색과 함께 사관으로 돌아온 정몽주는, 이로써 고려의 명운은 결정된 것이나 다름없다고 슬퍼했다.

이색이 말했다.

"달가의 진의를 그들이 못 알아주는 것이 안타깝기 짝이 없소. 날이 밝으면 내가 최영과 왕을 뵙고 생명을 던지고라도 주청하겠소. 이 장군, 또 조 장군으로부터 회군回軍하겠다는 의사가 전해오면 즉각 회군을 승인하라고. 달가의 말에 촉발되어 생각한 것이지만 아무 탈 없는 회군이야말로 우리가 바랄 수 있는 최상의 방법인 것 같구료."

"그렇습니다. 그 이외의 방법은 없습니다. 나는 이 원수의 군대가 희희낙락 출전하는 것을 보고 처음엔 놀랐습니다만 한편 안심했습니다. 회군의 의사를 읽었으니까요. 참말로 명나라와 싸울 작정으로 나간다면 나라를 망치러 나가는 것이나 다를 바 없지 않습니까. 이 원수는 상명에 복종할 수 있는 데까진 복종하는 체하기 위해 출전한 것이 분명합니다. 회군이 불가피하다는 의견을 찾고 있겠지요. 적당한 이유가 모이면 반드시 회군할 의사를 전달할 것입니다. 그 기회를 왕이나 최영 장군이 놓쳐선 안 된다는 겁니다. 그러나 이 원수가 출전할 때부터 회군할 의사를 가지고 있었다는 것은 저의 짐작에 불과하므로 그런 말을 할 필요는 없을 겁니다."

"달가, 알겠소."

이색의 대답은 짧막했다.

그 이튿날 이색이 최영이 있는 자리에서 왕에게, 회군의 가능과 회군 요청이 있으면 당장 허락하는 것이 좋을 것이란 뜻을 아뢨다.

"경은 과인을 어떻게 보는가."

왕은 펄쩍 뛰었다.

"회군? 회군을 하다니. 만일 그렇게만 한다면 이 원수, 아니 그보다 더한 사람이라도 과인이 당장 목을 칠 것이니라."

최영의 말도 있었다.

"목은이 그처럼 문약한 사람이란 걸 이제사 알았구료. 이 판국에 회군을 입 밖에 낸 것만 해도 참형에 합당하오. 만일 목은 아닌 다른 사람이 그런 말을 했다면 내 칼이 그냥 있지 않았을 것이오. 나라를 위하고 사직을 위하는 생각은 물론 갖가지겠지만 진중陣中에선 할 말이 있고 못할 말이 있는 것이오."

지척에서 이 광경을 지켜본 정몽주는 최영은 물론이고 왕까지 합쳐 허망한 군상이라고 보았다. 그렇게 느꼈다.

회군回軍의 변變

 요컨대 정몽주는 반란의 형태로서 회군이 강행되었을 때의 화를 미연에 방지하고자 했던 것이다. 그런데 직접 화를 입을 당사자들이 정몽주의 선견지명을 일고의 가치도 없다고 지나쳐 버린 사실은 역사가 지닌 야릇한 국면이다.

 그러나 이건 너무 앞서버린 감상이다. 당시의 사정을 좇아 보기로 한다.

 4월 18일에 평양을 출발한 공료좌우군攻遼左右軍의 진행속도는 너무나 느렸다. 5일간이면 족한 평양·의주 간의 거리를 열흘간이나 걸린 것이다. 이에 조바심을 낸 최영이 자기가 직접 독군督軍하겠다고 나섰다. 그러나 왕이 그를 붙들고 늘어지는 때문에 그렇게 할 수가 없었다.

 최영은 쉴 새 없이 격檄을 띄워 좌우군을 재촉했다. 그런데도 좌우군이 압록강 어귀에서 우물대다가 기껏 압록강 중류에 있는 위화도에 도착하여 둔영을 차린 것은 5월 7일이었다. 평양에서 이곳까지 장장 20일 이상이 걸린 셈이다. 아무런 저항도 없는 평지에서 이런 상황이라면 공료군의 저의를 최영이 눈치 챘을 만도 한데 그는 그저 초조하기만 했던 것 같다.

 최영은, 자기는 전선에 나가 제장을 지휘 독려하겠으니 왕께선 서울로 돌아가라고 간청했지만 왕은 똑같은 소리를 되풀이할 뿐이다.

"선왕이 시해된 것은 경이 남정南征했을 때이다. 그런데 어째서 내가 하루인들 경을 떠나서 있겠는가."

바보 같은 왕은 최영 장군과 같이 있기만 하면 안전하다고 믿었던 것 같다. 최영의 딸을 비妃로 삼은 것도 딴으론 일종의 호신책을 호색에 빙자한 것인지도 모른다. 왕과 재상이란 관계만으론 부족해서 옹서간翁婿間이란 매듭까지 만들어 자기 안전을 도모한 발상을 유치하다고 비웃을 순 없다. 자기의 죽음은 극도로 두려워하면서 남을 함부로 죽였다는 사실이 얄미울 뿐이다.

바로 그 무렵의 일이다. 풍월루에 놀러갔다가 돌아오는 길에 왕은 환관이며 대호군大護軍 김길상과 호군 김길봉을 까닭 없이 죽이는 어처구니없는 짓을 저질렀다. 하도 딱해 최영이 물었다.

"왜 그들을 죽였습니까?"

"놈들의 눈길이 고약해서 죽였다."

왕이 서슴없이 한 대답이었다.

"지금은 한 사람이라도 더 필요할 때입니다. 까닭 없이 죽여선 안 됩니다."

"경은 마음대로 사람을 죽이는데 나는 죽여선 안 된다는 법이 어디에 있는가."

"신이 사람을 죽이는 것은 군율에 의한 것입니다. 까닭 없이 죽이는 것은 아니옵니다."

"나도 까닭이 있어 죽인다."

최영의 충간이 있은 그 순간에도 왕은 환자宦者 하나를 죽였다.

이 무렵 정몽주는 개경에 돌아와 있었다. 그리고 이색을 비롯한 동지들과 의논하여 만일 회군의 변이 있을 때엔 어느 쪽에도 가담하지 않고 정세를 관망하기로 작정했다.

그러한 어느 날 밤 정몽주는 이색을 모시고 권실의 아내였다는 노파의 집에 가서 술을 마셨다. 이미 구면이 되어 있었다는 것이 핑계가 되었음인지 노파는 창을 격하고 앉아 남편 권실의 형사刑死는 너무나 억울하다며 자기의 심정을 다음과 같이 피력했다.

"내 남편은 신돈의 심복도 아니고 신돈을 추종한 사람도 아니고 신돈의 발탁으로 조정의 소임을 맡게 된 것도 아닙니다. 혜민국惠民局의 서리로 있었으니 가끔 신돈의 심부름을 했을 뿐입니다. 사람이 너무 정직하여 거짓말을 못하고, 마음이 약해 병아리 한 마리 자기 손으로 죽일 수 없었던 사람입니다.

신돈이 수원으로 압송될 때 얼마간의 약재를 그에게 맡겼던 것인데 그 후 그것을 돌려달라는 말이 있었기에 고지식하게도 그것을 가지고 수원으로 내려갔다가 붙들려 신돈의 당여黨與로 몰려 참형을 받은 거지요. 국법은 지엄하다고 하나 어찌 전후의 사정을 전혀 참작하지도 않고 사람을 죽이는 법이 어디에 있겠습니까. 나라를 이룩하신 태조임금께선 관인대도함이 하늘과 같다고 하셨는데 어찌 대를 거듭함에 따라 이처럼 각박하게 되는지요."

"모두 우리들이 불민한 탓이오."

이색이 마음으로부터 노파를 위로했다.

"누항에서 미물처럼 살고 있는 저입니다만, 목은 선생과 포은 선생의 학과 덕망은 들어서 알고 있습니다. 그런데 어째서 대감님들 같은 어른의 뜻은 정사에 통하지 않고 이인임, 임견미, 염흥방 같은 불한당이 천하를 좌지우지하게 되었는지 그게 불가사의 하옵니다. 그 까닭이라도 알면 저는 아무리 억울하다고 해도 체념할 수 있겠습니다."

"노파, 그것은 성인조차도 밝히지 못한 일이오."

이색이 쓸쓸하게 웃곤 물었다.

"요즘 항간에선 무엇이라고들 합니까?"

"혓바닥에 목숨이 달려 있는 세상인데 함부로 무슨 말을 하겠습니까. 그러나 이런 말은 널리 깔려 있습죠."

하고는 노파는 말의 뒤를 잇지 않았다.

"이런 말이란 무슨 말이오."

정몽주가 물었다.

"역시 말하지 않는 것이 좋을 것 같습니다. 대감님들께선 듣지 않은 것만 못할 것이구요."

점잖은 체면에 애써 추궁할 수도 없어 덤덤히 술잔을 기울이고 있는데 노파의 말이 있었다.

"최영 장군의 관록이라면 엄한 스승으로 왕에게 대할 수도 있을 것인데 딸까지 진상하고선 방자한 왕과 같이 놀아나고 있으니 전공이 애석하다고 모두들 말하고 있지요. 이인임만도 못하다고 숙덕거리고 있습니다."

"노파, 최영 장군을 나쁘게 말하는 사람이 있거든, 결코 최영 장군의 본의가 아니라고 하시오. 임금을 간하는 덴 한도가 있는 것이오. 아무리 충간해도 임금이 듣지 않으면 그만인 것이오. 그분 같은 충신은 고래로 흔하지 않습니다. 왕의 방자함도 그분이 계시니까 그 정도로 되어 있는 것이지, 그분이 없어 보시오. 지금 어떻게 되어 있을지."

그러자 이색이 정몽주의 말을 견제했다.

"달가, 그쯤 해두시오. 최 시중을 변명하려고 들었다간 우리의 체면마저 잃게 될지 모르니까."

정몽주는 이성계·최영의 형평衡平을 깨지 않는 것이 나라를 본궤도에 올려놓는 요체라는 의견을 말했다.

이색은 말에 한숨을 섞었다.

"내, 달가의 그 깊은 사상을 모르는 바 아니오. 최영 장군은 참으로 아까운 인물이오. 그러나 이젠 어쩔 수가 없소. 내가 달가의 권을 받고 회군의 의견을 진언했을 때 그 중대성을 깨닫지 못하더군. 최영은 그때 끝이 난 거요. 이성계·최영의 형평은 새삼스럽게 들먹일 필요조차 없게 되었소."

"그러나 저는 아직 희망을 버리지 않고 있습니다. 이 원수나 조 장군이 회군을 종용하면 그때 최영 장군의 태도가 변할지도 모르지 않겠습니까."

정몽주는 이렇게 희망적인 관측을 말해보는 것이지만, 자기 말을 자기가 믿고 있었던 것은 아니다.

정몽주는 이색을 모시고 노파집에서 나와 기생 희선의 집에 들렀다. 정몽주의 소개로 희선은 이색과도 친면이 있었다. 흔히 말하는 3은三隱의 모임은 대개 희선의 집에서 있었다.

3은이란, 목은 이색, 도은 이숭인과 포은 정몽주를 합쳐 이른다. 이들은 사제간이면서도 친구와 같은 우의로 사귀었다. 이들이 희선의 집에 모이기만 하면 가끔 절영회絶纓會가 되기도 했다. 절영회란 연령의 차, 신분의 고하를 막론하고 동락하는 모임을 뜻하는데 다음과 같은 고사故事에 연유한다.

초나라 장왕은 군신과 더불어 놀기를 좋아했다.

어느 날 밤 장야長夜의 연宴을 누상에서 베풀었는데 그때 장왕의 옆엔 총비가 언제나처럼 배석했다. 연회가 한창 무르익었을 무렵 일진의 광풍이 일어 누상의 등이 일시에 꺼졌다. 그 암흑을 틈타 괴한이 장왕의 총비에게 덤벼들어 입을 맞추곤 사라졌다. 분에 못이긴 총비가 임금에게 아뢰었다.

'방금 소첩에게 불측한 짓을 한 자가 있기로 그자의 갓끈을 떼어놓았으니 임금께선 그자를 엄히 다스리옵소서.'

그럴 즈음 등불이 가까워졌다. 장왕이 소리를 높여 말했다.

'등불 거기에 머물라' 하고 좌중에 있는 신하들에게 일렀다. '경들은 모두들 갓끈을 끊어라!' 그리곤 갓끈을 다 끊었느냐고 다짐한 후에 등불을 가져오라고 했다.

이렇게 하여 총비를 덮친 자가 무사할 수 있었는데 이 얘기엔 꼬리가 달려 있다. 그 후 전투가 있었을 때 어느 장수가 임금을 쏜 화살을 대신 맞고 죽었다. 자기의 생명을 희생하여 임금의 위난을 구했다. 바로 그 자가 임금으로 하여금 모든 신하의 갓끈을 끊게 한 자였던 것이다.

3은, 즉 목은·도은·포은은 가끔 둔촌을 섞어 절영에 빙자하여 파격의 모임을 가졌다. 그 장소가 바로 희선의 집이었다.

희선의 집에 당도하자 이색은 둔촌을 회상하며 "몹쓸 꼴 보지 않고 잘 가셨지" 하곤 눈물지었다.

그런데 이색과 정몽주가 장야의 술에 취해 희선의 집에서 늦잠을 자고 있을 무렵 사단事端이 터졌던 것이다.

정몽주가 예상한 바로 그대로였다.

이성계는 위화도에 머물고 있으면서 발진할 동정을 보이지 않았다. 좌군도통사 조민수도 움직일 생각을 않고 있었다. 최영의 서릿발 같은 명령이 강을 건너왔다.

"왜 주저하고 있는가, 빨리 강을 건너라."

조민수가 물었다.

"이 원수, 어떻게 할 작정이오."

"나는 기다리고 있을 뿐이오."

이성계의 대답이었다.

"무엇을 기다리시오."

"천기天機가 익길 기다리는 것이오."

이성계는 하늘을 보았다.

조민수는 이성계의 말뜻을 잘 몰랐던 것인데, 그날 밤부터 비가 쏟아지기 시작했다. 날이 새고 보니 위화도는 반쯤 홍수에 침몰되어 있었다.

이성계가 조민수에게 물었다.

"이런 상황인데 대군을 이끌고 이 강을 건널 수 있겠소?"

"불가능하지요."

"그럼 어떻게 하지요?"

"우리 합세해서 도통사 최영 장군에게 도강의 불가함을 아룁시다. 문장은 내 군중軍中에서 만들겠소."

"그렇게 하시지요."

이렇게 좌우도통사가 합의를 본 것은 5월 13일 오전이고, 다음의 문장이 성립된 것은 그날의 오후이다. 요지는 다음과 같다.

── 신등은 떼배〔桴〕를 타고 압록강을 반쯤 지나 이곳에 머물러 있습니다. 앞엔 비에 팽창한 대강이 있습니다. 제1탄灘에서 물에 빠진 자가 이미 수백이고, 제2탄은 더욱 깊어 어쩔 수 없이 이곳 주중洲中=위화도에 머물러 공연히 양곡을 소비하고 있을 뿐입니다. 여기로부터 요동성까진 몇 개의 거천巨川이 있으므로 쉽게 도섭渡涉할 순 없을 것 같습니다. 이런 사정을 대강 적어 얼마 전 도평의사 박순을 통해 알린 바 있습

니다만 아직 아무런 소식이 없어 재차 알립니다. 대사를 당함에 있어 마땅히 해야 할 말을 하지 않는 것은 불충일 것입니다. 그런 고로 감히 말씀드리고자 합니다. …

이소사대以小事大는 보국保國의 도리이며, 우리나라는 통일삼국 이래 사대事大에 힘써 왔습니다. 현릉은, 홍무 2년에 대명大明에 신사臣事했습니다. 그 주청표에 말하길, 자손만세 길이 신첩臣妾이 되겠다고 했습니다. 그 지성이 통하여 전하께서도 뜻을 받들게 되고, 세공도 칙명에 따라 거행했습니다. 이에 고명誥命을 내리셔서 현릉의 시諡를 하사하시고 전하의 작爵도 책정된 것이옵니다. 이는 종사의 복이며 전하의 성덕입니다.

그런데 금번 유지휘劉指揮가 군을 이끌고 와서 위衛를 세우려 하자 밀직제학密直提學 박의중朴宜中으로 하여금 표를 봉하여 계품케 했습니다. 여기까지는 좋았습니다. 하지만 상국의 명을 기다리지 않고 느닷없이 대방大邦을 범한다는 것은 종사 생민의 복이 되는 일은 아니옵니다.

황차 지금은 서우暑雨의 절이라, 활〔弓〕은 녹고 갑옷은 무거워져 사마士馬가 같이 지쳐있음에랴. 억지로 끌고 나간다고 해도 견성堅城 아래 승리를 기할 수 없고, 공격한대서 취할 수 있는 것이 아닙니다. 이때 양곡이 부족하고 진퇴가 유곡이니 장차 어떻게 처리하겠다는 겁니까. 엎드려 원하옵건대 전하, 특히 명하셔서 군사를 돌이키게 하여 삼한三韓이 바라는 바에 대답이 계시옵길!

이렇게 간절한 주청을 왕과 최영은 들은 척도 안하고, 환자 김완金完을 과섭찰리사過涉察理使에 임명하여 금백과 마필을 가져다가 좌우도통사와 제원수에게 나눠주고 군사를 독려하여 전진케 했다. 이성계는 김완을 군중에 붙들어 두고 돌려보내지 않았다.

그런데 바로 이 무렵 왜구가 쳐들어와 양광도 40여 군을 겁략했다. 한양에 있는 세자와 제비를 다시 개경으로 옮기는 소란이 있었다.

위화도에선 점차 불온한 공기가 부풀어 가는데 왕과 최영은 몰랐다. 5월 22일, 왕은 성주온천에서 장야의 연을 펴선 호악胡樂을 잡히고 밤을 새웠다.

이때 최영의 딸 영비가 이런 말을 했다고 전한다.

"전하, 수많은 군사가 정려征旅에 있는데 잔치가 기쁘옵니까."

"그럼 영비는 기쁘지 않단 말인가."

"기뻐도 백성과 더불어 기뻐야지요."

"왕의 기쁨은 달라야 하는 거요."

왕은 칼을 뽑아 바로 앞에서 춤추는 기녀의 앞가슴을 찔렀다.

"그대가 최 시중의 딸이 아니었다면, 이렇게 죽였을 것이오."

왕의 기분은 술만으로도, 음악만으로도, 여자만으로도 만족하지 못하고 매양 피를 보아야만 한다는 데 문제가 있었다.

바로 이날이었다.

우군도통사 이성계와 좌군도통사 조민수는 다시 합서合署해서 최영에게 보고를 올렸다.

— 양식이 모자라 군중엔 아사자가 속출하고 있소. 물이 깊어 전진할 수가 없소. 빨리 군사를 돌이키도록 허락하시오. …

이것은 위협적인 최후통첩이었는데 왕과 최영은 이 단계에서도 사태의 중대성을 깨닫지 못했다. 최영은 이 최후통첩을 거절했다.

이성계는 단연 회군을 각오하고 휘하의 군을 정제했다. 이로 인해 군중에 이성계가 친병을 거느리고 동북방으로 가려고 한다는 풍문이 돌았다. 조민수가 달려와서 울면서 호소했다.

"공이 떠나면 우리는 어떻게 해야 합니까."

이성계는 제장을 모은 자리에서 신념을 토로했다.

"떠나다니, 내가 어디로 떠난단 말이오. 만일 상국의 국경을 범하여 죄를 천자에게 얻게 되면 종사생민宗社生民의 화가 당장에 이를 것이오. 나는 순역順逆을 따져 몇 번 회군을 청하였으나 왕과 최영은 듣지 않았소. 일이 이렇게 되었으니 나는 마땅히 회군하여 사태를 바로 잡아야 하겠소."

모든 장수들은 "우리 동방의 안위는 이 원수의 일신에 달렸습니다. 우리들은 명령에 따르겠습니다" 하고 일제히 군을 돌려 압록강을 건넜다.

이때 〈목자득국〉木子得國이란 노래가 유행하여 군민노소軍民老少 할 것 없이 이 노래를 불렀다고 한다(이 기록은 조선 때 찬술한 〈고려사〉의 기록이며, 이성계에게 유리하게 꾸며진 것이어서 전적으로 모두 옳다곤 할 수 없으나, 위화도에서의 회군한 사정과 그 이유는 대강 정확한 것이라고 믿을 수밖에 없다).

조전사漕轉使 최유경에 의해 회군의 소식이 왕에게 전해진 것은 5월 24일이었는데 이 밤, 이성계의 아들 방과와 방우 및 이두란·유용생·최고시 등이 성주의 행재소에서 회군 쪽으로 달아났다. 왕은 늦잠을 자느라고 정오 때까지도 이런 사실을 몰랐다.

왕은 회군이 안주에 이르렀다고 듣고, 25일 밤 자주慈州의 이성으로 돌아가 영을 내렸다.

"부정赴征의 장군들이 함부로 회군했다. 대소의 군민들은 합심하여 이들을 막아라. 크게 포상할 것이다."

회군의 장수들은 빨리 가서 방어군을 무찌르려고 서둘렀다. 그러나 이성계는 빨리 진군하면 많이 싸우게 되고 사람을 많이 죽이게 된다고 하여 도중에서 사냥을 하기도 하며 고의로 회군의 속도를 늦추었다.

5월 28일 ─

왕은 도상에서 회군이 근접하고 있다고 듣고 샛길을 달려 기탄으로 돌아 다음날 아침 환경하여 화원으로 들어갔다. 이때 왕을 추종한 종자從者는 겨우 50여 기였다.

이와는 반대로 서경에서 개경에 이르는 사이 주식을 갖추어 회군을 영접하는 사람의 수는 이루 헤아리지 못할 만큼 많았다. 내부하는 병사는 무려 수천이었다고 한다.

이런 소식을 듣고 정몽주는 적이 안심했다. 회군을 반대하는 세력이 컸더라면 회군은 자구자위책自救自衛策을 위해서도 어떤 난폭한 짓을 할지 몰랐는데 저항세력이 약하면 그만큼 충돌의 양상이 적게 될 것이기 때문이다.

시중 최영은 개경에 돌아오자마자 백관을 불러 모아 각기 병장兵仗을 갖고 궁궐을 시위侍衛하여야 한다는 영을 내렸다. 한편 왕은 창고의 금백을 미끼로 회군에 대항할 군사를 모집했는데 수십 인이 모였을 뿐이다. 대다수가 창고의 노예가 아니면 시정市井 잡배들이었다. 제도諸道의 남아 있는 병사를 불러 모아 사대문을 지키게 했으나 사태의 귀추는 이미 결정된 거나 마찬가지였다.

회군이 개경을 포위했다.

이성계는 기왕 자기의 군중軍中에 유치했던 김완에게 다음과 같은 요지의 서장을 주어 조정에 계문했다.

— 현릉(공민왕)은 지성으로 사대事大하였다. 때문에 천자는 한 번도 우리에게 병兵을 가할 뜻을 가지지 않았다. 그런데 이제 최영은 재상이 되어선 조종 이래의 사대엔 뜻이 없고 대병을 일으켜 상국을 범하려고 성하盛夏에 군을 동원하였다.

이에 삼한은 농사를 지을 수 없게 되고, 왜는 허를 찔러 깊게 들어와 침략을 함부로 하여 우리 인민을 죽이고, 우리의 부고府庫를 태웠다. 게다가 또 한양에 천도하는 소동을 일으켜 중외를 소연하게 했다. 지금에 이르러 최영을 제거하지 않으면 반드시 종사는 전복될 것이다. 최영을 내놓아라!

이것이 6월 1일에 있었던 일.

6월 2일, 왕은 전 밀직부사 진경중을 시켜 회군 쪽에 다음과 같은 유시諭示를 보냈다.

— 명을 받아 나라를 떠나선 벌써 절제節制를 위배했다. 병을 끌고 궐을 향하니 이 또한 강상綱常을 범한 짓이 아니냐. 그러나 군신의 대의는 고금의 통규이니라. 강역疆域은 조종으로부터 받은 것이니라. 어찌남에게 줄 수 있는 것인가. 병을 일으켜서 이를 막는 것은 당연한 일이니라. 내가 이를 중衆과 더불어 의논하였을 때 모두들 가하다고 하지 않았느냐. 그랬는데 이제 와서 왜 어긋나는 소리를 하는가.

최영을 사직시키라고 하는데, 최영이 나의 일신을 호위하고 있음은 경들이 잘 알고 있는 바가 아닌가. 최영이 우리 집을 위해 애쓰고 있는 것도 경들이 아는 바 아닌가. 이 교서를 보거든, 망설일 필요도 없고 고칠 필요도 없이 같이 부귀를 누리는 방책을 강구할지니라. 나는 진실로 이렇게 하길 바라는데 경들의 의도가 어디에 있는질 몰라 답답할 뿐이다. …

　그리고 왕은 길 장수를 회군에 파견하여 제장에게 술을 권하며 제장의 뜻을 알려고 했다. 회군의 제장은 포위망을 압축하여 도문都門 바로 앞에 병을 주둔시켰다.

　이날 왕은 조민수 등의 관직을 삭탈하고 최영을 문하좌시중, 우현보를 우시중, 송광미를 찬성사, 안소를 평리, 우홍수를 사헌부 대사헌, 정승가를 상호군, 조규를 밀직부사, 김약채를 지신사로 임명하고 거리에 크게 방문을 달았다.

　"조민수를 비롯한 회군의 제장을 체포한 자에겐 관사노예官私奴隷를 막론하고 크게 작상爵賞을 베풀 것이니라!"

　6월 3일 ─

　회군의 수장 이성계는 숭인문 밖 산내암에 주둔하고, 부하 유만수로 하여금 숭인문으로 들어가게 했다. 한편 좌군은 선의문으로 들어갔다. 최영의 군대가 저항했지만 소용이 없었다. 좌우군은 서로 성원을 보내며 진군했다.

　이윽고 조민수가 흑대기黑大旗를 영의서의 다리목에 세웠다. 이성계군은 황룡대기黃龍大旗를 앞세워 선죽교에서 남산으로 올랐다. 먼지가 하늘을 덮고 북소리가 지축을 흔들었다.

　최영의 휘하 안소는 정병을 이끌고 남산을 근거로 하여 싸우려다가 이성계의 깃발을 보곤 도망쳐 버렸다. 최영도 자기의 세가 궁함을 깨닫고 왕이 있는 화원으로 돌아갔다.

　이성계는 암방사의 북령北嶺에 올라 대라大螺를 높이 불었다. 이것을 신호로 하여 회군은 화원을 둘러쌌다.

　왕과 영비는 팔각전에 있었다. 어쩔 줄 모르고 있는데 대라가 다시

한 번 울렸다. 제군은 일시에 담장을 부수고 화원에 난입했다. 곽충보 등 3, 4인이 궐내로 들어가 최영을 찾았다. 왕은 울면서 최영과 이별했다.

최영은 왕께 재배하고 곽충보를 따라 나왔다. 최영은 이윽고 고봉현으로 배류되는데, 송광미·안소·조규·정승가 등은 어디론가 도망쳐 버렸다. 좌우도통사 및 36원수는 궐내에 들어 왕께 인사하고 군을 문외로 돌이켰다.

이튿날인 4일, 홍무의 연호를 다시 행하고, 명제明制의 의관을 입도록 하며 원복元服을 금했다. 조민수를 좌시중에, 이성계를 우시중에, 조준을 첨서밀직사 겸 대사헌에 임명했다.

회군한 제장이 흥국사에서 회의를 열었다. 그 결과 제도諸道의 축성과 징병을 중단케 하고, 안소·정승가 등의 죄를 논했다. 전교부령 윤소종이 〈곽광전〉霍光傳을 이성계에게 헌상했다. 이성계는 조인옥으로 하여금 그것을 읽게 했다.

5일엔 제장이 지장사에 모여 최영을 합포에 이배할 것과 송광미를 원주, 안소를 안변, 정승가를 영해, 인원보를 함창, 안주를 봉주, 정희계를 음죽에 유배할 것을 결의했다. 사헌부는 환자 조순·조복선·윤상·김약채 등의 죄를 논하고, 모두 원주遠州로 귀양 보내기로 했다.

5일 밤 정도전이 정몽주를 찾아왔다. 두 사람 사이에 다음과 같은 말들이 오갔다.

"듣건대 달가 형께선 회군의 신청이 오면 신속히 받아들여야 한다고 왕과 최영에게 종용했다는데 사실입니까?"

"사실이오. 그러나 목은 선생이 더욱 그 사항에 관해선 애를 쓰셨지요."

"이 원수께선 특히 그 점을 고맙게 여기고 계십니다. 죽을 각오 없이 어찌 그런 충간忠諫을 할 수 있었겠습니까."

"그러나 아무런 보람도 없지 않았소."

"나는 정사를 개혁하는 길을 틔운 계기가 되었다는 뜻에서 그들이 회군에 응하지 않은 것을 다행으로 생각하는 사람입니다."

"종지의 처지에서 보면 그렇게도 되겠지."

"이 원수가 달가 형의 의중을 알고 싶어하는 것은 특히 왕을 어떻게 처치해야 하느냐에 관해서요."

"왕의 처치에 관해선 나는 입을 봉할 수밖에 없소. 신하의 처지로선 있을 수 없는 일이기 때문이오."

"그건 평시의 이론이오. 불원 상국을 범하려 했다는 왕의 죄상은 밝혀지고 말 것이오. 이에 따른 복잡한 일들을 미연에 피하기 위해선 왕을 어떻게 처리할 것인가를 미리 생각해두는 것이 현명한 노릇이 아니겠소. 금왕은 스스로의 소행에 의해 결판이 난 것이나 다름이 없소. 다음 왕을 누구로 하느냐가 문제일 뿐이오."

일이 그런 데까지 가 있으리란 짐작을 왜 못했을까만 정몽주는 자신이 당면해야 할 문제라곤 미처 생각하지 못했다. 그래서 조용하게 다음과 같이 말했다.

"누구를 왕으로 모시건 보필할 첫째의 인물은 이성계 원수가 아니겠소. 그렇다면 앞으로의 정사는 이 원수의 뜻대로 되는 것이 아니겠소. 그러니 다음의 임금을 정하는 일은 시간을 들여 신중하게 고려할 요량으로 하고, 금왕이 개전의 정을 보인다면 당분간 그대로 모시는 게 어떨까 하오."

"추호도 개전의 정이 없으면?"

정도전은 이미 정권을 잡은 자의 말투가 되어 있었다.

"신비소가언臣非所可言이라고 할 수밖에 없지요."

신하의 처지로선 말할 바 못 된다는 것이다.

"달가 형은 너무나 신중합니다. 그런데 일엔 완급緩急이 있지 않소. 달가 형 같은 나라의 중진이 이 판국에 신비소가언이라고 입을 다물어 버리면 일이 어떻게 되겠소."

"완급이 있다지만 물은 흐를 곳을 좇아 흐를 뿐 아닌가요. 자연의 이치에 따를 뿐이지 어떻게 하겠소."

"이번 기회에 왕씨王氏의 계통을 바로 세웠으면 하는 게 달가 형이 말하는 자연의 이치에 맞는 일 아니겠소."

"종지, 이런 얘기는 안 하는 게 좋을 것 같구료. 왕씨가 아이를 만드는 자리를 지켜 서서 본 것도 아니구. 확인할 수 없는 일을 갖고 시빗거리로 한다는 것도 우스운 일이고, 그 아비가 자기의 아들이라고 인정한 것을 외인이 서둘러 아니라고 부정하는 것도 꼴사나운 일이구…. 그런데 종지! 종지는 왕씨의 씨앗이라고 인정되면 충성을 다할 수 있는데 그것이 불확실하니 충성을 다할 수 없다고 말하고 싶소?"

"그런 것은 아니오. 이왕이면 정통을 받들어야 한다는 뜻일 뿐이오."

"아무튼 이 정도로 해둡시다. 내가 바라고 싶은 것은 더 이상 일을 꾸미지 말자는 것뿐이니까."

"달가 형의 뜻은 알겠소. 다만 명심하실 것은 이 원수의 달가 형에게 기대하는 바가 이만저만 크지 않다는 사실이오. 내 희망으로 말하면 형이 나가고자 하는 길과 이 원수가 나가고자 하는 길이 일치되었으면 합니다."

이렇게 말하는 정도전의 심정을 정몽주는 너무나 잘 안다. 이성계를 태양처럼 받들고 무엇인가를 기도하고자 하는 정도전은 어떤 수단을 써서라도 자기가 존경하는 정몽주를 자기들 진영으로 끌어넣고 싶은 것이다.

"나라를 위하는 마음은 이 원수나 나는 다를 바가 없소. 옳은 길을 걷겠다는 이 원수의 힘이 되었으면 되었지 나는 방해는 되지 않을 거요. 마찬가지로 내가 옳은 길을 걷고자 하는데 이 원수가 나를 저버리겠소? 종지는 저간의 사정을 누구보다도 잘 알고 있을 것이라고 믿소."

"지금부터 상황은 바삐 돌아갈 것 같습니다. 사소한 일로 서로 오해가 생길지 모르니 서로 긴밀한 연락이 필요할 것 같습니다. 그런데 한가지 걱정은 목은 선생이오. 워낙 완고하셔서 새로운 정세에 유연하게 대처하시지 못하는 경향이 있을 것 같아서 하는 말이지요."

"그것은 종지가 잘못 보고 하는 말 같소. 목은 선생은 완고한 것이 아니라 심약하기 때문에 결단을 못하오. 그러나 나는 이 난세에선 서투른 결단보다는 목은 선생의 심약함을 존중하오. 서투른 결단은 사람을 죽이지만 심약은 사람을 죽이진 않소."

"달가 형! 그런데 목은 선생이 조민수 장군과 각별한 사이라는데 그 점을 어떻게 생각하시오?"

"각별한 사이겠지. 그러나 조 장군과 이 원수와의 사이가 더욱 더 각별하다고 나는 생각하오. 같이 회군을 단행한 처지가 아니오."

"공교롭게 이번의 회군엔 두 어른의 마음이 맞아떨어졌지만 근본에선 그렇지도 않습니다. 조민수는 뭐니 뭐니 해도 이인임의 그늘에서 출세한 사람이니까요."

"지금 그런 것을 따져 뭣하겠소. 기왕을 잊고 앞날을 위해 서로 마음을 합해야지요."

"그렇게 되어야겠지만 …" 하고 정도전은 심중의 말을 죄다 털어놓지 못한 것이 아쉽다는 듯 입맛을 다시더니 "급히 상의드릴 일이 있을지 모르는데…. 달가 형, 원행하시는 일은 없겠지요?"하고 다짐하듯 물었다.

"마음 같아선 낙향이라도 하고 싶지만 … 그럴 형편도 아니니…."

정몽주는 덤덤히 대답했다.

그리고 다음과 같은 부탁을 했다.

"이 원수 뵙거든 내가 안부 여쭙더라고 하고 겸하여 심하게 왕을 추궁하지 말도록, 다시 방자한 일이 없으면 시비는 제쳐 놓고 계속 모시도록 하여 민생을 구하는 데 힘쓰시도록 바라는 마음 간절하더라고 내 뜻을 전하시오."

정도전은 의아하다는 표정을 띠는 것 같더니 "그렇게 하죠"하는 말을 남기고 일어섰다.

최영의 시대는 갔다. 이성계의 시대가 막을 열었다. 앞으로 사태가 어떻게 진전될 것인가.

정도전이 떠난 후 정몽주는 눈을 감고 생각에 잠겼다. 조준이 자기의 날카로운 포부를 펴려고 할 것이 확실했다. 윤소종도 가만있진 않을 것이고, 이화·조인벽·심덕부·왕안덕 등도 각기 자기들의 주장을 펴려고 할 것이고, 정도전도 그의 학식과 기상을 펴려고, 죄어 붙인 화살과 같은 긴장 속에 있을 것이다.

문제는 왕의 태도이다. 주책이 없고 경박하기 짝이 없이 무슨 짓을 할 것인지. 내버려두면 스스로 묘혈을 파는 짓을 서슴지 않을 것이니 그것이 또한 나라의 화근이 될 것이었다. 왕 자신을 망치고 사직을 망치는 왕의 경거망동을 말려야 할 것이 아닌가. 그렇게 하는 것이 지금 이 단계에서의 충성이 아닐까 하여 벌떡 일어섰다가 정몽주는 도로 앉았다.

무슨 짓을 해보았자 사후의 약방문이란 생각이 들었기 때문이다. 섣불리 난장판에 끼어들었다가 뒤에 있을지 모르는 조정調停의 역할을 할 수 없게 될지 모른다는 두려움도 없지 않았다. 보다도 왕에 대한 애

착이 모자랐다. 음란은 패륜지경에 이르고, 살인이 광질狂疾로까지
된, 이를테면 인군人君이 갖추고 있어야 할 단 한 가지의 소지도 없는
왕을 어떻게 두둔해야 하며, 어떻게 민심을 그 둘레에 돌이킬 수 있단
말인가.

정몽주의 충성은 이미 이념理念으로서의 충성일 뿐이고, 인격적인 충
성에선 멀리 떠나 있었다. 이념으로서의 충성을 다하기 위해선 인격적
인 감정을 절사切捨해야 하는 충신의 고민이야말로 비극적인 고민이다.

정몽주는 인생으로서의, 신하로서의 자기의 선택이 잘못된 것이 아
닌가 하는 절망적인 환멸의 일보직전에 있었다. 그는 새삼스럽게 둔촌
遁村 이집 李集의 생애를 회고하지 않을 수 없었다. 정몽주의 책상 위엔
이집이 임종의 자리에서 유언을 하여 그에게 선사한 〈도연명집〉陶淵明
集이 있었다. 둔촌이 스스로 주註를 붙여가며 도연명의 시를 필사한 책
이다.

정몽주는 그 책을 폈다. 시문詩文은 도연명의 것이고, 서書는 둔촌의
것이다. 개권벽두開卷劈頭에 도연명의 〈자제문〉自祭文이 있었다. 이것
은 도연명의 자기 자신의 마음에 대한 조문弔文이다. 도연명의 시문집
에선 마지막에 위치한 것인데 둔촌이 자기의 필사본엔 맨 처음에 갖다
놓은 것이다. 도연명의 시도 시려니와 이것을 벽두에 갖다놓은 둔촌의
심사도 처량한 바가 있다.

읽어 내려가니 그것은 도연명의 자제문인 동시에 둔촌 자신의 조문弔
文이며, 읽고 있는 정몽주 자신의 조문이란 것을 깨달았다.

둔촌은 이에 다음과 같은 주註를 달았다.

— 상사난想死難 행사이行死易, 즉 죽음을 생각하는 것은 어려우나 죽
음을 행하는 것은 쉬운 일이다. 열자列子는 공자의 말을 빌려 이렇게

풀이했다. 저 묘혈을 보라! 저것이 휴식休息의 자리이다. 사람은 생生의 기쁨을 알면서 그 고통을 모른다. 노老의 피로를 알면서 노의 편안함을 모른다. 죽음을 혐오할 것으로만 알고 그것이 휴식인 줄을 모른다.

須知死者生者之救援 (수지사자생자지구원)
모름지기 죽음이란 살아 있는 자의 구원임을 알아야 하느니라!

정몽주는 20수년 전 양상洋上에서 사생지간死生之間을 헤맸을 적을 회상했다. 그러나 그건 지나고 보니 일장의 환상이었다. 이제야말로 죽음을 생각할 때가 왔다는 느낌이 절실했다.

인생엔 당연한 죽음이 있다. 이를테면 고종명考終命이다. 천수를 다하고 가족과 친지들의 애도 속에서 죽는 것이다. 그런데 난세에 있어선 그것은 대단한 호사이다. 얼마나 많은 사람들이 비명非命에 쓰러졌는가.

충忠을 다하려고 할 때 사람은 자기의 죽음에 하나의 형식을 과하게 되는 것이 아닐까. 순국의 각오 없이 난세의 충신일 수 있을까.

정몽주는 고려라는 나라는 결국 자기의 순국을 필요로 하는 나라가 아닐까 하는 외포畏怖를 닮은 감정이 싹터 오름을 느꼈다. 원래 수유須臾의 인생인 것이다. 한 나라의 운명에 순하는 것은 그로 인해 영생을 얻는 것이 될지 모른다는 인식은 황홀하기까지 했다.

그러나 나라에 순한다는 것이 속수무책으로 죽음을 기다리는 것으로써 보람을 다할 까닭은 없다. 진충갈력 구국救國의 궁극에 가서 이윽고 산화散華될 성질의 것이다.

정몽주는 도연명의 〈자제문〉自祭文과 대비할 때 스스로가 자제문을 쓴다면 어떻게 될까 하는 생각을 해보았다.

丹心歸社稷 (단심귀사직)

어느 때엔가 자기가 쓴 시 한 구절이 마음의 표면에 떠올랐다.

도연명을 배우지 못한 뉘우침이 없진 않았으나 도연명과 자기는 별도의 천체에 별도의 운명을 지니고 태어난 사실을 새삼스럽게 자각하는 마음이 되었다.

6월 6일 ─

화원의 밤이 짙어갔다. 왕은 공포 속에 있었다. 대반석大磐石처럼 믿던 최영이 없어지고 나니 절해의 고도에 홀로 서 있는 기분이 되기도 했는데 그보다 더 나쁜 것은 칼날이 사위에서 에워싸고 있는 것 같은 압박감이다.

'명색이 나는 왕이다. 이대로 죽을 순 없다. 그럼 어떻게 해야 하는가!'

영비를 비롯한 몇몇 후궁의 얼굴이 보였는데 모두들 가면을 둘러쓴 요괴妖怪들과 같았다.

"모두들 뭣 하느냐! 노래를 불러라, 춤을 추어라!"

그러자 조신이란 환관이 무릎걸음으로 왕 가까이에 와서 뭔가 속삭였다.

"좋다. 가무歌舞는 뒤로 미루고 말놀이를 하자."

왕은 환관을 비롯하여, 말놀이를 같이 했던 장정들을 불러 모았다. 그리곤 모두에게 철갑옷으로 완전무장을 시켰다.

"활과 화살은 등에 메어라. 장검은 왼편에 차고, 단검은 오른쪽 허리에 차라."

사냥할 때의 격식대로 대오隊伍를 갖추곤 화원을 출발했다.

환관 조신을 선도로 하고 닥친 곳은 우시중右侍中 이성계의 저택이었다.

"울적하기로 과인은 우시중과 술을 나눌까 하여 왔노라."

문전에서 왕의 전갈이 있었으나 이성계 집의 종자는 다음과 같이 답했다.

"우시중 이 원수께선 오늘밤 절에 가셨기로 계시지 않습니다."

주인이 없다는 데야 도리가 없었다. 사정 불구하고 침입하고 싶었지만 이성계의 저택은 삼엄한 경비 속에 있었다. 80여 명의 군세로써 경계망을 뚫기는 불가능한 일이었다.

왕은 변안열의 집으로 방향을 바꾸었다. 변안열의 집에도 사정은 마찬가지였다. 주인은 없다는데 경비하는 병정들만 웅성거렸다.

다음에 가볼 만한 곳은 조민수의 집이었다. 조민수의 집도 삼엄한 경비 속에 있었다.

"왕께서 친히 좌시중 조민수 공을 만나러 왔다."

는 환관 조신의 말에 이어 왕이 일렀다.

"좌시중의 벼슬을 내린 후 한 번도 만날 기회가 없었다. 지난날의 일에 다소의 착오가 있었기로 과인이 주효를 준비하고 이처럼 찾아왔노라."

그런데 문을 지키고 있는 병사는 왕에게 응당 취해야 할 예법을 지킬 생각도 안 하고 말했다.

"밤중에 왕이 갑옷을 입은 병사들을 이끌고 신하의 집을 방문하는 일은 전무후무한 일로 알고 있습니다. 왕께서 조 장군에게 하실 말씀이 있으면 마땅히 대궐로 부르셔서 해야 할 것으로 압니다."

"이왕 왔으니까 만나게 하라."

왕이 소리를 높였다.

"나는 오직 조 장군의 명령에 따를 뿐이오."

수문의 군사는 움직이지 않았다.

"나의 뜻을 조 장군에게 전하기만 하라."

왕이 거듭 말했다.

"어떤 일이 있어도 밤엔 침소를 범하지 말라는 엄한 명령을 받고 있습니다. 굳이 만나고자 한다면 데리고 온 군사를 모두 돌려보내시고 왕께서 단신으로 이 문 안으로 듭소서."

이런 문답이 오갈 동안 조민수 집을 경비하는 군사와 왕의 군사 사이에 일촉즉발의 긴장상태가 벌어지고 있었다.

환관 조신이 조용히 왕이 소매를 끌었다.

"잠자코 돌아가시는 게 좋겠습니다."

왕은 말머리를 돌렸다.

이날 밤의 왕의 거동은, 회군回軍의 장수들과 각각 만나 구명의 보장을 받든지 불연이면 그들 한두 명을 죽여 국면의 전환을 꾀해보고자 한 일종의 도박심리에서 나온 것이었다.

결과적으로 이렇게도 저렇게도 되지 못하고 보니 허전하기 짝이 없었다. 곧바로 궁으로 돌아갈 수 있는 기분이 되질 않았다.

왕이 조신에게 물었다.

"나온 김에 누군가 믿을 만한 대관을 만나보고 싶은데 어떨까."

"누굴 만나보고 싶으옵니까?"

"글쎄, 누가 좋을까?"

조신의 뇌리에 이색과 정몽주의 이름이 떠올랐다.

"정몽주를 만나심이 어떠하올지."

정몽주란 이름이 나오자 왕은 언젠가 있었던 장면이 상기되었다. 친원책親元策을 강행하려 했을 때이다. 평소 화창하기만 한 정몽주는 극언極言을 했던 것이다.

"친원은 곧 망국亡國입니다. 선왕先王의 교를 위배함은 불효不孝요, 천하의 대세를 보지 못함은 불명不明입니다. 친원은 있을 수 없는 일입니다."

그래서 그를 귀양보냈던 것이 아닌가. 그런 만큼 그를 만나는 것은 거북할 것 같았다.

"정몽주가 무엇 하다면 이색 선생을 만나보시면."

조신이 아뢨다.

이색은 정몽주보단 덜 거북하겠지만 만나본들 뾰족한 수가 있을 것 같지 않았다. 거북하더라도 정몽주를 만나는 게 국면의 타개를 위해선 유리한 점이 있을 것이란 생각이 들었다.

"정몽주를 만나보자."

왕의 말이었다.

정몽주를 만날 의향이면 80명의 군세가 소용없는 것이다. 십기+騎의 경비명만 남기고 나머지는 궁중으로 돌려보내기로 했다.

정몽주는 마침 집에 있었다.

조신을 대동하고 들어서는 왕을 맞이하여 읍례를 하곤 물었다.

"주상께서 이 밤중에 갑의甲衣가 웬일이십니까?"

환관 조신이 오늘밤의 거동에 관한 대강의 설명을 했다. 정몽주는 가슴이 쿵 내려앉는 것 같은 충격을 받았다. 사실을 말하면 정몽주는 초저녁에 이색을 찾아가서 회군回軍의 장수들과 왕 사이에 있게 된 확집確執을 푸는 방책에 관해 의논하고, 내일 아침 이성계와 조민수를 만날 작정을 하고 있었다. 그랬던 것인데 왕은 자기의 살 길을 스스로 막아버린 꼴이 되었다고 정몽주는 직감한 것이다.

정몽주가 무겁게 입을 열었다.

"군사들을 거느리고 납시어 주상께옵선 이성계 원수를 만나 무슨 말씀을 하시려고 했습니까?"

"최영 장군이 물러갔으니 최 장군 대신 이 장군이 나를 보호해달라고 부탁할 작정이었소."

"그럴 요량이셨다면 단신 미복微服으로 이 원수를 찾았어야 옳았을 것이온데….”

“지금부터 과인은 어떻게 하면 좋으리까.”

“중신들이 결정하여 주청하는 데 따르시는 것 이외에 달리 방도가 없을 듯하옵니다.”

“과인을 죽이려들지 않을까?”

“중신들이 결정한 바를 따르기만 하면 결코 그런 불측한 일은 없을 것이옵니다.”

“그게 틀림없으렸다?”

“신기언愼其言하옵시고 제기행制其行하시면 불민不敏하오나, 신臣 정몽주 지성으로 탈이 없도록 받들겠사옵니다.”

“오직, 경만 믿을 뿐이오.”

정몽주는 환관 조신을 돌아보고 간절하게 말했다.

“앞으로 2, 3일이 아주 중대한 고비요. 오늘밤의 주상께서의 거동에 관해선 목은 선생과 더불어 내가 애써 설명할 터이니 지금부터의 행동에 각별한 마음 먹이가 있어야 할 것이오. 세정이 진정될 때까진 궁중에선 일체 가무를 금하고, 민심을 자극 선동하는 일이 없어야 할 것이오. 주상을 받드는 데에 추호의 소홀함도 없어야 할 것이오. 사직을 보전하고 주상을 안존하는 데에 조신, 당신의 책무는 그야말로 중대하다는 것을 깨달아야 할 것이오.”

“대감의 말씀 권권복응拳拳服膺 하겠나이다.”

일어서면서 왕의 말이 있었다.

“돌아가는 길에 목은을 만나 뵈면 하는데 경의 생각은 어떻소.”

“주상을 섬기는 지정에서 목은 선생이야말로 첫째로 꼽힐 어른입니다. 주상께서의 의중이 그러하시다면 소신이 배행하겠나이다.”

정몽주는 왕과 함께 이색의 사제로 갔다.

이색은 조신을 통해 그날 밤에 있었던 왕의 거동에 관한 대강의 이야기를 듣자 얼굴이 창백하게 변했다. 그리곤 넘쳐 나올 것 같은 말을 가까스로 참고 "빨리 궁중으로 돌아가시어 편히 유하옵소서. 나머지 일은 신들에게 맡기시옵소서"할 뿐이었다.

왕은 이색의 입을 통해 한마디라도 고무적인 말을 듣고 싶은 모양이었지만 이색은 끝끝내 그런 등속의 말은 하지 않고 왕을 재촉하여 궁중으로 돌려보냈다.

정몽주와 단둘이 되었을 때 이색은 "왕의 운명은 끝났다"고 했다.

초저녁에 만났을 때 이색과 정몽주는 왕권을 대폭적으로 축소하긴 하되 왕위만은 보존하도록 하자는 데 의견의 일치를 보고 그 이외의 사안에 관해선 이성계와 조민수의 요구에 굴종할 작정이었다.

금왕今王의 왕위로 보전하는 것이 사직의 명운을 그만큼 연장시키는 것이며, 그 연장기간에 기사회생起死回生의 양책良策이 나타날지도 모른다는 희망적 관측에서였다.

그런데 오늘밤 같은 왕의 거동이 있었고 보면 이성계·조민수가 그런 제안에 승복할 까닭이 없을 것이었다. 다시 말하면 왕은 회군이 있자, 회군의 장수들을 역적으로 규정하고 그들을 붙들어 바치기만 하면 큰 상을 내리겠다고 선포한 바 있다. 그러니 이성계·조민수 등은 자기들의 역적의 죄를 면하기 위해선 현재의 왕이 없어져야 하는 것이다. 왕 또한 회군의 장수들이 존재하는 한 자기의 왕권은 지탱될 수 없는 것이다.

이 어려운 사이를 이색과 정몽주는 자기들 일신의 희생을 각오하고 조절하려고 들었던 것인데, 왕의 경망한 행동이 그 조절의 기회마저 망쳐놓고 말았다. '왕의 운명은 끝났다'는 이색의 말은 바로 이 사실을 뜻하는 것이다.

아니나 다를까, 이성계와 조민수의 막료들은 이색과 정몽주의 면회 신청마저 거절했다. 이색과 정몽주를 만나면 혹시 그들의 장수들의 결심이 흔들릴까 염려한 때문이다.

날이 새기가 바쁘게 정몽주는 이성계를 찾아가고 이색은 조민수를 찾았는데 이미 이성계과 조민수는 숭인문崇仁門의 회의장으로 떠난 후였다. 숭인문으로 갔으나 회군장령回軍將領들만이 모여 회의하는 중이므로 외인外人출입을 금한다는 것이어서 이색과 정몽주는 허행虛行한 걸음을 권실이 과붓집으로 옮겼다.

시정市井의 정보가 빠르고 그 노파의 시국관時局觀이 날카롭고 정확해서 막상 흥미가 없는 바 아니었기 때문에 두 사람은 자주 그 집에 드나들었던 것이다.

노파는 두 사람의 얼굴을 보자 익살을 섞은 말을 했다.

"지금 숭인문에서 나라의 운명을 판가름하는 회의가 열리고 있다는데 대감님들이 이곳에 웬일입니까."

"숭인문에서 결판나는 나라의 운명이 있으면 달리 결판이 나는 나라의 운명이란 것도 있지 않겠는가. 해장국과 술 한 항아리를 갖다 주게."

이색은 방으로 들어서며 관을 벗어 벽에 걸었다.

"선생님, 왜 관을 벗으십니까?"

정몽주가 물었다.

"달가도 관을 벗어 거시지요."

이색이 장난스럽지 않게 말했다. 아무튼 곡절이 있는 것 같아서 정몽주도 관을 벗어 벽에 걸었다.

술상이 들어왔다. 해장국을 한 숟갈 뜨고 술을 한잔 들이켜곤 이색의 말이 있었다.

"숭인문에서 무슨 회의를 하는진 모르지만 국사國事에 미칠 일이 아니겠소?"

"그렇습니다."

"그 대사에 참여할 수 없이 속수무책으로 바라만 보는 꼴이 뭔가. 명색이 나라 일을 맡아 있는 달가와 내가 아니오. 분명히 나라 일을 결단 내는 판국에 이 꼴이 뭣이오. 무관無冠으로 있어야지."

"그럴 듯합니다."

"그런데 달가! 〈춘추〉春秋에 이런 일을 읽으셨소?"

"무슨 말씀이신지?"

"회군回軍이 부득이한 사정은 피차가 잘 아는 일 아니오."

"그렇습니다."

"최 시중의 잘못은 확실하지요?"

"확실하죠."

"그러나 회군이 상명을 거역한 것 또한 확실하지 않소이까."

"그렇습니다."

"그렇다면 어떻게 되는 거요?"

"양편 모두 잘못된 것이지요."

"그러니까 하는 말이외다. 서로가 잘못했을 바엔 그 시시비비를 가려 적당한 처리가 있어야 할 것 아니겠소. 그런데 회군이 그 군세를 업고 조정을 박살내려고 하니 이게 될 말이오? 만부득이하여 회군했으면 그 뜻을 주청하여 조정의 단안을 기다려야 할 것을. 또 조정에선 사태의 부득이함을 깨닫고 단번에 명령을 철회하고 만시지탄晩時之歎이 있다고 부언하여 회군의 장병들을 위무해야 할 것을.

상명을 어긴 회군이 되레 큰 소리를 치고 나라의 일을 농단하려고 나

220

섰으니 기강이 이 꼴이 되면 나는 물론이고 달가도 끝장을 본 거나 다를 게 없지 않소. 앞으로 우리가 나설 틈서리가 있을까? 그래서 나는 관을 벗었소."

"그러나 선생님, 그들에게만 나라를 맡길 순 없습니다. 이런 때야말로 정신을 차려야지요."

"아니오. 우리는 술이나 듭시다. 제 정신 갖고 살아갈 수 있을 것 같지 않구료."

이색은 큰 잔을 연거푸 석 잔을 마시더니 팔베개를 하고 잠에 빠져 버렸다. 어젯밤 한잠도 자지 않고 새벽부터 분주한 끝에 빈 속에 술을 마셨으니 노체老體가 감당할 수 없는 것은 당연한 일이다.

정몽주는 이색의 종자에게 대감을 잘 모시라고 이르고 자기는 집으로 돌아왔다. 조정으로부터 긴급한 기별이 있을지 몰랐기 때문이다.

6월 7일 —

숭인문엔 살기가 등등했다. 좌단상엔 조민수가 앉고, 우단상엔 이성계가 앉았다. 그 아래의 단에 이른바 36원수가 나란히 서 있고, 그 앞 광장엔 회군의 군사들이 장창을 햇빛에 번득거리며 밀집해 있었다.

먼저 연단에 선 사람은 조인옥이었다. 조인옥은 양 도통사에게 읍례한 뒤 군사들을 향해 소리를 높였다.

"우리는 역적의 군사인가, 아닌가?"

"우리는 결단코 역적의 군사는 아니다."

아우성이 광장에 메아리쳤다.

"우리는 충의의 군사인가, 아닌가?"

조인옥이 다시 한 번 고함을 질렀다.

"우리는 충의의 군사이다"라는 메아리가 이에 응했다.

조인옥은 몸을 돌려 이성계를 보며 물었다.

"이 원수께선 우리가 충의의 군사임을 인정하십니까?"

이성계가 고개를 끄덕였다.

조인옥이 다음엔 조민수에게 물었다.

"조 원수께선 우리가 충의의 군사임을 인정하십니까?"

조민수도 고개를 끄덕였다.

조인옥이 다시 군사들을 향해 소리를 높였다.

"군사들! 우리의 충의를 인정하신 이 원수와 조 원수의 명령을 따르는 데 있어서 신명을 바칠 것을 맹서하자."

"맹서합니다!"

"신명을 바칩니다!"

하는 소리가 폭풍처럼 일었다. 그 폭풍 같은 소리가 진정되길 기다려 조인옥이 "우리는 오직 양 원수의 명령을 기다릴 뿐입니다"하고 단을 내려왔다.

다음에 단상에 선 사람은 심덕부이다.

"우리의 충용함을 보이기 위해선 군측君側의 간물奸物을 제거해야 한다."

"간물을 없애라!"는 메아리가 일었다.

이어 심덕부는 "대간大奸들은 이미 추방되었지만 중간中奸, 소간小奸, 잡간雜奸들은 아직도 처리되지 않았다. 지금부터 우리가 할 일은 이들을 숙청하는 데 있다"고 소리를 높였다.

"당장 놈들을 숙청하자!"는 아우성이 일었다.

군사들은 당장이라도 거리로 뛰쳐나갈 형세를 보였다. 실로 위기일발의 순간이었다. 이때 명령을 내리기만 하면 서울은 단번에 겁략의 도가니가 될 것이었다. 간물奸物을 적발한다는 구실로 민원民怨을 사던 대관과 권문세족과 그 들러리들은 어떤 화를 당할지 모르고 이에 수반하여 무고한 양민들도 적잖은 피해가 있을 것이었다.

"영令을 내리소서!"

"당장 영을 내리소서!"

아우성이 군사들의 대열 속에서 터져 나왔다.

조민수가 이성계의 눈치를 보았다.

이성계 역시 조민수의 눈치를 보았다. 두 사람 모두 간물숙청奸物肅淸의 명령이 내리기만 하면 마른 풀에 불이 붙은 것처럼 될 것이란 짐작이 있었기 때문에 혼자 그 결과에 대한 책임을 지길 두려워했던 것이다.

이때 이성계의 아들 방원은 아버지에게 귀엣말을 했다.

"빨리 영을 내리소서!"

방원을 영을 내리기만 하면 나라는 수라장이 될 것이고, 그 수라장을 수습하는 과정에서 독자적인 권력을 장악할 수 있을 것이라고 계산하고 있었다. 그런데 방원이 이성계를 충동질하기에 앞서 이성계의 수중에 쪽지가 쥐어져 있었는데 쪽지의 문면은 이러하였다.

以亂治亂 爲大兇 (이란치란 위대흉)

依迁爲直 是大道也 (의우위직 시대도야)

이 쪽지는, 숭인문의 소동이 일촉즉발의 위기에 다다르고 있다고 들은 정몽주가 자기의 심복 우현을 시켜 정도전에게 수교토록 한 것이다. 방원의 귀엣말이 있었을 때 이성계는 옆에 시립해 있는 정도전에게 물었다.

"의우위직이란 무슨 뜻인가?"

"우회迂回하는 것이 곧은 길일 수 있다는 뜻입니다."

"알았다."

이성계는 왕안덕을 불러 뭔가를 분부했다. 이성계의 분부를 받은 왕안덕이 단상에 올라 큰 소리로 외쳤다.

"대간大奸은 이미 사로잡은 바 있으니, 소잡간小雜奸을 두고 소란을 피울 필요가 없다. 보다도 왕궁에 남아있는 간물과 병장을 거두어 후일의 화란을 막는 것이 급선무이다."

궁중에 무장한 군사들을 그냥 둬두는 것은 앞으로의 충돌을 불가피하게 한다. 왕안덕이 다음과 같이 덧붙였다.

"어젯밤만 해도 궁중으로부터의 병력 출동이 있었다. 그 뿌리를 이 마당에서 뽑아야 한다."

"영만 내리소서!"

아우성이 다시 일었다.

이성계와 조민수가 상의한 끝에 조민수가 일어섰다.

"지금부터 명령을 내린다. 이화・조인벽・심덕부・왕안덕 등 제 장령은 각기 휘하군사를 이끌고 왕의 거소에 가서 병장안마兵仗鞍馬는 물론, 기타 병기와 병기에 준한 일체의 물건을 수거할지니라. 만일 저항이 있으면 무력을 불사하되 저항이 없는 한, 간물이라고 지적되는 사람이라도 다치게 해선 안 된다. 그리고 나머지 군사는 궁중의 병장수거의 결과를 기다려 각자의 둔소로 돌아가라."

이때 대오 가운데서 "왕의 진퇴는 어떻게 할 것이냐?"는 소리가 있었다.

이성계가 일어서서 장중하게 말했다.

"왕의 진퇴는 중요한 일이다. 함부로 이 자리에서 거론할 수 없다. 내일이라도 백관을 모은 자리에서 의논할 것이니, 강상綱常을 범犯하는 일이 있어선 안 된다."

이윽고 궁중의 무기와 안마를 일체 수거했다는 보고가 있었다.

군사들은 저마다 이 원수와 조 원수의 이름을 높이 외쳐 기세를 올리곤 둔소로 물러났다. 숭인문에서의 드라마는 이로서 일단 막을 내렸다.

　숭인문의 모임이 있었던 그날 밤, 정몽주는 이성계의 초청을 받았다. 한편 이색은 조민수의 초청을 받았다는 전갈이 있었다.
　정몽주를 초청한 자리에서 이성계는 정몽주에게 감사의 뜻을 표했다.
　"달가의 현책이 아니었더라면 지금쯤 개경은 불바다가 되어 있을지 모르오."
　좌중엔 조준·정도전·윤소종 등 이성계의 측근이 있었을 뿐이고 가끔 심부름하는 체하며 방원이 드나들었는데, 이성계의 정몽주에 대한 칭찬이 있자 방원이 자기 아버지 말에 대해 볼멘소릴 했다.
　"정 공의 참견으로 대사가 천연된 것은 요량하시지 않으시고 무슨 말씀입니까."
　"고얀 놈, 네가 나설 자리가 아니다, 물러가라."
　이성계가 일갈했으나 그래도 방원은 조금도 주저함이 없이 이번엔 정도전에게 쏘아붙였다.
　"삼봉三峯=정도전께선 하필이면 그때 그 쪽지를 아버지에게 건네줄 게 뭐요."
　"달가 형의 의견이 시의에 적절한 현책이라고 알고 그리하였다."
　는 정도전의 응수가 있었다.
　"물러가래도, 이놈이."
　이성계의 호통이 있자 그때사 방원은 뒷걸음을 치고 바깥으로 나가면서도 불손한 한마디를 남겼다.
　"아버지는 귀가 야려 큰일이오."

그러자 이성계는 우선 기분을 풀 겸 술잔을 들라고 권했다.

"미안하오이다. 철없는 놈이 돼서 못할 짓, 못할 말이 없으니 아비로서 제공을 대할 면목이 없소이다."

그날 밤 이성계가 측근들을 끼어 정몽주를 부른 의도는 곧 밝혀졌다.

"상국上國을 범하려던 금왕今王을 존치하고는 종사의 명운이 위태롭게 될 터이니 누구를 신왕으로 옹립해야 좋으리까?"

왕실의 격식대로라면 공민왕의 비妃인 정비定妃의 전교로서 결정될 일이지만, 외우내환이 극도에 이른 이 판국에선 형식적으로 처리해서 될 일이 아닌 것이다.

"왕 우禑의 아들에 창昌이 있으니 후사의 책립은 어렵지 않을 것 같지만⋯."

하고 조준이 다음과 같이 말을 보탰다.

"황공한 말이지만 우禑의 비왕씨설非王氏說은 파다하게 퍼져 있습니다. 우가 비왕씨이면 그의 아들 창도 비왕씨일 것이 확실하지 않습니까. 이 판국에 왕씨를 복위케 하는 것이 가장 현명한 처사가 아닐까 합니다."

정몽주는 조준의 이 의견은 이성계와 그 측근들 사이엔 이미 일치를 본 것인데 자기를 상대로 새삼스럽게 내놓은 것이란 사실을 깨달았다. 말하자면 이미 의견을 작정해놓고 정몽주의 마음을 떠보기 위한 술책인 것이다.

"왕씨로서 즉위시킬 만한 사람이 있사오이까?"

정몽주가 물었다.

"찾으면 있겠지요. 종실 가운데서 가장 종손에 가까운 사람을 찾으면 되겠지요."

윤소종의 대답이었다.

"왕 우가 비왕씨란 것은 떠도는 소문이 아니겠습니까. 비왕씨일 수도 있고 왕씨일 수도 있을 것입니다. 그럴 땐 선왕께서 결정한 바를 따라야 하지 않겠습니까. 그러하오니 항설을 따라 비왕씨라고 결정을 짓고 달리 종실에서 신왕을 구한다면 또 다른 말썽이 나지 않을까 두렵습니다. 어차피 이 문제는 백관들의 합의에 맡기시고 이 원수께선 대범하게 그 결정에 따름으로써 오해를 사지 않는 게 무난할까 하옵니다."

"기운의 쇄신을 위해서도 우창禑昌 비왕씨설을 밀고 나가는 것이 좋지 않을까요?"

정도전의 의견이었다.

조준이 정도전의 말에 동의했다. 그 밖의 모두들의 의견도 그렇게 기울어졌다.

정몽주는 그 이상 발언하지 않으려고 하는데 이성계가 말했다.

"달가의 의견엔 들을 만한 것이 있소. 달가, 다시 한 번 생각해 보시구료."

"분명히 말씀드립니다. 금왕을 폐하는 것은 불가피한 일이긴 하지만 실로 중대사입니다. 그런데다 그 아들 창까지 몰아 폐하게 된다면 거듭되는 중대사입니다. 게다가 이제 와서 '우창 비왕씨설'을 새삼스럽게 들먹인다는 것은 이른바 조정 백관들의 권위를 상하는 노릇입니다. 그렇다고 해서 신왕으로 창을 옹립하자는 것도 아닙니다. 백관이 결정하는 바에 무리 없이 순종하는 것이 다음의 대사를 기하기 위해서도 현명하다는 것이 나의 의견입니다."

"그건 안 됩니다."

하는 소리가 바깥에서 났다. 분명 이방원의 목소리였다.

"저놈을 당장!"

이성계가 칼을 들고 일어서려는 것을 바로 옆에 있던 윤소종이 말렸다. 조준이 황급하게 바깥으로 뛰어나갔다.

"저놈이 대사를 망칠 것이다."

이성계는 긴 한숨을 쉬었다. 한동안 침묵이 흘렀다.

"이제 있었던 얘기는 없었던 것으로 합시다. 달가의 말이 옳아. 백관들이 정하는 대로 따라가도록 하지요."

하며 "오늘을 실컷 술이나 마시자"고 이성계는 호방하게 웃었다.

어느새 준비하였는지 이성계의 말이 있자 기생들이 몰려들었다. 춤과 노래가 신나게 흥청거리는데 담론談論 또한 풍발風發하게 되었다. 정몽주는 천하를 얻은 영웅호걸 속에 인질人質처럼 끼어 있는 스스로를 발견했다.

6월 8일 ―

좌시중 조민수의 명의로 백관회의가 중추원의 뜰에 소집되었다.

정몽주는 종자 둘과 우현을 데리고 여름의 거리를 걸었다.

무인無人의 거리와 다를 바가 없었다. 오랜 가뭄으로 거리의 집들은 뿌얀 먼지에 쌓여 있었는데 그 위로 가차 없는 여름 햇살이 내리쬐고 있었다.

멀찌감치서 함성소리가 아득한 조소潮騷처럼 들려왔다. 무슨 소린가고 묻기도 전에 우현의 말이 있었다.

"회군의 군사들이 화원을 둘러싸고 있는 모양입니다."

화원이란 그 무렵 임금이 처소로 삼고 있는 곳이다.

"나는 바로 중추원으로 갈 터이니, 우 공은 화원 근처에 가서 동정을 보고 내게 전하게나."

우현을 보내고 정몽주는 천천히 걸음을 옮겨놓았다. 어느덧 몽환 속을 걸고 있는 마음으로 되었다. 위태로운 사직의 운명, 내일 일을 알 수 없는 오늘의 상황.

화원을 둘러싼 군사들이 어떻게 나올까. 왕의 운명은 오늘 어떻게 될 것인가? 이성계, 조민수가 군사들에게 어떤 밀명密命을 내려놓고 있는 지, 그 갖가지 행패를 들먹이면 일국의 동정의 여지도 없지만 오늘 이 위지危地에선 벌레의 목숨이나 다를 바 없는 왕의 운명이고 보니 무상한 인생이 불쌍할 뿐이다.

그러다가 문득 20여 년 전 중국 강남의 풍경 속을 걷고 있던 자신을 발견했다. 맑은 하늘, 밝은 들, 다채로운 꽃, 다정한 새소리들! 그땐 이향의 나그네 된 신세로 얼마나 서러워했던가. 그런데 지금 생각하니 그지없이 아름다운 세월이었구나.

초련의 화사한 얼굴이 떠오른다. 그때 초련을 두고 지은 시, 〈강남 곡〉江南曲이 뇌리를 스쳤다.

왜 하필이면 이날 초련의 생각이 이처럼 간절할까!

중추원도 회군의 병사들에 의해 포위되어 있었다. 문전에서 이색을 만 났다. 이색과 정몽주는 회의장에 들기 전에 한적한 곳을 찾았다.

"달가. 신왕新王을 천거하라는 조민수의 말이 어젯밤 있었소."

"그래서요?"

"창昌이 가하다고 했소."

"금왕을 폐한다면 그렇게 될 수밖에 없겠지요."

"이 시중成桂은 딴 마음이라고 들었는데…."

"길을 두고 뫼로 갈 수 있습니까?"

"그러나 이 시중 일파가 난동을 부리고 나타나면 어쩌지?"

정몽주는 심약한 이색이 안타까웠다.

"이 시중 일파도 과히 반대하진 않을 것입니다."

정몽주는 어젯밤 이야기를 했다.

이색이 마음을 놓은 모양으로 "믿을 사람이라곤 달가밖에 없구료"하고 눈물지었다.

꿈속을 거닐다가 갑자기 현실로 돌아온 정몽주는 적병敵兵 사이로 들어가는 것 같은 어색함을 느꼈다. 따져볼 필요 없이 무기를 가지고 있는 자들은 이성계의 부하가 아니면 조민수의 부하이다.

단상엔 이미 이성계와 조민수가 나란히 앉아 있었고, 그 좌우는 모두 그들의 막료로 채워져 있었다. 호왈號曰 백관이지만 삼엄한 무장대열 속에 그들은 초라한 볼모의 몰골들일 뿐이다.

미리 짜놓은 각본에 따라 회의는 진행되었다. 좌시중 조민수가 좌장을 맡아 나섰다. 그는 회군의 불가피성을 설명하려다가 이윽고 회군의 정당성을 주장하더니 상국의 권위를 스스로 업고 제의한다기보다 다음과 같이 선언했다.

"금왕의 폐위는 불가피하오. 백관 가운데 이의를 제기하는 사람이 있소?"

대답이 없자 조민수는 왜 폐위해야 하느냐의 설명을 장황하게 늘어놓았다. 아무도 반발하지 않았다.

그러자 조민수는 목청을 돋우었다.

"누구를 왕으로 모셔야 하는가 의견이 있는 사람이면 말하시오."

"왕씨의 종실에서 선택해야 합니다."

그러나 그 소리는 대신들 사이에서 나온 소리가 아니었다. 군사의 대오에서 난 소리였다.

"이 기회에," 하고 조준이 일어서자, "조 공은 가만있게" 하는 이성계의 일갈이 있었다.

장내가 조용해지자 이성계가 말했다.

"조 시중의 의중을 밝히시오."

조민수가 입을 열었다.

"왕의 위는 마땅히 왕의 아들로 이어지는 것은 고래의 법도요. 그러니 금왕의 아들이 당연히 왕위를 계승해야 할 것으로 아오."

그러자 중구난방으로 이곳저곳에서 반발하는 소리가 일었다.

"이 차판에 왕실의 체통을 세워야 하오?"

하는 말이 튀어나오기도 했다.

"나의 의중을 밝혔으니 이 시중의 의중을 밝히시오."

조민수가 이성계의 말을 재촉했다. 이성계는,

"나는 오직 백관들의 의견을 따를 뿐이오. 내 의견은 없소."

장중한 어조였다.

조민수는 다시 일어서서 말했다.

"금왕의 아들로서 왕위를 잇고자 한 것은 목은 이색 공의 의견이란 사실도 아뢰오."

다시 한동안 소란이 일었다.

"이렇게 중구난방의 의견을 수습할 분은 오직 이 시중이오. 이 시중께서 마음을 정하시오."

조민수의 이 말에 일어선 이성계는,

"목은 이색은 이 나라의 명유名儒일 뿐 아니라 이 나라의 사부요. 누가 그 의견을 거역하리까."

하고 사위를 둘러보았다. 침묵이 깔렸다.

이성계의 말이 계속되었다.

"그러나 이 논의는 이쯤 해둡시다. 금왕이 재위하는 동안에 계위를 논한다는 것은 불경不敬이오. 금왕의 진퇴가 결정되기까지 보류하는 게 옳을 줄 아오."

이로서 백관회의는 휴회에 들어갔다. 드라마의 중심은 화원으로 옮겨졌다.

오호! 그날의 화원!

수만의 병사가 둘러싸고, 그 병사들을 멀찌감치에서 지켜보는 수만의 군중. 그리하여 정몽주가 걸어간 거리는 무인의 거리가 되었던 것인데, 이날 개경 사람들은 병든 자와 노쇠한 자를 제외하곤 모두 연극의 클라이맥스를 지켜보듯 화원에 눈과 귀를 쏟고 있었다.

어제까지 방자하던 왕은 도가니 안에 든 쥐처럼 움츠러들어 벌벌 떨고 있었다.

"어디 도망칠 곳이 없느냐!"

애원하듯 하는 왕의 말은 "쥐새끼 한 마리 빠져나갈 틈도 없사옵니다"하는 환관의 싸늘한 말에 시들어 들었다.

"나를 지켜줄 만한 시위의 군사는 다 모두 어딜 갔느냐."

"어젯밤 모두 궁궐을 빠져 나갔사옵니다."

"돼먹지 못한 놈들, 모두 불러들여라. 한칼에 놈들을 없애버려야 하겠다."

으르렁댔지만 어제 임금은 항상 지니고 다니던 보검마저 회군의 군사들에게 빼앗겨 버린 신세가 되어 있었다.

'자결할 방도도 없구나!'하는 절망의 시야에 들어서 있는 것은 제비妃^妃를 비롯한 후궁들의 얼굴이다. 모두의 얼굴엔 생색이 없었다. 도기로 된 가면처럼 굳어 있다.

파도소리처럼 소연한 것은 군사들의 아우성소리리라. 불분명한 소란을 헤치고 왕의 처소 바로 앞에서 육중한 소리가 났다.

"최영의 딸, 영비를 이리로 내놓으시오."

곤봉으로 가슴을 찔린 것처럼 충격을 받은 왕은 그 말뜻을 깨닫지 못하고 근시近侍에게 물었다.

"무슨 말이냐?"

"영비寧妃 마마를 내놓으라고 하십니다."

백지처럼 하얗게 질린 영비의 모습이 바로 왕 옆에 있었다.

"아아, 영비!"

왕은 영비를 끌어안았다.

"빨리 영비를 이리로 내사이다."

왕은 숨을 죽였다.

"빨리 내놓지 못할까?"

하더니 거소의 문이 바깥으로부터 탕하고 열렸다.

뜰 가득한 군사의 창들이 6월의 태양을 받아 눈부시게 빛났다.

"영비, 이리로 나오시오."

아우성이 일시에 터졌다.

"응하지 않으면 끌어내겠다."

수삼 명의 군사가 대청으로 올라섰다.

"영비가 나가면 나도 같이 나가겠다."

왕이 기어들어가는 소리로 말했다.

"그러시다면 좋소. 잠깐 이대로 기다리시오."

대청에 올라선 군사 하나가 대청을 내려섰다.

그리고 수각이 지났다. 이윽고 "서경 도원수 심덕부 아뢰오" 하는 말에 이어 심덕부가 대청 위에 올라와 다음과 같이 외쳤다.

"중신회의의 결정을 알린다. 왕 우는 이제 왕이 아니다. 즉시 궁궐을 떠나라. 일시 강화도에 안치하기로 정했다. 수행원은 20명으로 하되 각자의 행리行李는 한 개를 넘지 못한다. 전왕前王의 행리도 예외일 수가 없다. 일각의 말미를 주겠다."

순간 폐왕廢王이 된 우는 숨을 크게 내쉬었다. 금방이라도 목이 날아갈 것 같은 공포에서 해방된 것이다. 그러나 굴신屈身할 수가 없었다. 온몸의 관절이 죄다 이완된 느낌이었던 것이다.

"일각의 말미를 넘길 수 없다."

는 말을 남기고 심덕부는 사라졌지만 긴장은 남았다.

환관 한 사람이 나타나 우에게 물었다.

"수행할 사람을 어떻게 정하시겠습니까?"

기진맥진한 듯 허공을 바라보고 있더니 폐왕 우는,

"영비와 연쌍비는 꼭 데리고 가야 하겠구나. 의비도, 숙비도, 안비도, 정비도, 선비도, 덕비도 그리고 영선과 화혜옹주도 모두 데리고 가고 싶구나."

하고 신음하듯 말했다.

"근비槿妃는 어떻게 하시렵니까?"

근비는 세자 창의 어머니다.

"근비는 왕대비王大妃로서 이곳에 남아 있어야 하지 않겠는가?"

한 것을 보면 우는 자기 아들의 등극을 은연중 바랐던 모양이다.

환관은 다시 심덕부를 찾아가 의논하고 돌아오더니, 제비는 사정을 보아가며 다음에 데리고 가실 요량을 하는 것이 가할 것 같다고 하고 그밖의 수행원을 결정해달라고 아뢨다.

"그 밖의 수행원은 너희들이 알아서 정하라."

이번엔 후궁으로선 영비와 기생 연쌍비만을 데리고 가기로 낙착을 보았다.

이런저런 차비를 하고 나니 벌써 해는 서산으로 기울어들고 있었다. 백관들이 몰려들었다. 그 가운데 정몽주와 이색의 모습은 보였으나 이성계와 조민수는 없었다. 묵묵한 가운데 폐왕과의 고별식이 끝났다. 이색은 옥체보안하라는 짤막한 말이 있었고, 정몽주는 한마디 말없이 고개를 숙였을 뿐이다.

안장鞍裝한 말이 끌려왔다. 우禑는 서산에 지는 해를 가리키며 눈물지었다.

"일모日暮에 노원路遠인데 어떻게 할꼬."

좌우의 신들이 부복하여 울음을 터뜨렸지만 만류하는 말은 없었다.

"빨리 출항하오."

하는 군사의 말이 있었다. 강화도까지 폐왕을 인도할 책임자였다.

이렇게 하여 영비와 연쌍비를 데리고 폐왕의 일행은 희빈문을 나서서 강화로 향했다.

이날 정몽주는 집으로 돌아와 정궤淨机 앞에 단좌하고 폐출된 우왕의 운명을 생각했다.

갑인년甲寅年 9월, 10세의 나이로 선왕을 이어 즉위한 이후 무진년戊辰年 6월의 오늘 왕위에서 축출되기까지 14년 동안 과연 그가 한 짓이 무엇이었던가.

광망음일狂妄淫佚!

한때 간당奸黨의 무리에 농락당했다고는 하나 인군人君으로서 위位를 극한 자기의 처신을 어떻게 그렇게 망쳐놓을 수가 있단 말인가. 인군의 망신은 망신으로서 끝나는 것이 아니고 망가亡家로서 끝나는 것도 아니고 망국亡國으로 통한다는 것을 천치 아닌 바에야 어찌 깨닫지 못했을까.

나라의 쇠운衰運이 결정적인 조짐으로써 우禑의 일신에 화성化成된 것이 아닐까. 정히 그렇다면 이는 천天의 소치이고 감히 인위人爲로선 어떻게 할 수 없는 일이 아닌가. 어느 충신이 있어 문천상文天祥의 절조를 체현하려고 해도 문천상처럼 아무런 보람 없이 허명虛名을 죽백竹帛에 남기게 될 뿐 아닌가.

― 그러나 대인大人은 절의節義로 살아야 하는 것이며, 군자君子는 충절忠節로써 관일해야 하는 것이다.

정몽주는 서가에서 〈역경〉易經을 꺼내 먼지를 털고 정궤 위에 놓았다. 그러나 그 책을 펴진 않았다. 새삼스럽게 펴보지 않아도 〈역경〉의 진실은 정몽주의 인식 마디마디에 새겨져 있는 것이다. 그러니 그 책을 앞에 놓고만 있어도 정신이 우주의 섭리에 귀일하는 것이다.

천지의 이치는 이간易簡에 있다.

일출어동日出於東 일몰어서日沒於西, 낮은 밝고 밤은 어두우며, 개화어춘開花於春이고 상강어동霜降於冬이다.

천지의 이치는 또한 변역變易으로 나타난다. 삼라만상森羅萬象에 불변이란 없다. 행운유수行雲流水가 그러하고, 왕서내한往暑來寒이 그러하고, 생자生者는 죽어야 하고 한번 죽으면 다시 살지 못한다.

그러나 천지의 이치는 불역不易이다. 한 가지의 상주常住도 없으나 운행대사運行代謝의 법칙은 일정불변一定不變이며 만고무위萬古無違이다. 이 이치에 통달하면 8괘卦64효爻는 절대적인 섭리 앞에서 그저 정성을 다해보려는 몸짓일 뿐이 아닌가.

정몽주는 이날처럼 방성대곡을 참아본 적이 없다. 그것은 폐출된 우왕을 슬퍼하기 때문도 아니고, 쇠운에 말려든 나라를 안타까워한 때문도 아니며, 허허막막한 가운데서도 빈틈없이 돌아가는 섭리의 수레바퀴를 지켜보는 스스로의 무력을 한탄한 때문이다.

그러나 결연한 각오는 이미 익어 있었다.

― 불도불행不道不行

길 아닌 곳으로는 결단코 가지 않겠다는 금강불괴金剛不壞의 신념이
었다.

서죽筮竹을 쥔 그의 손이 떨렸다.

구름은 용_龍을 따르는가

정몽주는 서죽을 내려놓았다. 그의 뇌리를, 아니 가슴 속을 스친 소리가 있었기 때문이다. 그것은 맹자_{孟子}의 말이었다.

誠者天之道也 思誠者人之道也

(성자천지도야 사성자인지도야)

(만물을 다스리고 고금을 일관하는 성, 그것은 하늘의 도이다. 그 하늘의 도에 어긋나지 않도록 성을 다하는 것이 사람의 도이다.)

효_爻를 만들어볼 것도, 점_占을 칠 것도 없다. 오로지 사람의 도_道를 다할 뿐인 것이다.

그는 서죽을 벽장 속에 도로 넣어버리고 명상에 잠겼다. 명상 속에서 밤을 지새우고 맞이한 아침이 무진년 6월 8일. 태조_{太祖} 왕건_{王建}이 고려를 창건한 것은 무인년 6월 15일이었으니 그로부터 470년의 세월이 흐른 것이다.

이날 수창궁_{壽昌宮}에서 우왕_{禑王}의 위를 이어 창_昌이 즉위_{即位}하는 전례_{典禮}가 있을 것이었다. 정몽주는 재계목욕하고 수창궁의 식전에 참가했다. 그땐 수창궁이 임금의 이름 창_昌을 기한다고 하여 수녕궁_{壽寧宮}으로 이름을 바꾸고 있었다.

하늘은 맑았다. 산들바람이 일어 궁을 에워싼 숲의 신록이 여름의 태양을 받아 싱그럽게 빛나고 있고 경위가 삼엄한 가운데 백관은 뜰에 부복하고 있었다.

이윽고 세자 창이 입장하여 단상의 자리에 앉고 대왕대비 정비定妃의 임어臨御에 이어 창을 왕으로 한다는 교지教旨가 내렸다.

삼가 생각하건대 우리 태조가 삼한을 통일한 이래 열성상승列聖相承, 예禮로써 사대事大하고, 인仁으로써 무민撫民하여 종사인민宗社人民을 보전하길 이에 4백여 년. 선왕공민先王恭愍은 인공소심寅恭小心 외천경조畏天敬祖, 임현청언任賢聽言으로서 정교政教를 밝혔도다. 그 공은 조고祖考를 빛내고 그 은덕은 생민生民에까지 미쳤다. 황명皇明을 맞이하자 밝히 천명天命을 깨닫곤 모든 나라에 솔선하여, 봉표칭신奉表稱臣하였도다. 천자天子는 이를 가납하시어 왕작王爵으로 봉封하고 금장金章을 하사하시고 이로써 종사생민의 영뢰永賴로 삼으셨도다.

불행하게도 선왕이 서거하고 경卿의 부父가 위를 이어 사대무하事大撫下하였는데 뜻밖에도 최영에게 현혹당하는 바 되어 응견鷹犬을 몰아 전렵田獵을 일삼고, 형륙刑戮을 빙자하여 위학威虐을 함부로 하더니 이윽고 병兵을 일으키고 중衆을 움직여 중국에 반항함으로써 종사생민의 화를 초래할 뻔하였도다. 실로 통탄의 극이니라.

그러나 다행하게도 조종의 은덕으로 최영은 출퇴되고 왕 또한 그 과過를 뉘우쳐 스스로 왕위에서 물러나 종사의 사祀, 생민이 명命을 경에게 맡기는 바 되었다. 그러한즉 그대의 책임도 막중하도다. 이에 그대 세자에게 이르노니 숙흥야매夙興夜寐, 소심경외小心敬畏, 대신大臣에 예의로써 대하고 사부師傅를 존중하고, 근학호문勤學好問, 선善에 따르고 간諫에 귀를 기울여 기덕耆德을 멀리 하지 말지니라. 완동頑童=不良青年

을 가까이 하지 말지니라. 흥분하지 말고 유전游畋=사냥을 삼가고, 술을 마셔 정신을 혼란시키는 짓을 말지니라. 참언을 들어 충량忠良한 사람을 해치는 노릇을 하지 말지니라. 그렇게 함으로써 스스로 덕을 닦아 국정을 바로잡으면 위론 천자의 뜻을 어기지 않고 아래론 종사의 기대하는 바를 어기지 않으리라.

오로지 근신하는 마음이 있으면 천명인심天命人心을 두려워할쏜가. 오호라, 군주의 길은 쉽지 않은 것이니 애써 행할지니라.

이 교지를 초草한 사람은 정도전이다. 대체적으로 무난한 내용이었으나 정몽주는 폐왕 우禑의 과오를 최영의 책임으로만 몰아붙인 불온한 의도를 읽었다. 창왕昌王의 장래가 결코 순탄하지 않을 것이었다.

고개를 들었을 때 창왕의 모습이 눈앞에 있었다. 아직 9세의 소년, 그 연약하고 어린 몸으로 감당해야 할 사직의 운명을 생각할 때 왕에 대한 충성보다도 인간으로서의 동정심이 앞서 안타까웠다. 굶주린 이리狼 앞에 던져진 한 마리의 토끼를 연상하지 않을 수 없었으니 이는 불경不敬이 아니고 측린惻憐의 정인 것이다.

창왕의 즉위가 있은 지 5일 후쯤에 있었던 일이다.

녹사錄事 김경조金慶祚가 정몽주의 방으로 들어와서 "젊은 선비들이 보내온 것입니다"하며, 편지 한통을 내놓았다.

그 편지엔 김진양·이곽·이래·이감의 연명으로 된 다음과 같은 내용이 담겨 있었다.

내일은 6월 15일입니다. 6월의 보름달을 포은 선생을 모시고 감상하고 싶습니다. 우리의 마음대로라면 만월대를 차지하여 고왕금래古往今來에 대한 회포를 토로하고 싶습니다만, 때가 때인지라 은근한 모임을 가질 수밖에 없을 듯하옵니다. 선생님 댁의 후원이 어떠하올는지요. 주효는 저희들이 휴행攜行하겠나이다.

정몽주는 다음과 같이 회시回示했다.

내 비록 가난할망정 군자들을 대접할 만한 주효는 장만할 수 있으니 허심虛心과 공복空腹과 구설口舌만 가지고 명일 월출경月出頃까지 내도하게. …

회시는 이러하였는데 6월 15일 월출 경에 모여든 면면은 어제 서신에 연명한 이들 외에 권흥·정희·서견·이작·이신 등 다섯 명이 더해 있었다. 이윽고 출어동산出於東山한 달빛에 어울려 정몽주 집의 후원이 구군자九君子들로 가득하였다.

세 사람마다에 표주박을 띄운 술동이가 놓이고, 제육과 닭고기와 소금을 친 산나물을 섞은 안주가 놓였다.

자리가 어울리길 기다려 정몽주가 나타났다. 좌정하여 다음과 같이 일렀다.

"松都何人初見月 都月何年初照人
(송도하인초견월 도월하년초조인).
(송도에서 누가 처음으로 명월을 보았을까. 송도의 달은 어느 해에 처음으로 사람을 비췄을까.)

"限十年誰存誰沒 (한십년수존수몰)
(십년을 한정하고 누가 남고 누가 없어질 것인지).

"卽今相對不盡飮 別後相思復何益
(즉금상대부진음 별후상사부하익)

(지금 이렇게 만났을 때 서로의 기쁨을 다하지 않으면 헤어진 후 서로 생각한들 무슨 소용이 있을까.)"

그러자 김진양이 일어서서 "선생님께서 이런 자리를 베풀어 주셔서 감격이 한량이 없는데 왜 그런 슬픈 말씀을 하십니까?" 하고 표주박으로 술을 떠서 정몽주에게 진배했다.

그 잔을 받아 마시고 정몽주는 "이 밤의 모임을 절영회絕纓會로 하자"고 했다. 예의를 차리지 말고 기분대로 놀자는 뜻이다.

"절영회, 황공하오나 그렇게 합시다. 그러려면 제군, 우리가 데리고 온 종자從者들을 풀어 선생님의 댁 주위에 배치하여 외인의 접근을 막도록 하자"고 정희가 제안했다.

"아니다" 하고 정몽주가 막았다. 그리고 부연했다.

"우리는 붕당을 만들려는 것이 아니고 무슨 역변을 꾸미려는 것도 아니다. 직정경행直情徑行할 뿐이고 토로소회吐露所懷할 뿐이다. 그래서 절영회를 하자고 아니하였던가. 우리가 이 자리에서 나라를 위하는 말 이외에, 명월을 감상하는 말 이외에, 인사와 세사를 논하는 말 이외에 무슨 말을 하겠는가. 아무런 구애도 받지 말고 환歡을 다하고 마음을 토로하여라. 그래서 무슨 일이 있다면 몽주, 내가 다 부책負責하리라. "

"정희가 한 말은 여보백인지상如步白刃之上인 세상이니까 한 말입니다"하는 이곽의 말에 정몽주가 "잔치의 흥을 깨는 소리는 그만 하라"고 했다.

녹사 김경조와 우현이 나타나서 이집 담장 밖 50보의 거리까진 누구도 접근하지 못하도록 경계가 철통같다는 설명을 보냈다.

그 설명 때문만은 아닐 것이었다. 달이 높이 솟고 주흥이 높아짐에 따라 담론談論이 풍발風發하여 거침없이 되었다. 정몽주는 그 젊은 선비들의 말에 귀를 기울였다. 그들의 말을 대충 분류하면 다음과 같이 되

242

었다.

— 난세亂世를 치세治世로 만들려면 신왕新王, 즉 창왕昌王을 모시는데
있어서 이심二心이 있어선 안 된다.

— 그런데 신왕이 즉위하자마자 등갈이 나기 시작했다. 좌시중 조민수
파는 왕을 끼고 자기의 세도를 펴려는 방책을 강구하려 하고, 우시중
이성계 파는 신왕에게 압력을 주어 자기들 마음대로 조종하려고 든다.

— 좌시중 조민수 파는 선왕의 아들이니 창왕의 즉위가 당연하다는 명
분을 끝까지 관철하려고 서둘고, 우시중 이성계 파는 창왕이 이인임의
외형제인 이림의 딸 근비의 소생이니 인척의 관계로 조민수와 얽혀 있
다고 보고 사사건건 트집을 잡으려 서둘고 있다.

— 우시중 이성계 파는 창왕을 마음대로 조종할 수 없다고 판단하면 우
창禑昌은 비왕씨非王氏란 항설을 널리 퍼뜨려 정변을 일으킬 조짐까지
보이고 있다.

— 결국 조민수와 이성계 사이의 갈등이 정변으로 번질 것이 확실하다.

— 이성계 파의 선봉장은 조준 · 정도전 · 남은 · 윤소종 등인데, 그들
은 조민수는 물론 목은 이색까지도 탄핵할 준비를 하고 있다.

— 이에 대항하기 위해 조민수는 폐왕 우의 세력까지를 이용하여 왕실
의 세위를 강화하는 한편 이인임의 구세력까지를 도입할 작정을 하고
있다.

— 이성계 파는 역성혁명易姓革命까지도 불사할 각오로 파당을 강화하
고 있는 조짐이 보인다.

역성혁명이란 말이 튀어나왔을 때 정몽주는 표주박으로 술상을 쳤
다. 모두들 조용해지자 정몽주는,

"이 모임을 절영회라고 치고라도 그 말은 너무나 방자하다. 역성혁명은 사직의 종언을 뜻한다. 함부로 발설할 것이 못된다. 이 자리에 역성혁명을 승복할 자가 있으면, 그 비밀을 지켜줄 터이니 아무 소리 말고 조용히 떠나라. 나는 고려에서 생을 받고 고려에서 자랐으며 고려에서 사람의 도를 배운 자이고, 고려에 충성을 맹서했으며 그 충성으로써 나의 살 보람으로 하고 있는 자이다.

그런 만큼 나는 이성계 시중을 존경한다. 내 존경하는 이 시중이 이 나라에 대해 이심二心을 가질 까닭이 없다. 그분은 고려에 귀부歸附하는 데 적심赤心으로 맹서한 어른이다. 군자는 자기의 맹서를 저버릴 수가 없다. 하물며 이 시중 같은 대인大人에 있어서랴! 그분은 이 나라를 지키는 영용英勇에서 이름을 떨치고 그 공으로 하여 입신양명立身揚名 청사에 그 이름을 떨칠 인물이다. 그분이 나라를 위해 세운 공功이 크지만 나라에 의해 현창된 명예에 비하면 오히려 그 공은 작다고 할 수 있다.

한마디로 그분은 고려라는 나라에 의해 성명聲名과 살 보람을 얻은, 다시 말해 고려에 의해 거룩한 은혜를 입은 인물이다. 그런 인물이 반역의 뜻을 가진다는 것은 결단코 있을 수 없는 일이다. 그러한즉, 그 어른을 두고 역성혁명 운운한다는 것은 사직을 모독하는 동시 그 어른을 모독하는 말이 되고 만다. 엄중히 삼가야 한다."

만좌는 숙연했다.

정몽주는 잠깐 사이를 두고 소리를 높여 물었다.

"하인을 막론하고 제군들은 역성혁명을 꾀하는 불괴의 도를 용인할 수 있겠는가?"

"용인할 수 없습니다."

아홉 사람의 말이 하나의 소리가 되었다.

"그렇겠지" 하고 정몽주는 달을 가리켰다.

"저 달은 영원이다. 영원한 달이 무진년 6월 보름날 우리의 증인이 되었다. 저 달 아래, 아니 저 달에 우리 다 함께 나라를 위한 우리의 성충誠忠을 맹서할 수 있겠지?"

"맹서합니다."

아홉 사람의 일치된 말이었다.

"자, 모두 잔을 들어라! 인생감의기人生感意氣하면 공명수부론功名誰復論인가."

정몽주는 술을 권했다. 모두들 노래 부르고 시를 읊었다.

그 사이를 틈타 정몽주는 다음과 같은 말을 섞었다.

"앞날에 환난이 있을 것이다. 환난을 넘어서는 데 감격이 있지 않겠는가."

"굴곡이 있을 것이다. 굴곡을 바르게 사는 데 보람이 있지 않겠는가."

"함지사지陷之死地 이후생而後生 치지망지置之亡地 이후존而後存."

"인신人臣으로서 어찌 이심二心을 가질 수 있겠는가?"

"기껏 백 년 미만의 생生이다. 부취腐臭를 남길 것인가, 청향淸香을 남길 것인가?"

며칠 후 이행李行이 정몽주를 찾아와 지난 6월 15일 밤의 '절영회'에 참석하지 못한 것을 섭섭하게 여긴다고 했다. 이행은 정몽주보다 15세 아래인 후배이다. 정몽주는 특히 그의 재간을 사랑하고 있었다.

"그 자리에서 만나지 못한 것을 나는 자네보다 더 섭섭하게 여긴다. 그 유감 때문에 왔느냐?"

"아닙니다. 그날 밤엔 제 처가에 무슨 일이 있어서 권유를 받았지만 올 수가 없었습니다. 오늘은 선생님께 친히 말씀드릴 게 있어서 왔습니다. 선생님, 아시다시피 대왕대비의 교지에 이어, 왕의 교서라는 것이 있었고, 전왕前王의 이른바 명 황제에 올리는 주청奏請이 있었습니다. 그런데 그 내용엔 일관되어 최영 장군을 비난하는 대목이 나타나 있습니다. 간관諫官의 처지에 있는 저로선 무슨 저의가 있는 것이라고 짐작할 수밖에 없습니다. 물론 최영 장군의 과過는 지적을 당해야 마땅한 것으로 압니다. 그러나 작금의 사태를 오로지 최영 장군의 과에 귀착시킨다는 것은 옳지 못하다고 생각하는데 포은 선생의 생각은 어떠하신지요. 이럴 때 간관이 취할 태도는 어찌하여야 될 것인지요."

"아닌 게 아니라 나도 그런 움직임을 지나치다고 생각한다. 그러나 한편 생각하면 조정의 일이란 언제나 지나치지 않으면 모자라는 폐단을 시정할 수가 없었다. 그러니 과히 마음을 쓸 것은 없다고 생각한다."

"제가 걱정하는 것은 최영 장군과 관련되는 것이면 모조리 이를 배척하여 옥석을 구분俱焚해 버리려고 서두는 것 같은 흐름입니다. 이렇게 되면 인재人材를 말려버리게 되지 않겠습니까. 이런 폐단을 없애기 위해 선생님께서 각별하신 경각이 있어야 하겠습니다."

"무슨 그런 뚜렷한 조짐이라도 보이는가?"

"조짐이 보인다기보다 지금 그런 움직임이 진행되고 있습니다. 사헌부司憲府에선 조준 대사헌의 독려하에 조민수 좌시중의 탄핵이 준비되고 있습니다. 조민수 좌시중 다음엔 목은 선생에 대한 탄핵이 있습니다. 우시중 이성계 원수의 비위에 조금이라도 거슬리는 사람들은 가차 없이 숙청할 방책이 서 있는 것으로 짐작합니다."

"목은 선생을 탄핵한다고? 그럴 리야 없겠지."

"아닙니다, 선생님. 목은 선생을 탄핵할 책임자가 누구인지 아십니까?"

"내가 그걸 어떻게 알겠나."

"놀라지 마십시오. 삼봉三峯이 목은 선생을 탄핵할 준비를 하고 있습니다."

246

삼봉三峯이란 정도전이다. 삼봉은 목은 이색이 자기의 수제자로 치고 있는 사람이다. 이색이 가장 아끼고 사랑하는 제자가 정도전이라고 해도 과언이 아니다. 그렇다고 해서 이색과 정도전의 정치에 관한 견해가 완전 일치되어 있다고 할 순 없을 것이다.

그러나 정도전이 이색을 탄핵한다는 것은 상상도 못할 일이다. 이색의 잘못을 발견했다면 정도전은 가만히 이색을 찾아가 믿는 바를 아뢰야 할 것이지 대뜸 탄핵부터 시작한다는 것은 윤리倫理를 파괴하는 노릇이다. 명색이 유가儒家로서 윤리를 깨면서까지 해야 할 짓이 무엇인가.

대역大逆을 다스리기 위해선 사제의 윤리를 깨뜨릴 수 있을 것이다. 불충不忠을 따지기 위해선 윤리를 깨뜨릴 수 있을 것이다. 그런데 이색이 대역을 범했단 말인가. 불충을 꾀했단 말인가.

이행이 맹랑한 사실을 조작할 사람이 아니고 보면 그로부터 들은 얘기가 정몽주는 비수에 찔린 것처럼 아팠다.

"종지(정도전)는 목은 선생의 무엇을 탄핵하려 하는가."

정몽주는 신음하듯 물었다.

"폐왕의 아들 창을 왕으로 옹립했다는 사실에 주안을 두고 탄핵을 준비한다고 들었습니다."

"그건 이성계 시중이 일단 승복한 일이 아닌가. 대왕대비의 교지를 정도전이 초안한 것이 아닌가. 창왕의 옹립이 부당하다면 백관이 모인 자리에서 이 시중이 당당하게 자기의 의견을 표백했어야 할 것이고, 일단 표백했는데도 통하지 못했으면 중의衆議에 승복하는 것이 도리가 아닌가. 바깥으론 승복해놓고 뒤안으로 돌아 사단을 일으킨다는 것은 군자의 도리가 아니며 황차 대인이 할 짓이 아니질 않는가."

정몽주는 끓어오르는 흥분을 가까스로 참고 일단 말을 끊었다.

"그러하오니 걱정이 아닙니까. 이런 일들을 어떻게 수습하는 것이 좋겠습니까."

"내가 이 원수를 만나든지, 종지를 만나 담판이라도 해야겠구나. 그러나 그들이 목은 선생을 탄핵할 요량이면 필시 나까지 걸고들 것이 분명한데, 탄핵의 대상이 되는 자가 탄핵자를 만나 담판한다는 것은 쾌快치 않은 일이구나."

정몽주는 팔짱을 끼고 입맛을 다셨다.

"탄핵을 준비하고 있다는 것이지 내일 모레 탄핵한다는 얘기는 아닙니다. 목은 선생의 탄핵까진 여러 단계를 거칠 것 같습니다. 조민수의 탄핵이 있고, 최영 장군에 대한 재탄핵이 있고 난 연후에 목은 선생을 탄핵한다, 이런 순서인 것 같으니 사전에 방책을 세워볼 수도 있을 것이옵니다."

"주도(이행의 자)는 어찌 그렇게 소상하게 알고 있는가."

"조준 대사헌의 녹사(비서)가 저의 처족이어서 그를 통해 소상하게 들었습니다. 저를 믿고 한 말을 누설하긴 마음에 걸리는 바이지만, 이 일만은 선생님께 알려야겠다고 마음을 먹은 것이옵니다. 사직의 앞날에 관한 중대사이므로 사사로운 신의에 구애할 수 없는 심정이었습니다."

"고마우이. 주도! 앞으론 험난한 일이 산적해 있네. 거익태산, 진익유곡이라. 그러나 주도 같은 허심할 수 있는 동지가 있다는 것은 참으로 반가우이."

"김진양으로부터 6월 15일 밤에 하셨다는 선생님의 말씀을 듣고 저는 나아갈 길을 확연히 보듯 하였습니다. 험난이 산적해 있더라도 저는 탄탄한 대로를 걸을 것이옵니다."

"간관諫官의 처지로서 보니 어떠한가. 좌시중 조민수와 우시중 이성계의 조정에서의 세력이 균형을 취할 수 있을 것 같은가."

"어림도 없는 일입니다."

이행은 씁쓸하게 다음과 같이 말을 보탰다.

"좌시중 조 원수는 우시중 이 원수와 비교하면 위부족威不足, 무부족武不足, 덕부족德不足, 재부족才不足입니다. 이러한 부족을 왕을 조종함으로써 보충할 작정인 것 같은데 그게 어디 마음대로 되겠습니까. 조 원수의 몰락은 창왕의 옹립으로서 비롯되었습니다. 이에 비해 이 원수의 둘레는 실로 다사제제多士濟濟하지 않습니까. 세력으로서 싸우려면 이 원수에 당적할 수가 없습니다."

"그럼 주도도 그 세력에 말려드는 게 영리하지 않을까?"

"세력으로선 당적하지 못하지만 대의와 명분으로선 당당하게 당적할 수 있습니다. 이 원수의 주변이 다사제제라고 하지만 포은 선생의 대의와 명분의 주변엔 그 이상 가는 명사와 절사와 용사가 있다는 것을 잊지 마시기 바랍니다."

"내가 언제 대의와 명분을 내걸어 누구와 겨루려한 적이 있는가."

"없습지요. 그러나 구리나 쇠 속에 말없이 섞여 있어도 금은 그 빛을 발합니다. 소리 내지 않아도 대의와 명분은 구름과 안개가 가려도 일월日月처럼 밝은 광원입니다."

이렇게 말하는 이행의 미우眉宇가 청수한 것을 정몽주는 보고 있었다. 그러기에 이행에 대한 애착이 한층 더해가는 것을 느꼈다. 그 절실한 애착이 다음의 말로 되었다.

"주도, 자네는 양신良臣이 되길 힘쓰게. 충신忠臣은 나로서 족할 것 같다. 이런 말이 있느니.

願使爲良臣 勿使爲忠臣 (원사위량신 물사위충신)."

이행은 정몽주가 하고자 한 말의 뜻을 너무나 잘 알 것 같았다. 자기도 모르게 단좌하고 있는 손등 위에 한 방울 눈물이 떨어졌다.

정몽주의 말이 있었다.

"주도는 지금을 치세治世라고 보는가, 난세亂世라고 보는가."

"난세라고 봅니다."

"간관諫官의 직책이 얼마나 어려운 것인지 알고 있지?, 더욱이 난세의 간관은 인신人臣으로선 감당하기 어려운 직책이다."

"그러하옵니다."

"이런 말이 있지.

處治世宜方 處亂世宜圓 (처치세의방 처난세의원)

(평화로운 세상에선 모가 반듯반듯하게 방정하게 처하는 것이 좋고, 난세에선 만사에 둥글게 처하는 것이 좋으니라).

무슨 말인지 알겠지?"

"알 듯하옵니다."

"주도는 작년 정월에 참형을 당한 이존성을 알지?"

"예, 압니다."

"이존성은 이인임의 종손이었지만 이인임과는 정반대되는 염결한 고사高士였다. 그런데 그 사람은 대사헌으로 있으면서 한마디 직언이 없었다는 죄로 죽었다. 우왕 같은 임금에게 직언이 과연 보람이 있었을까? 최영 장군은 왕의 장인이며 보호자이며 사부를 겸하고 있었다. 그런데 그의 직언이 왕에게 통하기나 했던가. 그런 경험을 가진 어른이 직언이 없었다는 죄로 이존성을 사지死地에 보냈다. 가슴 아픈 일이 어디 한두 가지겠는가만 이존성의 사건은 참으로 슬프다. 주도, 잊어선 안 되네. 처난세의원處亂世宜圓을!"

"명심하겠습니다."

일어서려다가 말고 이행이 소리를 낮추어 말했다.

"어차피 조 원수는 몰락하게 되어 있습니다. 조민수 휘하의 장병을 맡아 장악할 수 있는 장군이 선생님의 의중에 없는지요."

"무슨 뜻으로 하는 말인가."

"만일 그 병력을 대의와 명분의 편으로 붙일 수 있다면 사직의 앞날을 도모하는 데에 다행일까 해서 드리는 말입니다."

"간관의 직분으로선 지나친 말이구나."

정몽주는 웃음을 머금은 얼굴로 이행을 돌려보냈다. 그리고 나서 생각에 빠졌다.

확실히 이행은 원려遠慮가 있는 말을 한 것이었다. 조준·정도전 등의 움직임이 짐작한 대로의 목적을 좇아 나아간다면 마땅히 그만한 원려는 있어야 할 것이었다. 그러나 그러한 원려에 의한 대비책이 긁어 부스럼을 만드는 결과가 될지도 모른다는 우려를 지워버릴 수가 없었다.

아까 이행이 말했듯 어떤 사태이건 무력으로서 대항할 것이 아니라 대의와 명분으로써 대항해야 한다는 신념을 다시 한 번 다짐하고 그 밖의 술책을 쓸 생각을 정몽주는 포기했다.

멧돼지 뒷다리 두 짝과 호주胡酒를 담은 대호大壺 하나를 종자에게 지우고 정도전이 정몽주를 찾아왔다. 7월 칠석七月七夕의 밤이었다.

"이 원수께서 사냥을 나가시어 잡은 멧돼지입니다. 달가 형에게 갖다드리라는 모처럼의 분부였어요. 멧돼지엔 호주가 어울린다고 해서 호주까지 끼워서 가지고 가라는 거였습니다. 이 원수의 달가 형에게 베푸는 호의는 샘이 날 지경입니다."

정도전은 이런 말로 생색을 내고 나서 정몽주의 근황을 물었다.

"세상 돌아가는 것을 보고 있으니 모운暮雲은 천리색千里色하고, 무처불상심無處不傷心하는 기분이오."

정몽주는 이 원수의 각별한 호의에 무엇으로 보답해야 할지 모르겠다는 말을 보탰다.

"군자는 지기知己를 위해 성심을 다한다는 말이 있지 않습니까. 우리는 두 어른의 친교에 사직의 광명光明된 앞날을 보고 있습니다."

군자는 자기를 아는 자를 위해 목숨을 버린다는 말을, 성심을 다한다는 말로 고친 정도전의 속이 빤히 들여다보이는 것 같아서 정몽주는 내심으로 웃었다.

정도전은 최근 명나라로부터 돌아온 박의중朴宜中이 받아온 명나라 예부禮部의 자문咨文을 화제에 올렸다.

"이번의 자문을 요약하면 중국과의 싸움에서 모두 우리가 잘못했기 때문이란 겁니다. 한漢이 우리를 4번 정벌한 것은 우리가 한나라의 국경을 침범했기 때문이란 것이고, 위魏가 2차에 걸쳐 정벌한 것은 우리나라가 이심二心을 품고 오吳나라와 통모한 때문이었다는 것이고, 진晉이 정벌한 것은 우리나라의 태도가 오만무례했기 때문이란 것이고, 수隋의 2차에 걸친 정벌은 우리가 요서를 침범했기 때문이며, 당唐이 4차에 걸쳐 정벌군을 보낸 것은 우리나라가 형제쟁립兄弟爭立하고 있었기 때문이고, 요遼의 4차에 걸친 정벌은 우리나라가 군왕君王을 시해했을 뿐 아니라 반란을 거듭했기 때문이고, 금金의 1차 정벌은 사신使臣을 죽였기 때문이라고 하는 등, 모든 분쟁의 원인은 모두 고려가 저지른 것이며 중국의 제왕이 우리를 병탐할 의도가 있었던 것이 아니라고 되어 있어요. 원元이 한 짓을 빼고라도 그 기록에 의해서만이라도 우리나라는 14차에 걸쳐 중국의 정벌을 받은 셈입니다. 그 원인이 자문 그대로 모두 우리의 잘못에 있었던 것일까요. 정말 소국小國의 비애가 뼈에 저려요."

"그래서 종지는 어떻게 하자는 거요."

"어떻게 하자는 것이 아니라 만일 이 원수의 영단으로 회군回軍하지 않았으면 어떻게 되었을까 싶어 모골이 송연하다는 얘깁니다."

"그러나 지나간 일이 아니오."

"아니죠. 이대로 끝날 것 같지는 않습니다. 무슨 트집을 잡을지 모를 일입니다. 사태를 미리 막아야 합니다."

"사태를 어떻게 막자는 거요."

"최영을 비롯하여 그 잔당을 말쑥이 쓸어버리고 대죄待罪하는 태도를 분명히 해야지요."

"최영 장군과 그 일당을 그만큼 숙청했으면 이제 명분이 설 것으로 나는 아는데…."

"달가 형의 모든 것이 다 좋은데 그 미온적인 태도가 마음에 들지 않습니다."

"종지, 들어보시오. 최영 장군은 우리 고려 4백 년을 통해 수일한 충신이 아니오. 명조明朝에 대한 태도는 확실히 옳지 못했지요. 그러나 그 과오는 사사로운 자기의 이익 때문이 아니라 나름대로 이 나라를 위하는 마음에서 빚어진 것이 아닌가요. 견식見識의 부족은 탓할 수가 있지만 그 적심赤心은 의심할 바 아니지 않소. 뿐만 아니라 그 청직淸直은 본받을 만하지 않소. 그의 과過에 대해선 지금 받는 벌로써 상환될 수 있지 않는가요. 만일 벌이 죄에 미치지 못한다면 그 미치지 못한 부분을 국인國人들이 대상代償해 주어야 할 것이 아니오. 그러지 못한다면 우리 고려인이 너무나 비정하고 각박한 인종으로 되지 않겠소. 나도 최영 장군을 처리하는 사안을 두고 이 원수와 만나 의논할 생각이었는데 지금의 처리 정도이면 더 말할 나위가 없다고 생각하고 재론하지 않기로 했던 것이오. 그런데 만일 그분을 두고 다시 사단을 벌이겠다고 하면 내가 꼭 이 원수를 만나야 하겠구료. 종지, 이 원수께서 최영 장군에게 특히 관인대도寬仁大度하도록 말씀드려 주기 바라오."

"달가 형."

정도전이 탁 가라앉은 목소리로 불렀다.

"말을 하시오."

"달가 형은 사직社稷이 중합니까, 최영 장군이 중합니까?"

"말을 그렇게 해선 안 되오. 사직이 중하니까 최영 장군을 중하게 여기자는 것이지, 경중을 따지지 못할 사안의 경중을 따지려는 것이 아니오."

"내 말은 최영 장군 하나를 살리려다가 명 황제明皇帝의 역린逆鱗에 걸려 사직을 망치는 경우가 있으면 어떻게 할 것인가를 묻고 있는 것입니다."

"천추의 충신이자 위位는 인신人臣을 극한 인물의 관직을 삭탈하고 서인庶人으로 만들어 변방에 배류한 것으로써 명 황제를 납득시킬 수 있을 것이라고 나는 믿소. 견식의 부족과 시행착오는 명나라엔들 없을 까닭이 없으니까. 보다도 벌이 죄에 미치지 못하면, 온 국민이 그 죄를 대상하고자 하면, 그러한 근신의 태도를 보이면 명 황제의 마음에 측은의 정이 생길지 모르는 일 아니오?"

"달가 형, 그거야말로 남의 마음을 내 마음처럼 쓰려는 안이한 생각이오."

"그러나 종지. 최후의 수단은 최후에 써야 하는 거요. 명나라의 태도를 보아가며 신축성 있게 처리할 수도 있지 않겠소."

"일엔 시기가 있는 법입니다. 달가 형은 세상을 너무나 만만히 봅니다."

이 말에 정몽주가 흥분했다.

"내가 보기엔 우리들이 명나라를 지나치게 자극하는 것 같소. 최영 장군의 죄상을 한번 들먹이면 그만일 것을 명나라에 보내는 표表마다, 사장詞章마다 최영 장군의 죄상이란 것을 과장하고 반복하는 저의가 무엇인지 나는 그걸 알고 싶소. 요동을 치려는 태도는 분명히 잘못된 것이었소. 그렇다고 해서 이 나라에 있는 모든 잘못을 최 장군의 잘못으로 덮어씌우려는 것은 우리 충신을 위한 이 나라의 대동량大棟梁에 대한 예의가 아닐 뿐 아니라 국인으로서의 정情이 아닌 것이오. 종지가 아까 말하지 않았소. 소국의 슬픔이 뼈에 저린다고. 그 슬픔이 진정이라면 어떻게 하든 최 장군을 극악한 상황으로 몰아넣지 않도록 해야 하오."

"딱하십니다. 참으로 딱하십니다."

이 말에 정몽주는 "뭣이 딱하단 말이오?"하고 노기를 띠었다.

"말씀을 그렇게 하시면 달가 형도 본의 아니게 어려운 국면으로 말려 들어갈 것입니다."

"무슨 말이오 종지, 분명히 하오."

"달가 형에 대한 말썽도 심상치 않게 일고 있습니다. 그 불을 누가 끄고 있는지 아시기나 합니까. 이성계 원수이십니다. 어떤 일이 있어도 달가 형을 난처한 처지로 만들어선 안 된다는 것이 이 원수의 엄한 분부입니다. 이 원수는 달가 형을 이 나라의 정신적 기둥이라고 알고 있습니다. 그렇게 믿고 있습니다. 그런 까닭에 달가 형의 언로言路를 막거나 방해해선 안 된다고 영을 내리고 계십니다. 만일 그런 엄한 영이 없었더라면 … ."

"없었더라면 벌써 내가 탄핵받았을 것이란 뜻이오?"

"아닙니다. 달가 형께서 최영을 두둔하거나 … 그런 유의 말씀이나 행동이 있으면 이 원수께서 얼마나 섭섭하겠습니까?"

"그러고 보니 나도 이 원수 덕택으로 목숨을 부지하는 셈이군."

"말씀을 왜 그렇게 하십니까?"

"내 말이 좀 지나쳤소?"

정몽주는 표정을 부드럽게 바꿨다. 정도전을 상대로 결연한 태도를 보이는 것은 시기상조라는 계산이 있었기 때문이다. 앞으로 넘을 태산준령이 있는데 미리 적대시敵對視된다는 건 결코 현명한 일이 아닌 것이다.

"멧돼지 고기가 상상외로 부드럽구료. 어디서 잡은 멧돼진가요?"

정몽주가 화제를 달리했다.

"묘향산 멧돼지라고 들었습니다."

"묘향산 멧돼지라."

정몽주는 대배를 단숨에 켜고 정도전에게 돌렸다.

정도전은 정몽주의 그 돌연한 태도변화를 이성계의 각별한 호의를 들먹인 때문일 것이라고 풀이했다. 그대로라면 정몽주를 자기들 편으로 끌어들일 수 있을 것이란 희망이 생겨나기도 했다. 따라서 정도전은 쾌활한 기분이 되었다. 이 기회에 얘기를 좀더 해야겠다는 충동이 일기도 했던 모양이다. 이렇게 시작했다.

"이번 기회에 전제田制를 일거에 개혁하겠다는 것이 이 원수의 의도인 것 같은데 달가 형이 생각은 어떠시오."

"전제를 개혁하려면 많은 준비가 있어야 할 것인데 일조일석에 되겠소."

정몽주의 덤덤한 대답이다.

"그 준비는 대사헌 조준趙浚이 수년 전부터 해오던 바입니다."

이성계 일파 가운데 조준이 전제개혁에 관한 방안을 준비하고 있다는 것은 정몽주도 이미 듣고 있었다. 조준뿐만이 아니라 정몽주 자신도 전제에 관해선 갖가지로 검토하고 있었다. 외국에의 사행使行이 빈번했기 때문에 마무리를 짓지 못하고 있었다. 언젠가 한가한 시간이 나면 나라의 상하를 두루 만족시킬 수 있는 전제田制를 체계적·종합적으로 연구해 볼 참이었다.

그러나 정몽주 자신의 그런 의도엔 언급하지 않고 다음과 같이 말했다.

"전제에 관해선 목은 선생이 생각하는 바가 있을 것이오. 조준을 시켜 목은과 상의해 보도록 하는 것이 어떻겠소."

"목은?"

정도전이 펄쩍 뛰었다.

"목은의 개혁안은 충선왕 시대에 실시했던 갑인주안甲寅柱案을 그대로 실시하자는 것 아니었습니까. 그건 이미 낡은 방안이오. 조준의 방안은 그야말로 혁신적인 것입니다. 목은의 방안은 상고할 필요조차 없는 것이오."

"목은 선생이 전제개혁을 주장한 것은 30수년 전의 일이 아니오. 그동안 시대도 정세도 변했으니 목은 선생의 생각도 많이 변했을 것이오. 한 번쯤 상의해 볼 만할 것이오."

"달가 형은 조준의 뛰어난 경제經濟의 재능을 알고 있지 않습니까. 목은의 낡은 생각을 섞을 것 없이 생신生新한 방안으로서 백성들을 감분흥기感奮興起시키는 바람을 일으킬 계기로 삼아야 할 것 아닙니까. 누구보다도 달가 형은 조준의 안에 호응하셔야 합니다."

"좋은 방안이라면 물론 호응해야지. 그러나 전제개혁 같은 복잡한 사안이고 보면 좋고, 나쁘고, 옳고, 옳지 않다는 기준을 정하기가 참으로 어려운 것이오. 내가 원하고자 하는 것은 모처럼의 전제개혁안이 그 때문에 국론을 분열시키는 원인이 되지 않았으면 하는 것이오. 한 사람의 의견을 미리 내놓아 갖가지 의견을 유발誘發할 것이 아니라, 방안을 내놓기 전에 미리 의논해서 모두들이 따라올 만한 방안을 만드는 것이 좋지 않을까 하는 것이오. 내가 이런 말을 하는 것은 갑甲이 백白이라고 하면 을乙이 무작정 흑黑이라고 주장하는 폐단이 있기 때문이오."

"그런 것을 두려워하고 있으면 아무것도 안 됩니다. 모든 사람을 만족시키려고 해선 일보도 전진할 수 없습니다. 옳은 방안을 내세워 줄기차게 밀고 나갈 수밖에 없습니다. 반대하는 자는 제거하고 탈락하는 자는 내버려두고 옳은 방안을 믿는 사람만을 똘똘 뭉쳐 나가는 것이 시대의 진운進運을 개척하는 것으로 되지 않겠습니까. 그런 뜻에서 우리는 전제개혁안을 하나의 시금석試金石으로 삼으려 하는 것입니다.”

“글쎄, 그 옳은 방안이란 것이….”

정몽주는 말꼬리를 흐렸다.

정도전의 머릿속에 무엇이 들어가 있는가, 정도전을 움직이고 있는 것이 무엇인가를 짐작하고 있는 정몽주로선 그와 더불어 대화하는 것이 지겨웠다. 정몽주는 정도전과 조준을 비롯하여 이성계 일파가 전제개혁을 실시함으로써 민심民心을 장악할 수단으로 삼을 작정이란 것을 알았다.

최영과 그 잔당을 모조리 숙청함으로써 군軍의 실권을 장악하고, 전제개혁을 통해 민심을 얻기만 하면 천하는 자동적으로 그들의 손아귀에 들어오게 될 것이란 계산을 정몽주는 정도전의 태도에서 읽었다. 그런 때문만은 아니었지만 이렇게 말을 던져보았다.

“종지가 목은 선생을 탄핵할 준비를 하고 있다고 들었는데.”

정도전의 표정이 긴장했다. 대답이 없었다.

“그게 사실이오?”

정몽주가 거듭 물었다.

“누가 그런 말을 합디까?”

“내 귀라고 해서 항상 닫혀만 있는 것이 아니니까.”

“목은이 지금과 같은 태도를 취하면 탄핵도 불사할 생각입니다.”

“지금과 같은 태도란 뭐요.”

“조민수와 결탁해서 폐왕의 아들을 옹립하는 것 같은 태도를 말하는 것이지요.”

“왕을 물리쳤으면 그 왕의 아들을 세우는 것이 순서가 아니오.”

“그게 왕씨손王氏孫이 아니란 것을 빤히 알면서요?”

"어떻게 빤히 안다고 하오."

"우禑의 소행所行을 보아서도 알 수 있지 않습니까. 그 탐색貪色의 광태는 신돈의 그것이 아니었습니까."

"그렇게 말하면 이런 말도 성립되지 않겠소? 성정은 신辛을 닮았을지 모르되 외양은 전혀 신을 닮지 않았어. 그러니 신의 씨種가 아니라구."

"아니 땐 굴뚝에 연기가 나지 않는 법입니다. 길을 막고 물어보시오. 우禑를 신辛의 아들이 아니란 사람이 있는가를 ···."

"그럼 왜 우왕이 즉위할 직전에 그런 의논이 나타나지 않았을까."

"나타나지 않았다 뿐이지 거리엔 미만하고 있었습니다."

"그런데 왜 그땐 그런 제의가 없었는가를 묻고 있는 거요."

"그건 세勢가 그럴 수 없게 되어 있었다는 거지요."

"지금은 그걸 거론할 세가 되어 있단 말이군."

"내가 말하지 않아도 달가 형이 이미 알고 계시겠지요."

"난 잘 모르오. 그러나 저러나 종지는 왕이 왕씨가 아니기 때문에 충성을 다할 수 없단 말이오?"

"따져보면 그렇게 될지 모르지요."

"그렇다면 임금이 왕씨종王氏種임이 확실하다면 충성을 전일專一하게 하겠구료."

"보다도 달가 형! 나라가 이런 꼴로 나가서야 어디 희망이 있겠습니까. 달가 형과 같이 영민하고 투철한 견식을 가진 사람이면 나라를 어떻게 경영해야 한다는 것을 환히 알고 계실 것 아닙니까. 근본적인 방책을 강구해보실 생각은 없으신지요. 이미 용龍은 나타나 있습니다. 승천할 시기를 기다리고 있을 뿐입니다."

"구름은 용을 따라야 한다, 이 말이오?"

"알고 계시네요."

"종지는 구름이다, 이 말이오?"

"우리 함께 구름이 되어야지요."

정도전이 그의 속을 다 내어 보인 셈이다. 정몽주는 순간 아찔했다.

"달가 형의 생각을 알고 싶습니다."

"꼭 내 마음을 알고 싶소?"

"알고 싶습니다."

"사불출기위思不出其位, 〈역경〉易經의 장상長象에 있는 말이오. 나는 내가 처해 있는 지위地位를 넘어선 생각을 하지 못하오. 아니, 하기가 싫소. 나는 신하로서의 도리를 다할 뿐이오. 운종룡풍종호雲從龍風從虎란 말을 듣지 않은 바는 아니지만 인신人臣은 구름이 될 수도 없고 바람이 될 수도 없소. 이것이 나의 마음이오."

"형은 참으로 지독하십니다."

정도전이 웃음을 터뜨렸다.

"지독하긴. 나는 범우凡愚의 한 사람일 뿐이지."

정몽주도 따라 웃었다.

정몽주, 정도전 둘 다 난형난제難兄難弟라고 할 수 있는 인물들이다. 비등점沸騰點에 이르러도 끓어 넘쳐버리지 않고 긴장을 풀어버리는 묘술을 지니고 있는 것이다.

"달가 형, 저는 〈역경〉 점상漸象에 있는 말을 하나 여쭙고 물러가겠습니다. 부잉불육婦孕不育이면 실기도失其道이니라(여자가 아이를 배어 그 아이를 키우지 않으면 도를 잃게 된다)."

이것은 혁명의 사상을 잉태하고 있는데 그것을 실현시키지 못한다는 것은 도리에 맞지 않는다는 정도전의 마음을 그대로 표출한 것이다.

정몽주는 이에 대꾸하지 않고, "좋은 술과 안주를 보내주셔서 고맙다고 이 원수에게 전하시오" 하는 말로 정도전을 배웅했다.

일월^{日月}의 허허실실^{虛虛實實}

　드디어 전제개혁^{田制改革}에 관한 조준의 상소가 있었다. 그 포부는 정열적이고 그 문장은 치밀하고, 구체적이고 소상한 방략이 따로 있었음은 두말할 나위가 없다.

　정몽주는 그 무렵, 귀양살이에서 풀려 돌아온 이숭인^{李崇仁}을 불러 조준의 상소내용을 검토해 보기로 했다.

　이숭인은 한마디로, '겁나는 문서'라는 표현을 썼다.

　"왜 겁이 나는가?"

　정몽주가 물었다.

　"겉으로 나타난 문면^{文面}은 서민들과 신진사류들을 감분 흥기시킬 만한데 그 문면의 배후엔 천하를 하루아침에 뒤엎을 야심이 숨어 있으니까 하는 말입니다."

　이 같은 이숭인의 말에 정몽주는 동좌한 우현에게 물었다.

　"자네의 생각은 어떠한가."

　"자안^{子安=이숭인}의 말이 그럴 듯합니다. 선뜻 읽었을 땐 참되지 않은 사실이 한 군데도 없습니다. 이해^{利害}를 떠나 읽으면 동조하지 않을 사람이 하나도 없습니다. 토지를 가지지 않은 벼슬들이 읽으면 한천^{旱天}에 비를 만난 것 같은 심정이 될 것입니다. 그런데 이 상소의 내용은 전

261

제개혁을 누가 하느냐에 따라 나라의 판도가 달라질 만큼 달라질 것입니다. 목은이 개혁의 주동자가 된다면 비교적 공평한 처리가 되겠지요. 포은과 도은이 한다면 무난한 시책이 되겠지요. 그런데 이 원수의 계열에 있는 사람이 이 개혁을 집행한다고 하면 천지개벽하는 변이 생길 것입니다."

"그건 왜 그런가?"

"포은께선 몰라서 물으시는 겁니까?"

이숭인이 웃음을 띠고 말을 끼었다.

"알 것 같기도 하고 모를 것 같기도 해서 하는 말일세."

"그럼 미욱하게나마 제가 설명 드리지요."

이숭인이 다음과 같은 말을 했다.

"전제개혁의 영이 내렸다고 합시다. 그 직전에 이 원수에게 달갑지 않은 자들의 관직이 일거에 삭탈될 것입니다. 그 자리를 그 계열의 사람들이 메우게 되겠지요. 그래놓고 나서 전田의 분급分給이 시작됩니다. 비사非士에겐 전을 주지 않는다고 했습니다. 비군非軍에게도 주지 않습니다. 비역자非役者에게도 마찬가집니다. 토지를 받는 사람은 이 원수 휘하의 군병이며 그 계열의 역직자이며, 그들의 세력에 추종하는 사람들에 국한될 것은 명약관화합니다."

"세상이 그처럼 간단하진 않을 테지."

"물론 결정적인 반발을 사지 않도록 책략을 쓰겠지요. 그러나 대통은 제가 말씀드린 대로 될 것입니다."

우현이 의견을 말했다.

"그런데, 조준의 상소엔 양쪽으로 칼날이 달려 있습니다. 그 방안이 그대로 실시될 수 있으면 자안이 말한 그대로 될 것이고, 실시될 수 없을 경우엔 그 방안에 반대하는 사람들을 민중의 원수로서 노출시켜 실인심朱人心케 하는 의도가 있다는 말씀입니다."

"그러나 전제가 너무 문란한 것은 사실이 아닌가. 겸병의 폐단은 너무나 심하고, 전제는 개혁되어야 하느니. 그래서 일전 종지를 만났을 때 개혁안을 내기 전에 백관들이 모여 충분한 의논을 하자고 한 것인데…. 조준의 상소 때문에 중구난방의 꼴이 되겠군."

"그걸 조준과 정도전은 노린 것입니다. 중구난방의 꼴로 만들어 생색을 크게 내어보자는 것이겠지요."

"이성계 원수는 그처럼 용렬한 분이 아닌데…."

"나면서부터 용렬한 사람이 있겠습니까. 측근의 사람들이 용렬하면 자연 용렬하게 되는 것입니다. 뿐만 아니라 상대가 용렬하면 따라서 이편도 용렬하게 됩니다."

이숭인은 홀연 얼굴빛을 흐리더니 이런 술회를 했다.

"포은 선생, 전 비록 대인大人은 되지 못하더라도 용렬한 인간은 되지 말아야 하겠다고 마음으로 다짐했습니다. 그런데 몇 차례 무고를 당하여 곤욕을 치르다 보니 마음이 용렬하게 꾸부러들지 않았겠습니까. 우선 당한 무고를 풀려고 애쓰다가 보니 용렬하지 않고선 무고를 풀지 못하는 벽에 부딪치기도 했습니다. 제가 믿었던 사람, 아무리 생각해도 그럴 수가 없는 사람으로부터 억울한 꼴을 당하고 보니 가만있어도 용렬하게 되는 스스로를 발견하지 않을 수 없었습니다."

"자안의 마음을 알겠네."

정몽주는 한숨을 길게 쉬었다.

이숭인은 그야말로 험로를 걸었다. 그는 수재 가운데서도 수재이다. 소년으로서 등과登科한 사실을 그만두고라도 25세 미만의 나이로 명나라 과거에 응시할 자격자를 뽑는 시험에 수석으로 합격한 자이다. 이같은 사람이 북원北元에 반대했다고 유배를 당하고, 풀려나선 이인임의 인척이라고 하여 다시 유배를 당하고, 영홍군 환의 진위眞僞를 가리다가 극형을 당할 뻔도 했고, 그 후로 수차 사헌부의 탄핵으로 경산부에서 귀양살이를 했다. 이제 그의 나이는 39세. 20세에 관도에 들어서선 10년여가 배소配所에서의 생활이었던 것이니 그 마음이 얼마나 괴로웠을까.

"앞으론 일체 관직을 사양하고 낙향하여 초옹樵翁으로서 일생을 마칠까 하옵니다."
하는 이숭인의 말에 정몽주는, "그러고 보니 오늘밤 자안을 부른 것이 잘못이로구나"하고 술이나 마시자고 했다.

"그러나 내일 낙향하여 초부가 될망정 나타난 일에 대해선 시是와 비非를 가려야지요"하고 이숭인은 "조준의 전제개혁에 대한 글은 술책術策으로서 읽어야지 논책論策으로 읽어선 안 됩니다"하는 말을 덧붙였다.

전제개혁에 관한 조준의 상소는 좌시중 조민수를 크게 자극했다. 조민수는 이것을 자기 개인에 대한 도전이라고 받아들였다. 그리고 그의 반발은 충분히 이유 있는 것이었다.

조준이 극론한 겸병兼幷의 폐단은 국정을 담당하는 현직자現職者에 국한하면 바로 조민수에게 문책해야 할 성질의 것이었기 때문이다. 바꿔 말해 겸병의 폐단을 일소하기 위한 작업이 진행될 경우 현직자로선 조민수가 숙청의 대상이 되어야 하는 것이다.

뿐만 아니라 조민수는 현직자로선 구가세족舊家世族의 이해를 대표하는 처지에 있었다. 조준의 상소가 정책으로서 실현되면 구가세족의 생활근거는 일조에 전복된다. 그런 까닭에 이를 방치하면 조민수의 정치적 기반이 무너지는 결과가 될 것이었다. 조민수는 자기 개인의 이익을 위해서도, 자기가 대표하는 구가세족을 위해서도 싸우지 않곤 배겨낼

264

수 없는 궁지에 몰렸다.

"그와 같은 중대사안을 좌시중인 나에게 사전 의논도 없이 제청하는 것은 잘못이 아니냐?"

조민수는 조준을 비난했다.

"대사헌이 상소하는데 좌시중의 승인을 미리 받을 필요가 어디에 있는가. 사헌부는 좌시중의 하급기관이 아니다."

조준은 이렇게 맞서 즉각 사헌부를 동원해서 조민수를 탄핵하기 시작했다. 조민수에 대한 탄핵은 미리미리 준비되었던 것이어서 탄핵 내용은 겸병의 사실부터, 이인임과의 유착에 이르기까지 세밀한 비행보고라고 할 수 있었다. 당시의 시류^{時流}로 보아선 덮어두면 그만인 일들이었지만 문제를 삼으면 비행이 되는 그런 성질의 것이고, 일일이 증거가 있는 것이고 보면 탄핵을 면할 수 없었다. 게다가 이성계의 세력이 압도적인 정치상황에선 조민수를 두둔할 어떤 세력도 없었다. 조민수는 간단하게 추방되어 버렸다.

조민수의 추방과 때를 같이 하여 최영의 죄상을 재론해야 한다는 동의가 있었다. 유배지에 있던 최영을 끌고 와서 순군옥^{巡軍獄}에 가두곤 공료^{攻遼}의 죄를 국문했다. 그 결과 최영을 죽이기로 되어 있었지만 이성계 파는 민심의 동향을 짐작하여 극형을 일단 보류하고 충주에 유배하고 그 대신 최영의 막료였던 정승가를 참형에 처하고, 조규를 각산으로, 조림을 풍주에 장류^{杖流}하고, 안소·송광미·인원보를 배소에서 각각 목베어 죽였다.

살아 있어도 최영은 산송장과 다를 바 없었고 그의 우익^{羽翼}이 모조리 잘린 데다가 조민수까지 몰락하고 말았으니, 군내^{軍內}에서 반이성계^{反李成桂}의 세력은 말쑥이 청소된 셈이다. 전제개혁을 한다는 바람을 일으켜 민심을 잡았다는 자신을 근거로 대대적인 숙청작업을 해치운 것이다.

이런 경위를 지켜보며 정몽주는, '조준의 전제개혁안을 술책으로 읽어야 하지 논책으로 읽어선 안 된다'는 이숭인의 말을 새삼스러운 느낌으로 상기했다.

대사헌 조준의 지휘하에 숙청작업은 계속 진행되었다. 조민수와 더불어 조영길·신아·강인유·오충좌·정희계·안주·허빈·손광유·양호 등 전직 중신들이 전리로 방축되었다. 이들은 반이성계계_{反李成}系로서 지목된 사람들이다.

8월 들어 이색이 문하시중_{門下侍中}이 되었다. 이성계는 수문하시중_{守門下侍中}이다. 이 인사도 이숭인의 말을 빌리면 책략의 하나일 것이다. 음으로 이성계 일파는 이색의 탄핵을 준비하면서 그를 문하시중으로 받든 데는 반드시 저의가 있었을 것이지만, 군사와 행정에 걸쳐 실권을 장악한 그들로선 앞날을 위한 포석_{布石}쯤으로 생각했을지 모른다. 여하간 이성계 일파의 독주에 신경을 곤두세우고 있는 사람들에겐 이색의 문하시중으로서의 등장을 환영했던 것만은 사실이다.

같은 무렵 서연_{書筵}을 열어 이색이 영서연사문하평리_{領書筵事門下評理}를 겸하게 되고 정몽주는 지서연사좌대언_{知書筵事左代言}, 권근은 좌부대언_{左副代言}, 유담은 성균대사성_{成均大司成}, 정도전은 서연시독_{書筵侍讀}으로 임명되었다. 사실상의 실권자는 정도전이다.

동시에 중외_{中外}의 대대적인 인사개편이 있었다. 각 도의 안렴사를 도관찰출척사_{都觀察黜陟使}란 이름으로 바꾸고, 그 대부분이 이성계 계열의 인물로서 충당되었다. 수문하시중 이성계는 도총중외제군사_{都摠中外諸軍事}에 겸직 임명됨으로써 나라의 군권을 실질적·형식적으로 장악하게 되었다.

8월 들어 조준의 전제개혁안이 도당회의都堂會議에 상정되었다. 조준
의 사안설명이 있었다. 정도전의 부대설명이 있었다. 윤소종의 찬성발
언이 있었다. 이어 몇 사람의 찬성발언이 있었다.

　찬성발언이 끝나자 무거운 침묵이 흘렀다. 좌시중 조민수가 전제개
혁을 반대하다가 탄핵된 사실이 무거운 압력으로서 작용하고 있는 것
이 확실했다.

　모두들 문하시중 이색의 얼굴을 응시하고 있었다. 그의 한마디로써
결정되는 것이다.

　이색은 반대 의사를 밝혔다.

　"지금 필요한 것은 전지의 경계를 바로잡는 일이고 겸병의 폐단을 살
펴 옳은 주인에게 돌려주는 일이지, 전적으로 전제를 개혁하는 것은 부
당하다. 국초國初의 공유제公有制로 되돌아간다는 것은 그간 사정이 많
이 달라졌기 때문에 불가능한 일이오."

　조준이 주장하는 공유제는 지금으로 말하면 공산당의 토지 국유화와
같은 성격이다.

　"사전私田의 폐단을 없애도록 하면 되지 이를 타파하여 공유로 한다
는 것은 있을 수 없는 일이다."

　이림이 주장했다.

　우현보·변안열·유백유·권근 등도 이색과 이림의 의사에 동조하
는 발언을 했다.

　그러자 조준이 "문란한 전제를 그냥 두자는 것인가?" 하고 침을 튀겼
고 정도전은 "모두들 정신을 차리지 않고 있다"고 모욕적인 말을 삼가
지 않았다.

　장내는 소연하게 되었다. 그야말로 중구난방의 수라장이 되었다. 정
몽주는 묵묵하게 그 광경을 지켜만 보고 있었다.

정도전이 정몽주를 향해 물었다.

"달가 형의 의견은 어떠하오?"

"전제를 개혁해야 한다는 덴 찬성이오. 그러나 방법과 시기에 대해선 반대요."

정몽주의 대답은 간단했다.

"방법의 무엇에 반대한다는 거요?"

정도전이 도전적으로 나왔다.

"조 대사헌의 안엔 갖가지 무리가 있소. 부당한 것도 있소. 서로 모순되는 것도 많소. 전제개혁을 한다고 치고라도 그 안대로는 어림도 없소. 대폭 수정해야 할 것이오."

"어떻게 수정해야 한다는 거요?"

윤소종이 나섰다.

"첫째 공유제로 한다는 것이 무리요. 창업당시엔 토지의 공유화가 무난하게 시행될 수 있었소. 모든 사정이 백지와 같았기 때문이오. 그로부터 4백 년이 지났소. 4백 년이 지나는 동안에 오늘날처럼 사전화私田化된 것이오. 사전화 과정엔 적잖은 폐단도 있었겠지만 대체로 필연적인 사정이라고 말할 수 있소. 공신功臣이 공功에 따라 얻은 땅이 있고, 근자勤者가 근勤에 따라 얻은 땅이 있소. 겸병兼並에 의해 토지를 가지게 된 자도 있지만 이것은 개혁에 의해 고칠 것이 아니라 법에 의해 시정되어야 할 일이니 이 자리에서 논할 사안이 아니오.

그럴진대 공과 근에 의해 사전화된 것을 일거에 옛날과 같은 공유제로 돌린다고 하면 역대의 정사를 부인하는 꼴이 되는 거요. 역대 조종의 정사를 부인하고 앞으로 나라를 어떻게 다스리겠소? 권문세족의 폐풍은 시정해야 당연하지만, 권문세족의 명맥을 끊어버린다는 것은 나라의 기틀을 위태롭게 하는 것이오. 전제개혁이 사전의 폐단을 없애는 방향으로 나가야 하지 공유화를 서둔다면 만만치 않은 소동을 야기할 것이 명약관화하오. 그러므로 전제개혁은 하되 그 내용과 방법은 대폭 수정해야 한다는 것이 나의 의견이오."

"우리가 노리는 것은 전제에 따른 일체의 폐단을 없애자는 거요. 그러자면 다소의 무리를 감내하고서라도 일대 개혁을 해야 하는 거요. 소수 권문세족의 체면을 위해 다수 민생을 희생시킬 수 없소."

정도전이 흥분했다.

"누가 다수 민생을 희생시키자고 했소? 공유제로 하기만 하면 민생이 잘 살 수 있다는 보장이 있기라도 하오? 경자유전耕者有田의 원칙을 살려 나라의 보장 아래 사전을 균등하게 재분배하는 방책을 세우는 것이 오히려 타당할 것이오. 전지를 공유화한다는 것은 전지를 나라가 소유하고 나라가 백성으로 하여금 경작케 하도록 관리한다는 뜻이 아니오? 그렇게 되면 관官의 압력이 지나치게 과중하게 되오. 관의 눈치를 보아가며 살아야 하오. 관의 가렴주구苛斂誅求가 우심해질 것은 필연이오. 그 폐단은 사전을 용인했기 때문에 있던 폐단보다 더 클 것이오."

정몽주는 조용조용 말했다.

"철저하게 관리 감독하면 그런 폐단쯤은 얼마든지 방지할 수 있소."

조준이 펄쩍 뛰었다.

"감독과 관리가 철저하지 않았기 때문에 오늘날의 이도吏道가 문란해진 것이오?"

정몽주는 말을 계속했다.

"이 개혁안이 내포한 모순은 이런 것만이 아니오. 이 안에 의하면, 비사非士와 비군非軍, 그리고 국역國役에 종사하지 않는 자에겐 전田을 주지 말자는데 이거야말로 큰일이오. 오늘 국역에 종사하다가 내일 그만 둘 사람이 있고, 오늘은 국역에 종사하지 않다가 내일 국역에 종사하게 될 사람이 있을 것인데 이 원칙대로 하면 오늘 갑으로부터 환수된 토지를 내일 을에게 주어야 하는 일이 빈번하게 생길 것이 아니오. 그런 번거로운 일을 관이 감당해야 하는 것인데 과연 공정을 기할 수 있을는지. 땅을 빼앗기 위해 서로 비방하는 일이 생기고 관에 뇌물을 쓰는 폐단도 생길 것인즉 그로 말미암은 혼란을 어떻게 할 것인지. 그런 점으로도 나는 이 개혁안에 동조할 수가 없소."

"그런 것쯤은 유능하고 염결한 장전관掌田官을 등용함으로써 수월하게 해결할 수 있을 것이오."

하고 조준이 흥분했다.

정도전은 "범이 무서워 산에 못가겠다는 얘기가 아닌가요?" 라고 으르렁댔다.

"조용하시오. 내 할 말을 다하지 않았소."

정몽주가 손을 들어 장내를 진정시키려고 하자, 정도전이 비아냥거렸다.

"달가가 반대한다는 것을 알았으니 그쯤 해두시오."

그런데도 정몽주는 언성을 높여 말했다.

"전제개혁과 같은 대개혁을 할 땐 시기를 택해야 하는데 지금은 그 시기가 아니오. 지금 각지에 왜구의 침략이 빈번하여 영일이 없는 형편이오. 이럴 때 전제에 변동을 일으키면 혼란이 가중할 것이오. 게다가 신왕이 즉위한 지 일천日淺한지라 정국이 안정돼 있지 않소. 전제개혁은 신중에 신중을 더해야 하는 것이어늘 이런 혼란기엔 신중을 기할 수가 없소. 전제개혁을 하되 왜구가 소강상태가 되고 정국이 안정되는 때를 기다려야 할 것이오."

"백년하청百年河淸으로 기다리자는 거로군."

정도전이 노골적인 악의를 보였다.

결국 도당회의는 결론을 얻지 못하고 휴회하고 말았다.

　　이 결과를 보고한 자리에서 정도전이 이색과 정몽주를 탄핵할 의향
을 비쳤다.
　　"달가가 권문세족의 편에 섰다?"
　　이성계는 심각한 표정으로 중얼거렸다.
　　그리고 정몽주가 전제개혁에 반대한 사유를 소상하게 묻고 나더니,
　　"달가의 말엔 일리가 있다"고 하고, 정몽주를 탄핵하지 말라고 정도
전을 타일렀다.
　　"어떻게 하건 목은과 달가를 적으론 돌려선 안 돼. 뭐니 뭐니 해도 그
두 사람은 민심의 절반 이상을 차지하고 있다. 종지는 오늘 밤에라도
달가를 찾아가서 오늘 도당에서 한 언동에 대해 사과해야 한다. 달가는
우리 편으로 하면 천인력千人力이 되고 적으로 돌리면 만인력萬人力이 되
는 힘을 가진 사람이다. 나는 오늘의 백관 가운데 99명을 잃어도 달가
한 사람은 잃고 싶지 않다."
　　그 말을 옆에서 듣고 있던 조준이,
　　"원수께옵선 정이 넘치신 나머지 양호지한養虎之恨을 갖게 되실지 모
릅니다. 우리 편이 될 수 없다고 판단하시면 빨리 견제하는 것이 상책
이 아닐까 합니다."
하고 정몽주 주변에 몰려드는 사람들을 열거하곤 그들의 성분을 일일
이 따져 설명했다.
　　이성계는 눈을 감고 조준의 장광설을 듣더니 뚜벅 말했다.
　　"달가는 불의를 도모할 사람이 아니다."

추석이 돌아왔다. 무진년의 추석이다.

어언 52세에 맞이한 추석이란 감회가 슬프기도 했다. 손님들은 돌아가고 가족들이 자리에 들었을 때 정몽주는 혼자 불을 끈 별당에 단좌하여 중추의 명월을 보았다.

시상詩想이 떠오르지 않은 바는 아닌데 연전 함주에 갔을 때의 회상이 새삼스럽게 뇌리를 스쳤다. 그때 지은 시를 반추해 보았다.

中秋昔作咸州客 屈指今經二十年
(중추석작함주객 굴지금경이십년)

白首重來對明月 餘生看得幾回圓
(백수중래대명월 여생간득기회원)

(옛날에도 중추에 함주의 나그네가 되었다. 손을 꼽아보니 20년 전의 일이다. 이제 백수가 되어 다시 이곳에 와서 명월을 대하게 되었다. 앞으로 몇 번이나 저 둥근 달을 볼 수 있을는지!)

'餘生看得幾回圓.' (여생간득기회원)

가슴에 사무치는 글귀다.

'참으로 그렇다. 앞으로 몇 번이나 저 둥근 달을 볼 수 있을까!'

주마등처럼 회상은 전개되는데 앞날의 일은 그저 막연하기만 하다. 정몽주는 함주에 갔을 때를 생각했다. 며칠 후 명월을 볼 수 있었지만 함주에 도착했을 무렵엔 비가 내리고 있었다.

그때도 나라 걱정으로 수심이 가득했는데 지금의 나라 사정은 거익 태산去益泰山인 것이다.

그땐, 그러나 민심을 귀일歸一할 수 있는 근거라도 있었다. 그런데 지금은 그것마저 없다. 아무리 낙관적으로 생각하려고 해도 이성계를 중심으로 한 세력의 불온한 움직임이 마음에 걸렸다. 나라의 사정을 뻔히 알면서 전제개혁을 서두는 그들의 태도엔 분명 무슨 저의가 있을 것이었다.

이런 생각, 저런 생각으로 잠을 제대로 자지 못했는데 아침에 대비전大妃殿에서 차인이 왔다.

"대비께옵서 긴히 의논할 일이 있으니 수녕궁으로 들어오십시오"하는 전갈이었다.

대비란 창왕의 모후이며, 우왕의 근비槿妃이다.

별전에서 기다리던 대비는 사후伺候한 정몽주에게 대뜸 이렇게 시작했다.

"노상께선 전왕이 지금 강화의 배소에 계시는 사실을 알고 계시겠지요?"

"알고 있사옵니다."

"전왕께서 잘못이 있었기로서니 영영 강화에 계셔야만 된다고 생각하시는지요?"

"황공하오이다. 차차 상황이 달라지리라고 생각하옵니다."

"전왕의 형편도 말이 아닙니다만, 금상왕의 도리로서 부왕을 그대로 둘 순 없는 일 아니겠습니까?"

"그러하옵니다."

"그렇다면 노상께서 금상왕께 효도를 다할 길을 틔워주사이다."

"어떻게 하면 되겠사옵니까?"

"서울 가까운 곳에 모시도록 방도를 강구해 달라는 것입니다."

그런 일 같으면 문하시중인 이색이나, 수문하시중인 이성계에게 분부하면 될 일을 하필이면 나에게 말하는 것일까, 하는 마음이 들었지만 그렇게 말할 수가 없었다. 혹시 이것이 무슨 함정이 아닐까 하는 의혹도 생겼다. 전왕 우禑에 관계되는 일에 개입하는 것은 금기로 되어 있는 당시의 사정이었다.

"돌아가서 의논해 보겠습니다."

하고 퇴출하려고 하자 대비의 말이 이어졌다.

"왜 이런 부탁을 노상에게 하는가 그 사정을 말씀드리겠소. 왕의 전교로서 일을 처리할까 하고 친정아버님께 여쭈었더니 그 어른의 말씀이 노상과 의논해서 선처하라는 것이었소. 일일이 말씀드리지 않아도 노상께선 사정을 알고 계실 것 아니옵니까. 참으로 딱하옵니다. 전왕을 여흥쯤으로 옮기시도록 마음을 써주사이다."

대비의 친정아버지는 이림이다. 정몽주는 이림이 무슨 까닭으로 자기를 의논상대로 대비에게 천거했을까 하고 생각해 보았다.

이림이 이색을 천거하지 않은 이유는 알 것 같았다. 우왕과의 사이가 밀착됐다고 해서 이색은 적잖은 오해를 받고 있는 것이다. 이림이 이성계를 기피한 이유도 알 것 같았다. 이림과 이성계는 원래 사이가 좋지 않은 데다가 전제개혁에 따른 마찰이 심화되어 있었다. 그런 미묘한 사정으로 하여 자기를 천거하게 된 것이로구나 하고 정몽주는 쓴웃음을 짓지 않을 수 없었다.

이러나저러나 대비의 간청이고 보면 거절할 수도 없는 일이어서,

"노신, 뜻을 받들어 거행하겠습니다."

하고 정몽주는 승낙했다.

정몽주의 뇌리에 떠오른 이름이 있었다. 찬성사贊成事 왕안덕王安德이다.

왕안덕은 공민왕 사후에 우왕을 옹립하는 데 공이 있었던 사람이다. 위화도 회군 땐 조민수의 휘하에 있었지만 이성계와의 사이는 비교적 좋은 편이다. 최근 이성계의 추만推挽으로 육도도통사六道都統使에 임명되었다. 전왕 우를 위해 주선하는 것은 정의로서 부득이한 일이라고 풀

이할 수도 있어 오해를 살 위험이 없을 것이었다.

대궐에서 나오는 길로 정몽주는 왕안덕을 찾아갔다. 대비의 뜻을 전하고 정몽주는 왕안덕에게 말했다.

"무력하게 된 전왕이 강화에 있으면 어떻고 여흥에 있으면 또 어떻겠소. 왕으로 하여금 효도하는 길을 틔워줍시다. 나와 함께 주청하여 전왕을 여흥으로 옮기도록 합시다."

왕안덕은 쾌히 승낙했다.

"효도할 길을 틔운다는 것은 그 누구도 반대할 사람이 없을 것인즉 내가 서둘러 보겠소. 송헌松軒, 이성계에겐 내가 양해를 구할 것이니 달가는 목은의 양해를 얻어두시오."

다시 정몽주가 나설 필요 없이 이성계의 양해를 구한 왕안덕은 즉일 창왕에게 주청하여 윤허를 받았다.

왕안덕이 강화에 가서 전왕을 성찬으로서 대접하고, 빠른 시일 내에 여흥으로 옮기게 될 것이라는 뜻도 전했다. 그리고 얼마 후 전왕 우는 강화를 떠나 여흥에 거처를 옮겼다. 군병郡兵으로 하여금 숙위케 하고 여흥의 세稅로써 공봉케 했다. 실질적으로 상왕上王의 대접을 하게 된 것이다.

이로부터 수녕궁과 여흥의 전왕 사이에 왕래가 빈번하게 되었다. 왕은 삼사좌사 조인벽, 찬성사 지용기, 동지밀직 우홍수, 밀직부사 유준 등을 여흥에 파견하여 문후케 하자, 전왕의 입김이 조정에 통하게 되어 아첨하는 관료들이 은근히 전왕의 위광을 입으려는 움직임을 보였다.

이런 사정을 알게 된 정몽주는 왕안덕을 찾아가,

"우리의 모처럼의 주선이 큰 화근이 될지 모르겠다."

고 걱정하여 전왕의 근신을 종용하는 방도를 강구하자고 했다.

왕안덕은, "별일 있겠소" 했지만 정몽주는 불안했다.

조준·정도전·윤소종 등 책사들이 장차 무슨 일을 꾸밀지 모른다는 예감이 들었기 때문이다. 정몽주는 이림을 찾아가 대비가 경망한 행동을 못하도록 견제하라고 충고하는 동시에, 우현을 통해 전왕 우에게 충간忠諫의 서한을 보내려고 했다.

"그 편지가 장차 어떻게 왜곡되어 간사한 자들에 의해 이용될지 모를 일이니 서한을 보내는 것만은 삼가야 할 것입니다."

우현은 만류했다.

정몽주는 심사숙고한 끝에 우현의 충고에 따르기로 했다. 그런 만큼 정몽주는 전왕 우와 그를 둘러싼 사람들의 행동이 안타까워 견딜 수가 없었다.

정몽주의 근심은 결코 기우가 아니었다. 우왕의 주변엔 적지 않은 정탐꾼이 침입해 있었다. 뿐만 아니라 우·창禑昌은 왕씨의 종자가 아니란 항설이 또다시 고개를 들기 시작했다. 분명히 배후에 조종하는 자가 있기 때문에 생긴 현상이었다.

10월에 들어선 어느 날 정몽주는 오랜만에 이색과 단둘이 대좌할 기회가 있었다. 그 자리에서 정몽주가 농을 걸었다.

"목은께선 요즘 무엇을 하십니까."

대사헌 조준에게 눌려 전혀 실권을 발휘하지 못하고 있는 사실을 꼬집은 것이다.

"왕년의 천리마千里馬가 까치하고 소일하는 사정을 몰라서 묻소? 빨리 직을 사퇴하고 장단의 별장에 가서 한운야학閑雲野鶴과 더불어 살고자 하는데 그것이 뜻대로 되지 않소이다."

이색은 한숨을 짓고 소리를 낮추어 물었다.

"오늘 내가 달가를 만나고자 한 것은 … 목자득국木子得國이란 말을 들은 적이 있소?"

"글쎄올시다."

정몽주는 애매하게 말했다.

"그 뜻이 무엇이오?"

"모르셔서 물으시는 겁니까?"

"하도 엄청난 말이어서 물어보는 것 아니오."

"선생님은 그 말을 요즘에서 들으셨습니까?"

"요즘에 들었다기보다 들은 체도 하기 싫어서, 즉 청이불문聽而不聞했던 것인데, 갑자기 그런 소리가 높아진 것 같소."

"선생님은 어디서 들었습니까?"

"며칠 전 동갑들이 모여 만월대에 소풍을 갔더니만, 목자득국하면 논밭이 저절로 굴러들어올 것이라며 고담방가高談放歌하는 자들이 있더란 말이오. 귀엣말로 수군거리는 것도 뭣할 것인데 술에 취해 외쳐대도 거리낌이 없는 것이 마음에 걸려, 그 이튿날 조준 대사헌에게 물었지요. 그런 소리는 금禁에 저촉되는 것이 아니냐구. 그자가 시무를 논한 가운데 법을 어기고 금에 저촉하는 자는 모름지기 헌사에 돌려 엄히 치죄해야 한다고 되어 있지 않았소. 그래서 물어보았지요."

"조준이 뭐라고 했습니까."

"백성들의 속요俗謠를 어떻게 단속하느냐고 하더구료."

"그래서 뭐라고 하셨습니까."

"국기國紀를 문란케 하는 유언流言을 속요라고 해서 단속하지 않는다면 무엇을 단속할 거냐고 말해두었지요."

"그랬더니 대꾸가 어떠했습니까."

"민심이 천심이고 민성이 천성天聲인데 사람의 힘으로 천성을 어떻게 막을 수 있느냐고 하더이다."

정몽주는 말문이 막힐 만큼 충격을 받았다. 이색이 중얼거렸다.

"세상이 이처럼 변했는가?"

"선생님, 조준이 한 말은 분명히 대역大逆입니다. 문하시중께서 대역의 현장을 보시고도 가만 계셨다고 하면 선생님은 대역부도죄大逆不道罪에 연좌되는 것입니다. 마땅히 순군巡軍에 넘기셔야죠."

이색이 허탈한 웃음을 웃곤 한숨을 섞었다.

"순군에 넘겨? 지금 순군이 조준을 국문할 수 있게 되어 있소?"

이색의 말은 사실이었다. 순군은 전부 이성계 파로서 굳어져 있는 것이다.

"그렇다면 제가 탄핵소彈劾疏를 올리겠습니다. 탄핵소를 올리고 도당都堂에서 심의하도록 해야죠."

정몽주는 굳은 표정으로 말했다.

"탄핵은 그만 두시오."

"왜 그만 둡니까."

"단번에 나라가 쪼개질 거요. 놈들의 난동에 기회를 주는 꼴이 될 뿐이오. 나도 탄핵을 생각하지 않은 바는 아니지만 그자들의 술책에 말려드는 것이 아닐까요. 즉, 그자가 사단을 만들기 위해 엄청난 소리를 하여 내게 도발한 것이 아닌가, 하는 생각을 하게 되었소."

"그래도 대역을 묵과할 순 없는 일 아닙니까."

"묵과 안 하면 어떻게 하겠소. 달가에게 탄핵을 밀고 나갈 만한 힘이 있소? 군사 하나라도 가지고 있소? 놈들은 수창궁에서 왕을 끌어낸 세력이오."

정몽주는 암연한 표정으로 생각에 잠겼다.

이색의 말이 있었다.

"지금은 참을 수밖에 없소. 그래서 하는 얘기네만 이번 하정사賀正使로 내가 명나라에 다녀올 작정이오. 명나라에 가서 기미機微를 포착해 보겠소. 뜻밖인 방편이 생길지 모를 일 아니겠소."

'목자득국'이란 말은 위화도에서 회군할 때 생겨난 말이다. 그런데 이런 말이 공공연하게 퍼져도 방치해둘 만큼 그들의 준비가 되어 있단 말인가. 정몽주는 가슴이 오싹해지는 것을 느꼈다.

중곡衆曲의 탄歎

"나라의 꼴을 이대로 보고만 있을 수 있겠소?"

이색이 한숨을 쉬었다.

"명정明廷엘 다녀오겠다는 선생님의 심정은 알겠습니다만, 명정까진 8천 리의 장도입니다. 옥체를 보전할 수 있을지 그것이 염려되옵니다."

"그러나 도리가 없소."

이색은 명나라에 가고 싶어 하는 본심을 다음과 같이 밝혔다.

"어떻게 하건 감국監國의 파견을 간청할 작정이오. '목자득국'이란 해괴한 말이 유포되는데도 이를 다스릴 자가 없다면 사직은 갈 데까지 갔다는 얘기가 아니오? 이 누란의 위기를 막을 방편은 상국으로부터 감국을 청해오는 수밖에 없는 것이 아니오."

이색의 말소리는 떨리고 있었다.

감국監國이란 상국이 속국에 파견하는 감독관을 말한다. 원나라가 한때 쓰던 제도이다. 원나라가 파견한 감국 때문에 얼마나 많은 수모를 겪었던가. 명나라가 파견할 감국이 원나라가 파견했던 감국보다 나으리란 보장은 아무 데도 없다. 그런데도 불구하고 이색은 수모의 원인이 될지 모르는 감국의 파견을 자청하려는 것이다.

정몽주는 그 심정이 너무나 애처로워 눈물을 흘렸다. 정몽주의 눈물

280

을 보고 이색이 물었다.

"위기를 타개할 수 있는 방도가 달리 있겠소."

정몽주는 대답할 수가 없었다. 감국을 청한다는 것은 수모를 청하는 것이나 다름이 없다는 사실을 너무나 뼈저리게 알기 때문이다. 설령 수모를 청하는 것은 아닐지라도 스스로 우리에겐 통치능력統治能力이 없음을 고백하는 거나 다를 바가 없었다.

그렇다고 해서 '목자득국'이란 해괴한 말이 공공연하게 나도는 이 판국을 수습할 수 있는 결정적인 방안이 있는 것도 아니다. 불온한 세력을 견제하기 위해선 감국의 파견을 요청하는 고육지책도 불가피한 노릇이다.

그런 까닭으로 정몽주는 다음과 같이 말을 보탰다.

"달리 무슨 방도가 있겠습니까. 그런데 〈청감국표〉請監國表는 조준이 쓰도록 하는 것이 좋겠습니다."

이색은 싱긋 웃었다. 정몽주의 원려를 알았기 때문이다.

〈청감국표〉는 감국을 파견하여 달라는 뜻을 명 황제에게 바치는 문서이다. 감국의 파견을 원하는 사정이 미묘한 만큼 장차 이 문제가 어떻게 논란될지 모른다. 감국을 청해서까지 나라의 체면을 손상했다고 덤비는 상황이 전개될지도 몰랐다. 명나라의 명운이 영원하리라는 것은 누구도 보장할 수 없는 일이다. 정몽주가 〈청감국표〉를 조준에게 쓰도록 하자는 데는, 감국을 청한 책임을 이색에게만 지워선 안 되겠다는 원려가 있었기 때문이다.

"그렇게 해보지요. 설마 그들이 명나라에 감국을 청하자는 의견에 반대할 수야 없겠지."

이색의 이 짐작도 옳았다. 이성계 일파도 명 황제의 비위를 상하지 않도록 신경을 쓰고 있는 것이다.

"만에 하나라도 나라에 대한 불궤不軌를 꾀하는 자가 있다면 감국은 필요불가결한 것으로 되겠지만 그런 일이 없을 것이라면 감국은 아주 거북살스런 부담이 될 것이오니, 선생님께선 이 양단의 일을 짐작하시고 강온強穩의 중간을 택하시어 처신하심이 옳을 줄 압니다."

정몽주가 이 일에 관해 얼마나 신중한가를 알 수가 있다.

"달가의 마음을 잘 알겠소. 그런데 이번 사행엔 누구누구를 데리고 가면 좋을까?"

정몽주는 이숭인과 김사안을 천거했다. 이숭인은 첨서밀직사사簽書密直司事의 직에 있었고, 김사안은 동지밀직同知密直인데 두 사람 모두 이색을 스승으로 받드는 성실한 성격의 소유자이다.

이색은 정몽주의 천거를 그대로 받아들였다.

이색은 도당에서 자기의 소신을 피력했다.

"나라의 일들이 복잡다난할 뿐 아니라 명정明廷과의 사이에 자칫 오해로 인한 확집確執이 있을 것도 같소. 마땅히 왕이 친조親朝하지 않으면 충분한 석명을 할 수 없는 상황이오. 그런데 왕께선 아직 어리셔서 먼 길을 갈 수가 없으니 노신老臣이 그 책무를 다해야 할 것 같소. 그런 까닭으로 이번 하정사賀正使는 노신이 직접 맡을 작정이오. 하정을 겸하여 이번의 사행使行에서 달성코자 하는 것은 감국의 파견을 청하는 일과, 우리 자제가 상국에 유학할 수 있도록 윤허를 받는 일이오. 우리 자제의 유학을 원하는 데는 반대가 없을 줄 믿지만 감국을 청하는 일엔 다소 의견을 달리하는 사람이 있을지 몰라 묻는 바이오. 이견이 있는 분은 말씀하시오. 반대가 많으면 감국을 청하는 일은 보류할 생각이오."

이 마지막 대목은 정몽주의 의견을 채택한 부분이다. 장차의 말썽을 없애기 위해 이 대목이 꼭 필요하다고 정몽주가 역설한 것이다.

"감국을 청하는 이유를 알고자 합니다."

윤소종의 질문이었다.

"명정과의 사이에 있는 오해를 한꺼번에 불식하기 위해선 이런 조치가 필요하다고 생각한 때문이오. 지난번의 공료책동攻遼策動 같은 것은 커다란 실수였는데 앞으론 그런 일이 단연코 있을 수 없다는 것을 알리려면 수만 언言의 서약보다, 감국을 청하는 일사一事가 훨씬 보람이 있을 것이 아니겠소."

"그런 일면도 있긴 합니다만 감국을 청하는 일은 신중을 기해야만 되리라고 생각합니다."

이건 정도전의 말이었는데 이색이 따졌다.

"그럼 종지는 감국을 청하는 일에 반대하는 거요? 반대자가 많으면 보류하겠다고 내가 아까 한 말이 곧 신중을 기해야겠다는 뜻이 아니었소? 반대한다면 종지는 분명히 반대한다고 말하시오."

"신중을 기하자고 했지, 반대한 것은 아닙니다."

다급했던 모양이다. 정도전이 얼른 얼버무렸다.

"반대하진 않겠다는 것이지요?"

이색이 이렇게 다짐해 놓고 말했다.

"반대 의사를 가진 사람 말하시오."

명나라에 감국을 청하자는 의견에 공공연하게 반대할 사람이 그때의 정세 속에서 있을 까닭이 없다.

"반대가 없으면 감국을 청하도록 하겠소."

묵묵한 가운데 이색은 결단을 내리고, 대사헌 조준을 돌아보고 일렀다.

"청감국표는 아무래도 조준 대사헌의 필력을 빌려야 할 것 같소."

당혹하는 기색을 보이며 조준이 뭐라고 말하려는 것을 정몽주가 앞질렀다.

"청감국표는 아무래도 조준 대사헌이 쓰셔야 하오. 근자 조 대사헌의 문장은 그 광채가 육리한 바 있습니다. 조 대사헌의 문장은 명 황제의 심금을 울릴 것이 확실하오."

"원래 상국에 올리는 표表는 당해 사신 가운데서 쓰는 것이 상례인즉⋯."

조준이 망설이자 정도전의 말이 있었다.

"예例는 법法이 아니오. 문하시중께서의 간청이니 대사헌은 사양하지 않기 바라오."

이렇게 말한 정도전의 의중엔 그 〈청감국표〉가 의례적인 것 이상으로 되지 않게 해야겠다는 배려가 있었을 것이었다.

〈청감국표〉는 조준이 쓰기로 결정되었다. 그런 것까지를 도당평의都堂評議가 결정하는 것은 아니지만 이 경우 그렇게 되어버린 것이다.

하정사가 가야 한다는 것은 필연한 일이고, 그 하정사를 문하시중이 맡겠다는 데 대해선 아무도 반대할 사람이 없었으나 이색이 이미 늙었고 건강하지 못하다는 이유로 반대하는 사람들이 있었다.

이에 이색은 다음과 같이 말하고 8천 리의 여로旅路를 떠났다.

"신臣은 포의布衣로서 위位, 극품極品에 이르렀다. 죽음으로써 보답할 생각을 항상 가지고 있었는데 이제 사처死處를 얻었다고 할 것이다. 만일 도중에서 죽는 일이 있으면 사체로서 사명을 다하고, 국명國命을 천자天子에게 달할 것이니라. 그렇게 된다면 죽음으로써 생生 이상의 보람을 다할 수 있을 것이 아닌가."

이색이 휴대하여 명 황제에 제출한 〈청감국표〉의 요지는 다음과 같다.

― 삼가 생각하노니 소국이 변두리에 처하여 겨우 성교聲教의 은혜를 받고 있다고 하나 아직 예습禮習에 익숙하지 못하옵니다. 황제께옵서 감국을 보내시어 성화聖化를 선포하시길 비옵니다. 복망컨대 폐하陛下께옵서 도화겸용度擴兼容, 인추일시仁推一視하시와 명하여 원리員吏를 설설說하옵시고 요황要荒을 안전케 하옵소서. 신臣은 삼가 후도候度를 지켜 어긋남이 없이 하여 황령皇齡의 유영有永을 축복하겠나이다. …

도당에서 일단 결정했다고 하지만 이 〈청감국표〉의 필자가 조준이라곤 밝혀지지 않았다. 다만 그 문장에 간절함이 없고 극히 의례적인 것으로 보아 감국을 절실하게 필요로 한 진영의 사람이 쓴 것이 아니라고 판단할 수 있을 뿐이다.

만일 감국의 필요성을 절실하게 느낀 초심初心 그대로 이색이 감국의 파견을 정열적으로 추진하여 감국이 명나라로부터 파견되었더라면 이성계 일파의 쿠데타는 실현되지 못했을지 모른다. 그러나 이것은 소설가인 나의 추측일 뿐이다.

하정사로서 이색이 떠난 것은 10월이다. 그런데 11월에 들어 밀직사 강회백, 부사 이방우를 명나라에 파견했다.

이 사행은 이색 일행의 행동을 감시하기 위한 것이라고 풀이하는 사람이 있다. 부사 이방우가 이성계의 장남이란 점을 들어 그렇게 풀이한다. 그러나 이방우는 이성계의 쿠데타에 그다지 관심을 가지지 않았던 사람이고, 정사 강회백을 이성계 파라고 할 수도 없었으니 이색을 감시하기 위해 갔다는 풀이는 무리지 않을까 한다. 그러나 당시의 이성계 파가 이색의 사행에 신경을 쓰고 있었던 것만은 사실이다.

이색이 없는 동안 이무와 이빈을 탄핵하는 사건이 있었다. 귀양간 조영길이 몰래 개경에 들어온 사실을 알면서도 고하지 않았다는 죄로 인한 탄핵이었다. 이 탄핵으로 파직되었는데 이성계 파의 간관諫官들은 이에 불복하고 다시 다음과 같은 탄핵소를 올렸다.

　—이무, 이빈 등은 간신 이인임의 당인으로서 벼슬이 재상에 이르러 세위를 떨치고 사람들을 압도하던 자들이다. 요행으로 성은을 입어 그 직위를 보전할 수 있었으면 마땅히 소심익익, 유신의 정사에 이바지함이 옳을 것이어늘 조영길의 반모反謀에 가담하여, 이무는 말을 빌려 서로 초치하고, 이빈은 비린상종比隣相從으로 간모姦謀를 꾀했다. 그런데 그들을 파직하는 것만으로 그치면 악을 징계한 것으론 되지 못한다. 헌사로 하여금 그들의 직첩을 거둬들이고 엄히 국문해야 한다. …

이로써 이무는 곡주로, 이빈은 안변으로 유배되었다.
이무와 이빈은 이성계 파와는 끝내 맞지 않은 운명의 소유자이다. 두 사람 모두 이성계의 개국 때 등용되어 관직을 역임하긴 했으나 이무는 태종 9년 민무구閔無咎의 옥사에 연좌되어 죽주에서 사형되었으며, 이빈은 태종 9년 윤목尹穆의 옥사에 연루되어 이듬해 장흥에서 주살되었다. 두 사람 모두 그 후 신원伸寃된 것을 보면 억울한 죽음이었다는 것을 알 수가 있다.
이무와 이빈에 대한 탄핵에 이어 전법典法과 대간臺諫의 최영에 대한 상소가 있었다. 최영에게 공이 있다고 하지만 상국에 대한 죄가 너무나 엄청나니 주살誅殺하여 상국의 노여움을 풀어야 한다는 것이다. 최영을 죽이고야 말겠다는 이성계 일파의 끈덕진 책모에 정몽주는 적잖은 충격을 받았다.
정몽주로선 최영의 죄를 재론하지 않았으면 하는 심정이었다. 최영을 현재 그대로 유배지에 두는 것만으로도 명나라에 대한 변명의 구실이 될 것이라고 생각했던 것이다. 뭐니 뭐니 해도 나라의 공신으로서 최영 이상의 인물이 없었으니 그가 저지른 비非는 그의 공功으로서 상제相濟될 수 있다는 것이 정몽주의 소신이었다.

최영을 주살해야 한다고 주장한 상소가 있었다고 듣고 정몽주는 자신의 의견을 정돈하기 위해 최영과 자기와의 상관관계를 회상해보는 마음으로 되었다.

정몽주가 최영을 처음 만난 것은 관도에 들어선 지 1년 남짓한 후, 예문관 검열에서 수찬修撰의 직으로 옮겼을 때이다. 그때 최영은 홍건적을 무찌른 공으로 훈일등勳一等 벽상공신으로서 전리판서典理判書의 자리에 있었다.

당시의 정몽주로 보아선 관직에 있어서 최영은 운상인雲上人과 다를 바 없었다. 정몽주는 26세, 최영은 47세였다. 25년 전의 그날이 선명하게 정몽주의 뇌리에 떠올랐다.

기어들고 기어나야 할 너무나 초라한 집 앞에서 내의來意를 전하자 종자가 정몽주를 인도한 방은 토벽土壁 그대로에 멍석을 깔았는데 벼룩이 이리 뛰고 저리 뛰고 있었다.

그런데 의관을 정제하고 단좌하고 있는 최영의 얼굴엔 영기英氣가 서린 듯했다. 정몽주가 절하고 좌정하며 인사말을 올리자 최영은,

"정 공의 영특한 이름은 익히 듣고 있소. 나라를 위해 일층 면려勉勵하시오."

하는 정중한 말을 썼다.

"말씀을 낮추십시오."

하자 최영은,

"임금을 모시는 신분에 있어선 한가진데 지위의 고하와 연령의 다소

로서 어찌 그리할 수 있겠소."

시종 경어로써 대했다.

이미 소문으로 최영의 청렴함은 듣고 있었지만 직접 자기의 눈으로 검소한 실상을 보곤 감동이 없을 수 없었다. 돌아오는 길에 이분이야말로 모범으로 해야 할 인물이라고 정몽주는 마음속으로 되뇌곤 했던 것이다.

정몽주가 최영에 대해 존경은 하되 추종할 순 없다고 생각하게 된 것은 공민왕의 사후 조정이 친원정책親元政策으로 돌아갔을 때부터이다. 친원정책의 주동은 이인임이었지만 그 배후엔 최영의 막강한 지지가 있었다. 이른바 권문세족으로 된 구파는 친원이고 신흥세력은 친명親明으로 어느덧 정국의 판도가 변해가고 있었다.

정몽주는 친명정책의 기수旗手라고 할 수 있었다. 원元엔 망조亡兆가 들고 명이 승세昇勢에 있다는 것을 재빨리 파악한 시국관時局觀 때문이기도 했지만, 명나라의 주류가 한민족漢民族이란 것, 중국의 문화는 결국 한민족의 문화였다는 사실에서 비롯된 일종의 모화사상慕華思想이 정몽주 등 이른바 유학도들을 친명親明 방향으로 이끌었던 것이다.

정몽주는 원나라의 사신을 예접禮接해선 안 된다는 맹렬한 상소를 올려 그것이 죄라고 해서 우왕 1년에 언양으로 유배되기까지 했다. 그러나 정몽주는 최영의 친원적 태도가 결코 사리사욕에서 비롯된 것이 아니란 사실을 누구보다도 잘 알았다. 나라를 위하는 길이 그 길이라고 생각한 성심의 소치였다. 그러한 사실을 알았기에 정몽주는 최영의 시국인식을 바꾸려고 했을 뿐 그를 비난 공격하진 않았다.

최영이 공료계획攻遼計劃을 세웠을 때 정몽주는 당초부터 이를 반대하고 그것이 뜻대로 되지 않자 갖가지로 배후에서 획책하여 결국 회군에 동조하긴 했으나 그로 인해 최영이 궁지에 몰려들지 않도록 마음을

288

쓰기도 했다. 그 이유는 최영의 위국충성爲國忠誠을 누구보다도 잘 알고
있었기 때문이다.

사실 최영의 공료계획은 시대착오에서 비롯된 실수이긴 하지만 심정
적으로 이해할 수 있는 것이었다. 북진北進하여 요동遼東과 심양瀋陽의
땅을 점령하고 고구려의 강토를 찾겠다는 것은 오랫동안 고려인이 지
녀온 숙원이었다. 그 숙원을 가장 강하게 지녀온 대표적인 인물이 곧
최영이다.

공민왕은 명나라의 주원장이 황제로 즉위하자 곧 반원친명反元親明
정책을 쓰기 시작했는데 따지고 보면 그것은 요심遼瀋의 땅을 복구하겠
다는 숙원의 발로였다. 즉, 원나라가 쇠망하게 된 이때 옛 강토를 회복
하는 길은 명나라와 손을 잡는 데 있다고 생각한 것이다.

그런데 명나라의 요동 경략은 뜻밖에도 빨랐다. 그 기선을 제압하기
위해 1370년 이성계로 하여금 1만 5천 명의 병을 이끌고 압록강을 건너
게 하여 환인의 우라산성을 공략하고 이어 요양성을 함락시켰다. 원의
황제가 막북으로 도망치고 원의 요동에 대한 통제력이 약화된 틈을 이
용한 것이다. 그러나 성을 함락시킬 때 실수로 양곡창고를 태워버린 탓
으로 군량을 이을 수가 없어 부득이 퇴각하고 말았다. 이로서 북진의
교두보를 잃은 셈이다.

그 후 공민왕의 극진한 친명정책에도 불구하고 명나라는 고려에 대
한 우호적 태도를 돌변하여 무리한 난제를 과해왔다. 명나라 황제는,
사절을 비롯하여 내왕하는 고려인들을 정탐이라고 뒤집어 씌워 1372
년(공민왕 21년) 12월에 장문의 선유를 내리기도 했다. 그 선유에는 원
나라의 나하추군納哈出軍이 우가장牛家莊을 습격했을 때 고려가 가담했
다는 터무니없는 평계를 만들어 고려 사절의 내왕을 막고 군사를 파견
하여 고려를 칠 것이란 위협적인 언사가 있었다.

이런 저런 이유로 하여 여명麗明관계가 긴장하게 되자 고려는 다시 친원정책으로 돌아섰다. 명나라 황제는 고려에 갖가지 압력을 가해왔다. 과중한 세공을 강요했는데 고려는 1384년에 이르기까지 밀린 5년분의 세공으로 금 5백 근, 은 5만 냥, 베 5만 필, 말 5천 필을 바쳐야만 했다. 당시의 고려사정으로선 큰 재화를 당한 거나 마찬가지였다. 그런데다 명나라는 철령 이북의 땅을 귀속시키려고 억지를 쓰고 철령위를 설치할 준비를 진행시켰다.

이때의 집정자가 최영이다. 분격한 최영은 명나라의 태도를 그냥 승인하면 나라의 기틀이 흔들린다고 보았다. 어떻게 하건 명나라를 견제해야만 했다. 대부분의 민심도 그렇게 돌아가고 있었다.

그 무렵 최영은 요동의 명나라 병력이 모두 막북(몽골방면)으로 출동하고 있어 방위가 소홀하다는 정보를 듣고 있었다. 그 기회를 놓칠 수가 없다는 생각으로 굳어갔다. 최영은 이윽고 우왕과 상의하여 요동에 출병하기로 결정한 것이다.

그렇다고 해서 최영은 명나라와 끝끝내 대결할 의사는 없었을 것이었다. 요동의 일부를 점거하고 다음의 일은 정치적으로 해결할 수 있을 것으로 보았다고 짐작할 수 있다. 물론 이성계를 파견하는 데 있어선 이성계가 여진족 출신이니 그들의 도움을 얻을 수 있으리란 짐작과 혹시 이성계가 실패하면 그의 세력을 꺾는 것으로 되고 그 후의 사태는 적당히 처리되리라고 예견한 때문의 결단이라는 풀이도 성립될 것이었다.

정몽주는 이러한 경위를 살펴보는 동안 어떻게 하건 최영의 극형만은 면하게 해야겠다는 심정으로 되었다. 최영에게 인식의 부족이 있었다면, 그것은 오로지 나라를 위한 마음이 격했기 때문이고 결단코 사리와 사욕을 위해 서둔 것이 아니라 사실이 확실할 때 그 고려의 혁혁한 공신을 고려의 조정이 죽일 수 있겠는가.

최영을 구할 수 있는 자는 이성계를 두곤 없었다. 정몽주는 12월에 들어 어느 날 이성계의 사제를 찾아갔다. 정몽주가 찾아간 그날 공교롭게도 이성계의 화상畵像이 완성되었다고 해서 피로연이 열리고 있었다. 이성계는 정몽주가 사연을 알고 찾아온 줄 알고 기뻐하여 어쩔 줄을 몰랐다.

피로연은 그 화상을 찬讚하는 시회詩會처럼 되어 있었다. 정도전은 '至公至大巨人像'지공지대거인상이라고 써놓곤 다음 구절을 찾느라고 벽의 일방을 응시하고 있었다.

조준은 '在雲上神仙'재운상신선 '在地上眞人'재지상진인이라고 쓰곤, '光彩不在畵像' 광채부재화상 '畵像寫得光彩'화상사득광채 (광채는 화상에 있는 것이 아니고 화상이 광채를 그대로 베꼈을 뿐이다) 하고 결구結句를 모색하고 있었다.

"달가 형도 가만있을 순 없지 않소."

하륜河崙이 지필을 정몽주에게 밀어놓고 웃었다.

정몽주는 붓을 들었다. 붓 끝에서 단번에 문장이 흘러나왔다.

風采豪俊華峰之準 智略深雄南陽之龍
(풍채호준화봉지준 지략심웅남양지룡)
或判事廟堂之上 或決勝帷幄之中
(혹판사묘당지상 혹결승유악지중)
遏洪流於滄海 扶日出於咸池
(알홍류어창해 부일출어함지)
求古人於簡策 蓋如公者幾希
(구고인어간책 개여공자기희)
(호탕 준수한 풍채는 화봉의 소리개이며 깊고 웅장한 지략은 남양의 용

이로다. 묘당에서 나라 일을 판단하는가 하면, 진막에서 승리책을 결정하기도 한다. 창해에선 홍류를 막기도 하고, 함지에선 해돋이를 도왔으니 역사에 옛사람들의 사적을 살펴보아도 아마 공과 같은 인물은 드물 것이니라.)

이렇게 써놓고 정몽주는 한때 멍청했다. 이 글은 최영의 화상에 오히려 적합할 것이 아닐까 한 생각이 선뜻 들었기 때문이다.

"달가의 문文은 충분하니 필요한 것은 검劍일 것이니라."

이성계는 감격한 나머지 금으로 두른 대검을 선사했다.

"검은 장군의 손에 있어야 광명이 나는 것이지 저 같은 자의 손에 있으면 무용지장물無用之長物일 뿐이오."

하고 정몽주는 사양했지만 이성계는,

"벽상에 걸어두면 가끔 나를 생각하게 될 것이 아니오."

하며 굳이 그 칼을 정몽주에게 안겼다.

사람들이 파하길 기다려, 진정 원하는 것은 이런 보물이 아니고 최영의 생명이라고 하고 싶었지만, 이성계의 주변에서 사람을 물리칠 수 없을 것 같아서 그날은 그냥 돌아오고 이튿날 편지를 썼다.

— 최영의 공功은 최영 이외의 누구에게도 속하지 않는 공이지만 최영의 죄는 그 태반이 나라가 부책負責해야 할 죄입니다. 나라가 부책해야 할 죄를 어찌 그분 하나에게만 지울 수가 있습니까. 소생이 최영의 구명을 위해 분주하는 것은 다만 이 때문입니다. 그렇다고 해서 그의 복직을 원하는 것도 아니고 영작榮爵을 돌이키라는 것도 아닙니다. 변지邊地에서나마 그가 고종명考終命할 수 있도록 바랄 뿐입니다. 최영의 생명을 구함으로 인해 대원수의 덕망은 더했으면 더했지 한 치도 감하

지 않을 것으로 믿습니다. …

이 편지의 답으로서 이성계가 보낸 회신은 너무나 속절이 없었다.

— 최영을 위하는 마음은 사정私情이며 그를 치죄해야 함은 국론國論이
오. 그가 상국에서 얻은 죄를 어찌 우리가 용서할 수 있으리까. 혹자
는 최영을 두고 이렇게 말하오. 공개일국功蓋一國이로되 죄만천하罪滿
天下라고. 죄만천하의 죄인을 일국의 수문하시중이 어떻게 할 수 있겠
소. 나는 잠월僭越의 죄를 범할 순 없소이다. …

최영이 처단되는 그날, 하늘은 잔뜩 찌푸리고 바람이 세차게 불었
다. 늠렬한 추위는 사람들의 뼈를 에이듯 했다.
역사는 이렇게 적었다.

— 이날 최영을 참斬하다.
최영은 철원 출생, 평장사 유청平章事 惟清의 5세 손孫이다. 임진대적臨
陣對敵에 언제나 신기안한神奇安閑하고 시석矢石이 좌우에 빗발치듯 해
도 전혀 두려워하는 기색이 없었다. 일보라도 물러서는 전사가 있으면
이를 참斬하여 필승을 기했다. 그런고로 대소 백전百戰에 한 번의 패배
도 없었다. 나라는 그를 의지하여 안태할 수 있어, 따라서 영달도 상
을 극했다.
최영 16세 때 그 아버지 원직元直이 임종의 자리에서 '황금을 보길 돌石
을 보듯 하라'고 유언했다. 최영은 이 유훈을 굳게 지켜 재물엔 일체 마
음을 쓰지 않았다. 거제居第는 초애湫隘하고 복식服食은 검소하고, 사
치스러운 사람을 보기로 견돈犬豚과 같이 했다. 장상將相이 되어 오랫

동안 중병重兵을 장악하여 엄격하게 다스렸지만 모두 그의 청렴함엔 심복하지 않을 수 없었다. 종신 병兵을 장악하고 있었는데도 휘하의 군사로서 면식을 익힌 자는 수십에 불과했다. 지략이 뛰어나 결단에 있어선 언제나 자기 혼자서 했다. …

오호! 이런 인물이 이에 참형을 당하다. 그의 나이 73세. 형장에 임하여 사색辭色에 조금의 변화도 없었다. 그가 죽는 날 도인都人은 파시罷市하고 원근의 사람들은 가동항부街童巷婦까지 눈물을 흘리지 않는 자가 없었다. 시체를 노방에 방치하자 가는 자 모두 머리를 숙이고, 마행자馬行者는 말에서 내려 애도의 뜻을 표했다. 도당都堂은 그를 장사 지내는 비용으로써 쌀 150석, 포목 250필을 부의하기로 의결했다.

정몽주의 제의에 따른 것이다.

"상국에 죄를 얻어 참형이 되었으나 그 장례는 나라의 공신으로서 국상으로 모셔야 할 것이 아니냐."

정몽주는 눈물을 흘리며 주장했다. 형식을 국상으로 갖출 수 없다는 반대 의견이 있어 국상에 준하는 비용만은 충당하자는 것으로 된 것이다.

최영은 죽음의 마당에서 이런 말을 했다고 전한다.

— 옛날 이인임이 내게 말하길, 이성계야말로 국주國主가 될 사람이라고 했는데 과연 그럴 것이다.

사자무언死者無言이다.

이성계 일파가 그들의 쿠데타를 정당화하기 위한 조작인지 어쩐지는 지금 분간할 방도가 없다. 그가 이성계 일파의 끈덕진 책략에 의해 죽은 것만은 사실이다.

그런데 여기에 문제가 있다. 몇 년 후의 얘기가 되는 것이지만 최영이 명나라에 죄를 얻었다고 해서 '공개일국죄만천하'功蓋一國 罪滿天下라고 하여 최영을 죽인 그자들이, 조선이 건국된 지 6년 만에, 즉 최영이 참형당한 9년 후, 명나라의 요동에서의 기반이 거의 확고하게 잡힌 상황임에도 정도전·남은·조준 등 요동출병을 맹렬히 반대하여 회군을 주장한 이성계의 심복들이 요동정벌을 결심하고 준비에 온갖 수단을 동원했다.

태조 6년엔 병권兵權을 쥐고 있던 정도전이 〈오진도〉라는 병서를 올려 요동출병, 즉 흥병출경興兵出境을 건의한 바 있고 거국적인 출병준비에 들어갔다.

명나라에 항거하려 했다고 해서 최영을 죽인 이성계, 즉 이태조가 명나라를 치려고 서둔 정도전 등을 어째서 중용하였는가. 보다도 요동에 기반을 확고하게 다진 상황에서 요동을 칠 계획을 했다면 최영의 공료계획이 막상 무망한 것이 아니었다는 것으로 되지 않는가.

아무튼 최영의 죽음은 억울하기 짝이 없는 것이었다. 이 억울한 한恨이 최영 장군의 영혼을 무속巫俗의 주신主神으로 만든 것이다.

6·25전까지만 해도 파주군 덕물산德物山 꼭대기엔 장군당將軍堂이 있었는데 그 본존이 최영 장군이었다. 서울 이북 황해도 일대의 무속에선 이 장군당을 신앙의 본거지로 하고 여기서 기도하여 무력巫力을 얻는다고 되어 있다.

덕물산에선 2년에 한 번 음력 3월에 '도당굿'을 한다. 각처의 무당들이 모여들어 성황을 이루는데 굿이 끝나면 잔치가 벌어진다. 이 잔치에선 돼지고기를 성계육成桂肉이라고 하여 먹는다. 최영을 죽인 이성계에 대한 분노를 그렇게 나타낸 것이다.

서울과 서울 근교의 무당집에 가면 지금도 최영 장군의 화상을 볼 수 있다.

일설에 의하면 정몽주는 최영의 처형을 계기로 조준·정도전·남은·윤소종 등과 의義를 끊었다고 한다. 끝까지 이성계와 의를 끊지 않은 것은 나라에 대한 이성계의 공에 대한 대접인지 모른다. 이는 최영에 대한 태도와 일관성이 있다. 정몽주는 최영에 의해 박해를 당했으나 그의 공으로 구명에 분신했던 것이니 이성계에 대해서도 그런 심정이었을 것이다.

이조의 사가史家들이 최영과 정몽주의 가치를 절하하려고 해도 최영과 정몽주의 빛은 조금도 손상되지 않고 남아 있는 것을 보면 우리 민족의 벨을 알 수가 있다.

기사년己巳年. 정몽주 53세가 된 해이다.

원단에 주자가례朱子家禮에 의해 차례를 지내고 왕과 왕대비에게 하례한 후 집으로 돌아와 문인門人과 하료下僚들의 세배를 받았다. 그 자리에서 정몽주는 모두에게 복을 받는 해가 되기를 바란다고 하고서 순자荀子의 말을 빌려 다음과 같이 말했다.

"福莫長於無禍 (복막장어무화니라)."

복이란 화가 없이 지속되는 것이란 뜻이다. 난세에 있어선 화 없이 사는 것 이상이 없다는 그의 간절한 마음이다.

이어 그는 다음과 같이 말했다.

"不聞不若聞之 聞之下若見之 (불문불약문지 문지불약견지)

見之不若知之 知之不若行之 (견지불약지지 지지불약행지)."

(가르침은 듣지 않는 것보다 듣는 것이 좋고, 듣는 것보단 보는 것이 좋고, 보는 것보단 아는 것이 좋고, 아는 것보단 행하는 것이 나으리라.)

"그러나, 난방불거亂邦不居라고 하지만 우린 그럴 수가 없다. 위지불입爲地不入하도록만 힘쓰라."

정몽주는 조용히 말했다.

세배 온 사람들을 접대해서 보내고 나니 밤이 되었다. 몸은 다소 지쳤으나 마음은 또렷했다. 밤이 깊어도 잠을 이룰 수가 없었다.

'이 해엔 무슨 일이 생길 것인가.'

생각에 생각이 거듭되었다. 조준·정도전을 비롯한 이성계 파의 행적을 간추려 보았다. 이인임·염흥방·임견미의 일당이라고 하여 탄핵해서 죽인 자 그 얼마인가. 조민수의 일당이라고 해서 혹은 죽이고 배류한 자 그 얼마인가. 최영의 연루라고 하여 죽인 자 얼마인가.

전제를 개혁하자는 취지는 좋다고 하자. 그러나 그 의도엔 명백하게 불순한 것이 있다. 전제를 개혁해서 백성을 잘 살리겠다는 의도보단 전제를 개혁함으로써 권문세족, 또는 그들에 반대되는 세력을 몰락시키려는 저의가 더 강하다.

그들이 실권을 잡은 후 지방 안렴사는 거의 모두 그들의 심복으로 임명되었다. 전제개혁은 그들의 손으로 이루어질 것이니 공유公有를 내세워 결국 그들이 토지를 겸병兼並하는 것과 마찬가지인 결과가 될 것이 뻔하다. 따라서 전제개혁에서 이익을 보려고 모두들 그들의 주변에 모여들 것이 확실하다. 그들이 내건 명분은 생민을 위한 전제개혁이지만 실질은 나라를 뒤엎을 목적에 있는 것이다. …

앞으로 탄핵은 보다 가열하게 진행될 것이 명백하다. 전제개혁에 반대했다는 이유로, 기타 갖가지의 꼬투리를 잡고 몇 사람을 희생시킬지 모른다. 슬슬 우창禑昌 비왕씨설非王氏說이 항설로서 유포되는 것을 보면 필시 무슨 사단을 꾸밀 것이 확실하다.

이에 어떻게 대처해야 하는가. 뾰족한 대책이 나타날 까닭이 없다.

정몽주는 기사년 원단의 밤을 거의 뜬눈으로 새웠다.

이튿날 정몽주는 세배차 이성계를 찾았다. 최영의 구명에 대해 박절한 거절을 받은 때문도 있어 쾌한 기분은 아니었으나 상직자에 대한 예의를 잃을 순 없는 것이었다.

세배를 하자 이성계는 주위의 사람들을 물리치고 정몽주와 단둘의 자리를 만들었다. 그리곤 대뜸 이런 소리를 했다.

"명나라에 보낸 강회백과 방우로부터 소식이 있었는데 딱한 일이 생겼소. 그들은 명 황제를 배알하지 못하고 예부로부터의 회자回咨만을 받았다고 하오. 그런데 그 회자는 이렇게 되어 있었다는 거요. 신하들이 그 아비를 쫓고 아들을 왕으로 세워선 신왕이 내조來朝하려고 한다지만 이는 천만부당하다. 윤리를 파괴한 자들을 어찌 용납할 수 있겠는가. 군도君道는 전무하고 불신不臣의 역逆이 역력하지 않는가. 동자童子=즉, 어린 창왕을 내조할 필요가 없다. 왕으로 세운 것도 당신들이 한 일이고, 폐한 것도 당신들이 한 일이니 우리 중국은 일체 상관하지 않겠다. … 이걸 어떻게 해야 하는 거요. 왜 왕을 폐하고 신왕을 세웠는지는 이미 주청한 바 있었을 것 아니오. 빨리 최영의 처형을 알리는 동시에 저간의 사정을 고해야 하겠소."

"시중侍中 목은 선생이 가 계시니 적당한 해명이 있을 것으로 압니다."

정몽주는 그건 그다지 대단한 문제가 아니라고 했다. 정몽주가 이상하게 여긴 건 지난 해 11월에 간 강회백 등의 동정을 이성계가 어떻게 그처럼 빨리 알고 있는가에 대해서다. 벌써 빈틈없고 신속한 연락망을 만들어놓고 있다는 것을 알아차릴 수가 있었다. 그렇다면 강회백, 이방우를 이색 일행을 감시하고 견제하기 위해 보냈다는 말이 막상 근거 없는 것이 아니었던 것이다.

그런 까닭에 넌지시 물었다.

"이 시중(이색)에 관한 소식은 없었사옵니까?"

"명 황제의 융숭한 대접을 받고 있다는 소식만을 알 뿐이오."

정몽주는 그러려니 했다. 이색은 일찍이 원나라에서도 문명文名이 높았던 인물이다. 명의 황제도 동방에 이색이 있다는 사실쯤은 알고 있었을 것이니까.

"앞으로 나라의 앞날이 더욱 더 험난해질 것 같소. 정 공, 우리 뜻을 합쳐 어긋남이 없도록 해야겠소."

이성계의 은근한 말이었다.

"나라를 위하는 능력에서는 아득히 이 원수에게 미치지 못할 것이오나 지성에서는 모자람이 없을 줄 압니다. 지성에서는 나는 이 원수와 충분히 뜻을 합치고 있다고 생각합니다."

"고마운 말이오. 그런데 명정明廷에서도 이미 말썽이 나있는데 신왕(창왕)을 받들고 난국을 헤쳐 나갈 수 있다고 정 공은 생각하시오?"

이성계는 정몽주를 쏘아보듯 했다.

"어리신 왕에게 무슨 힘이 있겠습니까. 보필하는 신하들의 역량에 달린 것 아니겠습니까."

"명정明廷에선 우리들 신하가 왕의 폐립을 함부로 했다고 해서 이륜彛倫의 대괴大壞니, 어쩌니 하고 있으니 차제에 전왕도 현왕도 왕통王統이 아니란 것을 밝힐 필요가 있지 않을까? 그렇게 하면 명정의 오해가 풀릴 것 아니겠소."

"그럼 현왕도 폐해야 하는 것 아닙니까?"

"그렇게 될 수밖에 없지요."

"전왕이 왕통이 아니란 것을 어떻게 증명하시려는 겁니까."

"국론이 동일하다는 것으로 증명할 수 있지 않겠소."

"그러나 그게 쉬울 것 같지 않소이다."

"그러니까 정 공과 우리가 뜻을 합치자는 것 아니오."

정몽주는 무어라 말할 수가 없었다.

이성계가 물었다.

"정 공은 만일 명정에서 왕의 폐립에 관해 물으면 어떻게 대답할 것이오?"

"공료攻遼의 실수와 마땅치 못한 품행을 들 수밖에 없을 것 아닙니까."

"헌대, 정 공은 현왕의 옹립을 잘한 것으로 아오?"

"잘잘못을 말하기 전 부득이한 처사가 아니었습니까?"

"부득이한 처사? 정 공은 진실로 그렇게 생각하시오?"

정몽주는 '정 공'이란 호칭에 신경을 썼다. 이성계가 그를 부를 때의 호칭은 언제나 '달가'였다. 그만큼 자기와는 거리를 두겠다는 이성계의 의사표시로 보았다.

"폐왕 우禑는 누가 보아도 신돈의 아들이어, 그 음일한 소행은 바로 신돈의 그것이 아니었던가."

이 말에 정몽주는 이성계의 마음을 읽었다. 왕을 폐하려는 의도가 굳어 있는 것이다. 우를 신돈의 아들이라고 단정한다면 그 아들 창을 왕위에 그냥 둬둘 순 없는 얘기이다.

"찾아뵐 어른들이 있습니다."

정몽주가 일어서려고 하자, 잠깐 기다리라고 하더니 이성계의 말이 있었다.

"시중(이색)이 돌아온 연후에 결행할 일이지만 정 공에게 미리 말해 둘 것이 있소. 나라에 부병府兵을 만들었을 땐 신체와 무예가 완비한 자들을 선발하였기 때문에 장將에 인재를 얻고, 정강한 졸병을 얻을 수 있었소. 그런데 이인임의 집권 이래 병정兵政이 급속하게 문란하게 되어 노유재부老幼才否는 불문하고 군직軍職을 제수하고 보니, 강보의 어린 아이, 공상노예工商奴隸까지 척촌尺寸의 공도 없으면서 나라의 녹祿을 소비하게 되었소. 나라에 일단 완급緩急이 있으면 어떻게 할 거요. 선왕先王이 설병設兵한 뜻에 어긋나지 않겠소. 그러니 용기와 지략이 뛰어난 자를 정선해서 충당해야 할 것이 아니겠소. 대호군大護軍과 호군護軍은 왕과 과아瓜牙이며 병의 사표요. 어찌 노망한 자와 동치童稚가 그 자리를 감당할 수 있겠소. 제색공장諸色工匠으로서 공이 있는 자는 전곡錢穀으로 상을 줄 일이지 직사職事를 줄 것이 아니오. 이런 뜻에서 금번 병정兵政을 일신하고자 하니 정 공의 협력을 바라오."

"병정에 관해서야 군무를 총람하시는 이 원수의 재량대로 하시면 될 게 아닙니까."

"일대혁신을 해야 할 것이니 내 재량만으론 안 되오. 도당의 평의에 위부할 것이니 내 뜻을 알아주었으면 하오."

"알겠습니다."

돌아오는 길에 정몽주는 생각했다.

머잖은 장래, 이성계는 큰일을 꾸밀 작정으로 있는 것이 확실했다. 그러기 위해 군사 전체를 자기의 심사대로 정리하여 일장일병一將一兵에 이르기까지 자기의 심복으로 채울 참인 이성계의 의도를 읽을 수 있었다.

희끗희끗 하늘에서 날리는 것이 있었다. 눈이 내리기 시작한 것이다. 그런데 정몽주는 마부에게 자남산子男山으로 방향을 바꾸라고 했다.

"눈이 오는뎁시오."

마부의 말에 정몽주는 침울하게 말했다.

"그러니까 자남산으로 가자는 것이다."

자남산에 올라서면 개경의 경색이 동서남북으로 보인다. 앞엔 용수산龍岵山이 병풍처럼 둘러 있고 뒤엔 곡령鵠嶺이 아름답다.

　정몽주는 비비霏霏 날리는 설경 속에 있는 개경을 내려다보며 한동안 생각에 잠겼다. 정치와 인사를 떠나 이 도읍이 과연 앞으로 어떻게 될 것인가 하는 감회가 통곡 직전의 감정으로 되었다.

　그날 밤 정몽주는 〈춘추〉春秋를 읽었다. 공자의 〈춘추〉를 읽고 자기의 〈춘추〉를 살펴보는 마음이 된 것이다. 그의 시에 〈동야독춘추〉冬夜讀春秋란 것이 있다.

　　仲尼筆削義精微 雪夜靑燈細玩時
　　（중니필삭의정미 설야청등세완시）
　　早抱吾身進中國 傍人不識謂居夷
　　（조포오신진중국 방인불식위거이）
　　（공자가 필삭하여 정미를 다한 춘추를 눈 오는 밤 불을 밝히고 세밀하게
　　음미할 때, 일찍 내 몸은 중국에 가 있는 마음이었는데 곁의 사람들은 그
　　것을 알 까닭 없이 나를 미개한 나라에 있는 줄만 안다.）

　이 시는 아마 자남산에서 내려온 그날 밤의 것은 아닐 것이다. 만일 그때의 시였다면 비분과 강개의 정이 횡일해 있었을 것이니까.

　그러나 이 시에서만으로도 정몽주의 초연한 기개를 알 수가 있다. 자기만이 〈춘추〉의 진실, 즉 역사의 진실을 알고 있다는 자각에 따른 기개氣慨이다.

　그 이튿날 이경李瓊이 왔다. 정몽주의 친구에 이경李亨이라고 하는 동음의 사람이 있기 때문에 이 사람에 한하여 그의 호 이우당二憂堂을 사용한다.

　이우당은 벼슬을 좌정언左正言으로서 끝내고 여리에 살며 책을 읽고

지내는 선비이다. 하지만 그가 나라 일에 관심이 없지 않았던 것은 이성계의 왕위찬탈이 있은 후 두문동杜門洞으로 들어가 버린 사실로써 알 수가 있다. 그러나 이건 훗날의 이야기다.

신정을 맞이한 인사를 교환한 후에 이우당이 이렇게 시작했다.

"어제 몇 젊은 친구들과 같이 왔더니 송헌松軒한테 갔다고 하더라. 거게서 오래 머문 것 같았는데 무슨 이야기가 있었는가?"

정몽주완 동갑인 까닭에 이우당은 평사平辭를 쓴다. 송헌이란 이성계의 호이다.

정몽주는 어제 이성계와 나눈 이야기를 간단하게 말했다.

"돌아오는 길에 자남산에 올라가 보았다."

"설경을 보러 갔던가?"

"그런 풍류를 즐길 겨를이 내게 있었겠는가."

"그럼 뭣하러 갔어. 눈이 내리는데. 눈은 방안에 앉아서 보아야 경물景物이지 않는가."

"가슴이 답답해서 갔다."

"답답할 만도 하지."

이우당은 한숨을 쉬었다.

그렇게 되니까 자연 시국에 관한 토론이 되었다.

"윤소종이 또 이인임을 추핵追劾하여 그 죄를 열거하곤 부관참시剖棺斬屍하고, 그 집과 노비와 재물을 전부 적몰하고, 자손들을 귀양 보내든지 잡아 가두라고 상소한 모양인데, 이인임은 죽은 지 오래되지 않았는가. 그리고 당할 만큼 당하지 않았는가. 앞으로 할 일이 많은데 도대체 어쩌자는 얘긴가. 나로 말하면 이인임으로 인한 피해가 가장 많은 사람일세. 내가 벼슬하지 않기로 결심한 것도 이인임 때문이 아닌가. 그런 내가 하는 말일세. 묻혔던 죄가 나타나면 모를까. 이제 그만 두라고 하지. 그런 일은 달가가 말려야 하네."

이우당이 흥분했다.

"알고 하는 소린가, 모르고 하는 소린가. 그들은 트집 잡을 만한 것이면 독에 구멍이 나도록 바닥을 박박 긁으려 들고 있다. 그런데도 아무도 못 말려."

"그렇다면 자넨 뭣 때문에 출사하고 있는가. 소신껏 못할 지경이면 자리를 박차고 나와 버리는 것이 낫지."

"편한 사람은 편한 소리를 할 수 있군."

"내 말이 틀린 게 있나? 달가의 말과 같다면 그만 둬버려. 자네의 이름에 금이 갈 뿐이다. 조준이나 윤소종, 정도전 따위의 방자한 짓을 견제할 수 없을 바에야 달가가 조정에 있을 필요가 어디에 있는가. 나라를 위해 목숨을 바치는 것은 좋지만 자기의 이름을 더럽히고까지 나라를 위한다는 것은 말도 안 된다. 불의不義이면 거去하는 것이 군자의 도리가 아니겠는가."

"그럼 자네는 내가 얼마간의 봉록에 연연하고 있는 것으로 아는가. 차지하고 있는 지위가 아쉬워서 이러고 있는 줄 아는가?"

"그게 아니면 뭔가."

"모르면 그만 두게, 자, 술이나 마시게."

정몽주는 술잔을 내밀었다. 어릴 적부터 같이 수학한 이 친구가 내 마음을 몰라준다면 세상이 나를 어떻게 생각할까 하는 적막감이 닥쳤다.

정몽주의 그런 심정도 모르고, 이우당은 비아냥거렸다.

"자네 근년에 갑자기 겁이 많아진 거로군."

"자넨 정말 이우당이로구나. 걱정이 두 가지밖에 없어. 앞으로 나가기에도 걱정스럽고, 물러나기도 걱정스럽고. 그러니까 방에 앉아 책을 읽을 수밖에 없겠지. 그러니 자네가 이우당二憂堂이면 나는 삼우당三憂

304

堂, 사우당四憂堂이다. 말해줄까?"

정몽주도 다소 흥분하지 않을 수 없었다.

"말해보게나."

"물러나지 않을 수도 없고 물러날 수도 없다. 이건 이우二憂아닌가. 내가 물러나면 기뻐할 무리들이 있다. 그들을 기쁘게 해주면 나라가 어떻게 될까. 이걸 걱정하면 삼우三憂가 아닌가. 어떤 일이 있어도 그들을 기쁘게 해줄 수가 없는데 그러자니 갖가지 귀찮은 일이 생겨난다. 이만하면 사우四憂가 아닌가. 그래서 나는 작정했다. 물러서지 않겠다고. 나는 그들 마음대로 하도록 조정을 포기할 수가 없다."

"포기할 수 없다지만 포기하는 거나 마찬가지가 아닌가."

"결코 그렇진 않다. 내가 조준, 정도전, 윤소종 등의 탄핵행위를 방치하고 있는 줄 아는가? 천만의 말씀이다. 옳은 탄핵이건 그릇된 탄핵이건 내가 있기 때문에 사흘에 처리될 것이 줄잡아 반달은 걸린다. 내가 견제하기 때문이다. 알겠나?"

"그릇된 탄핵이면 원천에서 봉쇄해야 하지 않는가."

"그건 안 된다."

"왜?"

"독毒은 내뿜을 수 있는 데까지 내뿜도록 해야 한다. 그것을 못하게 하면 무슨 방법을 쓸지 모른다. 칼과 활은 그들이 가지고 있다. 그것을 휘두르지 못하게 하는 방법은 그들의 언로言路를 틔워주고, 언로를 통해 그들의 소득이 있도록 만들어 주어야 한다. 도당평의都堂評議의 다대수는 그들이 차지하고 있다. 도당평의를 거쳐서 하는 버릇을 가르칠 수만 있다면 부당한 탄핵, 부당한 결정쯤은 참아야 한다. 그걸 못하게 발본색원하려고 하면 방천이 터진다. 내 말 알아듣겠는가?"

"알겠다. 그러나 그런 식으로 보아주고 있으면 언젠간 방천이 터지는 것과 마찬가지의 결과가 되지 않겠는가. ”

“사실은 그것이 걱정이다. 그러나 후일을 기할 수 있는 가망, 상황을 바꿀 수 있는 기회를 바라볼 순 있다. 그들이 부당한 탄핵을 일삼고, 부당한 처리를 자행하면 그들을 비판하는 세력이 생겨난다. 그 세력이 대의大義를 주장하고 참된 것이 무엇이냐는 것을 밝히면 칼과 활이 무력하게 되는 수가 있다. 이것은 가냘픈 소망인진 모른다. 그러나 지금은 이 길 이외엔 없다. 그러기 위해선 시체에 매질하는 것쯤의 비리非理는 보아 넘겨야 한다. 침소針小한 죄를 봉대棒大로 만드는 수작쯤은 묵인해야만 한다. … ”

이우당은 정몽주의 말을 신중히 들었다.

“달가는 역시 달가로군. 그런 원려도 모르고 아까는 경솔한 말을 했다. 그러나 나는 송헌을 믿는다. 조준, 윤소종 등 측근들이 심하게 날뛰는 게 눈에 거슬리긴 하지만 송헌은 그런 당돌한 뜻을 품을 사람이 아니라고 생각한다. ”

“나도 그렇게 생각하네. 아니 그렇게 생각하고 싶네. 그런데 춘추 이래春秋以來 일을 꾸미는 것은 본존本尊이 아니고 그 측근들이 아니었던가. ”

정몽주는 근래 새삼스럽게 유포되기 시작한 우禑의 신씨설辛氏說과 ‘목자득국’木子得國이란 속언俗言을 언급했다.

“자넨 어떻게 생각하느냐. ”

“우왕의 신씨설을 터무니없는 말이라고 단정할 수 없는 것은 탈이지만, 왕씨의 씨가 단절된 것은 아니니 그로써 문제될 것은 없겠지만 달가의 말따라 그 측근들의 태도가 문제이군. … ”

말이 이쯤 오고가고 있을 때 바깥이 소연해졌다. 녹사가 창 밖에서 아뢨다.

"젊은 선비들이 대거 내도했습니다."

문을 열어젖혔다.

서중보, 고천상, 신규, 신혼, 조의생, 임선미, 맹호성, 신우, 신순 등의 면면이 뜰을 채우고 있었다. 모두 이른바 명문의 자제들이다.

정몽주는 이들의 세배를 받고 하인들을 향해 호탕하게 일렀다.

"아무래도 오늘은 큰 잔치를 해야겠구나. 주찬을 준비하도록 하고 종성宗誠과 종본宗本을 불러라!"

어느 때이고 묘한 부류의 지식인이 있다. 세속을 초월했다고까진 할 수 없으면서 시류時流 속에서 악착같이 서둘지 않고 스스로의 의義를 지키며 적당하게 향락하고 적당하게 호학好學하는, 요즘 말로 하면 딜레탕트라고 할 수 있는 족속이다. 그들은 동호同好의 모임은 갖되 파당派黨을 만들진 않는다. 그날 정몽주를 만나러 온 청년들은 그런 부류에 속한다.

정몽주를 존경하는 그들은 이심전심으로 정몽주의 행동방향에 일치하고 있었고 이성계 당에 대한 막연한 혐오와 위험을 느끼고 있었으나 적극적인 행동으로 나설 기질의 소지자들은 아니었다. 그러나 때와 경우에 따라선 의義를 관철하는 데 강철 같은 의지意志를 발휘할 수도 있을 것이었다.

주찬이 준비되는 것을 기다려 그 자리를 젊은이들에게 맡기고 정몽주는 이우당과 함께 집을 나섰다. 젊은 사람들이 거리낌 없이 놀게 하기 위해선 어른들은 자리를 피해주어야 하는 것이다. 보다도 무슨 말이 어떻게 나올지 알 수 없는 젊은 사람들에 끼어 터무니없는 오해의 재료를 만드는 것도 탐탁지 않은 일이다.

"재미있는 집이 있으니…."

집을 나선 정몽주는 이우당을 전번 이색과 같이 몇 번 드나든 적이 있었던 노파의 집으로 데리고 갔다.

"연초부터 대뜸 주막집인가?"

이우당은 정몽주의 설명을 듣자 호기심도 없지 않았던 모양으로, 단정하게 꾸며진 방안을 둘러보며 중얼거렸다.

"구차스런 오두막도 주인에 따라 이처럼 청결하고 아늑하게도 되는 것이로구나."

"술을 마셔보게. 왜 내가 이 집으로 자네를 데리고 왔는가의 까닭을 알 걸세."

밑반찬이라고 할 수 있는 젓갈과 산나물을 곁들인 조촐한 안주를 얹은 송반상을 먼저 들여놓고 노파는 두 됫박쯤 든 술항아리를 들고 들어왔다. 날씨가 추운 탓만이 아니라, 굳이 남녀부동석男女不同席을 고집하지 않아도 될 만한 교의가 정몽주와의 사이엔 생겨나고 있었던 것이다.

"기사년의 행운을 빌겠습니다."

노파가 두 사람의 잔을 채웠다.

"행운幸運이 재일배在一杯라네."

이우당에게 집배를 권하고 정몽주는 잔을 들었다.

"준하군."

이우당이 술맛에 감탄했다. 그리고 덧붙였다.

"기사년엔 벽두부터 행운을 만났구료."

전작이 있는 데다가 방준한 술을 또 보태고 보니 취기가 일시에 올랐다. 정몽주가 넌지시 한마디 했다.

"노파에게도 행운이 있어야 할 것 아닌가."

그리고 노파에게도 술을 권했다.

"천녀는 행운을 바라지 않게 된 것이 이미 오래입니다."

노파는 이런 말을 덧붙였다.

"저에겐 기사년이 무슨 고비가 될 것 같아요."

"그것 무슨 말인가?"

정몽주가 다져 물었다.

"부처님을 모시지 못하도록 엄한 국법을 만들 것이란 소문이 떠돌고 있던데요. 부녀는 귀천을 가리지 않고 절에 가선 안 되고 만일 절에 가면 실절失節한 여자로 치고, 여승이 되면 실행失行한 것으로 쳐서 중벌을 내릴 것이라고 하던데요."

노파는 조심스러운 표정을 지었다.

노파의 그 말은 뜬소문을 근거로 한 것만은 아니다. 정도전, 조인옥을 비롯하여 훼불毁佛의 논의가 조정에서도 이미 일고 있었다.

정몽주도 이우당도 불도를 믿는 사람은 아니다. 그러나 적극적으로 훼불·척불斥佛에 앞장설 사상의 소유자는 아니다. 특히 정몽주는 나라의 근본을 유교에 입각시키긴 하되, 심성의 소거처所據處로서 불도를 인정하는 마음엔 인색하지 않았다. 불도가 신앙의 한계를 넘어 방자한 행동과 미신으로 발현된 현상은 시정되어야 한다고 생각하지만 부처님의 근본교리를 부정할 의사까진 없었던 것이다.

그래서 다음과 같이 말했다.

"불재심성佛在心性이라. 부처님은 마음에 있는 것이요, 절에만 있는 것이 아니다. 그러니 절에 가지 못한다고 해서 걱정할 건 없다."

"그건 저도 알고 있습니다. 제가 걱정하는 것은, 절에 가지 마라, 중이 되어선 안 된다 하는 것을 국법으로 정한다는 것 자체가 옳지 않다고 하는 겁니다. 어찌 백성의 마음까질 묶으려고 하는지 그게 걱정스럽다는 겁니다."

노파의 말에 이우당이 물었다.

"노파는 절에 자주 가는가?"

"한 달에 세 번은 가지요."

"그런 걸 보니 독실한 불자는 아니군."

"절에 가는 횟수에 독실하고 독실하지 않고가 있는가요?"

"바로 그거요. 절에 가고 안 가고에 문제가 있는 것은 아니오. 그러니 국법이 어떻게 되었든 상관할 필요 없지 않는가. 꼭 필요하다면 노파의 이 집을 절로 만들어 버리면 될 게 아닌가?"

이우당의 이 말에 정몽주가 고개를 끄덕이며 말했다.

"불도의 묘미가 바로 거기에 있는 것이다. 만상萬象에 견불見佛하고 도처위사到處爲寺하며 화아성불化我成佛이라. 노파, 걱정할 것 없소."

"제가 저를 걱정하는 것이 아니고 부처님을 배척하는 나라의 꼴이 걱정이란 말입니다."

"나라의 꼴이 걱정이라? 시정의 주모가 나라꼴을 걱정하게 되었으니 참으로 나라꼴이 탈이구나. 달가, 정신차려야 하겠네."

이우당이 웃었다.

"웃을 일이 아닙니다."

노파가 조용하게 말을 보탰다.

"젊은 군사들이 가끔 와서 주고받는 말이 '목자득국'木子得國이 내일 모레인데 그렇게만 되면 만수판이라고 해요. 어떻게 되는 거지요? 대감님!"

이우당이 '헛허'하고 웃었다.

"왜 자꾸만 웃으시죠?"

노파가 정색하고 물었다.

"허파에 바람이 들어간 모양 같군."

"허파에 바람이 들었으면 둥둥 뜨시겠네요."

"그렇다. 지금도 반쯤 뜬 것 같다. 목자득국하면 나는 둥둥 떠서 구름 속으로나 들어가 버릴 작정이다. 달가, 자넨 어떻게 할 작정인가?"

노파가 가득 따른 술잔을 단숨에 켜고 정몽주는 단호하게 말했다.

"내 목숨이 붙어 있는 한 그런 일을 없을 걸세. 그러니까 작정이란 건 없네."

바깥엔 눈이 내리기 시작했다.

이험일절 夷險一節

　이색 일행이 명나라로부터 돌아왔다. 건강한 모습이었다. 왕에게 복명하고 이색이 돌아오길 기다려 정몽주는 그의 사제로 갔다. 단둘만의 시간을 가졌다.

　"뜻밖에도 건장한 모습으로 돌아오셔서 반갑습니다."

하는 인사를 하자 이색은 웃었다.

　"내가 초무침이 된 파처럼 되어 돌아올 줄 알았소. 화북華北과 화중華中의 경치가 그처럼 다를 줄은 생각도 못했소."

　아름다운 강남의 경치를 찬탄하며 탄식을 섞었다.

　"역시 대국은 대국이오."

　"강남의 귤을 강북에 심으면 탱자가 된다는 회남자淮南子의 말이 있지 않습니까."

　"옳거니. 그러나 강북의 탱자를 강남에 심었다고 해서 귤이 될 순 없겠지요."

　이색의 말엔 심장한 의미가 있었다.

　"회남자의 문자와 병립並立시켰으면 철리哲理가 되겠습니다."

　사실이 그렇다. 강남의 귤을 강북에 심으면 탱자같이 볼품없는 것으로 되겠지만 탱자는 어디 갖다 심어 놓아도 탱자일 수밖에 없다. 주변의 사정이 사물에 영향을 미치긴 해도 씨는 어떻게 할 수 없는 것이다 (물론 육종학育種學이 발달되기 이전의 얘기이다).

"나는 요즘 순자荀子를 음미하고 있소."

이색의 말이 있었다. 순자를 음미한다는 것은 인간의 성악설性惡說을 긍정하고 싶다는 뜻으로 통한다. 정몽주가 말했다.

"참으로 이상한 일입니다. 저도 요즘 순자를 읽고 있습니다."

"달가와 나 사이엔 서로 통하는 것이 있는가 보오."

요즘 말로 번역하면 '텔레파시'가 통한다고 할 수 있을까.

"명 황제를 만나 뵌 감회는 어떠하였습니까?"

"경경하게 평할 수가 있겠소. 창국創國의 대업大業을 성취한 사람에겐 뭔가 다른 게 있어 보이더란 말밖엔 ⋯."

"융숭한 대접을 받았다고 들었습니다만."

"융숭한 대접이란 게 뭐요. 사람을 알아보더라 하는 정도이지. 내가 원조元朝의 한림翰林이었다는 말을 누군가가 한 것 같소. 그 사실을 들먹이며 한어漢語를 할 줄 알겠다고 하기에 내가 한어로 몇 마디 했더니 처음엔 못 알아듣는 것 같더니 옆에서 예부관禮部官이 풀이를 하니 황제가 내 말이 나하추納哈出의 말 같다며 웃더군요."

"나하추의 말과 같을 수밖에요. 한어는 지방에 따라 엄청나게 달라지니까요. 원나라 조정에서 하는 말과 명나라 조정에서 쓰는 말은 다를 것이 확실합니다."

"그래 며칠 동안 말을 익히기에 고심했지요."

"감국監國의 건은 어떻게 되었습니까?"

"감국이 필요하다는 것을 절실하게 호소할 수가 없었소. 나라의 사정을 그대로 털어놓을 수가 없더군요. 게다가 신하들이 왕의 폐립을 마음대로 하는 나라에 무슨 군도君道가 있겠느냐며 앞으로의 태도를 보아가며 대처할 요량이라고 하는데 무슨 말을 하겠소. 관대한 처분을 바란다고 할 수밖엔 …."

이색이 입맛을 다셨다. 그리고 다음과 같이 말을 이었다.

"명 황제의 말이, 자기에겐 아들이 꽤 많이 있는데 고려의 명문가에 좋은 규수가 있으면 혼사하고 싶으니 데리고 오라고 하더군요. 알쏭달쏭한 얘기가 아니오?"

"그래서 뭐라고 하셨습니까."

"찾아는 보겠지만 중국의 미녀를 능가할 좋은 규수가 고려에 있을지 심히 걱정스럽다고 했지요."

이색이 최근의 사정을 물었다.

정몽주는 이성계 파가 적으로 지적하는 자들에 대해 탄핵이 진행되고 있다는 것, 앞으로도 탄핵이 계속될 것이란 것, 척불론斥佛論이 고개를 쳐들기 시작했다는 것, 전제개혁을 서둘고 있다는 것, 박위·박자안 등이 왜구를 막는 데 공이 있었다는 것, '목자득국'의 항설이 창궐하고 있다는 것, 우창禑昌 비왕씨설非王氏說이 파다하게 퍼지고 있다는 데 대한 대략의 설명을 하고나서, 말을 보탰다.

"이대로 가다간 사람이 얼마나 죽어야 할지 모르니 도당평의都堂評議의 의제로서 사형정지死刑停止의 건을 제출할까 합니다."

"그것 좋은 일이오. 대강 어떤 요지로 할 것인가요?"

"너무 길게 잡아선 반대가 심할 것이니까 우선 입춘立春부터 입추立秋 사이엔 사형을 금하자고 할 작정입니다."

"기간을 그렇게 잡은 덴 특별한 사유가 있소?"

"있습지요. 지금 탄핵을 당하는 사람들을 구하기 위해선 그만한 기간이 있으면 될 것 같고, 짧은 기간이나마 사형정지를 결정할 수 있으면 그것을 선례로 해서 밀고 나갈 수가 있고, 척불논의·전제개혁 논의에 활발하게 의견을 말할 수 있으려면 이 시기만에라도 사형이란 위협이 없는 것이 좋으리라고 보고 그런 생각을 한 것입니다."

"좋은 생각이오. 원려가 있는 처사요. 그런데 그게 잘될까?"

"그 때문에 다음과 같은 조목을 달 작정입니다. 사형을 정지하되 재경자在京者의 경우엔 오복五覆을 거쳐서, 재외자在外者는 삼복三覆을 거쳐 결정되면 단죄할 수가 있고, 반역叛逆의 죄는 차한此限에 부재不在하다는 것입니다."

"반역의 대목을 명백하게 할 필요가 있소. '목자득국'의 낭설을 퍼뜨리는 자도 반역이고, 우禑창昌 운운하여 왕실을 비방하는 행위도 반역이라고 밝혀야지요."

"그렇게 세목을 정했다간 반발을 살 우려가 있습니다. 잠정기간 사형을 정지하도록 하고, 반역의 죄목만을 걸어놓는 것이 무난할까 합니다."

"달가의 의견을 좇겠소."

"도당평의에서 선생께서 단을 내려야 합니다."

"그렇게 하지요."

정몽주가 퇴거하려고 하자 이색은 경사에서 구해온 것이라며 곤륜옥崑崙玉으로 된 연적硯滴과 대중소大中小 세 자루의 붓을 선물로 내놓았다.

이색이 돌아온 지 며칠 후, 도평의사사都評議使司에서 전제의 논의가 있었다.

예상대로 이성계, 조준, 정도전, 윤소종 등은 겸병兼并의 호가豪家들이 토전土田을 약탈하고 농산낙야籠山絡野하여 그 해독이 날로 심각하다며 즉시 전제의 개혁을 단행해야 된다고 나섰다.

"구법을 경경하게 고칠 수 없다."

이색은 종래의 주장을 고집했다.

이림, 우현보, 변안열, 권근, 유백유 등은 이색의 의견을 따랐다. 의자議者 53인 가운데 개혁에 반대하는 자는 18, 9인에 불과하고 나머지 대다수는 개혁에 찬성했다.

회의장이 노호와 비난으로 수라장이 되었을 때 정몽주가 일어섰다.

"전제는 개혁되어야 한다. 그러나 조준 등의 안대로 단행할 순 없다. 신중검토하여 최량의 안이 성립된 후에 개혁에 착수해야 한다. 졸속拙速하여 후환을 남기는 것보다 신중하게 백년의 대계를 기해야 마땅하다."

고 준절한 의견을 피력했다.

이와 같은 정몽주의 의견엔 아무도 반대하지 못했다. 이로理路가 정연하여 한 군데 틀린 점이 없었기 때문이다.

"언제부터 전제개혁을 할 것인지 그 시기만이라도 정하자."

정도전이 제안했다.

"시기의 조만이 중요한 것이 아니라 최량의 개혁안을 만드는 게 중요하다. 최량의 개혁안이 성립되었을 때 그때 시기를 정해야 한다."

정몽주는 맞섰다.

이에 반대하는 자도 없었다.

그리하여 전제개혁의 논의는 당분간 보류하도록 결정을 보았다.

저간의 사정을 〈고려사절요〉高麗史節要는 "찬성사 정몽주는 양간兩間에 의위依違하다. 즉, 중간적 태도를 취했다 …"고 적고 있다.

그런데 그렇지 않다. 정몽주는 중간적 태도를 취한 것이 아니고 양쪽 주장을 한 단계 높은 데서 조절하는 태도를 취했던 것이다.

그로부터 며칠 후의 일이다. 이숭인과 권근이 함께 정몽주의 사제를 찾았다.

권근이 말하기를,

"정도전이 목은을 탄핵할 준비를 하고 있다 하오. 이성계도 이에 동의했다고 들었소. 탄핵의 동기는 이색을 문하시중으로 두곤 전제개혁이 이루어질 수 없다는 데 있는 것 같소. 나와 이공(숭인)이 정도전을 만나, 목은은 우리들이 직접 훈도를 받은 스승이고 당신 또한 그분의 제자인데 어찌 그럴 수가 있느냐 하고 탄핵을 그만두라고 했는데도 사제지간은 사정私情이고 전제개혁은 국가의 대사라며 사정으로써 국가대사를 그르칠 수 없다는 거였소."

잇따라 이숭인의 말이 있었다.

"목은을 탄핵하는 일이 있으면 이야말로 조정은 난마亂麻같이 될 것이오. 이성계를 움직일 수 있는 사람은 오직 달가뿐이니 목은을 위해 수고하기 바라오."

정몽주로선 진정 이성계의 신세를 지기가 싫었지만 일이 목은에 관한 것이고 보면 가만있을 수가 없었다. 함주에서 사귄 촌로가 산삼山蔘을 캤다고 하여 들고 온 것을 정갈한 상자에 넣어 이성계를 찾아갔다.

정몽주의 좌정을 기다려 이성계는 대뜸 시작했다.

"목은이 요즘 노망한 것 아니오?"

정몽주는 얼른 대꾸하지 않고 다음 말을 기다렸다.

"구법을 경경하게 고칠 수 없다고 고집하는데 그게 될 말이기나 하오? 구법을 가지고 말한다면 우리는 태조시대의 구법으로 돌아가려고 하는 거요. 뿐만 아니라 아무리 구법이라고 해도 그것이 백성을 곤욕케 하는 것이라면 당장 뜯어 고쳐야 할 게 아니오. 조상이 지은 집이라고 해서 대들보가 무너지고 서까래가 썩고 있는데도 개축할 수 없단 말이오? 나이 많은 유학자라고 대접해드렸더니 사사건건 그런 것이라면 가만 보고만 있을 수 없소. 달가는 어떻게 생각하오?"

"조준이 올린 개혁안이 너무 과격해서 목은은 망설이는 겁니다. 구법을 경경하게 고쳐선 안 된다고 하셨지, 목은은 구법이니까 고칠 수 없다고 하신 것은 아니옵니다."

"조준이 올린 개혁안이 과격해서 못 쓴다면 정 공이 한번 성안成案을 해보시구료."

"그런 중대한 성안을 하기엔 나의 공부가 미숙합니다."

"그렇다면 누가 성안해야 되겠소. 가만있으면 하늘에서 무슨 성안이 내려올까요?"

"그 방면에 공부가 많은 인재들을 모아 한 조 한 조 토론을 거쳐 성안하는 것이 옳을 줄 압니다."

"꼭 그렇다면 그런 인재를 정 공이 모아 성안토록 하시오."

"그건 내 직책에선 어긋나는 일입니다."

"나라를 위한 일인데, 지금의 직책에 상관할 바 없는 것 아니겠소."

"그러나 외람된 짓이야 할 수 없지요."

"정 공도 결국 전제개혁엔 반대하는 것 아니오?"

"도당회의에서 말했듯 명백히 전제개혁은 해야 한다는 것이 나의 의견입니다. 내용과 시기에 신중을 기하자는 것입니다."

"지나친 신중론은 하지 말자는 거나 다름이 없소. 정 공이 직접 성안할 수 없다면 조준의 개혁안에서 과격한 것, 미비한 것 등을 지적하여 조준으로 하여금 삭제 또는 보완하도록 하는 것이 어떻겠소."

"한번 생각해 보겠습니다. 그런데 그에 앞서 의논드릴 일이 있습니다."

"말해보시오."

"근자에 듣자니 종지가 목은을 탄핵할 준비를 한다고 합니다. 목은은 문하시중으로서 국정의 최고 책임자일 뿐만 아니라 국인의 사부師傅입니다. 이런 어른을 탄핵한다는 것은 마구 나라의 기틀을 흔드는 것이

나 다름없지 않겠습니까."

"기틀이 썩었으면 마땅히 바꾸어 끼워야죠."

"나는 목은을 썩었다곤 생각하지 않습니다. 하시는 말씀이나 하시는 일이 모두 옳다고는 생각하지 않으나, 그 과부족은 건의와 충언으로써 시정할 수 있습니다. 그리고 나는 아직 목은이 탄핵을 당해야 할 것을 발견하지 못했습니다. 나만이 아니라 조정에 출사하고 있는 대부분이 그러할 것입니다. 그런데 목은이 탄핵 당한다면 국인들의 의혹이 심상치 않을 것입니다. 반드시 적대세력이 무슨 저의를 품고 목은을 음해하는 것이라고 생각할 것입니다. 그렇게 되면 이 원수께 터무니없는 누가 미칠까 걱정입니다."

"내게 누가 미치다니. 목은이 탄핵 받았대서 그게 왜 내게 누가 미칠 것이오?"

이성계의 얼굴에 노기가 있었다.

"탄핵의 제창자는 정도전입니다. 정도전을 말릴 수 있는 어른은 오직 이 원수 한 분이라고 모두들 알고 있습니다. 그런데 그 탄핵의 내용이 나라의 안전이나 정사에 결정적 과오가 있었던 것이 아니고 이렇게도 저렇게도 풀이될 수 있는 애매모호한 것이라면 모두들 정도전을 탓하기에 앞서 그것을 말리지 않은 이 원수를 원망하는 마음으로 되지 않겠습니까. 나도 그것을 염려하는 것입니다."

"목은에게 결정적이고 중대한 과실이 있어도 탄핵해선 안 된다는 말이오?"

"그런 것이 있을 까닭이 없습니다."

"있으면 어떻게 하겠소?"

"나는 수십 년 동안 목은 선생과 상종했고 수십 년 동안 조정의 일에 같이 종사했습니다. 그러한 내가 모르게 목은이 결정적이고 중대한 과실을 범했다곤 도저히 생각할 수 없습니다. 전제개혁을 반대했다는 것으로선 탄핵의 재료가 되질 않습니다. 설혹 그것이 비非라고 해도 전제개혁은 진행중에 보류된 것이지 목은이 반대하여 무슨 결판이 나지 않은 것이 아닙니까. 이런 상황에서 목은을 탄핵한다는 것은 분명히 상上을 극剋하는 행위가 되며 사도師道를 짓밟는 노릇이 되는 것입니다. …"

이성계는 먼 곳을 바라보는 눈이 되었다. 그가 뭔가를 결단하기 전의 태도이다. 대답을 기다리지 않고 정몽주는 자리에서 일어섰다.

"달가의 마음씀을 잘 알았으니 과히 걱정하지 마시오."

이성계의 말이 있었다.

거리엔 초여름의 햇살이 깔려 있었다. 싱그러운 신록의 그늘을 찾아가며 정몽주는 천천히 말을 걸렸다.

6월에 들어 그는 예문관藝文館 대제학大提學에 제배되었다. 종2품의 벼슬이다.

8월 한가위를 지난 어느 날 정몽주는 우현을 데리고 자하동으로 갔다. 우울하거나 마음이 착잡하면 으레 정몽주가 하는 버릇이다.

우현은 보고 듣는 것을 예사로 하지 않았다. 그의 정보는 언제나 정확하고 그의 판단은 언제나 적절했다. 시쳇말로 하면 그는 정몽주의 분신이나 다를 바 없었다.

그의 숙항叔行인 우현보가 그에게 농을 곁들여 말했다.

"자넨 정몽주에게 푹 빠져 있는 것 같은데, 그것도 나쁘진 않다만 자네가 할 일이 달리 있을 것 아니냐?"

"내가 할 일은 포은 선생의 눈이 되고 귀가 되는 일입니다. 나는 내 분제分際를 잘 알고 있습니다. 문文에서는 학부족學不足이고, 무武에서는 기부족技不足입니다. 이런 주제에 삶의 보람을 찾는 길은 훌륭한 덕인을 만나 보필함으로써 나라에 이바지하는 것밖엔 없습니다. 그러할 때 나는 포은 선생을 만난 것을 지행至幸이라고 생각합니다. 만일 그 어른을 만나지 못했더라면 나는 거리의 유협도遊俠徒로서 끝나고 말았을 것입니다."

그 말에 감동한 우현보가 정몽주에게 이 말을 전했다.

"달가는 덕인일 뿐 아니라 복인福人이라. 사람이 세상에 나서 진실된 심복을 얻을 수 있다는 것은 행幸이오. 그러니 달가는 행인幸人이라고도 할 수 있다."

우현에게 살 보람을 주기 위해서도 자중자애하라고 했다.

우현보로부터 이런 말을 들었다고 해서가 아니라 정몽주는 우현를 때론 친구로서, 때론 스승처럼, 때론 아우처럼 소중히 했다. 그런 까닭에 그가 따른다고 해서 아무 때나 불러내고 아무 데나 데리고 다니는 일이 없었다. 꼭 그를 필요로 할 때만, 또는 같이 있는 것으로서 즐거울 때만 우현을 청하는 것이다.

자하동의 호젓한 곳을 골라 멍석을 깔고 종자에 들려온 주찬을 놓고 조촐한 둘만의 술자리를 만들었다.

"요즘 세상이 어떻게 돌아가는가?"

첫잔을 비우고 정몽주가 묻는다. 사실 조정의 일에 분주하게 서둘고 보면 시정의 일뿐이 아니라 나라의 일도 제대로 파악하지 못한다.

"이성계, 심덕부, 배극렴, 정지 등 여러 어른이 여주에 전왕前王을 찾아간 일은 알고 계십니까?"

"금시 초문인데….."

그들은 위화도 회군의 동지이며 맹우盟友라고 할 수 있었다. 배극렴과 정지는 부집父執이라고 할 만한 22세의 연령차이고, 배극렴은 이성계보다도 10세 연상이다. 심덕부 또한 이성계보다 7세 연상이어서 이성계가 호형^{呼兄}을 하는 사이이다. 그런 네 사람이 일행이 되어 전왕을 찾았다고 하면 필시 무슨 저의가 있었을 것이었다.

더욱이 그들은 전왕 우^禑를 신돈의 아들이라고 은근히 몰아세우고 있는 사람들이 아닌가. 신돈의 아들이라고 믿는 그들이 전왕을 예우^{禮遇}하기 위해 여주까지 갔을 리는 만무한 것이다.

두 잔째를 들고 정몽주가 물었다.

"우 공은 그 일을 어떻게 생각하는가?"

"전왕의 신변에 무슨 변동이 있을 것 같습니다."

"생사에 관한 일일까?"

정몽주는 자기 생각을 쫓았다.

"그렇게 될는지 모르지요."

그 화제는 그로서 끝났다.

매미소리가 일었다.

"한가위가 지났는데도 매미가 우는가?"

정몽주가 중얼거린 소리이다.

"서리가 내리기까진 울겠지요."

"그런데 매미는 우는 것일까, 노래 부르는 것일까."

정몽주의 말이 농조가 되었다.

"슬픈 자가 들으면 우는 소리요^{悲者聽而爲泣聲}, 기쁜 자가 들으면 노래 부르는 소리가 되겠지요^{喜者聽而爲歌聲}."

우현이 웃음을 섞었다.

"우 공의 말이 옳아. 한어^{漢語}로 매미가 우는 것은 선명^{蟬鳴}인데 명^鳴자엔 두 가지 의미가 있지. 운다는 뜻과 노래 부른다는 뜻 ···."

매미소리가 뚝 그쳤다. 아슴푸레 노래소리가 들려왔다.

"오래간만에 노래 소리를 듣겠구나."

정몽주가 중얼거렸다.

"그런데 선생님."

이번엔 우현이 물었다.

"지난 7월 목은 선생이 판문하부사判門下府事가 되고, 이림이 문하시중이 되고, 홍영통이 영삼사사領三司事가 되었는데 어떤 곡절이겠습니까."

"어떤 곡절이라니?"

"목은 선생의 판문하부사는 제쳐둡시다. 이림이 문하시중이 되었다는 게 이상하지 않습니까?"

"이림은 전왕의 장인이며, 당저當宁의 외조부가 아닌가."

"그러니까 이상하단 말입니다. 송헌(이성계)과는 달갑지 않은 사이가 아닙니까. 사실 문하시중이 될 수 있는 그릇도 못 되구요."

"송헌은 대범한 데가 있으니까. 달갑지 않아도 내색은 안 한다. 왕과 왕대비를 기쁘게 해줄 작정인가 보지."

"또 이상한 것은 홍영통입니다. 음보蔭補로 오른 데다가 판전객시사判典客侍事였을 때 김경유의 말 6필을 탈취했다가 탄로 나서 장형杖刑을 받고 파직된 사람이 아닙니까. 그 후 신돈에게 아부해선 벼슬하고 신돈이 죽고 나서 귀양 가고, 그런 창피한 경력의 소유자가 영삼사사가 되다니 이상하지 않습니까."

"전왕과 인척관계에 있지 않는가."

"그게 더욱 이상한 일입니다. 송헌의 일파가 그들이 좋아하지도 않는 전왕과 인척관계라고 해서 홍영통을 요직에 앉히는 일을 추진한 것은 사실이 아닙니까. 그들의 작위가 없이 진행된 인사라면 벌써 탄핵 소동이 나 있을 것입니다. 말을 훔친 파렴치한 행위에다 신돈에게 아부한 사실 등 탄핵의 호재로서 그 이상 가는 게 있겠습니까."

우현의 추측은 하나같이 정곡을 뚫고 있었다. 이림·홍영통의 인사는 무슨 저의 없인 이루어질 수 없었을 것이었다.

"송헌이 여주에 가서 전왕을 뵌 일과 이림·홍영통의 인사와는 반드시 무슨 관련이 있을 줄 압니다."

우현은 또 물었다.

"김상이 전사한 것은 알고 계시죠?"

"알고 있다."

"그 사건 또 묘합니다. 함양에 침공한 왜적을 치기 위해 진주절제사 김상이 출전했을 때 군대가 그를 팽개쳐놓고 후퇴했기 때문에 김상이 죽었다고 되어 있습니다만 사실과는 다른 것 같습니다. 별감 이용을 시켜 김상을 두고 후퇴했다는 죄로 도진무·하취동 등 13인의 중간 간부급 군사를 참형에 처했다는 것 아닙니까. 그런데 그들은 기왕 조민수 원수의 휘하에 있던 조민수의 심복들이었습니다. 송헌에 대한 불만을 품고 있는 자들이었다, 이겁니다."

"그것과 7월의 인사와 무슨 관련이 있다는 얘긴가?"

"제 짐작을 말하면 무슨 일을 꾸며 전왕과 현왕의 세력을 일거에 꺾어버릴 계책이 아닌가 합니다. 전왕에 무슨 일이 있으면 그 책임이 이림과 홍영통, 혹시 목은에게까지 갈지 모르지요. 몽땅 그들에게 뒤집어씌울 작정이 아닌가 합니다."

"그건 지나친 추측이 아닐까?"

"그런 저의가 없고서야 전왕의 장인, 현왕의 외조부, 게다가 인척인 홍영통에게 영직을 줄 까닭이 있습니까."

"그쯤 해두자."

정몽주는 팔을 베고 멍석 위에 누웠다.

조준의 전제田制에 관한 상소가 또 나타났다. 실로 집요한 공세이다. 조준의 상소문이 어떻게 된 영문인지 항간에 필사되어 유포되었고 그것을 무식자들에게 풀이해 읽어주는 모임이 군데군데 있었다.

　이 상소문으로 하여 이색·이림·홍영통 등 전제개혁의 반대파들이 이른바 국인國人의 적으로 부각될 것이고, 이와는 대조적으로 조준·정도전·윤소종·남은 등 이성계 파는 극히 백성을 위하는 인물들로서 부각될 것이었다.

　조준의 목적이 바로 이 점에 있다는 것을 정몽주는 안다. 그러나 실제적으로 그렇게 밝혀진 것은 훨씬 후의 일이다.

　조준의 상소는 요즘의 말로 고치면 토지를 국유화하자는 주장이다. 그렇게 하여 부富의 편중을 없애고 평등하게 살자는 주장이다.

　정몽주는 이미 말했듯 평등하게 살자는 주장엔 이의가 없고 전제개혁의 필요는 느끼고 있었다. 그러나 행정行政의 기술이 미숙하고 계획이 치밀하지 않은 형편에서 이같이 하면 사전의 폐단 이상의 화란을 유발할 수 있다고 생각한 것이다.

　정몽주의 사상을 현대 말로 번역해 보면 다음과 같이 된다.

　토지 국유화를 구체적으로 말하면 관료가 토지의 주인이 된다는 뜻이다. 진실로 양심적이고 능력이 있고 영민한 관료조직이면 국유화된 토지를 공평하게 능률적으로 백성에게 경작시켜 그로써 얻은 수확을 공평하게 분배하여 불만 없는 사회를 만들 수 있을지 모르지만, 탐욕스럽고 횡포하기도 한 현재의 관료조직을 그냥 두고는 그러한 전제개혁이 실효를 거둘 수 없을 뿐 아니라 악랄한 관료들을 증장增長시키는 결과밖엔 더 될 것이 없다는 것이다.

　얘기는 비약하지만 정몽주의 이 원려는 적중했다. 이조에 가서 전제개혁의 결과가 어떻게 되었는지는 역사에 소상하다. 그들의 세상이 되

자 그처럼 열심히 서둘렀던 조준마저 전제개혁의 의욕을 잃고 만 것이
아닌가.

　조준 등의 전제개혁 추진은 찬탈의 기회를 만들기 위한 교란작전이
라고 정몽주는 알고 있었지만 이렇게 강한 발설은 하지 않았던 것으로
안다. 정몽주는 조준의 이 재차상소가 있었을 때 이색에게 가만히 말
했다.

　"선생은 잠자코 계십시오. 어디까지 가는지 두고 봅시다."

　바로 이 무렵의 일이다.

　지난 6월 왕의 친조親朝, 즉 왕이 명나라에 가서 명의 황제를 만나 신
례臣禮를 다하도록 하는 목적으로 명나라에 갔던 윤승순, 권근이 돌아
왔다. 그런데 그 회자回咨가 심상치 않았다. 요지는 다음과 같았다.

　— 고려의 나라는 다고多故하다. 신臣의 충역忠逆이 걷잡을 수 없이 혼
　미하다. 폐립자유廢立自由한데 어찌 그 나라를 굳건히 지킬 수 있을쏜
　가. 그들은 이미 그들의 왕을 수囚해 놓고(연금해 놓고) 동자童子=어린
　창왕를 입조入朝케 하려는 덴 반드시 무슨 음모가 있을 것이니라. 만일
　그들이 그런 짓을 상사常事로 한다면 인륜人倫은 무너지고 예의는 망했
　다는 것이 아니냐. 그러니 어린 왕이 입조할 필요가 없느니라. 언젠가
　그곳에 현지賢智의 신臣이 있어 군신지분君臣之分을 밝히고 국태민안國
　泰民安할 수 있다면 그로서 그만이지 무슨 까닭으로 어린 왕을 군이 입
　조入朝케 하겠다는 것인가. 그럴 필요 없다. …

　창왕昌王의 친조를 서둔 것은 창왕의 위치가 항상 불안했기 때문이
다. 명나라에 가서 명 황제에 충성을 맹서하고 부자父子와 다름없는 의
誼를 맺음으로써 그 위치를 보장받고 싶었던 것이다. 똑바로 말하면 찬

탈의 기회를 노리는 세력의 위협을 피부로 느끼는 창왕의 측근들이 왕의 친조를 통해 그 위협에서 벗어나고자 했다.

사실 찬탈의 위험을 면하기 위해선 명나라에 감국監國의 파견을 요청하여 그 보호하에 들든지, 아니면 창왕이 친조하여 명 황제의 확고한 보장을 받든지 할 방법밖에 없었던 것이다.

그런데 명나라의 조정은 이런 절실한 소망을 이해하지 못했다. 그렇다고 해서 이편에서 아직은 막연한 예감일 뿐인 찬탈의 위험을 들먹여 노골적으로 애소哀訴할 수도 없는 형편이었다.

그런 까닭에 창왕은 물론 창왕 자신이 아니라 그 측근, 특히 이색이 명나라의 회자에도 불구하고 왕의 친조를 강행하려고 했다. 왕이 직접 거동하는데 설마 입경을 거절하겠느냐는 계산이었다.

종행관從行官으로 판문하부사 이색, 영삼사사 홍영통, 판삼사사 심덕부, 문하평리 설장수, 후덕부윤 이종학을 임명하기까지 했다. 그런데 창왕의 어머니인 이 씨가 도당都堂에 일렀다.

"어찌 어린 왕을 그렇게 먼 곳에까지 가게 할 수 있겠느냐?"

이로써 창왕의 친조는 보류되었다.

정국政局은 정몽주의 부심과 배려에도 불구하고 악성적惡性的으로 얽히고설켰다.

사의대부司議大夫 오사충吳思忠이 이숭인을 탄핵하고 나섰다. 오사충은 조준·정도전과 더불어 이성계의 심복 중의 하나이다. 오사충의 이숭인에 대한 탄핵문은 맹랑하다고 할 수밖에 없다. 대뜸 다음과 같이 시작했다.

— 이숭인의 성품은 간악하고 탐욕스러우며 그 언행은 사악하다. 경국의 재才도 없고, 여려慮는 먼 곳에 미치지 못하는데 다만 문묵文墨의 말예末藝로서 입신도명立身盜名하여 중요한 자리를 차지한 자이다. …

그리고는 이숭인이 어머니의 3년상을 치르지도 않고 장시掌試한 것이 죄라고 하고, 그러한 불효를 용서할 수 없다고 했다. 이어 이색과 같이 명나라에 가서 물건을 사고팔아 장사꾼과 같은 짓을 했다는 것이고 종친을 모함하기도 했다.

"시詩를 칠보七步에 짓고, 입으론 요순堯舜의 말을 들먹이지만, 개돼지만도 못한 인간인데 어찌 시독侍讀으로서 왕의 좌우에 둘 수 있겠느냐'고 비방하는 것이다.

이와 동시에 오사충은 박돈지를, "장모와 밀통한 놈으로 이색, 이숭인과 명나라에 가서 물건을 매매했다"고 탄핵했다.

이 탄핵을 받고 이숭인과 박돈지는 각각 귀양살이를 하게 되었다. 박돈지는 이숭인과 친하다는 것으로 화를 입었다.

정몽주는 어이가 없었다. 누구보다도 이숭인을 잘 알고 아끼는 그가 가만있을 수 없었다. 그러나 오사충을 상대로 싸운다는 것은 마음이 내키지 않았다. 오사충은 정몽주보다 7, 8세 위인데다가 사람이 너무 용렬하여 평소 상종하지 않았다.

고민하고 있는데 권근이 찾아와 자기가 이숭인을 구하기 위한 글을 쓰겠다고 했다. 반갑기는 하였으나 걱정도 되어 정몽주는 만류했다.

"가원可元=권근의 자이 다칠까 싶어 염려스럽다. 내가 쓰도록 하지."

"선생님은 그, 사람 같지도 않은 자를 상대해선 안 됩니다. 당해도 제가 당해야지요."

하고, 자기가 쓸 문장의 대요를 설명하고 나서 덧붙였다.

"3년의 모친상을 치르기 전에 감시監試의 직을 맡았다고 해서 야단인데, 그렇다면 조준趙浚은 어떻게 되는 겁니까. 그는 부모가 다 죽고 3년상이 나기 전에 요직을 차지한 자입니다. 그런 일은 덮어두고 이숭인만을 탓하다니 될 말이기나 합니까."

"친구를 위하는 가원의 마음이 갸륵하다."

몇 마디 충고를 덧붙여 정몽주는 권근을 돌려보냈다.

이색이 사직원을 냈다. 수리되지 않았다.

"신이 거년 경사에 갔을 때 부사副使는 이숭인입니다. 그 사람이 탄핵당하여 유배의 몸이 되니 어찌 마음이 편할 수가 있겠습니까. 모든 직사職事를 사辭하고자 합니다."

이색은 다시 사직소를 내고 장단長湍의 별장으로 내려가 버렸다. 왕이 지신사知申事 이행에게 주찬을 들려보내 위유하고 시사視事하라고 권했으나 출사出仕하려 하지 않았다.

정몽주는 장단에 가서 사흘 동안을 이색과 같이 지냈다. 장단의 산야는 벌써 겨울의 쇠잔한 풍경으로 변하고 있었다.

두 사람은 별로 말이 없이 산과 들을 바라보다가 돌아와선 역시 묵묵히 술잔을 나누었다. 그러나 그 무언의 순간에 수만 언數萬言에 해당되는 마음이 오갔다. 계절도 겨울이고 사직도 겨울이고 이색과 정몽주의 나이 또한 겨울의 계절에 접어든 것이니 새삼스럽게 말로써 감회를 토할 필요도 없는 것이다.

정몽주는 이색의 앙상하게 남은 흰 빈발을 보며 이색이 장단에 오기 전에 왕에게 올린 〈사판문하전〉辭判門下牋의 글귀를 되새겨 보았다. 이색은 왕께 전달하기 전 그것을 혹시 고칠 데가 없는가 하고 정몽주에게 보였던 것이다.

사흘째 되던 날 정몽주가 이색에게 말했다.

"저도 장단으로 올까요?"

"뭣 하러요."

"이숭인이 경산부로 가고 없으니 너무나 쓸쓸합니다. 이곳에 와서 선생님과 더불어 한거녹야閑居綠野하며 음풍월지태평吟風月之太平할까 합니다.

"달가는 안 되오."

"제가 안 되면 선생님도 안 되는 것입니다."

"나는 시진도절矢盡刀折한데 모든 화살이 나를 겨누고 있소. 그런데 달가에겐 힘이 있소. 달가에겐 아무도 화살을 겨누지 못하오. 달가는 끝까지 남아 사직을 구해야 하오."

하고 이색이 엄하게 말했다.

"당장 돌아가시오. 여긴 달가가 있을 곳이 아니오."

"선생님도 여기 계실 수가 없습니다. 제가 돌아가야 한다면 선생님도 돌아가셔야 합니다. 지금 사직을 지탱할 어른은 선생님을 두곤 없습니다. 그렇지 않사옵니까. 선생님에게나 저에게나 한거녹약하고 풍월을 읊조릴 겨를은 없습니다."

정몽주의 눈에 이슬이 맺혔다. 이색의 뺨에서도 눈물이 굴렀다.

전야前夜의 풍운風雲

기사년 11월 13일—

전 대호군大護軍 김저와 전 부령副令 정득후가 여주에 가서 전왕 우禑를 만났다. 이것이 사건의 실마리가 되었다.

김저는 최영의 생질이고, 정득후는 최영의 족당族黨이다. 두 사람 모두 최영의 잔당殘黨이라 하여 불우의 나날을 견디며 사는 사람들이다. 우가 왕위에 있었을 때 이들은 우왕의 총신으로서 항상 측근에 있었다.

전왕 우는 이들을 보자 옛날 생각이 났다. 눈물이 쏟아졌다. 두 사람도 가슴이 벅찼다. 눈물 속에서 우가 호소했다.

"울적해서 견딜 수가 없구나. 이대로 나는 죽어야 하는가. 이왕 죽을 바에야 발악이라도 해보고 죽어야 하겠다."

이런 말, 저런 말이 나왔다. 이성계를 죽여 없애야만 궁지를 벗어날 수 있다는 결론에 이르렀다.

"믿음직한 역사力士를 한 사람 구하기만 하면 될 텐데."

우가 두 사람에게 물었다.

"어디 역사를 구할 수가 없을까?"

김저와 정득후는 서로를 쳐다보았지만 생각이 막연했다.

"요즘 전혀 출입이 없어서…."

김저는 말의 끝을 맺지 못했고, 정득후 역시 난처하다는 표정을 지었다.

"믿을 수 있는 역사를 구한다는 건 힘들지 않을까 합니다."

그러자 우왕은 곽충보의 이름을 들먹였다. 곽충보란 한때 예의판서를 하던 자이다.

"그 사람과 나는 한때 잘 지냈지. 내 말이라면 잘 들을 사람이다. 가서 곽충보와 의논해 보도록 하라. 성사되기만 하면 내 비매妃妹를 아내로 준다고 하고 부귀영화를 같이 하며 살자고 일러라."

그리곤 검 한 자루를 곽충보에게 갖다 주라고 내놓았다.

김저는 개경으로 돌아가는 즉시 곽충보를 찾아 우왕의 의사를 전했다. 곽충보는 그 제의를 승낙하는 척 꾸미고 있다가 이성계에게 달려가 이 사실을 고해 바쳤다.

밤에 김저와 정득후가 이성계를 찾아왔다. 이성계의 부하가 그들을 체포했다. 정득후는 칼로 스스로 목을 찔러 죽고, 김저는 순군옥으로 끌려가서 심한 고문을 받았다. 전 판서 조방흥이 연루되었다 하여 그도 순군옥에 가두었다. 고문에 못 이긴 김저는 변안열·이림·우현보·우인열·왕안덕·우홍수 등이 여주에 있는 왕의 복위를 위해 공모했다고 자백했다.

이상이 이성계 파가 발표한 사건의 내용이다.

정몽주는 14일 이성계의 소집을 받고 흥국사에 나가서야 그런 일이 있었다는 사실을 알았다. 진위여부眞僞與否는 물론 몰랐다.

이성계는 흥분한 어조로 사건의 개요를 설명하고는, 좌중을 둘러보며 물었다.

"전왕 우를 여주에 그냥 둬 둘 수 없으니, 강릉으로 옮겨야겠는데 제

공의 생각은 어떠냐?"

그 자리엔 정몽주 외에 심덕부·지용기·설장수·성석린·조준· 박위·정도전·윤소종 등이 참립해 있었는데 조준이,

"이미 죄상이 명백하게 드러났는데 강릉에까지 보낼 것이 뭐 있습 니까."

하고 볼멘소리를 했다. 당장 죽어버려야 한다는 것이다.

"그처럼 서둘 일은 아니다."

그 자리에서 이성계는 우를 강릉으로 압송하라는 명령을 내렸다.

그 명령이 있은 후 무거운 침묵이 흘렀다. 정몽주는 중무장한 군사들 이 홍국사를 에워싸고 있다는 것을 말발굽소리와 이곳저곳에서 나는 호령소리를 듣고 짐작했다. 삼엄한 분위기였다.

무거운 침묵을 깬 것은 정도전이었다.

"모두 알고 계시는 바와 같이 우와 창은 왕씨가 아니오. 신돈의 자손 이오. 이들로 하여금 종사宗祀를 봉奉하게 할 순 업소이다. 차제에 종실 가운데서 입군立君하는 것이 가할까 합니다."

이어 이성계의 말이 있었다.

"천자天子=명 황제의 명령도 폐가입진廢假立眞하라고 되어 있소. 밀직부 사 정도전 공의 제의는 지당하오. 종실 가운데 누구를 택하는 것이 좋 으리까?"

정몽주는, 폐가입진하라는 천자의 명령이 있었다는 말에 충격을 받 았다. 그가 아는 범위에선 그런 명령을 명나라로부터 받은 적이 없었 다. 그렇다면 명나라 조정과 이성계 사이에 무슨 내통이 있었단 말인 가. 창왕의 입조를 명 조정은 계속 거절했는데 까닭이 그런 이유에 있 었던가. 만일 그와 같다면 자기와 이색은 헛돌고만 있었다는 얘기가 아 닌가.

"누구를 입군하는 것이 좋겠소?"

거듭된 이성계의 질문에 정몽주는 생각에서 깨어났다.

"신종神宗의 7대손 정창군定昌君 요瑤가 종실 가운데선 가장 가깝습니다. 그 사람을 세우는 것이 지당할까 합니다."

정도전의 발언이었다.

"정창군은 부귀 속에 자랐기 때문에 치재治財는 능할지 모르지만 치국治國할 그릇은 못됩니다. 달리 택해야 합니다."

조준의 발언이었다.

그러자 성석린이 덧붙였다.

"현자賢者를 군주로 모셔야 합니다. 족속의 원근 친소를 논하지 말기로 합시다."

이렇게 엇갈린 의견을 통일하기 위해 후보자가 됨직한 종실 수인의 이름을 써가지고 심덕부·성석린·조준 등이 계명전으로 갔다. 계명전에 가서 태조의 위패 앞에 절하고 제비를 뽑은 결과 정창군 요의 이름을 얻었다. 다음 왕으로 그가 지명되었다.

15일 이성계는 8인의 대신들을 이끌고 정비전定妃殿으로 갔다. 정비의 지시를 받는 형식을 취하여 창왕昌王을 폐하여 강화로 추방하고, 정창군 요를 맞이했다. 정창군은 놀라 사양하려 했지만 정비가 손수 왕인王印을 수교하며 다음과 같은 교서를 내렸다. 이 교서는 이성계가 미리 준비하여 가지고 간 것이다. 그 요지는 이렇다.

— 우리 태조로부터 공민왕에 이르기까지 자손 상승하여 종묘사직을 봉했도다. 그런데 공민 서거한 후 무사無嗣한지라 당시 종척 군신들이 종실의 현자를 세우려 했도다. 그러자 권신 이인임이 오랫동안 국병國柄을 잡아 많은 불의를 감행하여선, 은혜를 팔아 자기의 죄를 모면코

자 역적 신돈의 아들 우를 공민왕의 아들이라 모명冒名하고, 그 생모를 죽여 입을 멸하곤(발설 안 되도록 하고), 질녀를 가嫁하여 그 총寵을 굳게 하였도다. 신인적분神人積忿 십유오년十有五年, 우는 많은 무고를 죽여 국인의 원한을 사고 거병하여 중국을 치려다가 죄를 천자에 얻었으니 이때가 바로 왕씨가 종사를 돌이킬 때였느니라. 그런데 대장 조민수가 이인임과의 친분으로 상상上相이 되어 이인임의 사邪를 이어 우의 아들 창을 세움으로써 악惡을 잇게 하였도다.

홍무 22년 9월에 문하평리 윤승순 등이 성지를 음봉하고 경사에서 돌아왔거늘 그 략略에 가로되, 고려의 군위君位는, 왕씨 시해된 후 무사하므로 이성異姓으로서 채워졌는데 이를 삼한세수三韓世守의 양모良謀라고 할 수 있을쏜가. 현지賢智의 배신陪臣위에 있어 군신의 분을 정한다면 수십세 조朝하지 않아도 무슨 걱정이 있겠는가, 하였느니라. 이를 국론에 자문한즉 종척과 대소신료大小臣僚 등 모두 종친 정창군 요는 태조의 정파正派인 신종神宗의 7대 손으로서 가장 가까운 족속이니 마땅히 공민왕의 뒤를 잇도록 하자고 하였느니라. 이에 요에게 명하여 왕위에 오르게 하고, 우와 창을 폐하여 서인庶人으로 하겠노라. 오호라! 자홍子弘 폐하매 대왕代王, 한가漢家의 사祀를 복復하여 4백 년 태평의 기틀을 잡았도다. 지금에 있어서 옛날을 보건대 그 이치는 한가지니라. 유중有衆, 나의 지회至懷를 체體할지어다.

이 교서의 문안을 만든 것은 정도전이다. 이 교서를 통해 정몽주는 어제 흥국사에서 이성계가 한 말의 근거를 알았다.

분명히 이성계는 흥국사에서, 폐가입진廢假立眞은 명 황제의 명령이라고 했다. 그래서 정몽주는 명 조정과 이성계 사이에 무슨 내통이라도 있었던 것이 아닌가 했다. 그런데 그것이 아니었다. 명나라 예부禮部의 회자엔 공민왕을 시해한 사건을 두고 군도君道가 없다는 비방의 문자는 있어도 왕위를 이성異姓으로 채웠다는 언급은 없다. 황차 폐가입진 운운은 있을 까닭이 없다.

그런데 적당하게 발췌취의拔萃取義, 필요에 따라 문자를 보철補綴해선 엉뚱한 문맥文脈을 만들어 버렸다.

시비를 따져들 사람이 없다고 보고 대담한 조작을 한 것이다. 정몽주는 자기가 이의를 제기했을 때의 경우를 상상해 보았다. 윤승순은 이미 그들의 편이 되었고, 유일한 증인이라고 할 수 있는 권근은 원주에 유배되었고, 이색이 부재하고 숭인이 없는 지금의 상황으로선 도당都堂엔 한 사람도 그에게 호응할 사람이 없을 것이었다.

그렇다고 해서 거리에서 외친다?

망산견폐지격望山犬吠之格일 것이 뻔하다. 정몽주는 침묵할 수밖에 없었다. 요즘 식으로 말하면 쿠데타 정권은 자기들이 미리 짜놓은 각본대로 착착 사태를 진행시키고 있는 것이다.

그날 늦게 집에 돌아가니 이우당 이경이 정몽주를 기다리고 있었다. 조정에서 있었던 일들이 궁금했던 모양이다. 정몽주는 여러 말은 하지 않고 정비의 교서에 명나라 예부의 자문이 인용되어 있는데, 그 왜곡歪曲함이 심하여 장차 그것이 화근이 되지 않을까 한다고 했을 뿐이다.

"누가 왜곡했을까?"

"그걸 쓴 자는 정도전이다. 그러나 그가 자의로 왜곡했겠나. 아무튼 정도전은 재주가 지나쳐."

"정도전은 그 재주 때문에 제 명에 죽지 못할 걸세."

이우당이 혀를 끌끌 찼다. 이우당은 원래 정도전을 싫어했다.

"일사逸士답지 않게 그런 험담을 해서야 쓰는가."

말은 이렇게 했지만 정몽주도 정도전의 재승성핍才勝誠乏의 표본 같은 행동에 혐오를 느끼고 있었다.

결국 자문咨文을 왜곡 인용한 사실은 밝혀졌다. '이성異姓을 임금으로 삼았다'는 대목은 대간臺諫들이 지어낸 말이었다. 그 대간들 배후에 누가 있는가. 조준이고 정도전이다. 목적을 위해선 명나라 황제의 칙서까지 왜곡 조작하길 서슴지 않는 사람들이라고 생각하니 정몽주는 등에 소름이 끼쳤다.

정몽주는 젊었을 때의 정도전을 회상 속에 찾아보았다. 얼마나 재기 활발하고 순진했던가.

'인생감의기人生感意氣하면 공명수부론功名誰復論일꼬' 하는 시를 곧잘 외우며 학문의 진실을 탐구하기에 몰두하던 정도전.

그런데 지금은 어떠한가. 유학도儒學徒로서 맹우盟友라고 할 수 있는 이숭인을 배척하고 권근을 곤궁에 몰아넣고, 심지어는 스승 이색을 모함할 계책을 세우고 있는 사람. 과연 그는 어떻게 되어 먹은 사람인가.

이색이 순자荀子의 성악설性惡說을 긍정하고 싶어졌다고 한 것은 정도전을 두고 한 말이었을 것이다. 따지고 보면 원흉은 야심이다. 야심이 깃들면 사람은 악성으로 화한다. 악성이 세나면 독성毒性이 된다.

정몽주는 적막강산에 홀로 서 있는 기분 속에서 장단에 있는 이색, 경산부에서 귀양살이하는 이숭인을 뇌리에 그렸다.

어제까지 문하시중이던 이림과 그 아들 귀생, 사위 유담, 최렴, 외손녀의 남편 노귀생, 조카 이근을 원지에 배류했다. 우·창이 서인이 되었으니 이림의 격도 따라서 낮아진 것이다.

상당한 병력을 장단에 파견했다. 그 까닭은 혹시 이색의 주변에 불평분자가 모여들어 이번의 처사에 반대하는 소란이 있을까 보아 대비한 것이리라.

이렇게 만사는 이성계의 위령에 의해 이성계 중심으로 진전되어 가는데 왕궁으로 옮긴 왕, 즉 요는 밤잠을 자지 못할 만큼 불안해했다.

"나는 평생 의식을 걱정한 적도 없이 편안하게 살았는데 지금 막중한 대임을 맡고 보니 어찌해야 좋을지 모르겠다."

며 울기까지 했다.

즉위한 날 밤, 그의 사위 강회와 계부季父가 왔다. 계부가 이런 말을 했다.

"제장상諸將相이 전하를 받드는 것은 자기들의 화를 모면하고자 하는 때문이지 결코 왕씨를 위해서 하는 짓이 아니다. 그들을 믿지 말고 스스로 보전하도록 신중하라."

또 하나의 왕서王壻 우성범이 옆에서 이 말을 듣고 자기 어머니인 윤씨에게 고했다. 윤 씨는 그의 종형인 윤소종에게 그 말을 전했다. 윤소종은 이것을 이성계에게 알렸다.

이 말을 듣고 이성계 등은 왕에게로 가서 선언하듯 했다.

"전하께서 위位에 오르자 참언이 들어오게 된 겁니다. 신등은 황공하기 짝이 없소이다. 전하께서 그 참언을 믿으시면 신등에게 죄를 주소서. 만일 신등이 위성僞姓을 쫓고 왕씨를 부립復立한 공을 인정하신다면 참언한 자를 벌하여 차후에 상하를 이간하는 일이 없도록 하소서."

왕은 좌우를 돌아보며 그저 묵묵할 뿐이었다고 한다.

천하가 다 아는 일이지만 이성계 파는 자기들의 세력을 관직으로써 과시하는 건 이롭지 못하다고 계산한 것 같다. 그러니 다음과 같은 인사人事 역시 각본에 따른 조처인 것이다.

이색을 판문하부사로 그냥 두고, 심덕부를 문하시중으로 하고 이성계는 그 아래의 직급인 수문하시중으로 앉았다. 이를테면 부총리의 자

리이다. 5·16 쿠데타 직후 최고회의를 만들어선 장도영을 최고회의
의장으로 하고, 박정희가 부의장으로 앉은 것과 동교同巧의 수법이라고
하겠다. 영삼사사에 변안열, 판삼사사에 왕안덕, 문하찬성사에 정몽
주·지용기, 판이덕부사에 조인벽, 정당문학에 설장수, 문하평리에
성석린, 지문하부사 겸 사헌부 대사헌에 조준, 판자혜부사에 박위, 삼
사우사에 정도전, 상호군 겸 사헌집의에 송문중을 임명했다.

　장단으로 낙향해 있던 이색이 신왕新王 등극 소식을 듣고 가만히 있
을 수 없었다. 장단에서 올라와 이색이 입궐하여 왕에게 배알, 축하를
올리는데 왕은 자리에서 내려앉아 답례하고 말했다.

　"평생을 한유하면서도 만나지 못한 어른을 뜻밖에도 이렇게 모시게
되니 황송하기도 하고 반갑기도 하오. 원컨대 경의 도움이 있어야 하
겠소."

　왕은 진실로 이색에게 의지할 마음을 가진 것 같았다. 이색은 왕의
희멀건 45세 사나이의 얼굴에서 유약하다기보다 우둔한 성품을 읽고
일순 암연한 마음이 되었다. 이성계 일파가 하필이면 많은 종실인사 가
운데서 왕요王瑤를 택하여 입군立君한 이유를 알 것 같아서이다.

　20일에 왕의 즉위를 대묘大廟에 고하는 예식이 있었다.

　예식이 끝난 후 궁으로 돌아온 왕은 백관을 모은 자리에서 남면南面
하려 하지 않았다.

　"주상께선 이미 즉위하셨는데 남면하지 않으시면 신민의 여망을 저
버리는 것입니다."

　이색이 나아가 아뢰자 비로소 왕은 용상에 앉았다.

　그리고 이성계와 심덕부에게 말하며 줄기줄기 눈물을 흘렸다.

　"나는 원래 무재무덕하오. 그런고로 재삼 사양했지만 받아들이지 않
아 이렇게 대위大位를 차지하게 되었소. 경들의 선처를 바라오."

그 광경을 보며 정몽주가 생각한 것은 고려왕조의 운명이다. 왕조의 쇠운衰運이 저렇게 화신化身하여 눈물을 흘리는 것이라고 보았다. 신왕은 이성계의 괴뢰로서 시종할 것이 확실한데 충성을 집약할 곳을 어디에 찾아야 할 것인가 하는 마음이 바위처럼 가슴을 눌렀다.

22일—

김저가 옥중에서 폭사했는데 그 시체를 거리에 끌어내어 참형斬刑을 과했다. 김저의 모사에 연루되었다고 하여 정지, 이거인, 유혜손, 이유인, 유번, 조호, 안주 등 전직·현직의 고관 27명이 유배되었다.

신왕의 즉위는 최대의 경사이다. 이런 경사가 있을 즈음엔 당분간 참형慘刑을 행하지 않는 것이 상례이거늘 그러지 않았다는데 큰 의미가 있다. 김저의 범죄는 이성계에게 대한 반역이다. 이성계에게 대한 반역을 다스리는 데 왕실의 경사 따위를 괘념할 필요가 없다는 뜻이 되는 것이다.

25일에 조방흥의 참형이 있었다.

이로써 이성계에 대한 범의犯意는 나라와 왕에 대한 반역과 같다는 것이 증명되었다. 누구의 눈에도 국병國柄을 좌우하는 실세가 이성계 또는 그 일파에 있다는 것이 밝혀졌다.

왕의 측근은 숨을 죽이고 살아야만 했다. 왕의 가까운 친척들은 왕을 경이원지敬而遠之하게 되었다. 궁궐에 이성계 일당의 정탐이 많이 침투해 있다는 사실을 모두들 짐작하고 있었기 때문이다.

26일—

순안군 방昉과 동지밀직 조반을 명나라 경사에 파견하여 신왕의 즉위를 보고하게 되었다. 이성계 파가 쓴 주문奏文은 다음과 같이 되어 있다.

— 고려국 정창부원군, 신 왕요王瑤 삼가 아뢰옵니다. 신은 본국 시조 왕건王建의 정파正派 신종 7대손이옵니다. 이러한 명분을 세습하와 별로 재덕이 없는 몸으로서 그저 천수를 다하기를 기하고 있사옵는데 홍무 22년 11월 15일, 대소의 종척, 신료, 한량, 기로들이 성지를 흠봉하여 국사를 의논하매 공민왕 무사하여, 서거 후 권신 이인임이 입군한 바 있는 우·창 부자는 이성異姓이어서 왕씨 종자의 제주祭主될 수 없으므로 신이 종족으로선 가장 가깝고 나이가 많다고 하여 공민왕비 안 씨의 명으로 신으로 하여금 권국權國하게 하는 동시 제사를 맡게 하였사옵니다. 신은 진퇴양난으로 몸 둘 바를 알지 못하나이다.

가만히 생각하건대 홍무 7년 이인임 등이 함부로 이성異姓을 왕으로 세운 이래 정교政敎는 괴방乖方하고 습속은 부박해졌습니다. 신은 이의 성화聖化에 힘써 진순眞淳으로 돌이킬까 하옵니다. 삼가 바라건대 성자聖慈를 베풀어 신이 친조親朝하여 면주面奏할 수 있도록 허락하여 일국의 백성을 안전케 하도록 하옵소서. …

정몽주는 이 주문을 보고 상을 찌푸렸다. 내용은 구구하고 조사措辭는 서툴고 문장은 졸렬하여 상국에 대한 예의는 고사하고, 그래도 수백 년 문화로써 익혀온 나라의 체면이 말이 아니라고 느꼈다.

옛부터 우리나라는 비록 소국이긴 했지만 표문表文의 문장으로 높은 평가를 받고 그로써 만장의 기염을 토하기도 하여 스스로 자존하여 왔던 것인데 이처럼 격조도 없고 향기도 없는 문장을 보게 되었을 때 명나라 조정 인사들의 얼굴에 나타날 모멸의 웃음이 눈에 보이는 것 같았다.

필시 '국망문망'國亡文亡이란 말이 나돌 것 아닌가.

이성계의 배하에 적지 않은 문장가가 있을 것이어늘 이따위의 표문으로써 만족하는 것을 보면 이미 그들의 마음이 해이해진 까닭이라고 추측할 수밖에 없다. 아니면 왕의 체면과 그들의 체면을 분리해서 생각하여 적당하게 형식만을 채우려는 심산일지도 모른다.

그러나 이런 것이 중요한 것은 아닐 것이었다. 풍전의 등화 같은 사직의 운명 속에 앉아 한갓 문장에 신경을 쓴다는 것은 대들보가 썩어가고 있는데 몇 장 부서지는 기왓장 걱정을 하는 꼴일 것이다.

그러면서도 정몽주는 이 주문을 보았을 때의 이색, 이숭인, 권근 등의 표정을 상상해 보았다.

이색은 입맛을 다실 뿐 말하지 않으려 들 것이고, 권근은 정론正論이 악론惡論에 깔리는 세상이니 악문惡文이 정문正文을 압도하려 드는 게 당연하지 않겠느냐는 말을 할지 모르고, 이숭인은 이건 악문조차도 아닌 추문醜文이라고 익살을 부릴 것이 아닌가.

정몽주가 가장 두려워하던 예감이 이윽고 적중되고 말았다. 좌사의左司議 오사충, 문하사인門下舍人 조박의 상소로 이색과 그 아들 이종학이 파직되고 말았다.

아무리 간사한 모사謀士들이라고 해서 이럴 수는 없는 것이다. 정몽주는 임금에게 배알을 청하곤 단신 입궐하여 아뢨다.

"전하, 바야흐로 지금은 이설 분분하여 혼탁이 극심하옵니다. 정론을 사론이 뒤엎고 군자가 소인에게 모해당하길 예사인 상황입니다. 아무쪼록 명총明聰으로 조감하시와 사리를 관철하옵소서. 이색은 나라의 사부이며 나라의 정신을 바로잡는 기둥입니다. 소인배들이 무슨 소릴 해도 전하께선 동요하시지 말고, 대소사에서 결하기 어려운 것이면 모두 도당都堂에 부하여 심의審議를 상세하게 하소서."

"경의 말이 옳도다. 목은은 일찍이 내가 존중하는 스승이요, 앞으로

의지해야 할 동량임을 나는 잘 알고 있느니라. 목은에 관한 일로써 심히 걱정하지 말지어다. 그런데 경에 대해 나의 간절한 소망이 있으니, 앞으로 무슨 일이 있더라도 나의 옆을 떠나지 말고 고굉의 노력을 다해주기 바라노라. 생각하고 생각하니 경을 두곤 믿을 사람이 이 천하엔 없는 것 같소이다."

"전하, 그런 말씀은 거두어 주사이다. 전하의 백관은 모두 믿을 만하오이다. 다만 명찰明察을 흐리게 하는 자가 가끔 있을 뿐입니다. 소신小臣만을 믿는다고 하옴은 지나치시옵니다. 일시동인一視同仁으로 신하를 대하소서."

"좋은 말이오. 내 그렇게 힘쓰리다. 어쩐지 내 마음은 경이 없으면 왕 노릇을 못할 것 같소이다. 부덕한 자가 대임을 맡고 있으니 다만 황송할 뿐이오."

정몽주는 이색 부자에 대해 명찰明察있기를 거듭 간원하고 대궐을 물러나왔다.

이것이 말썽이 되었다.

오사충은 이 일을 두고 정몽주가 참언을 한다고 이성계에게 일러바쳤다.

"스승을 위한 간원은 참언이 아니다."

이성계는 오사충의 말을 일축했지만 정몽주가 끝내 자기와 동사할 사람이 아니라는 사실을 확인하고 쓸쓸한 감회를 금할 수 없었다.

조준이 정몽주를 탄핵하자는 제의를 했다. 이색·이종학·이숭인·권근 등과 관련시키면 탄핵에 필요한 재료가 된다는 것이다.

"정몽주를 탄핵하면 억지 탄핵이 될 뿐입니다. 그의 주변에 있는 인사들을 부추기는 결과가 됩니다. 탄핵이 성사된다고 해도 근처에 유배시키는 데 끝날 뿐이므로, 그렇게 되면 되레 그를 편안하게 모시게 되는 결과가 될 것입니다. 방산위호放山爲虎일 것이니 되레 위험합니다."
하는 정도전의 의견에 이성계는 고개를 끄덕였다.

그러나 조준은 정몽주의 탄핵을 서둘러야 한다고 역설했다.

"정몽주의 주위엔 적잖은 인재들이 모여들고 있습니다. 그에겐 불교
不教인데도 사람을 끄는 힘이 있는가 합니다. 이 차판에 결단을 내려 그
의 문전에 인족人足을 끊어놓아야 합니다. 내버려두면 막강한 세를 이
룰 염려가 있습니다."

"달가는 건드리지 않으면 거암巨巖으로 가만있지만, 건드리면 뇌성
벽력이 될 것이니라. 당분간 가만 두는 게 낫다."

이성계가 내린 결단이다.

사태는 급박하게 움직였다. 기사년이 저물어가는 섣달 5일. 폐왕,
우와 창을 죽이라고 하고 이색·이인임의 죄를 논해야 한다는 제의가
간관諫官들의 연소連疏로 나타났다. 우·창 부자와 이색 부자를 없애지
않으면 군소의 음모를 근절할 수 없고 따라서 왕위를 안태로이 보전할
수 없다는 것이다.

"이색·이종학을 파직으로써 끝내고 그냥 두면 만세의 간적奸賊을 어
떻게 징치할 것인가. 그러니 이숭인·하륜과 더불어 이색·이종학 부
자를 주살해야 한다."

간관들이 서둘고 나섰다.

정몽주는 도당에서 그 불가함을 성루聲淚 아울러 떨어지는 열변으로
써 주장했다. 그러나 우유부단한 왕은 실세에 밀려버렸다.

이인임의 집을 파괴하고, 이색·이종학·이숭인·하륜·이분을 유
배했다. 조민수는 삼척으로 옮기고, 권근은 김해로 옮겼다.

사헌규정司憲糾正 전시를 파견하여 조민수를 국문케 했다. 창립을 왕
으로 세우려고 한 것은 이색의 책모에서 나온 것이란 자백을 받기 위해

서이다. 조민수는 끝내 그렇지 않다고 하다가 연일의 고문 끝에 항복하고 말았다.

사재부령司宰副令 윤회종이 폐왕부자廢王父子를 죽여야 한다고 다시 역설한 것은 14일에 있었던 일이다.

왕이 재상들에게 물었다.

"이 일을 어떻게 해야 하는가?"

이성계가 입을 열었다.

"하나는 강릉에 있고, 하나는 강화에 있으니 그로써 된 일이 아닙니까. 설령 우禑가 난을 일으킨다고 해도 신등이 있으니까 그것쯤 막을 수 있을 것입니다. 죽일 것까진 없습니다."

정몽주가 이미 탄원한 바를 이성계가 대변한 것이다.

표면에선 이렇게 말했지만 이면에선 왕에게 결정적인 압력을 가했다. 왕은 영을 내려 정당문학 서균형으로 하여금 강릉에 있는 우를 죽이게 하고, 예문관 대제학 유구로 하여금 강화에 있는 창을 죽이게 했다. 이 해에 우는 25세이고, 창은 10세이다.

역사는 이렇게 기록했다.

― 폐왕의 처 영비寧妃 최 씨崔氏는 대곡大哭하고 이르길, 첩妾이 이에 이른 것은 아버지 최영의 과오 때문이라고 했다. 그리곤 10여 일 먹지 않고 호곡하고 밤이면 폐왕의 시체를 안고 자며 쌀을 얻으면 정성껏 찧어 공존했다. 그때의 사람들은 모두 이를 불쌍히 여겼다고 한다.

오사충·조박·조준 등의 상소가 연이어 있었다. 하나같이 왕을 견제하는 내용의 것이다. 오사충·조박은 내시부內侍府를 없애라고 했고, 조준은 군왕君王의 도리를 강론함으로써 왕을 견제하려고 들었다.

동시에 행정 만반에 걸쳐 자기들 마음대로 제도를 개혁하려고 들었다.

이 무렵 척불斥佛의 논의가 한창 일어났다. 그 논의를 앞장서서 주장한 자는 조인옥이고, 이론적으로 이를 뒷받침한 자는 정도전이다. 한마디로 열렬한 척불론자는 이성계 파이고, 그렇지 않은 자는 반反이성계 파라고 할 수 있었다.

정몽주는 정교의 기본을 유교에 두어야 한다고는 했으나 극렬한 척불론자가 아니었다는 것은 왕 앞에서의 경연에서 다음과 같이 말한 것으로 알 수가 있다.

"유교는 일상사에 근본을 두고 행하는 것을 말한다. 옳고 바르다고 생각하는 대로 행동하고, 말할 땐 말하고 침묵할 땐 침묵한다. 요순의 도리가 바로 이것이다. 그러니 심히 높은 것도 아니고 행하기 어려운 것도 아니다. 그런데 불씨佛氏의 교는 그렇지가 않다. 친척을 멀리하고 남녀간의 사이를 끊어 혼자 바위틈 같은데 앉아 초의목식草衣木食하며 관공적멸觀空寂滅을 존중하니 어찌 이것을 평상지도平常之道라고 할 수 있겠는가."

이 말은 평상지도는 유교에서 배우고, 인생의 오묘한 도리는 불교에서 배운다는 뜻을 함축하고 있는 것이다.

경오년庚午年이 밝았다. 서기 1390년, 공양왕 2년.

정몽주는 54세가 되었다. 거울 속에 하나의 노옹老翁을 발견했다. 어제까진 소년이었던 스스로의 모습이다.

'昨日少年今白頭 (작일소년금백두)' 라고 중얼거렸다.

이백李白의 시가 떠올랐다.

不知明鏡裏 何處得秋霜 (부지명경리 하처득추상)
(알 수가 없구나. 거울 속의 저 얼굴! 어디서 가을의 서릿발을 얻었단
말인가!)

그러나 이런 한탄은 한갓 감상일 뿐이다. 걱정해야 할 것, 한탄해야
할 일은 산적해 있다.

원단元旦에 아들 종성과 종본을 불러 먹을 갈게 하고, 그해의 첫 휘호
를 다음과 같이 했다.

人生不滿百 常懷千歲憂 (인생불만백 상회천세우)
(백세를 채우지 못하는 인생으로 항상 천년의 걱정을 품고 있으니….)

아버지의 붓 간 데를 보고 두 아들은 묵연히 앉아 있었다.
"특히 근년에 명심해야 할 것을 쓰겠다. 똑똑히 보아두어라."
하고 정몽주가 쓴 것은 구양수歐陽脩의 글이었다.

堯舜禹三王之治 必本于人情 (요순우삼왕지치 필본우인정)
不立異以爲高 不逆情以于高 (불입이이위고 불역정이우고)
(삼왕의 정사는 반드시 인정을 따라서 했다. 괜스레 이견異見을 내세워
높은 척하지 말고 인정에 역하는 짓을 해서 명예롭다고 하지 말지니라.)

이렇게 써놓고 정몽주는 다음과 같이 자식들을 타이르며 자기도 모
르게 눈물을 흘렸다.
"사람이 살아가는 덴 정이 제일이다. 정사는 사람을 잘 살게 하는 도
리이다. 인정을 소중하게 하라. 그런데 요즘 세상이 되어가는 꼴을 보
라. 정이란 것이 고갈해 버렸다. 마음에 들지 않으면 조그마한 트집을

잡아 죽여 버린다. 출세에 지장이 있다 싶으면 스승이건 붕우朋友이건 아랑곳없다. 명색이 삼강과 오륜을 배우고 인의예지仁義禮智를 배웠다는 유가儒家를 자처하는 사람들이 이러하니 실로 통탄스럽구나. 그렇다고 해서 너희들은 이런 시류에 물들어선 안 된다. 범상한 사람으로서의 도리와 인정에 거슬리지 말도록 하라. 특별한 의견을 내세운다고 해서 높아지는 것이 아니고, 인정을 거역하면서 잘하겠다고 해보았자 명예스러울 것이 없다."

그리고 덧붙인 말은,

"금년엔 또 누가 죽어야 할지. 얼마나 많은 사람이 억울한 꼴을 당해야 할 것인지. 명색이 높은 자리에 있으면서 그 억울한 사람들을 구할 수 없으니 한스럽구나. 모든 관작을 버리고 구름을 벗 삼아 훌쩍 떠나고 싶지만 그게 마음대로 안 되는구나."

거익태산去益泰山이란 말이 있다.

정몽주의 마음으로서 말하면 지옥도地獄圖의 전개이다.

신년 7일에 접어들자 윤소종·이첨의 상소가 있었다. 변안열·홍영통·우현보·왕안덕·우인열·정희계 등을 극형에 처하라는 것이다. 정몽주는 백죄百罪가 있어도 그들을 처단할 수 없다고 버텼다. 특히 변안열은 유형중流刑中의 몸이라서 그 이상의 벌은 필요 없다고 했는데도, 정월 16일, 한양부윤 김백흥으로 하여금 변안열을 주살케 했다.

변안열은 원래 심양의 사람이다. 원元나라 말, 병란에 의해 피란 왔는데 공민왕이 원주를 그의 고을로 삼게 했다. 그후 홍건적을 물리치는데 용감했고 황산荒山에서 왜구를 물리치는데 이성계와 더불어 대공이 있었다.

황산대첩 당시 정몽주는 종사관으로 종군하고 있었다. 그때 정몽주와 교의가 있었다. 변안열이 주살되었다는 소식을 듣고 정몽주는 3일 동안 식음을 전폐했다. 변안열은 무신, 정몽주는 문신이었지만 그들은 서로 통하는 데가 있었던 것이다. 정몽주는 도당에서 무슨 까닭으로 변안열을 소상하게 죄를 살피지도 않고 죽였는가 하고 통론했다. 그런 까닭에 그후 김백홍의 처단 문제가 있었을 때 정몽주는 함구불언했다.

2월에 들어 간관들은 다시 이색과 조민수를 극형에 처해야 한다고 주장했다. 정몽주는, 이색을 죽일 수 없다는 이유를 열거하여 버티었다. 정몽주의 주선으로 극형은 면했지만 이색은 배류지를 함창으로 옮기는 것으로 일단 낙착을 보았다. 이때 정지는 횡천으로, 이림은 철원으로, 이귀생은 고성으로, 우인열은 청풍으로 옮겼다.

이 무렵 윤이 · 이초의 사건이 있었다.

윤이 · 이초가 명나라에 가서 다음과 같이 호소했다는 것이다.

— 고려의 이성계 시중이 요瑤를 왕으로 세웠다. 요는 종실이 아니라 인척일 뿐이다. 요는 이성계와 공모하여 병兵을 일으켜 상국을 침범하려고 하는데 재상 이색이 불가하다고 말렸다. 그래서 이색 등 10인을 죽이고, 우현보 등 9인을 원지에 귀양 보냈다. 그러니 황제께서 병을 보내어 이들을 토벌해 달라는 것이 혐의를 받고 있는 재상들의 소원이다.

이 사실을 사신으로 갔던 왕방 · 조반에게 명나라의 예부禮部가 전하고 소상한 내용을 알려달라고 했다. 왕방과 조반의 이와 같은 보고에 접한 조정은 발칵 뒤집혔다.

이에 관련된 자라고 해서 우현보 · 권중화 · 경보 · 장하 · 홍인계 · 윤유림 등과 최공철 등 11인이 체포되고, 이색 · 이림 · 우인열 · 이인

민·정지·이숭인·권근·이종학·이귀생 등이 청주옥淸州獄에 수감
되었다.

그 가운데 윤유린·최공철·홍인계 등이 옥중에서 죽었다. 그들의
머리를 효수하고 가산을 적몰했다.

이렇게 거듭되는 사태를 보고만 있을 수 없어 정몽주는 왕을 타일러
다음과 같은 교서를 내리게 했다.

— 수인囚人을 국문할 땐 온당한 방법으로써 서서히 그 정을 살피도록
해야만 한다. 그런데 최근 순군법巡軍法에 의하지 않고 단번에 참독慘
毒을 가하여 무고한 사람을 죽이는 일이 빈번하다. 나는 이와 같은 일
을 슬퍼한다. 황차 대신大臣들을 그렇게 죽일 순 없다. 설혹 중죄가 있
더라도 사사賜死이면 그만인 것이 아닌가. 죄망에 걸렸다고 해서 이에
고문을 가하여 더러는 옥사케 하고 더러는 시중에서 참형당하게 하는
데 이와 같은 일은 정말 옳지 못한 것이다. 앞으론 그런 일이 없도록 하
라. …

야심과 악의로써 탁할 대로 탁해진 정국이 이런 말쯤으로 맑아질 까
닭이 없다. 윤이와 이초가 불러일으킨 파동은 탄핵과 추방 또는 사형
을 다음다음으로 연이어 있게 하고, 무고와 모해의 사태가 연이어 발
생했다.

이 무렵 청주에 홍수가 나고 예성강의 물이 3일 동안 끓는 천재지변
이 생겼다. 왕은 이 사건을 흉조로 보고 불사佛寺에 기도하는 한편, 도
참설에 의거 한양으로 천도할 의사를 밝혔다.

도참설은 개성에서 이미 왕씨의 기氣가 진盡하였으므로 한양으로 옮
겨 왕씨의 기氣를 이식함으로써 갱신 부활케 해야 한다는 것이다. 당연

히 반대가 있었다.

좌헌납 이실李室을 비롯한 몇몇이 천도불가설遷都不可說을 들고 나왔다. 한낱 참위讖緯의 설을 믿고 경경하게 왕도를 옮길 수 없다는 요지였는데, 그 저의엔 왕씨의 기가 한양으로 옮기면 갱신될지 모른다는 이성계 파의 경각심이 있었을지 모른다.

도참설圖讖說을 믿어선 안 된다고 주장하는 그 사람들도 도참설, 즉 도선비록都詵秘錄을 믿었다는 것은 후에 이씨창업李氏創業과 동시 왕도를 한성으로 옮긴 사실로서 증명할 수가 있다.

결국 한양으로 천도하겠다는 왕의 의지는 실행을 보지 못하고 말았다. 이 사실만이 아니라 정사에서 왕의 뜻대로 되는 것은 한 가지도 없었다. 이성계가 그렇게 강행한 것은 아니지만 이성계의 뜻이 아니면 모든 정사는 행해지지 않게 되었다.

조준·정도전 등은 교묘했다. 왕의 이름을 빌려 자기들 뜻대로 죽이고 싶은 자를 죽이고, 도태하고 싶은 자를 도태하고 자기들이 바라는 정책을 착착 진행시켰다. 그 가운데 으뜸 간 사건이 전제田制의 대개혁이다. 그들은 도당의 협의도 거치지 않고 공사의 전적田籍을 모아선 시가 한가운데서 불태워 버렸다. 전적을 불태움으로써 소유권의 근거를 말살해 버린 것이다.

전적을 태운 불길이 연 사흘 계속되었다. 그 불길을 바라보며 왕은 눈물을 흘리며 탄식했다고 역사는 전한다.

"조종祖宗의 사전법私田法이 과인의 대代에 이르러 혁파되었구나. 애석한 일이로다."

고려의 경제적 토대는 이로서 회진灰塵에 귀한 셈이다.

11월에 들어도 사건의 연속이었다.

전낭장前郎將 곽흥안이 도당 경력사의 인장을 위조하여 군자시軍資寺에서 의복과 미두米豆를 받아 자기의 기첩妓妾에게 준 사건이 발각되어 참형을 받았다.

3일에는 이성계의 사직소동이 있었다.

4일, 우현보·이색·권중화·경보·장하·우인열·정지·권근·이숭인·림·이귀생 등이 사면되었다. 정몽주의 주선에 의한 것이었다. 정몽주는 이들의 사면을 얻어 내기 위해 이성계의 양해를 얻으려고 전적田籍의 소각을 비롯한 조준·정도전 등의 방자한 행동에 일체 불만을 표시하지 않기로 했다. 사실 이 무렵 이색과 우현보의 생명은 풍전의 등화와 같았다. 그들을 옥중에 두곤 정몽주는 밤잠을 제대로 이룰 수가 없었던 것이다.

그런데 엉뚱한 사건이 발생했다.

시중侍中 심덕부의 휘하인 조유라는 자가 돌연 순군옥에 갇혔다. 이 소식을 들었을 때 정몽주는 심덕부를 거세하기 위한 이성계 파의 책동이 아닐까 하는 의심을 했으나, 사건내용이 밝혀짐에 따라 전연 무근한 조작은 아니란 것을 알았다.

사건의 대략은 이렇다.

서경천호西京千戶 윤귀택이 천호千戶 양백지와 술을 마시는 자리에서 농담 삼아 말했다.

"김종연이 조유와 짜고 이 시중(이성계)을 죽이고자 하는데 자네가 정병을 이끌고 와서 우리에 가세하면 재상宰相 한 자리는 틀림없다. 이 일은 심 시중도 알고 있다. 어떻게 할 텐가?"

이래놓곤 이 말이 누설될까 겁이 난 윤귀택이 개경으로 달려와 이성계에게 고해 바쳤다.

"김종연이 서경에 와서, 거병하여 시중을 없애 버리자고 나에게 말했습니다. 그리곤 그는 본경(개경)에 잠입하고 있습니다."

이 말을 이성계가 심덕부에게 전했다.

심덕부는 당장 조유를 하옥하는 동시 김종연의 처와 노비와 그의 일족인 박천상·박가흥을 붙들어와 국문했다. 박가흥이 굴복하고 그런 일이 있었다고 자백했다. 이 사건으로 인해 조유는 교살되고, 심덕부는 파직되고, 그 휘하의 진무鎭撫 조언 등 다섯 명이 원지로 장류杖流되었다.

같은 시기 지용기는 삼척으로, 정희계는 안변으로, 윤사덕은 회양으로, 이빈은 안협으로, 박위는 풍주로 유배되었다.

박위는 왜구를 치는 데 공을 거듭한 장군이며 조유의 사건을 심의하는 데 평리評理의 직함으로 대간과 더불어 국문에 참여했다. 그때 박위는 국유와 윤귀택의 대질심문에서 윤귀택을 먼저 심문하려고 했다. 그러자 집의執義 유정현이 '고자告者를 국문하려는 짓은 무슨 까닭이냐'고 대들었다. 이때 박위는 얼굴빛이 변하긴 했으나 잠잠해 버렸다는 것이다. 그리고 얼마 후 박위는 풍주로 유배되었다.

정몽주는 그 사이에 무슨 사정이 있었을 것이라고 짐작은 했지만, 역전의 장군을 그렇게 간단하게 처리한다는 덴 의혹을 느끼지 않을 수 없었다.

비광청사悲光靑史

경오년 11월 6일.

정몽주가 수문하시중에 제수된 연월일이다. 이때의 사령辭令을 그대로 적으면 다음과 같다.

— 수문하시중守門下侍中 판도평의사사判都評議使司 병조상서시사兵曹尚書侍事 영경영전사領景靈殿事 우문관대제학右文館大提學. 그리고 벽상삼한삼중대광壁上三韓三重大匡이다.

벽상삼한삼중대광은 정1품 3계正一品三階, 즉 최고의 품계이다. 이에 이르러 정몽주는 그 위位 인신人臣을 극極한 것이다. 그러나 그는 조금도 반갑지 않았고 기쁘지 않았다. 도도한 탁류를 조그마한 떼배를 타고 건너는 심경이었다.

제수의 사령이 내렸을 때 정몽주는 조용히 두 아들을 불렀다.

"벼슬을 탐해서, 명예를 바라서 이 직책을 맡는 것이 아니란 것을 너희들은 잘 알 것이다. 오직 사직을 위해서라고 하고 싶지만 과연 광풍노도狂風怒濤를 무릅쓰고 사직의 안태를 기할 수 있을지 심히 두렵구나. 그러면서도 이 직책을 맡는 것은 나로 인하여 한 사람이라도 억울함을 면할 수 있게 하기 위해서다. 우선 목은 선생 부자가 풀려났다고 하지만 언제 모해謀害가 닥칠지 모른다. 도은 역시 같은 운명이다. 그밖에

354

명사名士 현우賢友들이 형극의 난로難路에 있다. 이들의 운명에 나는 범연할 수가 없다. 이들을 한 사람이라도 많이 구하는 것이 곧 사직을 구하는 것이라고 나는 알고 있다.

나는 처치세處治世이면 의방宜方하고 처난세處亂世이면 의원宜圓하도록 살아왔다. 그런데 치세는 짧았고 난세는 길었다. 상금도 난세이다. 내가 원하고자 한 원圓은 불주不周의 원이 될 것 같다. 너희들은 명심하거라. 내 불주不周의 원圓을 채워 완주完周의 원이 되도록 해야 할 것이니라."

"사양할 순 없겠사옵니까?"

종성이 한 말이었다.

정몽주가 묵연하자, 종본이 머리를 조아렸다.

"아버님 모시고 고향으로 돌아가 주경야독하고자 합니다."

정몽주는 성색을 엄하게 하여 말했다.

"나도 너희들을 데리고 전리田里에서 한운閒雲을 즐기며 성현의 글을 읽고 천재들의 시를 읊으면서 고왕금래를 관조하며 살고 싶은 마음 한량이 없구나. 그러나 나라에 충성하겠다는 맹서를 어떻게 저버릴 수 있겠는가. 치세에선 벼슬을 즐기고 난세가 되었다고 해서 번거롭다 하여 벼슬을 버린다면 어찌 신하의 도리라고 할 수 있겠는가. 내가 벼슬을 사辭할 땐 이미 늦었느니라. 오직 심신을 모두 소모하여 해골骸骨을 걸乞할 때까지 나의 충성을 관철할밖에 없느니라. 세상 사람들이 다 몰라주어도 상관할 것 없다. 오직 너희들만은 아비의 이 심정을 알아주어야 하겠다."

정몽주는 이렇게 비상한 각오로써 만사를 의원宜圓으로, 즉 온당 원만하게 기무機務를 처리하려고 애썼다.

그러나 적체된 사건들은 그 자체의 무게로서 굴러갈 수밖엔 없는 것이다. 임순례가 곡주 산중에 숨어있는 김종연을 잡아왔는데 그 이튿날 김종연은 옥중에서 죽었다. 임순례는 3백 리를 달려오면서 김종연에게 한 끼의 밥도 주지 않았다. 김종연은 국문에 앞서 피로에 기한飢寒이 겹쳐 죽은 것이다. 김종연의 시체를 토막 내어 각 도에 돌렸다.

사건은 꼬리를 물었다. 김종연의 당이라고 하여 이방춘 등 7명이 참형을 당하고 박가흥·이중화·김식 등을 원지에 배류했다. 이성계를 해치려고 했다 해서 대역죄大逆罪 취급을 하는 것이다.

12월 22일 조민수가 창녕의 배소에서 죽었다. 이런저런 사건으로 하여 경오년도 저물었다. 경오년 역시 산비酸鼻의 일월이었다.

한 해가 새어 신미년, 정월 7일.

이성계가 삼군도총제사三軍都摠制使가 되고, 배극렴은 중군총제사, 조준은 좌군총제사, 정도전은 우군총제사가 되었다. 이로써 군정과 행정 양 권이 이성계에 의해 장악된 것이다. 모두들 최충헌崔忠獻의 전례를 상기했지만 입 밖으로 발설하는 사람은 없었다.

17일, 정비의 생일을 기해 정몽주는 우인열·이인민·정희계·이숭인·하륜, 권근·윤사덕·유염·이빈·노빈·이행·원상 등의 사면을 단행했다.

정몽주는 근대近代의 역사가 모두 미수未修인 채 남아 있고, 선대先代의 실록이 미비한 사실에 착목하여 편수관을 두어 통감강목通鑑綱目에 따라 수찬할 방침을 세우고, 왕의 윤허를 얻어 이색과 이숭인에게 직첩을 환급하는 동시 그 편찬사업을 맡기려고 했다. 그러나 이성계 파의 방해로 뜻대로 되지 않았다.

2월 남경南京=漢陽에 가 있던 왕이 개경으로 돌아왔다. 14일에 삼군총제부에 속한 군사들의 열병식이 있었다. 열병식이 끝나는 대로 군사는

356

개경에 분번숙위^{分番宿衛}하게 되었다.

26일 왕익부의 사건이 있었다. 왕익부는 자기가 충선왕의 얼증손^{孼曾}^孫이라고 퍼뜨렸다는 것이다. 왕익부와 그의 자손 13명을 교수형에 처하고, 지용기를 원지에 장류하고 그 재산을 적몰했다. 왕익부가 지용기의 처와 재종간으로 가끔 지용기의 집에 드나들었다는 죄 때문이다.

3월 들어 대옥사가 있었다. 간관 진의귀 등 10여 명이 김종연의 당이라고 해서 배류되었다. 옥사는 다음다음으로 계속되었다. 거개가 이성계에 대한 반역에 관련된 것이고 보면, 정몽주나 왕은 용훼할 처지가 아니었다. 5월에 이림이 충주에서 죽었다.

이쯤으로 이성계의 정적은 거의 소탕된 셈이다. 그런데도 정도전의 상소가 있었다. 우·창의 도당이 아직 남아 있으니 모조리 처단하라는 내용인데 불경스러운 대목이 한두 군데가 아니다. 예컨대, 다음과 같은 대목이다.

"전하는 책을 읽어 성현의 가르치심을 배워야 할 것인데도 그러하지 않고, 게다가 당세의 통무^{通務}를 모르니 어찌 덕의 필수^{必修}를 바랄 수 있으며, 정사의 무결을 보전할 수 있겠는가."

왕의 무성의, 무능을 정면에서 공박하는 이런 문서에 대해 왕은 한마디의 불평도 하지 못했다. 뿐만 아니라 정도전은 행동으로써 왕을 무시하기도 했다. 왕이 부르는데도 나가지 않은 일이 한두 번이 아니었다.

정몽주는 그의 방자함을 보고도 참고 있었는데, 이윽고 정도전은 정몽주의 화통을 터뜨려 놓았다.

정도전이 도당^{都堂}에 이색·우현보를 주살해야 한다는 상소를 올린 것이다. 도평의사의 직권으로 정몽주는 이 상소를 잡아놓고 정도전을 불러 물었다.

"목은 선생은 종지의 스승이 아니오?"

"스승이오."

"스승을 주살하라는 말을 제자로서 감히 할 수 있는 일이오?"

"나는 스승보다 종사를 소중히 여기는 사람이오."

"목은 선생이 있으면 종사가 안 되고, 목은 선생이 없으면 종사가 잘 될 것이 뭐요?"

"상소 안에 소상하게 적혀 있으니 자세히 보시오."

"군사부일체君師父一體가 아닌가. 그 정도의 사단으로 스승의 주살을 주장한다는 것은 과하다고 보오. 비록 백천의 죄가 있다고 해도 종지와 나는 목은 선생을 구하도록 애쓰는 게 도리일 것 같소."

"그건 달가의 의견일망정 나의 생각은 다르오."

"종지, 마음을 공명정대하게 가지시오."

"나의 상소는 내가 공명정대하다는 증거요. 사제의 인연에 사로잡히지 않고 선후배의 의리에 얽매이지 않는 오직 사직을 위한 정대한 충성의 발로가 바로 그것이오."

"삼왕지도三王之道는 본어정本於情이라고 하는데도 그러하오?"

"사직을 구하는 마당에선 정이란 건 속박일 뿐이오."

"종지, 우리가 마지막으로 눈을 감을 때 한恨을 남기지 않도록 합시다."

"나도 한을 남기지 않기 위해서 진심갈력하는 것이오."

"그런데 종지. 목은 선생 부자를 사지에 몰아넣는 짓은 하지 마시오. 내가 이 자리에 있는 동안엔 목은 선생 부자를 죽게 하진 않을 것이오."

"좋소. 한번 해봅시다."

정도전이 자리를 차고 일어섰다.

그가 열고 나간 문밖으로 5월의 신록이 미풍에 하늘거리고 있었다.

'자연은 저처럼 싱그럽고 정다운데 인사人事는 어찌 이처럼 어지러울

꼬 ….'

정몽주의 가슴에 수탄悲嘆의 한숨이 뭉게구름처럼 일었다.

왕의 상궤 앞에 상소가 더미로 쌓였다. 그 가운데서 하나를 꺼내어 정몽주 앞으로 밀어놓으며 왕이 한숨을 섞어 말했다.

"내가 왕위에 앉은 이래 내 마음대로 된 일이 한 가지도 없었소. 그야말로 무능무위 백성들의 조롱거리였을 뿐이오. 그러한 가운데 내가 할 수 있는 것은 오직 부처님을 공신하는 것뿐이오. 그런데 그것마저 안 된다고 이런 소를 올리니 참으로 가슴이 답답하구료. 경이 한번 읽어보고 내게 시교示敎하시오."

성균박사 김초가 올린 그 상소는 격렬한 문자로서 엮어져 있었다. 심지어,

— 우리 현릉(공민왕)은 나옹을 스승으로 하고 신돈에게 혹하여 깊이
불교를 숭상했지만 무슨 복을 얻기라도 했던가. … 엄히 금령禁令을 내
려 체발자剃髮者는 용서 없이 죽여 버려야 한다. …

정몽주는 어이가 없었다. 불교를 배척하는 것까진 시류라고 보아줄 수 있겠지만, 머리를 깎은 자를 죽이라는 말은 확실히 지나치다. 그리고 공민왕의 숭불崇佛을 들먹이고는, 부처님을 믿어 무슨 좋은 일이 있었느냐고 힐난한 대목은 확실히 불경不敬이 아닐 수 없다.

"신금을 어지럽히는 일이 있어도 지금은 참으셔야 합니다."

그래도 정몽주는 스스로의 보필이 부족함을 사죄하는 데 그쳤다.

이어 왕은 최근 도평의사에서 협의한 바 있는 과전법科田法에 대한 하문이 있은 다음 물었다.

"공사公私의 전적田籍을 사장하는 자에게 중벌을 과하겠다고 하는 조목이 있는데 이건 너무 과하지 않는가?"

"공사 전적을 전부 불태워 버린 사람들이 만든 법입니다. 무리가 있을 수밖에 없지요. 전적을 사장하고 있다 해도 지금은 소용이 없습니다. 그 조목으로 하여 백성이 곤란해지는 일은 없을 것이라고 믿습니다. 전국의 실전實田이 64만 결, 황원전荒遠田이 약 25만 결이란 계수計數엔 착오가 있는 것 같습니다. 다시 답험타량踏驗打量해야 될 것이고 관직에 있는 자에게 급給하는 과전科田이 지나치게 상후하박上厚下薄하므로 다시 재량해야 될 것입니다."

6월에 들자 폐왕 우와 창의 인당姻黨을 모조리 제거해야 한다는 상소가 계속되었다. 지밀직사사 안숙로安叔老는 폐왕과 먼 인척이었다. 그런 정세 속에서 편안히 직을 다할 수 없어 사직소를 내었다. 정몽주로선 손을 쓸 수가 없었다. 그는 면직되었다.

이색과 이종학을 처단해야 한다고 사헌부가 떠들고 나섰다. 정몽주와 왕이 의논한 결과 이색 부자를 당분간 벽지에 옮겨놓는 것이 그들을 위해 유리하겠다고 판단하고 이색은 함창으로, 이종학은 원지로 배류하기로 했다.

그런데다 대간들이 서로 뭉쳐 윤·이尹彝의 사건에 관련지어 우현보를 처단할 것을 왕에게 청했다. 이색 부자의 유배에 가슴이 아픈 데다가 또 이런 소동이니 우유부단한 왕으로서도 가만있을 수가 없었다. 우현보와 왕은 사돈 간이다. 이성계의 아들 방의를 불러 일렀다.

"가서 경의 아버지에게 말해주게. 대간들의 횡포한 상소 때문에 견딜 수가 없으니 그들을 견제해 줍시사 한다고."

이성계는 이 말을 듣고 발끈했다.

"그렇다면 내가 대간臺諫들을 사주했다는 말인가."

하고 사직서를 올렸다.

이성계를 두려워하는 왕은 황운기를 그의 사제에 보내 입궐을 청했다. 이성계는 몸이 아파 입궐하지 못하겠다고 거절했다. 왕은 사명을 다하지 못하고 돌아온 황운기를 순군옥에 하옥시켜 버렸다.

이성계가 아들 방원에게 사직소를 들려 왕에게 보냈다. 사직소의 내용은 요지 다음과 같았다.

— 윤이·이초의 사건에 관해선 이미 그 증거가 명백하게 나타나 있다. 그런 까닭에 대간들이 상소하여 그들과 그들 일당의 죄를 밝히고자 한 것뿐이다. 그 밖의 모든 일들도 그러하다. 그런데 지금 신에게 대간을 금지하도록 명했다. 신이 사주했다고 의심했기 때문이 아닌가. 신은 원래 부재不才하여 대임을 맡을 수가 없다. 현량賢良을 골라 대임을 맡겨라. …

이것은 협박과 다를 것이 없었다.

당황한 왕은 방원에게 울면서 다음과 같이 말하고, 하늘을 가리키며 이성계에 대한 마음엔 조금도 변함이 없다고 맹서했다.

"시중의 사장辭狀은 뜻밖이로다. 무능한 내가 이 자리에 있는 것은 모두 이 시중의 덕택이다. 그런 까닭에 나는 이 시중을 아버지처럼 받들고 있다. 우와 창을 세운 일, 윤이·이초의 사건 등은 이미 전년에 논한 사항이고 해결을 보기도 한 일이다. 그런데도 대간들이 지난 일을 가지고 번거롭게 하므로 이 시중에게 대간들을 타일러 달라고 한 것인데 그걸 가지고 성을 내어 사직하겠다는 건 웬일인가. 이 시중이 사직한다면 내가 어찌 이 자리에 머물러 있겠는가."

이 일이 있은 지 얼마 후 왕이 정도전을 불렀다. 정도전도 병을 칭하고 입궐하지 않았다. 이색·우현보를 치죄해야 한다는 상소를 왕이 번

번이 물리친 데 대한 앙갚음이었다.

왕은 대언代言 안원을 보내 정도전을 타일러 입궐하게 했다. 입궐한 정도전은 현하懸河의 변으로 이색과 우현보를 극형에 처하라고 주장했다.

"경은 그렇게 말하지만, 반대의사를 가진 사람도 있으니 신중을 기해 처리할 작정이다. 경이 나를 보지 않으려고 한 것은 그 때문인가."

"군신의 정의는 부자의 그것과 같습니다. 예컨대 아비가 아들의 불효를 탓하면서도 내일 또 사랑하게 되는 이치와 같습니다. 전하는 지금 저를 책망하지만 후일 저를 신임하시면 분발하여 성의를 다하지 않겠소이까."

왕의 심사는 심히 불쾌했다.

정몽주는 이러한 상소 소동과 탄핵 소동에 종지부를 찍어야 하겠다고 생각하고 다음과 같이 발의發議했다.

"신왕이 즉위한 이래, 성헌省憲·법사法司가 서둘러 탄핵을 올려 혼란이 심하다. 모인은 왕씨 입군을 방해했다, 모인은 역적 김종연과 내통했다, 모인은 명나라 천자의 명령을 받아 우·창 부자가 왕씨가 아니니 제창으로 하여금 이를 없애야 한다고 했다, 모인은 윤이·이초를 상국에 보내어 천자의 병을 움직이려고 했다, 모인은 은근히 선왕의 얼손孼孫을 받들고 불궤를 꾀하려 했다, 등으로 번거롭게 소를 올려 성려를 어지럽게 하고 있으나 한 가지도 명백해진 것이 없다. 그런 까닭에 유죄한 자가 법을 왜곡해서 무사한 경우가 있고 죄 없는 자가 무죄함을 밝히지 못하는 경우가 있다. 그리하여 공도公道에 양실兩失이 있게 되었다. 혼란이 꼬리를 물고, 모해 참무가 들끓게 되었다. 이에 있어서 전하께선 재보신료宰輔臣僚 가운데 관계되는 자들을 모두 불러 모아 친림심록親臨審錄함으로써 김종연·윤이·이초·왕익부 등의 죄를 의정議定하고 다시는 그 문제를 앞으론 거론하지 않도록 하자."

정몽주의 이와 같은 결단이 이성계 파 대관들을 침묵케 했다. 관계부처의 책임자들이 한자리에 모여 기왕의 탄핵소를 교합交合하여 심리하면 적잖은 모순당착이 지적될 것이고, 그 모순당착을 살펴나가면 대관들의 왜곡과 침소봉대한 사실이 드러날 것이었다.

특히 이성계 파를 당황하게 한 것은, 명나라 황제가 우·창은 비왕씨非王氏이니 폐가입진廢假立眞하라고 명했다는 것을 명분으로 삼아 이성계 파가 창왕을 폐했기 때문이다. 이 사실을 파고들어 명나라 조정에 조회照會라도 하게 된다면 심상치 않은 결과가 될 것이 명백했다.

군대와 조정을 장악했다고는 하나 이성계 파의 전횡이 두드러지게 나타나자 어느새 반이성계 파가 아는 듯 모르는 듯 형성되었다. 원해서건 원하지 않아서건 정몽주가 그 중심인물이 되었다. 오직 공정을 기하고, 그러면서도 정의情誼를 잊지 않고 당당하게 정사를 펴나가는 정몽주의 둘레에 인심이 모이게 된 것은 자연의 이치이고 이성계 파의 과격한 처사에 겁을 먹은 권문세족들이 온건한 정몽주를 의지하게 된 것도 당연하다.

신미년 9월, 정몽주는 권문세족과 신진유가들의 연합세력을 이룩하여 이성계 파를 압도하는 정치실력을 결집시켰다. 왕의 절대적 신임을 업고 대개혁을 단행하면서도 정몽주는 이성계 본인만은 다치지 않게 신경 썼다.

9월 13일에 있은 인사는 정몽주의 복안에 의한 것이다. 그 인사의 내용은 다음과 같다.

왕제 우王弟 瑀·영삼사사, 이성계·판문하부사, 심덕부·문하시중, 정지·판개성부사, 유구·예문관 대제학, 이거인·경상도 도관찰

사, 하륜·전라도 도관찰사, 변옥란·이조판서, 우홍득·전교령, 정
희·사헌집의, 정도전·평양부윤

정몽주는 수문하시중의 현직에 그냥 남았다. 정도전이 중앙의 관직
에서 지방으로 밀려난 사실은 주목할 만하다. 얼마 후 그는 무엄한 상
소문의 내용과 그 밖의 이유로 인해 봉화현奉化縣으로 배유되는 신세가
된다.

9월 26일, 헌부와 형조에서 우·창과 김종연·윤이·이초·왕익부
등의 죄를 논할 때, 왕이 정몽주·윤호·유만주·김주 등에게 의견을
물었다.

김주가 말했다.

"조민수가 회군하여 이색에게 물었을 때, 이색은 왕이 그 나라를 자
식에게 전하는 것은 당연한 이치라고 했다. 조민수는 그 말을 듣고 창
을 왕으로 세웠다. 그러니 이색의 죄는 명백하다."

이에 대해 정몽주가 말했다.

"조민수는 창의 근친이다. 근친인 창을 세우고자 한 것은 조민수의
뜻이다. 이때에 이색이 종실의 인사를 세우고자 했더라도 조민수의 의
사를 꺾을 순 없었을 것이다. 그러니 이색에게 죄가 있다고 해도 미소
한 것이다."

왕은 정몽주의 의견이 옳다고 하고, 조민수와 변안열의 가산을 적몰
하고, 이을진은 조율단죄照律斷罪, 지용기·박가흥은 의구부처依舊付處,
우인열·왕안덕·박위 등은 외방종편外方從便케 하고, 나머지는 모두
경외종편京外從便케 했다.

이렇게 사건의 결말을 짓고 정몽주는 왕의 윤허를 얻어 다음과 같이
선언했다.

"이후 이 사건을 다시 거론하여 논핵論劾하는 자는 무고죄誣告罪로서 처리한다."

이 무렵 정도전을 극형에 처해야 한다는 소리가 강렬하게 일었다. 스승 이색을, 없는 죄까지 만들어서 죽이려고 하는 자는 유도儒道를 파괴하는 사문난적斯文亂賊이란 것이고, 그러한 비열한 행동은 그의 가풍이 부정할 뿐 아니라 출생이 비천한 데서 비롯된 것이란 극론까지 있었다.

정도전을 극형에 처해야 한다는 주장은 불가佛家의 편에서도 일었다. 그의 척불론斥佛論이 조인옥·김초와 더불어 가장 과격한 때문이다. 우현보 일파가 이에 가세한 것은 당연하다. 우현보의 손자 우성범은 왕의 사위였는데 정도전이 우현보를 죽이려고 몇 번을 서둘렀던 것이다.

특히 구파의 논객인 김진양은 정도전을 위시한 이성계 파 정객들을 일망타진해야 한다고 선언하고 극형을 주장했다.

"정도전과 조준은 악의 뿌리이며, 남은·윤소종·남재·조박은 그 뿌리에서 자라 퍼진 악의 잡초다."

정몽주는 그들을 처단함으로써 악순환을 몰고 올 사태를 짐작하고 왕에게 관대한 처분을 건의했다. 그 결과 직첩녹권을 몰수하고, 정도전을 나주에 이배하고 그 아들인 진과 담의 직을 삭削하여 서인으로 만들었다. 조준은 이산으로 유배했다.

11월, 이성계 파에 의해 삭직, 또는 유배되었던 사람 대부분이 사면되고 복직되었다. 삼사좌사三司左使가 된 권중화가 그 대표적인 예이다.

정몽주의 주선에 의해 왕이 이색·이숭인·이종학을 대궐로 불렀다. 정몽주도 그 자리에 있었다. 중흥中興의 계가 논의되었는데 이색은 이런 말을 했다고 전한다.

"되도록이면 이성계 파를 자극시키는 일은 삼가야 합니다. 송헌(이성계)은 일신이 편하길 바라는 나이가 되었습니다. 그의 심상을 심하게 해치지 않는 한 최악의 사태를 만들려 하진 않을 것입니다. 그러나 한 번 심상이 상하기만 하면 자기가 장악한 병권兵權을 휘두를 생각으로 변할지 모릅니다. 그러니 송헌을 대하는 덴 극히 마음을 써야 합니다."

"사부를 이렇게 모시고 보니 과인의 마음이 한량없이 기쁘도다. 원컨대 태평의 세상을 이루어 만백성과 더불어 환희를 나누고자 하오."

왕은 눈물을 흘리기까지 했다.

왕은 정몽주를 돌아보며 이렇게 말했다.

"세상이 이쯤으로 된 것도, 목은 선생과 도은을 맞이할 수 있었던 것도, 경의 덕택이 아닌가. 앞으로 더욱 분려하기를 바라오."

치주장야置酒長夜하니 고한영춘苦寒迎春의 기분이란 왕의 말에 빙자하여 정몽주가 아뢨다.

"고한苦寒에 민생의 어려움을 생각하는 것은 백성에 대한 사랑이 아니겠습니까. 특히 죄수들에게 은사恩赦가 있으면 합니다."

그 말을 왕이 가납했다.

"고한이므로 이죄이하二罪以下는 모두 석방한다."

사면령이 내린 것은 며칠 후의 일이다.

12월 들어 대대적인 인사발령이 있었다. 이색이 한산부원군 영예문 춘추관사에 제수되고, 우현보는 단산부원군이 되었다. 이성계·심덕구·정몽주는 안사공신安社功臣에 가자加資되었다.

그런데 신미년이 저물어갈 무렵 이상한 항설이 나돌게 되었다. 의주宜州에 이미 말라죽은 거목이 있는데 그 거목이 다시 살아났다.

그 사실이 이씨개국李氏開國의 징조라는 것이다.

'목자득국'이란 항설이 '이씨개국'으로 노골화되었다는 데 문제가 있었다. 이 문제에 따른 불안 속에서 신미년이 저물었다.

366

새해에 들어 정몽주는 불퇴전不退轉의 결심을 했다.

이성계가 판문하부사에 삼군도총제를 겸하여 정국의 실세를 장악하고 있다고 하나 왕과는 불편한 관계에 있었기 때문에 출사하지 않았고, 문하시중 심덕부는 사면되었다고는 하나 탄핵의 여진을 말쑥이 끄지 못한 상황에서 발언권을 행사하지 못하고 있었다.

그러고 보니 수시중 정몽주가 조정의 모든 실무를 책임지지 않을 수 없게 되었다. 정몽주는 그 책무를 완수함으로써 정사를 일신하려는 계획을 세웠다.

그러려면 첫째 화和가 제일이라고 생각했다. 이성계 파의 방자함을 방치할 수 없었지만 필요 이상으로 이성계 파를 자극해서도 안 되었다. 정몽주는 조준을 삼사좌사로 발탁하는 동시 권중화를 문하찬성사에, 유만수를 판개성부사에, 박원을 밀직사에, 이숭인을 지밀직사에 천거하고 안익을 문하평리, 응양군 상호군에 임명하도록 주선했다.

그리고 경연에서,

"이화위귀以和爲貴를 최상으로 하고 파당적 탄핵을 일체 금하고 유언비어를 철저하게 단속함으로써 나라의 기강을 세워나가는 데 협력이 있어야 할 것이다."

며 다음의 말을 인용했다.

"欲爲君盡君道 欲爲臣盡臣道 (욕위군진군도 욕위신진신도)"

진실로 임금이 되고자 하면 임금으로서의 도를 다해야 하며, 진실로 신하가 되고자 하면 인신의 도를 다해야 한다.

이에 덧붙여 정몽주는,

"철저하게 금기해야 할 유언비어로서 만근 항간에 퍼져 있는 '목자득국', '이씨개국' 등의 말이 있다."

고 분명히 지적했다.

이 말은 실로 이성계 파에 대해선 서릿발 같은 효험을 가졌다.

"이런 말을 들어도 안 들은 척하는 자는 불경으로, 이 말을 입 밖에 내어 민심을 교란시키는 자는 불경에 반역을 보태어 치죄할 것이다."

정몽주의 말은 그날로 개경 일대에 퍼졌다.

2월 3일, 정몽주는 심혼을 다하여 구상한 이른바 신정률新定律을 왕에게 진상했다. 정사를 바로 잡고 괴란된 풍속을 시정하기 위한 누심조골의 작품이었다. 지신사 이첨이 6일간에 걸쳐 왕에게 진강했다. 왕은 그 섬세하고 향기로움을 찬양하여 세세에 이에 따르도록 하라는 말이 있었다.

그렇다고 해서 이성계 파가 야심을 포기한 것은 아니다. 조금 위축됐을 뿐이다.

정몽주는 이어 노비결송법奴婢決訟法과 일반 결송법을 인물추변도감人物推辨都監으로 하여금 제정·공포케 했다. 황당한 연상이지만 이 법률은 〈나폴레옹 법전〉의 선종先縱이라고 할 수 있는 내용을 함축하고 있다.

3월 3일.

뜻밖에 이방원으로부터 정몽주에 대한 초청이 있었다. 3월 삼짇날, 후배들이 선생님의 고견을 들을 겸 정성껏 모시겠다는 것이다.

정몽주는 원래 노소동락을 좋아했다. 노老는 소少의 용기를 배우고 소는 노의 사려思慮를 배워 절차탁마함이 수양의 요체라는 것이 그의 사상이기도 했다. 그 자리에 정몽주는 우현을 동반했다.

장소는 자남산 기슭에 있는 이방원의 별장이었다. 참집한 사람들은 모두 이방원의 나이 또래인 20대 후반의 청년들이었다. 그들끼리 주고받는 말들을 통해 그들이 이성계의 철저한 당인들임을 알았다. 이방원의 당인이라고 하는 것이 정확할지 몰랐다.

정몽주는 그들의 권하는 술을 사양 않고 들었다. 원래 술엔 자신이 있었다.

화제가 정사政事로 번졌다. 나라의 작태에 관한 가차 없는 비판이 쏟아져 나왔다. 충성이 화제가 되기도 했다. 암군과 폭군은 나라에 유해한데 나라를 위해선 암군 또는 폭군에겐 충성하지 않는 것이 되레 낫지 않을까 하는 토론이 되었다. 걸주桀紂 같은 왕에게 충성을 다한다는 것은 어리석은 짓이라는 말이 있었고, 백이伯夷와 숙제叔齊는 어리석은 자의 표본이란 극론까지 나왔다.

정몽주는 잠자코 듣고만 있는데 돌연 이방원의 질문이 있었다.

"어리석은 왕에게도 충성을 다해야 합니까?"

"어리석은 왕을 어리석지 않도록 보필하는 것이 충성이 아니겠는가."

"아무리 노력해도 어리석지 않게 할 수 없다면 어떻게 합니까?"

"노력이 부족한 걸로 알아야 하지 않겠는가."

"썩어가는 집을 그냥 두고 고치려는 것보다 새 집을 짓는 게 낫지 않겠습니까."

"집과 나라를 비교할 수 있는가."

이런 선문답 같은 말이 오가는 동안에 취기가 더한 모양으로 이방원이 중국 왕조의 성쇠를 들먹이더니,

"천명에 따르는 것이 도리에 맞는 일 아니겠습니까."

하고 노래를 하나 부르겠다고 했다.

"불러보게."

이방원이 목청을 뽑아 다음과 같이 읊었다.

"이런들 어떠하며 저런들 어떠하리.
만수산 두렁칡이 얽혀진들 그 어떠리.

우리도 이같이 얽혀져 백년까지 누리리라. ”

좌중에 갈채가 일었다.

정몽주는 그 노래의 뜻을 단번에 알아차렸다.

“주인이 노래를 불렀으니 객의 응수가 있어야 하지 않겠는가. ”

하고 정몽주는 담담하게 다음과 같이 읊었다.

“이 몸이 죽고 죽어 일백 번 고쳐 죽어

백골이 진토되어 넋이라도 있고 없고

임 향한 일편단심이야 가실 줄이 있으랴!”

갈채는 없었다. 좌중의 누군가가 물었다.

“임이 누구입니까. ”

“임이란 나라일 수도 있고, 임금일 수도 있고, 내 마음의 방향일 수
도 있다. 그러나 그건 모두가 하나이다. ”

이런 응수가 끝나자 술좌석은 맥이 풀렸다.

돌아오는 길에 우현의 말이 있었다.

“방원의 눈빛을 보았습니다. ”

“어떻던가?”

“마음에 결정한 바가 있는 것 같았습니다. ”

“나도 마음에 결정한 바가 있네. ”

하고 정몽주는 길가에 만발한 황금색 개나리꽃을 멈춰 서서 부신 듯한
눈으로 바라보았다.

하정사賀正使로 명나라에 갔던 세자 석奭이 돌아온다고 해서 왕제王弟 우瑀와 이성계를 영접차 황주로 보냈는데, 이성계가 해주 근처에서 사냥을 하다가 크게 다쳤다.

정몽주는 이성계를 나라를 덮고 있는 검은 구름으로 생각했을 것이니 이성계가 낙마했다는 소식에 일말의 희망을 느꼈을지 모르나, 여러 사람이 있는 경연에서 희색을 띠었다는 것은 그를 헐뜯기 위한 조작이 아닐까 한다.

아무튼 정몽주는 이성계가 병든 동안에 이성계 파를 거세해야겠다고 마음을 작정한 것은 사실이다. 간관 김진양을 비롯하여 이확·이래·이감·권홍·유기 등이 조준·정도전·남은·윤소종·남재·조박 등 이성계 파의 중심인물에 대해 일제히 탄핵의 포문을 열었다. 그 탄핵의 요지를 적어본다.

─ 정도전은 천한 출신으로 당상堂上에 지위를 얻어, 그의 천근賤根을 은폐하기 위해 본주本主를 떠나 독거獨擧해선 갖가지 죄를 꾸며대어 많은 사람들을 모함하고 이에 연좌케 했다.

조준은 몇몇 경상卿相에게 악의를 품고 정도전과 마음을 합하여 변란을 선동하고 권세를 매롱賣弄하고 제인諸人을 위협했다. 그렇게 함으로써 충실건몰지배忠失乾沒之輩와 희지생사지도希旨生事之徒를 둘레에 모아 작당作黨하는데 그 가운데 남은·남재 등은 선동작란의 우익羽翼이 되고, 윤소종·조박 등은 조언造言의 후설喉舌이 되어 서로 창화해선 넓게 죄망罪網을 치곤 형刑을 가해선 안 될 사람에게 형을 시행하고 죄 없는 사람을 죄인으로 몰아, 때문에 중심위구衆心危懼하고 원성이 자자하다.

이는 첫째 천지생물의 화和를 손상하는 일이요, 둘째 전하 호생好生의

덕을 손상하는 노릇이다. 전하께선, 조준은 공신이니 죄가 있어도 용서해야 한다고 하실지 모르지만 신臣 등이 들은 바에 의하면, 거년 무진, 이성계가 전하를 세울 생각을 한 것은 회군回軍하는 날에 발한 것인즉, 그땐 조준이 진중에 있지 않았으니 그 발의에 참여하지 않은 것은 명백하고, 기사년의 겨울 이성계가 전하를 세울 책策을 이미 결정했을 때 조준은 그 책에 반대하여 엉뚱한 소리를 했다는 것이다. 조준이 만일 그런 일이 없다고 하면 당시의 제상諸相에게 물어보면 밝혀질 것이다. 그는 공신일 수 없을 뿐 아니라 대불충大不忠의 신이다. … 신등이 또 들은 바에 의하면 조준은 전하 앞에서 사읍사애詐泣詐哀하여 천선의 정을 표명하고 관죄寬罪의 꾀를 부렸다고 하는데 그것이야말로 위회僞悔니라. … 그리고도 지금 동악同惡과 창화하여 중노衆怒를 있게 하니 빨리 이를 처단함이 가하다.

신 등이 또 들건대 남은은 전하를 비방하여 말하되 속으론 욕심이 많으면서 겉으론 인의仁義를 행하는 척한다고 했다. 대체 이 말이 무엇을 뜻하는가. 남은은 나라에 대해 아무런 공도 없이 대각에 오른 자이다. 전하의 은혜가 크다고 할 것이다. 그런데 남은은 조준과 정도전에 영합하는 것을 일삼고, 경욕불경輕辱不敬의 말을 예사로 한다. … 그 간악함이 이와 같다.

원컨대 조준·남은·윤소종·조박 등을 소사所司로 하여금 직첩공권을 몰수하게 하는 동시 국문하여 전형典刑을 명정名正케 하소서. 그리고 정도전에 대해선 유배지에서 전형감후典刑鑑後토록 하소서.

이 상소에 따라 조준·남은·윤소종·남재·조박 등은 삭직 유형되고, 정도전은 봉화에서 체포되어 보주에 갇혔다.

이튿날엔 이성계 파에 충성을 다해 정적이라고 보면 닥치는 대로 탄핵한 오사충이 역시 삭직되어 유형당했다.

곧이어 조준·정도전을 당장 주살해야 한다는 의견이 끓어올랐다. 정몽주에게 일련탁생一蓮托生의 운명을 건 대신들과 선비들의 소리였다.

정몽주는 고려의 사직이 자기의 일신에 걸려 있다는 사실을 절감했다. 막다른 골목에 몰려들었다는 느낌도 절박했다. 막다른 골목을 틔우려면 이성계 파 일당을 모조리 숙청해 버려야 하는 것이다. 그것이 과연 가능할까.

4월에 들어 2일, 정몽주는 들창을 열고 산을 향해 묵연히 앉아 있는데 일암一菴이란 이름의 승려가 정몽주의 방문 앞에 섰다. 일암은 일정한 사적寺籍 없이 산사山寺를 옮겨가며 전국을 표랑하는 운수승雲水僧이다. 정몽주에겐 각별한 우의를 느껴 집에 무상출입하지만 이번의 방문은 오랜만이었다.

방으로 들어와 좌정하기가 바쁘게 일암의 말이 있었다.

"사람이나 사직이나 명命이 다하면 사死가 있을 뿐이오."

정몽주는 대답하지 않았다.

"사死에 대한 대응책은 장사지내는 일일 뿐이오."

하더니 일암이 나직이 읊었다.

"江南萬里野花發　何處春風無好山（강남만리야화발　하처춘풍무호산）인데, 포은은 무슨 까닭으로 난마亂麻 속에 자신을 사로잡히려고 드시오."

가만히 듣고 있더니 정몽주는 뚜벅 말했다.

"이미 때는 늦었소."

그의 눈엔 눈물이 있었다.

이 무렵 이성계는 해주에서 낙마했을 때 입은 상처가 악화하여 벽란도까지 와선 그 이상 운신할 수가 없어 병석에 누워 있었다.

그 병석으로 이방원이 달려와서 작금 개경에서 벌어지고 있는 소동을 소상하게 알렸다.

"그걸 나더러 어떻게 하란 말인가."

"빨리 돌아가셔서 영을 내리셔야 합니다."

눈을 감은 채 이성계가 대답하지 않았다.

"한시가 급하옵니다. 정몽주가 우리 일가를 멸망시키려고 합니다."

이방원이 다급하게 말했는데도 이성계는 여전히 말이 없었다.

"일찍 정몽주를 처단했어야 하는데 차일피일 하다가 이 꼴이 되었습니다."

이방원의 말이 원망스럽게 나오자 이성계가 벌떡 몸을 일으켰다.

"가마를 가져오너라. 말은 탈 수가 없다."

장사 4명씩이 교대로 멘 견여肩輿를 타고 주야겸행하여 이성계는 개경으로 돌아왔다. 4월 3일이었다.

이성계가 돌아왔다고 들었을 때의 정몽주의 심정을 추측하긴 어렵다. '앗차'하는 마음이 되었기도 했을 것이고, 풀기 어려운 딜레마를 보류할 수 있게 되었다는 데서 비롯된 안심도 있었을 것이다. 이성계와 협상함으로써 어떤 해결책을 모색해 볼 수도 있을 것이라는 생각도 했을 것이다.

4월 4일, 을묘일乙卯日.

화창한 날씨였다. 아침 햇살을 받아 신록이 싱그러웠다.

정몽주는 어수선했던 간밤의 꿈을 비로소 잊을 수가 있었다.

세수를 하고 조찬을 들곤 오늘 안으로 이성계를 찾아가 볼 작정을 했다. 병문안을 할 겸 허심탄회하게 나라 일을 의논해 볼 참이었다. 흑심黑心의 덩어리가 되어 있기로서니 이 편에서 성심을 피력하면 통하지 않을 까닭이 없다는 믿음 같은 것이 정몽주에게 있었다. 의견이 맞서면

맞선 대로 앞으로의 방침을 세울 필요도 있었다.

의관을 차리고 집을 나서려는데 변중량卞仲良이 찾아왔다. 뜻밖의 방문이었다. 변중량은 이성계의 형인 이원계李元桂의 사위이다. 변중량은 사뭇 긴장한 표정으로 물었다.

"어딜 가실 참입니까?"

"송헌(이성계)을 찾아볼 작정이오."

그러자 변중량의 얼굴빛이 변했다. 방으로 안내된 변중량이 좌정하더니 목소리를 낮추어 말했다.

"송헌의 집에 가는 것은 삼가는 것이 좋을 것이오."

"왜 그렇소?"

"이 시중이 알고 있는지 어쩐지는 알 수 없소만⋯."

하고 난처하다는 표정으로 다음과 같이 덧붙였다.

"방원이 몇몇 당인들과 짜고 대감을 해칠 작정을 하고 있소이다. 조심해야 합니다. 이 시중의 집 근처엔 가지 않는 것이 좋을 것이오."

변중량은 성실한 사람이고 정몽주를 마음으로부터 사숙하는지라 그 말을 의심할 순 없었다.

"그러나 나라가 난국에 처해 있는데 이 시중을 만나지 않고 어떻게 해야 하겠소?"

"공적인 자리에서 만날 수 있지 않겠습니까?"

"이 시중은 병석에 있다고 하니 병문안하는 것이 도리가 아니겠소."

"도리만을 따르다간 어떤 일이 생길지 모릅니다. 병중에 있는 이 시중을 방원이 벽란도에까지 가서 황급히 모셔온 덴 필시 도모하는 바가 있을 것이오. 당분간은 그 집 근처에 가지 마시오."

변중량은 대답도 듣지 않고 자리에서 일어났다.

"생각해 주어 고맙소."

하는 말로써 그를 보내놓고 정몽주는 벽을 등지고 앉아 생각에 잠겼다.

심복 우현의 정보에 의하면 이성계 일파는 내일에라도 거사를 할지 모른다고 했다. 그 망동을 견제하자면 오늘 안으로 이성계를 만나야 하는 것이다.

거사하면 국내가 소란해질 것은 뻔한 일이다. 골육상잔이 벌어질 것은 필지의 사실이다. 그러니까 서둘러 그들의 거사를 방지해야만 한다.

'이제 죽음을 두려워하여 실기失期하면 천추의 한을 남기게 될 것이 아닌가. 충忠은 항상 죽음에 이웃해 있는 것이 아닌가.'

조용히 일어선 정몽주는 조상의 신위神位를 모신 곳으로 가서 경건하게 절을 올리고 다시 한 번 자기 마음을 검증檢證하는 절차를 밟았다. 그리고 부인과 두 아들을 불러 일렀다.

"어떤 일이 있어도 동요하지 말고 충효를 숭상하는 가문의 사람답게 품위를 지켜 궁행할지니라."

영문을 몰라 하는 부인과 아들들에게,

"궁금해 할 것 없다. 항상 내가 하는 말이 아니냐."

는 말을 남기고 집을 나섰다.

따라나서려는 우현에겐, "자네는 집에 가 있게" 하고 마부에게 말고삐를 잡히고 녹사錄事 김경조만을 수행시켰다.

어느 집 옆을 지나는데 담장 위에 만화蔓花가 피어 있었다. 문득 정몽주의 뇌리에 시詩가 스쳤다.

惜花不是愛花嬌 賴得花開伴寂蓼

(석화불시애화교 뇌득화개반적료)

꽃을 애석하게 여기는 것은 꽃의 아리따움을 사랑하기 때문이 아니다.

꽃이 피면 내 고독이 친구를 만난 것처럼 되어 마음이 흐뭇한 것이다.

376

정몽주는 말 위에서 손을 뻗어 꽃 한 송이를 꺾으려다가 말았다. 다음과 같은 시 한 구절이 심상에 떠올랐던 것이다.

幾回欲折花枝嗅 心恐花傷復停手
(기회욕절화지후 심공화상부정수)
(몇 번인가 꽃을 꺾어 향기를 맡아보고 싶지만 꽃을 상하게 할까 두려워 손을 멈추곤 한다.)

정몽주는 계절의 경물景物과 더불어 한가하게 살 수 있으면 얼마나 좋을까, 하는 생각을 얼핏 해 보았다. 고독감이 밀물처럼 가슴에 차올랐다.

도리에 좇아 이성계의 집을 향해 가고는 있었지만 마음이 쾌할 까닭이 없었다. 느릿느릿 말을 걸리고 있었는데 도화동에 들어섰다. 그 근처에 친구 성여완의 집이 있었다. 정몽주는 김경조를 돌아보고 성여완의 집에 들렀다가 가자고 했다.

오랜만에 찾아온 정몽주를 반긴 성여완이 술을 권하며,

"이거 어떻게 된 나들인가?"

고 물었다.

"춘일시호春日是好 아닌가. 소풍할 겸 나왔지."

하고 정몽주는 자세한 설명을 하지 않았다.

미훈微醺한 정도로 이성계의 집에 도착했다.

"병환이 어떠신가 걱정이 되어 왔습니다."

하는 정몽주에게 이성계가 애매한 미소를 띠우고 한 말은 야릇했다.

"누군가가 기뻐할 정도로 병이 중하진 않소."

예전엔 보이지 않았던 태도였다. 정몽주는 자기에 대한 악의에 찬 중상과 모략이 있었구나 하는 짐작을 하지 않을 수 없었다. 그런 짐작이었고 보니 가슴을 열고 의견을 말할 계제가 아니었다.

정몽주는 말을 골라가며 화이위귀和而爲貴함이 나라를 위해 최상의 길이 아니겠느냐고 했다.

"화이위귀, 좋지요."

눈을 감고 있던 이성계가 뚜벅 말했다.

"신외무물身外無物이라더니 몸이 아프니 국사고 뭐고 모두 귀찮소."

국사가 귀찮다는 사람을 상대로 국사를 논한다는 것은 쑥스러운 노릇이다. 덤덤히 앉아 있는데 이성계의 말이 또 있었다.

"내가 없는 동안에 정 공은 일을 많이 하셨더면요."

가시가 돋친 말이었다.

"정국을 어지럽게 하는 몇 사람을 처리했을 뿐입니다. 그러나 관대하게 하려고 애썼습니다."

"어느 패거리가 정국을 어지럽게 하는가는 장차 따져볼 일이 아닐까요?"

"근간 들리는 소문이 황당합니다."

정몽주는 이성계의 마음을 끌어 보았다.

"무엇이 황당하단 말이오?"

누운 채 이성계가 눈을 떴다.

"평지에 풍파를 일으키려고 수작하는 자들이 있다는 얘깁니다."

"그자들이 누구요?"

"이 시중께선 알고 있다고 생각합니다만."

"해괴한 소릴! 나는 모르오. 나는 평지에 풍파를 일으키는 것은 정 공이라고 짐작하고 있었는데…."

"천만의 말씀입니다. 아무튼 사직을 위태롭게 하는 망동은 없어야

378

할 것으로 압니다.”

“사직은 썩어가고 있소.”

“썩어가고 있다면 썩지 않도록 해야 할 것 아닙니까.”

정몽주의 말이 격하게 나왔다.

“나는 지금 병중에 있소. 사직을 생각할 겨를이 없소. 나는 자야 하겠소.”

신음소리를 내며 이성계는 저편으로 돌아누웠다.

정몽주는 이성계의 마음을 읽었다. 자기를 적으로 돌리고 있다는 것을 깨달았다.

‘나를 적을 돌린다는 것은 고려에 대한 반역이다.’

비장한 각오가 다져졌다.

“빨리 쾌차하시길 빕니다.”

하는 말과 함께 정몽주는 일어섰다.

방 바깥에서 엿듣던 방원은 이 기회를 놓칠세라 하고 벌써 심복들에게 지령을 내려놓고 있었다. 심복들이란 조영규·조영무·고여·이부 등이다. 이들은 정몽주가 돌아가는 길목인 선죽교 근처에 매복해 정몽주를 기다렸다.

이성계의 집을 나선 정몽주는 유원柳源의 집이 도중에 있다는 것을 상기하고 그곳으로 갔다. 유원은 판개성부사判開城府事였는데 최근에 죽었다. 정몽주는 그 상문을 못하고 있었던 것이다.

상가에서 정몽주는 문하생인 권우를 만났다. 상문을 마치고 일어서자 권우가 따라나섰다.

권우와 말을 주고받으며 가는 도중 7, 8명의 무사들이 일단으로 되어 정몽주 앞을 가로질러 달려갔다. 나라의 예법으로선 무사들이 재상 앞에 말을 탄 채 지나간다는 것은 있을 수 없는 일이었다.

권우가 분개하여, "무슨 짓들이냐?"고 소리를 질렀지만, 무사들은 들은 체 만 체 달려가고 말았다.

이때 정몽주는 불길한 예감을 가졌다. 권우에게 일렀다.

"자네는 이대로 돌아가게."

그래도 권우는 계속 따라왔다. 정몽주는 그러한 권우를 노기를 띠고 나무랐다.

"자넨 왜 내 말을 듣지 않는고. 빨리 돌아가게."

하는 수 없이 권우는 돌아섰다.

긴 봄날도 기울어 들고 있었다. 해는 서천西天에 있고 수목들은 동쪽으로 그림자를 뻗고 있었다. 사방은 적막했다. 정몽주가 탄 말발굽소리만이 울리고 있을 뿐이다. 녹사 김경조도 뭔가 흉조凶兆 같은 것을 느낀 모양이었다.

"대감, 길을 바꾸어 가면 어떠하오리까."

"왜 그런가?"

"아까 무사들의 행동이 아무래도 수상합니다."

"그따위 놈들이 두려워 피해가자는 얘긴가?"

"왠지 예감이 좋지 못해 여쭈어 보았을 뿐입니다."

"장부가 가는 길은 바꾸지 못한다."

정몽주의 늠연한 말이었다.

이윽고 선죽교에 다다랐다. 다리 중간쯤에 왔을 때이다. 다리 밑에 매복해 있었던 모양으로 괴한이 철퇴를 휘두르며 불쑥 나타났다.

"네 이놈, 조영규가 아닌가."

정몽주의 대갈이 채 끝나기도 전에 조영규의 철퇴가 정몽주의 두상 위를 스쳤다. 공교롭게 조영규의 철퇴를 피해 정몽주가 말에 채찍질을 가하려는 순간 조영규는 말머리를 쳤다. 놀란 말이 비틀 허공으로 앞발을 들었다. 정몽주는 말에서 떨어졌다.

자세를 고쳐 몸을 피할 틈을 주지 않고 고여高呂가 큰 칼을 휘둘렀다. 그 칼에 맞은 정몽주의 선혈이 다리 난간과 다리 아래 바위에 뿌려졌다.

천추千秋의 통한痛恨!

이 통한이 영원히 지워지지 않는 선죽교의 피의 전설이 되는 것이지만, 일찍이 우리 민족이 가져보지 못한 대인물의 죽음은 이러하였다. 〈고려사〉는 다음과 같이 적는다.

— 정몽주, 자는 달가. 영일인, 지주사 정습명의 후손이니라. ··· 천분지고天分至高, 호매절윤豪邁絶倫, 성리性理를 연구하여 깊이 통달한 바 있었도다. 국가 다고多古 기무호변하였는데 정몽주는 대사를 처리하고 대의大議를 결決하는 데 성색聲色을 변하지 않고 좌수우답左酬右答의 의宜에 맞지 않은 바가 없었도다. 그러한 그가 이에 살해되었도다. 연 56세.

정몽주를 죽였다는 방원의 보고를 듣자 이성계의 행동은 결연했다. 그는 황희석을 시켜 왕에게 보고토록 했다.

"정몽주가 죄인을 비호하고, 대간을 유혹하여 많은 충량한 신하를 모함하였기로 주살하였다."

그때의 왕의 표정은 사색이었다고 한다.

이어 조준·정도전 등을 탄핵한 대간과 동조자들을 붙들어다가 국문하고 각각 처벌했다.

정몽주의 목을 쳐선 저자에 효시梟示하고 다음과 같은 방榜을 걸었다.

— 허사를 꾸며 대간을 유혹하고 대신을 해치고 국가를 요란하게 한 자이다.

그의 가산은 모조리 적몰되었다.

이때 정몽주의 학구적인 논설은 파기되거나 산일되고 말았다. 오늘에 남아있는 문집은 그의 시부詩賦 가운데의 일부와 선배, 친구, 문하생들이 소장했던 소류疏類와 서한 같은 것을 수록하고 있을 뿐이다.

이율곡이 "여말의 정몽주는 유자儒者의 기상은 있었으나 미처 그 학學을 성취시키지 못했다"고 한 것은 그가 정몽주의 학론學論에 접해보지 못했기 때문의 조급한 판단이 아니었을까 한다.

아무튼 정몽주의 죽음은 바로 고려의 종언終焉을 뜻한다. 그의 비참한 최후가 있은 지 3개월을 넘기지 못하여 공양왕이 추방되고 고려는 475년 동안 지탱한 왕조의 막을 내리게 되는 것이다.

고려는 망해도 정몽주의 광휘는 영원토록 청사에 빛난다. 그를 죽인 이방원, 즉 이조의 태종太宗마저도 최고의 벼슬을 증직贈職하고 문충공文忠公의 시호諡號로서 받들어 정몽주를 현창하는 데 성의를 다하지 않을 수가 없었다.

조선의 문묘文廟는 포은 정몽주의 이름으로 하여 더욱 찬란하게 된 것이다. 일러 나는 포은을 청사의 비광悲光이라고 한다. 그런데 이 비광이 춘추를 거듭하는 동안 민족을 광피光被하는 영특한 빛으로 되는 것이니 역사의 오묘함이 역연歷然하다고 할 것이다.

- 끝 -

後記

포은 선생 56년의 생애는 성誠과 충忠과 정情과 지智와 근勤이 그야말로 간연間然할 수 없는 밀도密度로 짜여진 시간의 연속이다.

그런데 그 생애를 재구성하기엔 사료가 너무나 부족하다. 범거範據로 할 만한 〈고려사〉高麗史는 그의 정적政敵의 후예라고 할 수 있는 조선의 중신들이 편찬한 것이어서 어느 정도 그 진실을 믿어야 할지 모르게 되어 있다. 그를 숭앙하는 사람들이 그에게 바친 찬사는 능히 한우충동汗牛充棟할 정도이지만, 옛글이 대개 그러하듯이 지나치게 관념적이고 추상적이어서 구체성이 결여되어 있다.

그런 까닭에 모처럼의 의욕이었지만 충실한 내면적인 인간기록이 되지 못하고 단편적인 사건의 기록이 되고 말았다. 포은 선생에게 중요한 것은 인간으로서 충신으로서의 내면적 갈등과 고민이다. 그것을 빼버리면 불우한 정치인으로서의 고독한 모습만 남는다.

그러나 원래 위인의 진면목眞面目은 범상한 능력으로선 파악하지 못한다. 보람은 없을망정 최선을 다한 것으로 자위할 수밖에 없다.

다음에 참고문헌을 적어 둔다.

〈明史〉(二十四史中), 〈高麗史〉, 〈高麗史節要〉, 〈治平要覽〉, 이병도 〈高麗史〉, 이상백 〈李朝建國의 研究〉, 〈韓國文化史論攷〉, 日本中央公論社刊 〈日本中世史〉, 宗親會刊 〈鄭圃隱先生文集〉, 기타.